山海情

王三毛
未夕
小倔
磊子
邱玉洁
列那
编著

庹政
改编

海南出版社
·海口·

图书在版编目（CIP）数据

山海情 / 王三毛等编著；庹政改编 .-- 海口：海南出版社，2021.6

ISBN 978-7-5443-9709-4

Ⅰ．①山… Ⅱ．①王…②庹… Ⅲ．①长篇小说－中国－当代Ⅳ．①I247.5

中国版本图书馆 CIP 数据核字 (2021) 第 086496 号

山海情

SHANHAI QING

编 著 者：王三毛　未　夕　小　倨　磊　子　邱玉洁　列　那
改 编 者：庹　政
出 品 人：王景霞　谭丽琳
监　　制：冉子健
责任编辑：张　雪
封面设计：尚書堂·叫獸 BOOK DESIGN 13261351222
责任印制：杨　程
印刷装订：河北盛世彩捷印刷有限公司
读者服务：唐雪飞
出版发行：海南出版社
总社地址：海口市金盘开发区建设三横路 2 号
邮　　编：570216
北京地址：北京市朝阳区黄厂路 3 号院 7 号楼 102 室
电　　话：0898-66812392　010-87336670
电子邮箱：hnbook@263.net
版　　次：2021 年 6 月第 1 版
印　　次：2021 年 6 月第 1 次印刷
开　　本：787mm × 1 092mm　1/16
印　　张：25.75
字　　数：470 千字
书　　号：ISBN 978-7-5443-9709-4
定　　价：59.80 元

《山海情》剧照

▲ 山沟外面的世界充满诱惑，吸引着他们，值得他们去冒险，去探索。

▲ 茫茫戈壁，像大地上一块巨大的黄色疤痕；炎炎烈日，像一个包容天地的熔炉，烧烤万物。

▲ 一辆老式大巴车，沿戈壁滩摇摇晃晃，艰难行驶。这是这次从海吉县搬迁的一批新移民。

◀ 得福领着几十号人，满脸风尘，浩浩荡荡走进村巷。马喊水远远地看见，大声喊道：“村里的新人到咧，赶紧的，出来迎一下！”

◀ 得福惊慌地冲众人喊道：“沙尘暴！有沙尘暴！”只见远处不知什么时候升起一堵黄色的沙墙，向他们压来。

▶ 得福猛然挂断电话冲出门，跨上自行车就直奔车站。

▶ 这个如同一只瘦弱的羊的女人，拉着一辆架子板车，车上还有一个躺着的、缺了腿的男人和一个三四岁的小女孩，还有被子、锅碗这些家当……

▲ 得福带着众人，问了城关乡的现场会在哪里，便扛着家伙，一副破釜沉舟的气势涌进会场。

◀ 得宝看着水花灵巧地采下一株菇放筐里，学着水花的样儿，屏声静气，又小心翼翼采下一株菇。

◀ 周斌让水花、秀儿、得宝抱着雪白的双孢菇拍各种特写。

▲ 在这种氛围中，白校长觉得自己所做的一切，所承受的一切，都有了价值，他整个人，都得到了升华。

▲ 面包车在海边停下，几个女工兴奋地跑向海滩，奔向大海，第一次看到大海的她们异常开心。

▲ 几位爸爸妈妈和他们的孩子们，站在高处，望着远近的山头山坡，一片翠绿，阳光正好洒在绿色的植被上，五光十色，耀眼夺目。

《山海情》人物介绍

马得福（黄轩饰）

基层干部，从农校毕业的第一件事就是追回家乡涌泉村里“逃跑”的吊庄户。从苦口婆心地劝返吊庄户、帮助村民完成“吊庄移民”工作，到软磨硬泡给移民村通电，再到之后东西协作扶贫政策出台后，逐步淬炼成执着于“让咱西海固的人不再受穷”的好干部，带领村民们真正实现脱贫致富。

马喊水（张嘉益饰）

马得福、马得宝兄弟俩的父亲，处处透露着农民的憨厚与痞劲儿。他精明能干，勤劳有智慧，忠实于传统，心系乡土，处处为乡亲们着想，为家乡做贡献，因此村里人都敬重他。在儿子马得福的鼓励下，他积极发挥代理村支书（亦是代理村主任）的作用，配合县里的扶贫干部一起说服村民移民吊庄，带头踏上了移民之路。

凌一农（黄觉饰）

科研专家，福建援助宁夏的菌草专家。他走出校园、走出实验室，亲自守在大棚里手把手教农民种植蘑菇，帮助他们点燃致富希望。面对蘑菇供大于求、市场滞销的问题，他充满担当，带着助手四处奔波，帮助村民开拓全国市场。为了克服暂时的困难，他自掏腰包补贴村民。面对压榨农民的收购商，他一改温文尔雅，坚持寸步不让。

杨县长（闫妮饰）

脚踏实地，霸气果敢，敢为人先的当地县长。她是一方百姓的“主心骨”，看着村民们蘑菇滞销，努力帮菇民解决蘑菇滞销问题。在充分肯定福建来的科学家的辛勤工作和作风时，也毫不留情地与当地部分干部欺下瞒上、弄虚作假、大搞形式主义的不良作风做斗争。她以雷厉风行的工作作风，在闽宁镇各个发展阶段中起到了推动作用。

吴月娟（姚晨饰）

参与宁夏西海固地区扶贫的福建干部，有信念，有热爱，她带着一颗坚定的心来改变当地农民的生活，为扶贫工作劳心劳肺。她提出“坡改梯、马铃薯生产、井窖工程、劳务输出”等，在福建对口宁夏开展了一系列帮扶工作。在她和陈金山的努力下，西海固的青年积极参加“劳务输出”，走出大山到福建工作，开阔了视野、提升了能力。

陈金山（郭京飞饰）

参与宁夏西海固地区扶贫的福建干部，推进了劳务输出、发展庭院经济等政策。先是联络了自己在福建的企业家朋友，计划把闽宁村剩余劳动力输出到福建，并召开宣传动员会，鼓励大家外出福建挣钱，同时专门成立驻当地的办事处，为麦苗和村里的姐妹们解决了后顾之忧。他在宁夏圆满完成两年的扶贫工作后，悄悄返回福建。

张树成（胡明饰）

一个脾气很倔，一心一意为工作、为人民服务、为脱贫努力奋斗的基层干部。作为海吉县吊庄移民办主任，他从“完成任务型”变成“敢往前冲型”的扶贫干部，对扶贫存在的问题感到困难却又勇往直前，升任县领导后又请缨重回闽宁镇，直至车祸殉职。他是群众心中的好人、好干部，得福随着他成长、学习、锻炼，成为合格的接班人。

李水花（热依扎饰）

从小与马得福青梅竹马，情投意合。父亲因为一口水窖、一头驴、两只羊、两笼鸡的彩礼就把她“卖”到邻村。她内心坚定乐观，永远笑对生活和未知，不愿意认命的她选择坐火车出逃反抗命运。她在福建教授凌一农的帮助下，在自家庭院里种起了双孢菇。在闽宁镇建设中浇灌希望，追寻光芒。

马得宝（白宇帆饰）

马得福的弟弟，是几个小伙伴中的主心骨，年轻气盛、有勇有谋，从策划逃村时给小伙伴们清晰地分工，到与麦苗一家在移民新区重逢时有条不紊地忙前忙后，再到带着丢了工作的小伙伴进城谋职时的坚定果断，他身上透露出超越年龄的担当与智慧，在闽宁镇建设中起到了先锋带头作用。

白麦苗（黄尧饰）

白校长的女儿，因为母亲早逝，她对父亲心存隔阂，从小脾气有些古怪，跟得宝、水旺、尕娃一起长大。她天资聪颖，直言快语，内心好强不服输，敢于走出去，愿意尝试新的生活方式，想要靠自己勤劳的双手开创新世界。她积极响应国家政策，到福建莆田打工，她在工作中帮助同乡姐妹们，且细心努力，成为厂里女工中的先进典型。

白崇礼（祖峰饰）

教书育人的白校长，憨厚朴实，热情、用心良苦，却也有无奈和不被理解。他一生坚守着自己教书育人的事业。他是一位来到宁夏西海固地区支教的老师，已经扎根于涌泉村，和西海固的人口音虽然略有不同，但早已把那里当成了自己的家，并且在那里娶妻生子，似乎已成为地地道道的涌泉村人了。

李大有（尤勇智饰）

涌泉村的吊庄困难户，深谙农村风土人情。从带着首批吊庄户逃跑开始，在听说自己被定性为扰乱政策后，总在马得福面前“耍赖”喊着“不去不去就不去”，在移民新区面对通电通水等困难时，总煽风点火，是有代表性的“刺头”。他有农民的狡猾和小自私，但关键时候守得住良心，坚决不给枸杞熏硫黄挣昧心钱。

潘书记（王凯饰）

县委书记，对待工作严肃，有决心，逐一解决了闽宁镇出现的大小问题。他杀伐果断，对闽宁镇的优柔寡断无作为的干部进行免职，对闽宁镇领导班子进行调整，并且对马得福全力支持。在闽宁镇建设过程中激浊扬清，稳定了建设发展方向。

丁世俊（白宇饰）

来自福建省的一名宣传干事，在宁夏女工们劳务输出至福建的时候帮助女工们更快地融入当地的生活和工作。他与白麦苗在舞厅初遇，就对白麦苗“怦然心动”，后来指导白麦苗，亦师亦友，在白麦苗眼中，他言谈举止，甚至有些像父亲。他有阅历、有职场经验，有学识，是麦苗通往新世界的“桥梁”。

马秋红（郎月婷饰）

在国家扶贫政策的号召下，在福建的对口帮扶下，作为第一批走出大山的女子之一，在外打工心有牵挂，出门总有软肋。

推荐序

尹鸿（清华大学教授，中国文艺评论家协会副主席）

国家广播电视总局组织开展了“理想照耀中国——国家广播电视总局庆祝中国共产党成立100周年电视剧展播”，作为其中的重点剧目，《山海情》不仅得到新华社、《人民日报》、《光明日报》等主流媒体的争相报道，更形成了一个值得关注的“山海情现象”。

2020年以来，扶贫题材成为一个新的创作热点，但如何真正地贴近现实、贴近生活、真实反映和艺术呈现这一人类历史上罕见的重大事件，对于大多数此类作品都是巨大的挑战和考验。《山海情》以具有生活质感的人物形象塑造、朴素的现实主义风格、斑驳逼真的场景和故事呈现，在表现脱贫攻坚的时代主题的同时，显示出美学的追求和感染力，实现了主题表达与审美呈现的统一。海南出版社有限公司策划推出以《山海情》为底本创作的小说，不仅可以让我们重温剧集中感人至深的片段和温暖人心的瞬间，而且可以让我们在一个个有血有肉的故事中感受一个地区的社会发展历程，感受在社会嬗变过程中个人的成长与发展，挣扎与奋斗。

脱贫攻坚这场人类历史上规模空前、力度最大、惠及人口最多的民生工程，不仅取得了令全世界瞩目的成就，也为中华民族乃至人类社会实现“一个也不能少”的公平目标做出了中国贡献。脱贫攻坚不仅要做好，而且也要讲好。《山海情》正是深度挖掘脱贫攻坚事业中的中国故事的成功实践。小说沿袭电视剧紧扣时代脉搏、关注时代洪流中人民的喜怒哀乐的主题立意，书写了福建与宁夏之间二十多年山海连心、东西协作对口扶贫的时代史诗，诠释了闽宁两地干部群众在苦难面前不屈服，不放弃对美好生活追求的坚韧向上的精神力量。书中的故事从1991年延及当下的中国，从涌泉村到金滩村到闽宁村再到闽宁镇，一路衍变对应着我国近30年来扶贫攻坚的艰辛历程。其中的题材几乎可以涵盖中国脱贫攻坚道路的全部内容：东西协作、移民搬迁、生态建设、发展生产、养殖种植、劳务输出、技术引进、科技扶贫、教育扶贫等。让扶贫故事不再是模式化的扶贫干部带来新理念、新技术，而是实实在在的困难与克服困难，我们也更能体会扶贫工作中的不易与艰辛。

这部作品不仅把曾经的亲历者，也把无数富足年代成长起来的年轻人带回历史现场，去见证了一段苦尽甘来、创造未来的奋斗史。西海固那段真实的人间奇迹，呈现的是时代的纹理，传递的是时代的声音。整部作品没有为时代加“滤镜”，也没有流于表面的歌功颂德，更没有回避移民扶贫过程中的种种矛盾和普遍个体的复杂心态，而是通过基层普通小人物切入，以扶贫干部马得福为主角，串联起上级部门领导、基层扶贫干部、贫困群众、科技扶贫专家等人物群像。从蹒跚前行到逢山开路、遇水搭桥，这些人物每一天都有层出不穷的问题，每一天都走得那么艰难却那么坚定。从中我们不仅能够看到扶贫工作真实的难，也可以看到西海固村民们为了美好生活所进行的奋斗。闽宁两地干部群众在多年对口帮扶中建立起的如亲人般亲切的深厚情感，感染和打动着所有人，也启发着我们去思考我们是如何走到这个时代的。

“文章合为时而著、歌诗合为事而作”，这部记录时代变迁、展现历史风貌的“史诗性”作品，不仅成为一段特定的历史进程的记录，而且体现了现实主义的美学魅力。相比电视剧，小说具有更丰富的生活呈现、更深刻的人性描写和更开放的意义表达，不仅是对电视剧影像的文字改写，更是一种新的艺术表达。小说阅读所产生的那种意义的深厚感和意蕴感，无疑是对电视剧观看的直观性、流动性的巨大的补充。希望无论是电视剧的观众还是小说的读者，能够喜欢这种“观看”与“阅读”互补的体验。

目　录
Contents

背　景

故事发生在宁夏西海固地区，这里山大沟深、干旱缺水，“苦瘠甲天下”。20世纪80年代，宁夏回族自治区政府决定开展扶贫移民工程。1996年9月，党中央推进东西部对口协作，确定福建省对口帮扶宁夏的扶贫工作。1997年4月，时任福建省委副书记、对口帮扶宁夏领导小组组长的习近平同志带队到宁夏考察，被西海固的贫困所震撼，他提议将西海固不宜生存地方的贫困群众搬迁到银川河套平原待开发荒漠地，建设新家园，并亲自为移民村命名“闽宁村”。习近平同志曾坚定地说：“闽宁村现在是个干沙滩，将来会是一个‘金沙滩’。”通过这场山海相连、历时二十多年的东西部对口扶贫协作，昔日的“干沙滩”终于变成了繁荣富裕的“金沙滩”。

第一卷

吊庄

西海固地处黄土高原干旱地区，十年九旱，年降水量只有300毫米左右，蒸发量是降水量的10倍。由于雨水奇缺，长年干旱，植被匮乏，自然条件恶劣，是“人行百里不见水”的死亡地带，清左宗棠称其为“苦瘠甲天下”之地。1972年被联合国粮食开发署确定为最不适宜人类生存的地区之一。

“吊庄”，是宁夏西海固一带的俗语。因为地形的缘故，当地村民要到很远的地方开垦种植。赶上农忙时节，干脆就在庄稼地附近挖个洞搭个窝棚，这样的临时住所就叫“吊庄”。

大约20世纪80年代初，国家组织把西海固地区的贫困农民，分批迁移到宁夏北部的易灌溉的荒滩区再造一个“塞上江南”，这样一种移民方式及移民点就被统称为“吊庄”，这个异地搬迁的扶贫工作，被称为“吊庄移民工程”。

一

马得福到县政府吊庄办报到的那天，正碰上杨副县长严厉批评吊庄办主任张树成。

事情的起因是涌泉村先期派遣到玉泉营的七个吊庄户，刚到没几天就因为受不了艰苦的生活条件全都跑回去了，面对这位霸气的女副县长，张树成惴惴地解释说，各家的地都分散得老远，看不住，同时玉泉营条件的确艰苦，戈壁荒滩，没水没电不说，刚到那天，又遇上了沙尘暴，风利得像刀子，眼睛、鼻子、耳朵、嘴，只要是个窟窿眼，都让沙子灌满了……

杨副县长突然恼火地打断他喝问："你当过兵吗？"

老实敦厚的张树成一时跟不上节奏，回答说当过。

杨副县长一脸怒其不争："你还记得当过？就是看你当过兵、打过仗，才把你从乡里调来这硬茬岗位，让你小子往前冲。结果你头一仗就败了，还敢胡找理由？我就看不起你这号兵，真是个打不了硬仗的孬兵，屃兵……"

实际上，这位敢拼敢为的副县长心里也充满压力和焦虑，吊庄移民是县委县政府目前最重要的工作之一，从中央到省市县，层层下的都是死任务，海吉县由她主管这项工作，她抱着第一炮必须打响的想法和决心，谁知道越是想出成绩却越是出问题。

得福就在这个时候出现在办公室门口，探头一看这种情况，愣在那里，不知该进该退。

张树成背对门没有看见，杨副县长憋住火，望着灰头土脸的张树成，掩饰地伸手掸着他被煤屑染污的衣服转移话题道："衣服上咋咧？"

张树成说："急着回来追人，那地方又不通班车，就扒了辆拉煤车，十块钱，颠了一晚上。"

杨副县长表情柔和下来，伸手替张树成拍打了几下道："仗败了，人不能败。记住，啥情况下，军容军貌也得给我保持住了！"然后严肃地告诉张树成，吊庄移民的工作绝不能因为这七个逃跑户，拖了全县后腿，限期三天把跑掉的都按数追回去。留下一句“敢少一户，看我咋收拾你”，便匆匆出门，也不理会慌张避让的马得福，径自离去。

张树成这时才能够让身体和情绪放松下来，打了个长长的哈欠，用小拇指抠着耳孔里的煤灰，皱眉思考，一转身，看见马得福站在门口，略显尴尬地将手指上的煤灰抹在裤子上问：“你找谁？”

得福急忙上前恭恭敬敬地递上借调函，自我介绍说：“我叫马得福，县农机站借调来吊庄办帮忙的。”

张树成接过信函看着，苦涩一笑道：“算有个兵了……你叫马得福？”

得福点头。

张树成放下信函打量着得福，这是个土气未褪，也还带着些稚气、书卷气的年轻人，问道：“工作多久了？”

得福答道：“农校毕业，刚分到农机站。”

张树成皱起了眉，整个吊庄办刚刚成立，就他一个光杆主任，任务又是如此艰巨，派这样一个毫无工作经验的年轻人来，能帮上啥忙。随口问道：“哦……家是哪儿的？”

得福说：“干沟乡涌泉村的。”

张树成吃了一惊：“涌泉村？”

他现在明白为什么会安排马得福来协助他了。他摇摇头，脸上露出古怪的笑，说：“那……就开始工作吧。我们现在就去涌泉村。”

二

马得福没有想到，他刻苦学习，没有辜负白老师和他父亲马喊水的期待，终于从涌泉村考上农校，走出大山沟，刚刚开始工作，就又要回到涌泉村，而且，接受的还是这样一个工作。

虽然他初出茅庐，没有工作经验，可是他了解涌泉村，清楚涌泉村的每一位村民，其中有十几位他要叫爷，一小半叫叔，大半都能够跟他扯上关系，沾亲带故的。他预感到，那七户人家不容易追回，尤其是带头的李大有。他大有叔不是个省油的灯，光是要说服大有叔就能够想象这次工作的难度。

但是他并不担心和害怕，年轻人心里燃烧着火焰，越是困难越是激发他的斗志，当初他分配的时候，就做好了面对任何艰苦工作的准备，更何况，他对涌泉村怀着浓厚的感情，那里有他的父亲，他的兄弟，他的恋人。

可是，他不明白，像大有叔这样脑子好使的人为什么还要跑回去。他这几年读书，也算是见识了外面的世界，愈发清楚像涌泉村那样的自然环境，生活有多么艰苦，难道迁移过去的“新家”更加艰难？

他和张树成推着自行车爬上通往涌泉村的坡顶，忍不住把心中的疑问问了出来：“玉泉营那边咋样？”

张树成眺望村子周边的秃山荒岭感叹道：“唉，在这儿刨食，人太难了。玉泉营那边，远是远了点儿，四百多公里呢，现在条件艰苦，但以后肯定好。那边有包兰铁路，又靠近银川，离黄河西干渠也不远。未来只要扬水站修好了，黄河水能浇了，那就是平展展的沙石地！肯定能变成又一个‘塞上江南’。”

“那为啥我大有叔他们还往回跑？”得福追问道。

张树成皱眉一叹道：“我拦他的时候，也这么问过，你猜人家咋说？”

得福想了想，又摇摇头道：“猜不出来。”

张树成说：“人家说了，政策光会说未来，未来咋好咋好，啥是未来？那就是还没有来，到底能不能来？谁能说得准呢。”

得福似解未解地想着。

张树成不再理他，回到自己的思考问：“你们村你熟，你说说，咱进村后先找谁？”

得福不假思索地说：“找我大！”

张树成一愣：“你大？”

得福：“我大是代理村主任，也是村里的人精，只要他出面，这个事情肯定能办成！”

张树成笑笑，看着自负的年轻人，心里想着年轻真好，即便是马得福夸口，冲这份志气，他也要信任他。

两人翻身上车，像两名闯阵破敌的勇士，朝坡下冲去。

这个时候，涌泉村村口用石灰写着“涌泉村”三个字的泥墙边，得宝正和水旺、尕娃、麦苗谋划着一个“巨大”的“阴谋”。

得宝是马得福的亲弟弟，尕娃是得福、得宝的表弟，水旺是李大有的儿子，麦苗既不姓马也不姓李，是村里少有的外姓，姓白。她父亲白崇礼，是村里的小学校长，也是唯一的教师，据说是当年下乡的知青，后来没走，一直留在这里，马得福也是他教出来的学生之一。

尕娃一边听着得宝分派任务，一边留心着自家的几只羊。马得福和张树成两人旋风似的从坡顶冲下，尕娃远远就看见了，赶紧叫道：“快看，得福哥！”

得宝也立刻发现了得福，忙拉着尕娃藏在了土坡背面，水旺大声地和冲近的得福打招呼，来不及藏身的麦苗也只好跟着挥手："得福哥！"

得福心里藏着事，没有注意到这边的情况，问水旺："我大在不？"水旺说："在呢，在村部呢。"

得福又问麦苗怎么回来了，麦苗随口回答说："明天水花姐结婚，回来送亲。"

趴在地上的得宝听见这话，急坏了，急忙拉麦苗的裤脚说别说咧，小心他哥坏事。

麦苗反应过来，却也不知该如何补救。好在得福听见水花的消息以后就呆愣住了，根本没有留意孩子们的动作。张树成倒是看在眼里，不过他不明白，问："得福，咋了？"

得福回过神来，强自控制自己说："哦，没咋，走，去家里。"

三

马喊水听儿子介绍了张树成的身份，喜出望外，张树成刚刚开口说移民吊庄的意义，就是咱自治区政府要从根本上解决咱这不长庄稼的穷山沟里的人吃不饱肚子的问题，马喊水立刻说我懂，起身就带着两人出门找人。他一边沿着村巷引路，一边憋不住问张树成对得福的印象咋样。

得福尴尬得要死，张树成客气地夸得福不错。马喊水果然是人精，立刻随杆而上，说主任要是看上了，就让他跟你在县政府干，别回农机站了。

张树成面呈难色，没法回答。马喊水自吹他爷在世的时候说过，这福娃子有官相，适合在衙门里干事。得福不满地打断他，马喊水瞪儿子一眼，半真半假地继续跟张树成说这是他的心里话，因为马家没出过官，想出个当官的想疯咧。

张树成被逗笑了，说村主任也是官。马喊水不以为然地说临时的，原来的村主任添孙子，陪老婆进城当爷去了，村里的人推举他凑个数。然后继续刚才的话头说，从前两年得福考上农校，他就琢磨，等得福毕了业，钻破头都要让他进衙门，没想到遇见你这贵人了……

得福再也忍耐不住，厉声打断，跟着又强自控制情绪问先到谁家。

情况一如得福所料，非常不乐观，一家也不配合。

第一家是杨三。杨三直截了当地说不想吊庄，张树成问他为啥，杨三简单说就是不想，再问，杨三直接来了一段顺口溜说玉泉营那地方，"一年一场风，从春刮到冬，大风三六九，小风天天有”，表示那就不是活人的地方，说啥也不去，坐牢杀头都不去。

第二家是五蹲。五蹲看见他们就捂起脸说：“我没在家”。

三个人面面相觑，得福忍不住问：“你咋能说你没在家。”五蹲瞥了眼张树成和马喊水，冲得福发火说：“叔就是没在家么。”然后亮出满是红疙瘩的胳膊指着说：“半晚上把人咬成这了，再去，怕是会让蚊子吃了，把咱们吊过去，就是给蚊子改善伙食去了。”

第三家是拴闷。拴闷说到了那边难受，心里酸得很，饿。

第四家是立仓。一进屋就让张树成大吃一惊：立仓和他哥光着身子坐在炕头，用一床破被裹着下身。马喊水叹着气解释说他家太穷了，就一条裤子，兄弟三个换着穿呢。

这几家的情况让张树成脸色难看起来，他本来拿着笔和工作日志本，试图记点儿什么，却一个字都没有写下……

最后，他们来到这次“事件”的主谋李大有家。

李大有看见他们过来，叫媳妇翠玲从外面锁门，说他不在家，这自然骗不过马喊水，马喊水带着张树成和得福推门直入，把装睡的李大有从炕上拉起。

李大有也不含糊，躲不过，就索性放开了表演。一会儿递旱烟给张树成和得福抽，跟马喊水抬杠，讥讽道得福吃上皇粮就抽不了旱烟；一会儿抢先告状说马喊水故意背着他领张树成先问其他人话，是想拿他当靶子打；一会儿装模作样地从炕窑里摸出一管眼药膏说自己有沙眼，端端见不了风沙；一会儿又借着走进屋的一只珍珠鸡告状说马喊水杀扶贫鸡吃。

得福忍耐不住，着急地打断他，直接让他给个准话，去还是不去。

李大有抓住这个话头，跟得福胡扯，得福气不过，说李大有自个儿没出息跑了，还领着其他人一块儿跑，扰乱政策，李大有立刻反击得福刚离开山沟几年就忘本，合着外村人对付乡亲，坏了良心……

张树成觉得话不好听，但仍克制心里的失望不在脸上表露出来，劝开两人。

四

得福让父亲陪着张树成，说自己想去看看白校长。马喊水瞪他一眼，意味深长地说，白校长把你教出来，那是该看的人，你必须要去。

得福明白父亲是警告他不要去看水花，心里黯然，也不知道如何解说，一脸颓丧地来到白校长家，两人说起吊庄的事。

白校长心里是支持的，也明白到了那边就能够慢慢脱贫，但也担心到了玉泉营就是开荒，是要从头开始，第一个是要凑够盖房的钱，第二个是种庄稼，玉泉营那是一片戈壁，先得整地，可整地的钱在哪儿呢？

得福说都有办法，可以先去旁边的农场打工挣钱，挣到钱就能盖房子。

白校长还是担心，万一挣不到钱，或者吃不了那苦，不还得跑回山里来？那可真就成了“吊”庄了，把人吊那儿了！

得福说要相信政府，吊庄是国家搞起来的，政府肯定不会不管。

白校长感叹得福出去读书，有见识、有出息了。

麦苗回来，自然说到水花的婚事。

白校长感叹水花可惜了，当年她父亲李老栓要是同意她考学，不见得考得比得福差。麦苗说水花姐能干，只是她父亲李老栓整天躺在炕上叨叨地骂人，拿这么好的水花姐就换了一口水窖、一头驴、两只羊、两笼鸡，然后直接说水花姐喜欢的是得福哥。

这是个沉重的话题。白校长制止麦苗，得福摇头苦笑，示意没有关系，可是他的心里，怎么会没有关系呢？白校长说他出息了，可是他现在就算进了政府工作，也拿不出水窖和驴！再想到涌泉村的女子，为了一头驴就能许人，他的心里又是苦涩又是激愤。

这个时候坐在村委会的张树成心里也不平静。

下午的走访，让他更加真切和深刻地了解了这里生活的艰苦，也清楚了涌泉村村民们的不容易，他对着油灯在工作日志本上奋笔疾书，写着自己的思考。

马喊水端着食盘进屋，不好意思地放在炕上说就这条件，主任凑合着吃一顿吧。食盘里面只有两碟干菜和一碗面，几个蒸洋芋。

张树成不客气也不介意，一边吃饭，一边听着马喊水抱怨村民思想落后。半晌，他拿定了主意，说他有一个新的想法，村里能不能把指标重新分配一下，另选七户咋样。杨副县长给他限了时间，他只能暂时放下其他想法，先考虑解决摆在面前的问题。

马喊水略一想，当即反对，说这不是打仗，一排冲不上去，换一排继续冲。李大有带了坏头，现在村民都觉得那边苦，没法活，谁都不愿意过去，换谁都不会去。

张树成坚持自己的想法，说他想试一下，明天开个村民大会，跟大家好好讲一讲国家政策，讲一讲玉泉营那边的真实情况，跟村民们好好沟通一下。

一向对张树成恭敬有加的涌泉村代理主任这下罕见地坚持反对，说村民不会信，他们宁信李大有。

两人都固执己见，正说得不可开交，得福正好回来听见，走进来对马喊水大声说："大，你就听张主任的，明天必须开会！"然后拉着他父亲出门。

父子俩走出老远，估计张树成听不见了，马喊水才埋怨得福当着主任面吼他，得福不说话，马喊水叹气说得福不理解他的苦心，他看张树成是个好人，又是得福的顶头上司，才不想叫开会，不然李大有、五蹲、拴闷那些人，肯定会在会场上弄得张树成下不了台，在村里人面前丢人没面子，得福立刻接话说所以就要想想如何帮张主任。

马喊水说他没有那个本事，得福不信，说他从小就知道，这村里没有能难住他父亲的事，这任务他父亲一定能完成。马喊水说凭啥，得福说凭他是村主任。马喊水说是代理，不稀罕，明日就辞了。

这个时候，得福突然拉住马喊水的胳膊，用一种非常认真的表情乞求说："大，要辞你也先把这个事办了，能成吗？"

他跟着给父亲解释，他刚去报到那天正巧遇见杨副县长批评张主任，杨副县长给张主任说了狠话，这事完不成，张主任的日子就不好过。而且，他也在张主任面前说了狠话，说这事他大肯定能办成。这是他参加工作以来干的头一项重大工作，真要办差了，他以后还咋在张主任手底下干事。

马喊水愣住。

在他的记忆中，自己这个儿子从来没有这样对他说过话，他的心被触动了，却不说话，倒背起双手，突然转身低头向另一个方向疾走。

五

第二天一早，张树成、得福、马喊水去往村委会，路上远远看到迎亲的队伍往李老栓家走。

得福听见唢呐声，怅然若失。

马喊水笑着说，事还真凑一块了。

张树成心里也知道今天开会，时机不好，但杨副县长的时间限制摆在那里，他也没有办法，只能硬着头皮上。

三人到了布置成会场的村委会，等待着。

陆陆续续有村民进来。

突然得福妈慌慌张张地闯进来，叫道得宝跑了。

她手里举着一张纸条，那上面是得宝的留言，说出去打工挣钱了。

马喊水不以为意，说又跑了，能的他，一天天都让他妈给惯的！寻回来腿给他打断！

村民顿时嚷嚷起来，李大有在一旁幸灾乐祸，阴阳怪气地对马喊水说得宝就是得管，心野得很，不像他家水旺，从来都不胡整。

两人正说嘴，李大有媳妇翠玲跌跌撞撞跑来，说水旺也跑了，跟着得宝跑了。

紧跟着，尕娃妈和白校长也跑来，说尕娃和麦苗都不见了。

这下众人乱成一锅粥，猜测多半是四人一起跑了。李大有埋怨白校长没有教好学生，白校长自责，几位母亲互相埋怨，焦急哭闹。张树成冷静地判断，说这是有组织、有计划的集体行动。他首先让大家冷静，不要吵架，耽误追娃的时机。然后分析四个少年可能外跑的方向，无非是去县城搭汽车，或者顺着山沟往外走。白校长补充说还有铁路，邻县正在修铁路，好多学生没见过火车，都嚷嚷着想去看。麦苗也问过，要看火车是咋走的。

张树成看大家都赞同分析，跟着分派人手往这三个方向追：得福年轻，体力好，骑车子顺着铁道追；马喊水和李大有带领村民在附近山沟里找，能找多远找多远；张树成自己跟白校长一路，去县里找人。

三路人马正要各自出发，李老栓突然捂着被打破的头冲进村委会院内，一边叫救命，要打死人了，一边把村委会办公室的门一把关上。

还没等马喊水等人反应过来，安家舅舅就带着五六个年轻人冲进了院子，堵在院子门口。

安家舅舅在门外大叫："李老栓，你给我出来，你以为你跑得了吗？"

村民们也都纷纷往村部赶来，场面一下子变得有些混乱。

马喊水和得福都看向张树成，经过刚才四个少年离家的事，大家都不约而同地等着他拿主意。张树成在心里权衡了一下，断然对得福说："得福，你先去找娃娃们，这里我们来处理。"

得福点头说好，蹬车冲了出去。

张树成再冲马喊水点点头，马喊水率先出门，喝止正在拿棍子砸门的安家人，厉声道："你们是谁！这是干啥！"

安家这次前来迎亲，带了村里一小半的人来，当然不怯，安家舅舅出头反问："你是谁？这儿没你啥事，我只找李老栓。"

马喊水报了身份，是涌泉村的主任。安家舅舅更加来劲，说他是苦水村安永富他舅，李老栓骗婚，收了安家的彩礼，答应把水花嫁给他外甥，说好的今天来接亲，结果人来了，李老栓又反悔了，骗他们说水花跑了，要起赖来了。他还要马喊水交人。

李老栓在村委会办公室里不敢出来，扬声说他没骗人，水花是昨晚上自己跑咧，她一个大活人能把她藏起来嘛。女子是给安家了，自己出去找去。又哭诉安家打人手太黑，把他打得太可怜了。

苦水村的村支书也骑着车赶到，更多安家的亲属和村民来到，双方势均力敌，更加闹得沸腾。

张树成一看双方情形，心知安家说的应该是事实，一瞬间想到，水花是不是跟得宝他们一块跑的。再看安家群情激愤，他挺身上前站在剑拔弩张的双方中间。

马喊水赶紧介绍是从县上来的领导，安家舅舅得理不饶人，说领导在更好，让领导也给评评理："这自古娶媳妇有没有你收了彩礼不交人的道理？这事走到哪儿我们都有理，我们不怯。"

跟着安家舅舅的几个年轻村民也随声附和。

苦水村村支书听见有县里领导在，立马上前制止年轻人，叫大家都别吵了，听领导说。

张树成扫视众人："这事我也听明白了，李老栓这收了彩礼，要是他女子自愿嫁到你们苦水村，那自然是好事。现在人不见了，应该先把人找着，找着人，听她说嘛，她要是不愿意嫁，那你们也不能逼着人嫁，那该退彩礼退彩礼，有啥事过不去的。但你们现在要是把人打坏了，这事性质就变了，弄不好你们要吃官司的。李老栓，你先出来。"

李老栓胆怯地说不出来，怕被打。马喊水吼道："张主任让你出来你就出来，你怕个啥！"

李老栓才不情愿地打开门捂着头走出来。头上的血顺着手指缝往下流。

马喊水趁机大声说："你看看，这都给打成啥了。这要闹出人命来了要你们吃不了兜着走。"

安家舅舅还要闹，苦水村村支书骂他混账东西。

张树成看着他们建议说："安书记，你看李老栓伤成这样，先让人去把伤处理了，回头再让马主任带着他去苦水村，咱两村的村书记都在，做个见证，把这个事处理妥当了。你们看这么弄能成吗？"

苦水村村支书点头表态，说听领导的。安家舅舅还是不想走，苦水村村支书示意年轻人拉他，又招呼其他的苦水村村民，总算把众人劝着离开了。

张树成木着脸看着渐渐散去的村民，心里无奈地叹气。这个小小的村子，算是海吉县这片贫穷土地的缩影，问题多，矛盾多，要从根本上改变面貌，治理贫穷和落后，不知道还要花多大的力气，需要多少时间。可是现在，他得治标，得先处理这次新娘子逃跑的纠纷，不然可能酿成群体事件。而且，现在也只是暂时压住了，后面肯定还有反复。又想到这次来这里是为了吊庄，为了追回七户逃跑户，可是就算追回了，也只是暂时治标，将来治本，还有更加艰巨的工作，心情更加沉重。

六

得宝四人是天刚亮时离村的。

谁也不知道四个少年为什么会做出这样的决定，唯一可以肯定的是，他们对现在的生活非常不满，对涌泉村举目四望全是山沟，顿顿吃洋芋的日子不满。山沟外面的世界充满诱惑，吸引着他们，值得他们去冒险，去探索，他们渴望换一种生活环境，甚至，可以说是一种活法，一种新的人生。

尕娃带了五元钱；麦苗带了一卷毛票，这是她积攒下来的所有家当；水旺提的是半袋子蒸洋芋——这就是他的全部家当——和勇气。

他们渐渐远离涌泉村，情绪慢慢从紧张变得兴奋。他们开始奔跑，呐喊，互相取笑，打闹……

然后，背着背包的水花出现了。她有双好看的大眼睛，温顺但也透着些倔强，头上系着条浅藕色纱巾，这让她显得格外俊俏。

几乎没有任何言语，几下眼神的对接，他们就汇合在一起。

或者是因为四个孩子的“阴谋”触动了水花，又或者是她心中一直藏着对现在生活环境的愤怒和对未来生活的期望，这一切促使她做出这种惊人的举动。

她想过她父亲，也为他担心过，担心他应付不了安家，可能会被打，可是一想到李老栓相当于卖女的行为，又毫不犹豫地紧跟着四个孩子向前奔跑。

然后，他们看见了铁路，看见了火车。

这就是他们的“阴谋”，也是他们的计划，他们就想上了火车跑得远远的。

他们上了一辆货车的守车车厢，坐在车厢的地板上，等着出发。

他们一边狼吞虎咽吃着蒸洋芋，一边说着听来的遥远城市兰州、西安，说着那里的牛肉拉面和孙家羊肉泡馍。

然后，麦苗从窗口看见了骑车追来的得福。

然后，五个人目瞪口呆地看着得福进入车厢。

得福满脸汗水，脸上表情复杂，焦急、痛苦、倔强、愤怒……

他的体力完全透支了。

为了追上逃跑的他们，他从早上一直全力冲刺：山坡、山脊、平原、戈壁……

他有一种错觉，他把短短这两天遭遇到的全部挫折都当成了脚下崎岖的山路，只要他能走下去，就一定能看到希望。

然后，他追到了铁道，追上了他们。

但是他没有想到水花会和这四个孩子在一起。

有一瞬间，他不知道该不该过去——纯粹是出于一种惯性，他还是走上前去抓住得宝扔出车厢，呵斥："回去！"

麦苗、水旺和尕娃紧随得宝出了车厢。

只有水花抱着膝盖坐在车厢里，一动不动，满眼泪水地望着得福，颤声问："你是要抓我回去嫁给安永富的吗？"

得福表情复杂，无声地叹了口气，走出车厢又返回来，把口袋掏了一个遍，掏出五元，二元，一元，钢镚，全都塞在水花手里，努力控制自己的情绪平静地说："给，拿着，县里有招工的，但是县里太近了，他们能找到，跑远了你又不熟……往北走！到银川，再远点到兰州也行。我听县里的同学说过，那边好多小店都招工，找工的时候小心些，别让人骗了。女娃一个人在外面……要保护好自己。"

说罢转身跳下守车，推着几个孩子往回走。

水花奔出车厢，看着他们的背影，内心挣扎着喊了一声"得福"。得福回头。水花问她大好不好，得福迟疑一下，还是如实说道，出来的时候安家人正堵在村部闹事，然后安慰说他大马喊水和县里吊庄的干部都在，肯定能处理好。

水花表情复杂地看着得福和孩子们离去，孩子们也频频回头，不甘心地看着水花。

七

逃跑的四个孩子中，尕娃的父亲十年前就一个人离开涌泉村外出打工了，杳无音信。父亲对于他来说，只是一个符号，大部分时候在村民闲谈中是一种羞耻，所以他比所有的孩子都渴望逃跑。离开涌泉村对于他来说，有双重的意义。水旺的爷爷当年参加过革命队伍，经历曲折而精彩，在爷爷的故事中，外面的世界无比诱人——尤其是对比涌泉村的贫穷和艰苦，他也是积极的离开分子。麦苗的父亲是教师，自小的耳濡目染让她清楚地知道外面肯定比涌泉村好，所以得宝一撺掇，她就响应了——她跟得宝互相有着朦胧的喜欢。

至于这次逃跑事件的"主犯"得宝，正像李大有说的那样，一直就"心野"。尤其是他哥得福外出读书后，他就更不甘心像父辈一样困死在这山沟沟里，以前也尝试过，这一次失败对他来说，只不过是又一次尝试而已。

四个孩子回到家里，待遇各自不同。

麦苗从小就受到父亲的溺爱，看到女儿平安回来，白校长并没有像其他家长那样责罚，而是给女儿端上了一碗热粥，但麦苗却未能察觉父亲隐藏在平静外表下的内心波澜，还只当是父亲根本不在乎她。麦苗从包里拿出当年的全家福，望着上面的妈妈出神，白校长看着女儿，心中酸楚。

水旺也没有受到特别的惩罚，一回到家就因为跑饿了端起盆大口吃面，他爹李大有蹲在一旁抽旱烟，不知道在想着什么，没有说话，倒是他爷爷李运胜似乎对他这次逃跑很感兴趣，问他是不是跑出山了，是不是看见铁路了，是不是看见火车了，是不是坐上了，当水旺得意地回答说是后，李运胜讥讽说："坐上了还能让抓回来，羞你爷的人呢。"

李大有在一旁终于表示不满了，觉得这么随便逃跑多少得骂几句。李运胜转头又讥讽儿子，他对水旺说："你大拍着胸脯要去玉泉营吊庄移民，人去了，屁股都没坐热，就被一场风给刮回来了……"

李大有辩解说那不是风，是沙尘暴。李运胜不屑地一哂，说："沙尘暴咋咧，能比国民党的炮弹枪子还厉害？"

李大有被噎住。

李运胜又对水旺说："你爷像你这么大，都参加红军了，开始走长征了。"

李大有揭短似的吐口烟，悄声嘟囔说："人家走两万五千里，你才走了二十几里地，就吃了马家军的枪子儿……"

李运胜脱下一只鞋砸向李大有，李大有闭嘴，拾起身躲进屋去，"肇事者"水旺倒成了旁观者。

尕娃也没有受到惩罚。他妈自然舍不得责骂，还担心他下次又跑，唯一有资格管教他的马喊水，他舅舅，在他和得宝之间自然选择了责罚得宝。

得宝一回家就被马喊水捆绑在长板凳上。

然后把羊鞭泡在饮马槽里，准备"大刑"伺候。

得宝他妈也不敢劝，只能蹲在得宝身边一边责怪一边支招："得宝，妈也心疼你，可是不打你，你不长记性，等一会儿你爸打你的时候，你就使劲喊、拼命地喊，喊的声大了，他就不打了，听到没？你不要犯倔啊，像上次一样，都快把你给打死了，啊！"

马喊水提起鞭子，拉开得宝妈，狠狠抽下。

得宝浑身抽搐一下，裸背上就起了一道血印，但得宝偏偏咬着牙不出一声。

尕娃在一旁心惊胆战地看着，身子也是一抖，眼里涌出泪水。

马喊水捋捋鞭梢怒冲冲地喝问："还跑吗？"

得宝毫不屈服，大声喊："早上煮洋芋，中午蒸洋芋，晚上烤洋芋……我叫洋芋吃够了，我就想出去……"

马喊水猛地又是一鞭，愤愤道："你以为外头就是吃香喝辣的？尕娃他大跟你一个想法，二十上跑的，说新疆好，能挣钱。这一走，快十年了，是死是活都没个音信儿。你大有叔他们争着抢着要名额要吊庄，去了咋样，一晚上都没熬到亮，就窜回来了，打死都不去了……你还想跑？还敢带尕娃跑？我让你跑！跑！"马喊水越说越气，边说边抽。

得宝终于忍不住了，被抽得失声惨叫。

尕娃惊吓得捂着脸哭。

得宝妈冲过来拦住："马喊水！没完了你！看把娃都打成啥样了吗你？"

马喊水借势松了羊鞭，但嘴里还说着："叫你让开。"

得宝妈、马喊水争执间，有村民跑进来，喊道："苦水村又来打人了，出人命了！"

马喊水赶紧丢下鞭子出门，得福和张树成也从村部闻风急奔出来，众人一起往李老栓家赶去。

八

李老栓家已经闹得像锅粥。

安家人趁着夜色悄悄摸进来，把李老栓堵在家里，瓮中捉鳖，安家舅舅和几个男丁用早准备的麻绳把李老栓绑了个结实。

"你们要干啥？"李老栓满脸惊慌地问。

安家舅舅恶狠狠地恐吓道："李老栓，别以为白天有当官的给你撑腰，我们就不敢动你。"

李老栓昂头争辩："不就是彩礼嘛，我退给你还不行吗？"

安家人气不过，用力推攘，李老栓呛了一口地上的灰，猛烈咳嗽起来。

安家舅舅继续推攘呵斥："退？你以为光退个彩礼钱就完了？还有酒席的钱，接亲队的钱都花出去了，你咋赔？你赔不起！我们也不要你赔钱，我们就要人。"

安家舅舅手一挥，安家男丁推着拉着李老栓就往外走。

门口已经围上了涌泉村的村民，阻挡安家带人走，双方拉扯，涌泉村人少，安家快要闯出院子，一人大声喝道："咋了，咋了？弄啥呢？干啥呢？干啥呢？咋回事？不是都说好了吗？不是叫你们慢慢商量着办吗？咋个又来了？”

马喊水带着得福和几个村民赶到了。

安家舅舅上前说：“是这样的，这个事情是我们两家的事，对不对？我们来的目的很明确，只要谁把钱给我们退了，我们马上就走。”

马喊水甩头：“钱不钱的我不管！不能在我村绑人！”

村民们纷纷跟着嚷道：“对，对。把人放了，放人！”

杨三也在一边嚷道：“就是，就是，再没完没了的就打你！”

得福在他父亲身旁皱眉。

安家舅舅大声叫道：“赖婚还有理了？就不放。”

马喊水沉下脸：“来我村绑人，还有没有王法？”

安家舅舅见村民越围越多，脸上害怕，却也不退，安家人一个个扬起手中的家伙，准备拼斗，村民们虽然知道这是李老栓不占理，但毕竟也得护着自家村里的人，双方一触即发。

突然人群被人拨开，一个人走了进来，村民一个个脸露惊讶，一下子变得鸦雀无声。

水花！

逃婚的水花竟然在这时候回来了。

村民两边分开，水花一步步走进小院，面无表情，眼圈通红，脸有泪痕，背上背着背包，显然是一路哭着回来的。

得福一下子就愣住了，想上前，又忍住。马喊水也吃惊地张着嘴不知道说啥。

安家人看水花回来了，慢慢放下了手里的家伙。

水花没有理会任何人，径直走到李老栓身边，替她父亲解绳子。

然后抬起头，目光扫过马喊水、杨三……她看到了得福，脸上表情终于松动，挤出一个微笑，泪水却同时流了出来。她凝注着他，似乎很久，又似乎只是一瞬。

然后，她转头，心如死灰般对李老栓说：“大，我嫁，我听你的，我嫁！”声音很低，可是所有的人都听得清清楚楚，似乎带着一些柔弱，却又显得很笃定。

李老栓呆呆地看着自己的女儿，眼里突然就有了泪。

所有的人都看着水花，看着她爹，所有的人都没有说话。

得福也看着她，看着一切，脸上又是震惊，又是无奈，又是痛心，却偏偏什么也没有说，什么也没有做。

这天晚上，村里大部分人早早就上了炕，整个涌泉村也似乎比平时安静了很多。

九

但是村委会还亮着灯，灯下的三人心情都不平静。

马喊水吧嗒吧嗒抽着烟，张树成在屋里来回踱步，得福坐在桌边发蒙。

三个人此时各有心事，马喊水是遇上村里这逃婚的事闹心，张树成是完不成吊庄任务烦心，得福则是亲眼看见了水花的遭遇，深受打击。水花与命运抗争失败只能认命，这让得福非常心疼和无奈，这封闭的乡村愚昧老旧的思想观念根深蒂固，这是他不曾清醒认知的事实。

马喊水憋不住劲儿，首先开口说："张主任啊，我看，这事还是不成啊，你跟县上汇报一下，咱涌泉村搬迁的事行不通，看看县上怎么说。"

张树成摇头。他不能像马喊水一样打退堂鼓，杨副县长可是给他下了狠任务的，而且，他看问题自然比一个涌泉村代理村主任看得更深刻。他严肃而认真地说："我知道难，但是每个村都有指标，得完成啊！你不去，我不去，哪个村儿都不去，那吊庄猴年马月才能建设起来，不还得再受上两辈子的穷！"

这番话是说给马喊水听的，更是说给得福听的。他看着马得福，心里对这个年轻人充满期待，尤其是知道了水花喜欢得福却被她爹强嫁去苦水村，他不希望这样的悲剧再次上演。

马喊水面露难色，摊手说："人家不愿意挪窝，咱也不能拿铁链子拴着人家去呀，这也不符合政策吧？"

得福欲言又止。

张树成沉声说："开村民大会。"

马喊水大吃一惊，得福站起来，表情坚定地说："开会。"

得福决定暂时把水花的事放在一边，无论如何都要以工作为重，无论如何都要支持主任，同时他觉得开会也许是一个不错的尝试，尤其是在现在找不到办法的情况下。

第二天上午，村委会院子里，一张条桌摆在院中间。

张树成和马喊水坐在桌边，得福趴在桌前，摊开会议记录本，准备记录。

村民们席地而坐，围成了一圈，李大有、五蹲、拴闷、杨三、立仓等人也分坐在人群里。

马喊水冲村民咳了一嗓子说："今天我这个代理村主任要办正事，都把耳朵竖起来听着。下面先由县上的张主任讲话。鼓掌！"

人群里稀稀拉拉有几声掌声。

张树成也不见怪，翻开他的本子，看着讲了起来："涌泉村的父老乡亲，我先把我给大家介绍一下。我是咱们海吉县吊庄移民办公室的张树成，今天来给大家开这个会，就是要……"

突然李运胜出现在会场。

众人纷纷起身打招呼让座。

马喊水也起身扯着嗓子喊："老支书！老支书！上来！你上来坐！"

张树成见状，只好先停了讲话。

李运胜冲马喊水摆摆手道："我听得见，让县上的同志接着讲！"

李大有拎着他坐的小板凳走来摆好，让父亲坐了，悄声道："你回去吧，多大岁数了，还来这儿凑热闹……"

李运胜狠狠瞪了儿子一眼，转脸看向张树成。

马喊水瞥了一眼得福，又冲张树成道："主任，接着讲，接着讲。"

张树成接着讲道："好，我接着讲。我也是咱海吉县的人，咱这地方有多穷多苦，我和你们一样清楚。上面为啥要让咱搞吊庄移民，就是想把咱这一块山荒坡陡、缺水没路、条件艰苦、不宜生存的村镇，优先安排吊庄搬迁。吊庄就是咱原籍的房子耕地都不变，在玉泉营那边再划块耕地和宅基地，建个新家，定居发展，生产自救。咱村里去过的都知道，那块地方东起黄河西干渠，西接沿山公路，南边是莲湖农场，北邻固宁，东西 5.2 公里，南北 3.75 公里，总土地面积 29200 亩，可改造用地 21100 亩……"

拴闷忽然起身打断道："那都是沙石地，没钱，拿啥改造？"

杨三接话道："干渠离地远着呢，啥时候水才能通到嘛。"

五蹲捋起袖子飘风凉话："那里蚊子比咱这儿的苍蝇都大，咬人就像吸血，我这胳膊就是让咬得肿成这了。"

众人顿时上前围观，议论纷纷。

张树成一时无法讲下去。

得福不安地看了一眼马喊水。

马喊水却一脸平静，只听不语。

张树成提高了声音讲道："大家静一下，静一下。这几个村民讲的情况基本属实，我也去过，我也要实事求是地告诉大家，那边的情况，目前确实还比较艰苦。但咱县上去了好几十户了，除了咱村的七户跑回来了，其他人都坚持留下来了，为啥？因为他们相信，基础设施有政府出钱建，扬水站有政府出钱修，艰苦几年，等浇上黄河水了，那儿打的粮食肯定比咱这儿多得多，发展前景也肯定比咱这儿好得多。咱今天之所以开这个会，是因为咱村原来报的七户吊庄的全都跑回来了，县里为了完成市里分配的指标，要求咱村上另外再报七户，把空缺的指标给补上。情况我介绍完了，希望大家好好想想，愿意的就可以在得福那儿报名。”

村民们听完议论纷纷，李大有出了声：“张主任，你不能老揪着我们几个回来的说事嘛，也不能光说远的，以后会咋样咋样，你也得说说近的，现在去了能咋办？黄河水浇不上这几年咋弄？吊庄了还得自己盖房，村里人砸锅卖铁，有几家能凑够盖房的钱？还有吃的、喝的咋解决？”

村民纷纷吆喝道：

“就是的。”

“说得对。”

“我们去了吃啥喝啥嘛。”

张树成一时无语。

得福急得又看了一眼马喊水，马喊水仍然面无表情。

场面一时混乱，嘈杂声四起。

李运胜猛咳了一声，缓缓站起身。

众人瞬间安静下来，望向李运胜。

李运胜冲张树成道：“张同志，我想听一下，那些没回来的吊庄户，他们留在那儿咋过活？”

张树成马上回答道：“是这样，那里靠近国营农场，离周围乡镇和银川市区也不远，好多吊庄户都想好了，准备去农场和附近乡镇打工，边打工赚钱，边盖房子收拾地。这方面咱县上也跟当地政府有协商，请他们多照顾咱进城打工的人员。”

李运胜：“这不就行了嘛，人有出路，还当啥逃兵呢嘛。”

李运胜说着，瞥了李大有一眼。李大有不满地躲开李运胜的目光。

李运胜又冲张树成道：“张同志，我当了几十年村支书，知道我涌泉村人穷，但再穷也不能把骨气穷没了。昨晚上半夜，喊水跑来找我商量，要我和他一块带头报名，说我两家要不带头，村里就不可能完成这七户指标，就拖了全县的后腿。我还以为是多难的事情，心里还打鼓。刚听你这么一讲，能打工，能挣钱，这算啥苦嘛，有奔头就不算苦，没有奔头才是苦！其实从昨天，村里几个娃要逃出山活命，又让抓回来，我就一直在想，咱这在座的满嘴齐牙的大人，还不如几个娃娃有魄力！在咱们这儿活不好，换个地方活有啥不好的？”

众人听着，默然不语。

得福感激地望了一眼父亲。他现在明白了，肯定是昨晚马喊水偷偷去找了李运胜，安排了这一张决定胜负的底牌。

张树成正要说话，李运胜又抢先说道：“张同志，你放心，涌泉村不会拖全县的后腿。今天这个会，咱就不开咧，你先把我和喊水两户登记上，谁愿意去续着写。没人去，就在原来七户里头抓阄。当时都抢着要去，现在想要赖？哪户敢不去的，我和喊水商量好了，今年的救济粮就给他扣了，发给愿意顶他去的人家！”

李运胜说罢，转身离去。李大有不满地望着父亲离去的背影。

马喊水这个时候才转过头，故意冲得福咳了一声，得福笑了，父子二人互做鬼脸。

张树成望着离去的李运胜，又看着马喊水父子互做鬼脸的样子，心里恍然。

他慢慢合上工作日志，面露感动，眼圈渐渐发红……

同时，这位吊庄办主任在心里做了一个重要的决定。

第一卷终

第二卷

扎根

在现实生活中，西海固地区有不少“涌泉村”“苦水村”之类的村庄，反映了当地苦盼水源的缺水现状。

从山沟里吊庄出来的移民，面临着比以前更加艰苦的生活环境，一穷二白，用电，用水，整地，盖房等，都是他们面临的迫切困难，需要他们用更大的努力和更多的汗水去克服。同时，他们背井离乡，没有归宿感和安全感，被当地人略带歧视地称为“吊庄户”，甚至被叫成“老山汉”，但是西海固人骨子里的坚韧和吃苦耐劳的品质，帮助他们战胜了恶劣的生存环境，也克服了这次迁移带来的巨大落差。这种精神甚至可以从当地的谚语中看出，“老虎不下狼儿子”“要死死在阵上，不要死在炕上”“宁给狠汉子拉马坠镫，不给㞞汉子出谋定秤”。

一

茫茫戈壁，像大地上一块巨大的黄色疤痕；炎炎烈日，像一个包容天地的熔炉，烧烤万物。

一辆老式大巴车沿戈壁滩摇摇晃晃，艰难行驶。车顶上用行李网网着几辆架子车车厢和车轱辘等杂物，车厢内走道上卧着羊，放着鸡篓、各种农具和铺盖卷，座位上男女老少好几十人随车的晃动昏昏欲睡。

这是这次从海吉县搬迁的一批新移民，来自好几个村。

靠窗的座位是抱着手风琴的麦苗，白校长坐在她的旁边，另一旁是秀儿，她正抱着 3 岁的儿子。大多数衣衫褴褛的移民被漫长的行程折磨得非常麻木，心里充满对未来未知的担忧，但也有一些人眼里闪着光：麦苗不时好奇地看着窗外一望无际的戈壁，白老师若有所思，秀儿紧紧地抱着儿子盯着前方……

这车，就这样满载着人的忐忑、期待、希望，蹒跚地向前行驶着，摇摇晃晃地驶进农场。

得福早就带着娟子等候着。

他们身后是农场办公室，门口放了张桌子，桌子上面放着一个写有“吊庄移民接待处”的字样的牌子。

几年前马得福跟着吊庄办主任张树成到涌泉村追七户逃跑的移民，工作能力和热情得到了认可，张树成把他正式从农机站调到了县政府吊庄移民办公室，还委派他做了一个小组长。娟子也是吊庄办的工作人员，婚假都没有休完，因为吊庄办人手不够，就提前上班了。

他们远远地就看见大巴车鸣着笛驶来，娟子问得福是不是吊庄的车，得福肯定地说错不了，看车顶行李架上装的啥就知道了。

大巴车驶来停下。

满车的人拥挤着抢拿行李下车。

得福和娟子迎上。

娟子喊道："大家别挤，我们是县吊庄办的，专门来接大家。你们把行李卸了后，靠车右手边集合！"

得福上前帮忙，伸手将车顶放下的一辆架子车车轱辘接住。

白校长下车看见得福，高兴地喊道："得福！得福！"

麦苗也喊道："得福哥！得福哥！"

得福连忙放下车轱辘，吃惊地迎上道："白老师，你和麦苗咋来了？"

白老师拉着得福的手高兴地说，涌泉村那边的村小撤了，抽调他到乡教办帮忙，闲得要死，听说这边要临时开所学校，他就去找县教委的领导，毛遂自荐，于是就被派了过来。

得福也乐了，说这边校舍刚盖好，就等着有老师来。又有些不好意思地说就是条件差了点儿，跟涌泉村的村小一样艰苦。

麦苗把胸前的手风琴背到肩上抢过话说："我看这挺好的，有水渠有路，庄稼也长得绿油油的，根本没有得宝说的那么烂。"

得福苦笑，说这是人家国营农场，条件当然好。他们要落户的金滩村离这儿还有十好几里地，路没通，车开不过去，所以吊庄办只好派他和娟子专门过来接人。

麦苗一愣，不由得大感失落。

二

对所有移民进行了登记注册后，得福和娟子领着众人徒步出发。

得福打头，娟子在最后，一行数十人，身背肩扛各种行李、农具，几辆架子车上也装满了羊、鸡篓及锅碗瓢盆等生活用品，沿戈壁滩行进。

得福一边介绍情况，一边回答众人的疑问。

秀儿背着儿子走得辛苦，问咋不修路，得福解释说打了报告。

秀儿叫她儿子先人，说她家男人三代单传，一家子把娃当先人孝敬着，他爷爷都这样叫。

众人笑，麦苗打量四周说，得宝说这儿风吹沙子跑，地上不长草，她以为是骗她，现在一看，还真是。

白校长在旁边一愣，问她是不是和得宝还有联系。麦苗大咧咧地说有，他们写信。白校长又问得宝知道她来不，麦苗迟疑片刻摇摇头。

白校长还想问啥，突听得福惊慌地冲众人喊道："沙尘暴！有沙尘暴！"

众人一惊，随声望去，只见远处不知什么时候升起一堵黄色的沙墙，向他们压来。

得福急忙让拉架子车的人将几辆架子车并成一排，把车里的东西卸下，将车厢竖起，形成一排围挡。

娟子组织人群来到围挡后面躲避。

得福将白老师和麦苗拉到人群里，冲大伙喊："别慌，劲儿大的在前头扛住车厢子，女的和娃躲后头。不要紧，就是一阵风，刮过去就好啦！"

娟子掏出一条围巾，冲女人们做着示范喊道："有围巾的，像我这样把头围上，沙尘暴来的时候，要双手抱头，尽量抵着地别动。"

娟子话音未落，沙尘暴带着风哨铺天盖地席卷而来。

人们纷纷低下头，紧紧缩在一起。

瞬间天昏地暗，飞沙走石，人们被裹在沙尘暴里什么也看不见。碎石击打在架子车车厢上，发出了"噼里啪啦"的声响，每个人都觉得呼吸困难，身体像是被包在沙子里一样，无法动弹，可能随时就要散架。

不知道过了多久，风声开始变小，天渐渐明亮起来，飞沙减少，最后声音终于消失，世界静止。

沙尘暴已过。

众人回过神来，睁开眼，看看四周同样懵懂的同伴，大家身上都蒙了一层沙石。

刚才那一段时间，其实只是一袋烟的工夫，却似乎漫长得如同长夜。

得福抬起头，扭了扭脖子，吐了一口沙子，站起身道："过了，过了，都起来吧。"

人们纷纷站起身，抖落身上的沙石。

有人开始装架子车，有人扛上行李、农具准备出发。

一个移民突然叫道："三哥，你头咋咧？"

三哥摸了一下额头，望着沾在手上的血，痛苦地皱起了眉。他的头被刚才沙尘暴卷起的石头划破了。

几个移民闻声凑过去，一边骂妖风，一边问得福住的地方是不是也是这样。

得福上前查看三哥的伤口，安慰说："戈壁滩就是风大。不过以后等树栽多了，生态变好了……"

一个移民不满地打断说："以后是啥时候？三年五年，还是十年八年？"

得福被噎住。

另一个移民猛跺脚喊道："上当咧，上当咧，说这儿地平地多，能浇水，免费种，全是哄人的。这明明是把咱发配到这儿，让咱开荒来咧！"

众人听着，神情复杂。

得福劝说道："已经比前几年来的吊庄户好多了，那时候才艰苦，现在已经好点儿了，以后会越来越好……"

三哥又摸了一下伤口，猛打断道："别说咧！"

他背起行李，谁也不理，气呼呼顺原路往回走。

众人见状一惊。

得福扬着手喊他："叔！咱得往这面走！"

三哥头也不回道："我要回去，不遭这罪咧！"

众人听着又一愣。

得福赶紧去追，谁知又有一户移民也要带着家人跟着三哥离去，得福和娟子上前阻拦，几人狠狠推开二人。另一个移民咳了几嗓子，也拉起他的架子车，跟着去了。

众人呆望。

得福和娟子一脸无奈，面面相觑，最后，得福发狠说："让他们走，没出息的。走，咱们继续走。"

他没有办法，只得把这个突发的事件当成小插曲。这几年每一批吊庄户都有跑的，虽然不像从前那样大批地跑回去，他现在得先把剩下的人稳住，领到金滩村，再来考虑逃跑的人。

他告诉大家没事了，金滩村先来的移民知道他们今天要来，已经做好了接待，等着大家，加快脚步，早点儿到了早点儿安顿。

移民们总算慢慢移动起来，继续前行。但是每个人的心里都蒙上了阴影。

三

得福没有骗他们，金滩村这边果然做好了接待准备——他早就跟他父亲马喊水说了，这次分到金滩村的移民有二十多户。

几年的辛苦，这片以前荒芜的戈壁，现在已经立起了几溜没有院墙的土坯房、砖包房，马喊水在他家院门口架了一口大铁锅，挥舞着大铁勺，煮着一锅黄米馓饭。

尕娃妈往锅底下塞着沙蒿秆添火，两人闲聊着。

李大有拉着架子车走过来，架子车上驮着黑皮水囊。

马喊水看见，舞着大铁勺笑着说："还是大有哥有觉悟，知道村里来新人，把水都拉着送来咧。"

"美得你，想要水自己拉去。"李大有说着将架子车拉进自家院内，放下车子，黑着脸进了屋。

五蹲、杨三和拴闷先后扛着农具走来。

马喊水皱眉问："大有今儿咋了？脸黑得像包公。"

五蹲说："拉水去了，和管水的骂了一仗，水没拉成，胀了一肚子气，脸能好看？！"

马喊水边搅着锅里的饭边问："为啥骂仗？"

杨三："收费的事，他嫌人家钱要得多，人家嫌他钱给得少。"

马喊水问："他那块地还没浇完？"

拴闷："浇完了就不涨这气了，玉米苗长得多攒劲，就差浇这茬水了，我那地里也一样。"

五蹲抱怨道："水渠的水，就跟老汉的尿一样，一阵有一阵没有的，指望不上。在人家机井上拉水，人家趁机抬价，想抬多少抬多少，咱们能有啥办法。"

马喊水默然半晌，才一声长叹说："唉，都别愁了，等咱们通上电，咱也打机井，谁还看他们的脸势好坏……"

几年了，村里的用水用电像两座大山压在每个男人肩上，这也不是他们光凭辛苦就能够解决的事。

李大有冲出屋喊："你就是头爱叫的驴，通电通电叫了几年咧？你娃不是在吊庄办管事呢嘛，也不说走个后门，先把咱的电通上……"

马喊水打断道："没看我正煮馓饭呢吗！我儿说了，今天新来的这一批，他就是走了张主任的后门，才全分给咱村的，就够通电的数咧……"

这个时候，得宝骑着自行车带着尕娃骑车驶来，到了锅边才停了车子喊："大，你咋整了这么大一锅？"

马喊水说："你哥说人多，二十来户，这怕都不够呢。"

得宝根本就没有听他的回答，跳下车直接跑回了屋。

得福领着几十号人，满脸风尘，浩浩荡荡走进村巷。

马喊水远远地看见，用手里的大铁勺在锅沿上敲了敲，大声喊道："村里的新人到咧，赶紧的，出来迎一下！"

随着马喊水的喊声，各家各户的人都出了家门，热情迎上。有的端着洗脸盆让洗脸，有的接过农具、铺盖卷，帮着拍打身上的沙尘。

得福带着白校长和麦苗走来。

马喊水、李大有、五蹲、杨三、拴闷等人看见，忙热情迎上问候。

白校长热情地与熟人握手。

麦苗冲问候她的人亲切点头，目光却在人群里巡睃，寻找着得宝。

得宝早就闻声出屋，只是有些羞怯没敢上前，这时站在院中，透过人缝，目不转睛地盯着麦苗。

终于，麦苗透过人缝也瞧见了得宝，想笑又止，害羞地瞥了一眼众人……

四

得宝在镇上的砖窑打工，水旺和尕娃也在。

这天一早，一上工得宝就悄悄地给两人递了话，听他口哨集合，早点下工，提前回村。

后来起了沙尘暴，虽然没有戈壁上得福他们遭遇的那么厉害，工地也刮起了风沙。工头特地过来交代，要工人们晚上加班，第二天要交货。可是得宝归心似箭，哪里会听，带着水旺和尕娃悄悄逃工。

在路上，得宝才告诉两人，白老师要来，他们都被白老师教过，应该去迎接一下。

水旺转眼一想，揭穿说是去迎接麦苗吧，怪不得又是洗头，又是理发、刮胡子，买油饼，买羊杂，还取笑他白打扮了，遇上沙尘暴了。

得宝恼羞成怒，趁着上坡让水旺下车帮忙推车的工夫，甩下水旺加速骑去，和尕娃先回到村里，然后回屋重新整理了一下头发和衣着，再出来迎接麦苗。

现在两个年轻人对了眼，互相使个眼色，偷偷离开人群，溜出村庄，一前一后地在田野上跑了很远，才在田埂上坐下来说话。

两人好久不见，虽然有书信往来，两人心里都像憋着好多话要说，可是一时间又不知道从哪里说起。

许久后，麦苗才感叹说：“天真大，地真平，看得真远，这地方挺好的……”

得宝一屁股坐在田埂上道：“好啥，刚来那时候，天天筛沙石整地，我吃的沙子，不比吃的粮食少。到现在电也没通，水渠也浇不上，为种这些树，把水旺他爷都累病咧……”

麦苗嗔怨打断道：“那你咋还待得住呢？”

得宝谄媚一笑道：“当然也有好处，离镇上近，打工挣钱容易。我家那两间土坯房就是我和我大打工赚钱盖的。”

得宝说着，从挎包里掏出了一个纸包打开，递给麦苗：“专门给你买的，油饼。”

麦苗开心地大口吃着道：“嗯，好吃。”

得宝一笑道：“哪天带你去县城，吃现炸的，更香！”

麦苗拿起一个递给得宝道：“你也吃。”

得宝摇头道："看你吃比我吃还香！"

麦苗羞赧道："糊弄人的话都会说咧，你是不是学坏了？"

得宝一叹道："天天打完工回家睡觉，睡醒出门打工，想学坏都没时间。"

麦苗说："我明天跟你打工去。"

得宝一愣道："工地上没有女的。"

麦苗说："我去了不就有了。"

得宝说："太苦咧，一天干十个小时呢。"

麦苗说："涌泉村不苦，但是挣不来钱，更吃不上油饼。"

得宝想了想道："那你不走了？"

麦苗说："我爸调这儿当校长咧，我能走去哪儿？"

得宝一乐道："那行，明天带你去。"

得宝说着，伸手要给麦苗取点心吃，却抓住了一只手，以为是麦苗的，稍愣一下，忙松开笑道："还有那个油窝窝，你自己取着吃。"

麦苗不解道："还有油窝窝？"

回头一看，水旺和尕娃不知道什么时候摸到了身后，正在鬼鬼祟祟掏吃的，麦苗出声提醒得宝。

得宝回头，反应过来刚才抓着的是谁的手了，起身追起了两个兄弟，三个人在田野里互相追逐，嬉戏打闹，麦苗在一旁看着，脸上露出了灿烂的笑容。她想，光是能够跟他们在一起，就值！况且，还可以打工挣钱盖房，可以随时去镇上甚至县城，不再像涌泉村那样封闭在山沟沟里，什么都没有，什么也做不了。

年轻人的心中，充满了美好的憧憬。

五

得福回到吊庄办才明白送移民去金滩村发生的"插曲"后果有多么严重。

娟子向张树成汇报了这次移民安置的情况，说这次到了的一个移民被飞石划破了头，吓坏了非要回去，跟他走了有三户，都是亲戚，一个村的，拦都拦不住，还没来得及解释说因为沙尘暴，素来沉稳的张树成脸色已经大变。他赶紧让得福算一下金滩村还剩多少户，加上以前安置的一共多少户。

得福看了眼工作日志本说有十九户，加上以前安置的一共是五十九户。

张树成愣住，脸上慢慢露出苦恼的表情，说不够六十户啊。

这下得福和娟子也明白过来。

原来金滩村一直没有通电，因为这个移民安置点户数不够，供电局的规定是要满八十户才给送电，金滩村的村民们闹了很久了，尤其是以李大有为头那几户涌泉村来的移民。张树成为了这事也跑了玉泉营变电所、县供电局好多次，又请县政府跟供电局沟通，好说歹说，变电所也打了申请，送电标准才降到了六十户。

这一次，张树成决心彻底解决金滩村的用电问题，这批吊庄过来的移民，全部被安置在金滩村，超过了六十户的规定。他上午还专门又跑了一趟玉泉营变电所，敲钉钻脚，逼着变电所陈所长急事急办，优先开工，答应十个工作日内给金滩村通上电，谁想到一场沙尘暴，让板上钉钉的事变成竹篮打水。

“我还说通电后请陈所长喝酒，”张树成忍不住埋怨，“你俩真是的，人好不容易都动员来了，咋能让走了呢！”

得福面露愧色，承认错误说：“主任，这……这……这都怪我，当时没有拦住。”

他理解张树成很少这么批评他们，肯定是这事在他心里堵了很久，压得他难受。

张树成叹了口气，无奈地安慰：“吊庄移民，本来就是个难弄的事，几年前，我不是也没拦住嘛。”

得福心里更加难受，一脸自责道：“我应该硬拦……”

张树成打断道：“行咧，别自责了，硬拦不是办法，这不是个用蛮力的事情。”

得福点点头，焦急地说：“金滩村这个电，这可得通到啥时候！再通不了，新来的这些户，情绪肯定会受影响，老户再被新户影响，会生事端的。”

张树成想了想道：“嗯，确实是个麻烦。我明天要回县里开会，等我回来，再去找一趟陈所长，跟他死磨烂缠，说啥也把这个电给通了。”

得福皱眉沉思，他决定不等主任回来，自己去变电所。这事直接责任在他，无论如何，他都得想办法试试。

说干就干，得福骑上自行车立刻前往玉泉营变电所，找到具体经办的老赵，把准备好的申请资料递过去。

老赵办事严格，一一核对，数了两遍，才从眼镜后面看着得福，说不够六十户，把人员名单扔回。

得福满脸堆笑，说只差一户。老赵说差一户也不行，这是规定。得福继续赔着笑说昨天张主任跟陈所长说好的，请赵师傅办。老赵才不会被他忽悠，严肃地打断说所长确实跟他说了，金滩村的事要急事急办，十天内通电。但前提是，必须凑够六十户。

得福没辙，坦白说这次吊庄移民，金滩村本来都超过六十户了，因为他工作的失误，让三户半路上给跑回去咧，才造成现在这么个局面。老赵不耐烦起来，说不管啥理由，都得按规定办事。让得福回去，等户数够了，随来随办，优先照顾都行。

得福不想就此放弃，叫赵师傅：“赵叔，你看我来都来了，你就抬一下手，给办了吧。”老赵固执摇头。

得福无可奈何，说要不他找找陈所长，老赵不高兴了，让他爱找谁找谁，又说所长比他还讲原则，找了也是白找，不信就去吧。

得福起身欲走，旁边的人冲得福说，所长去开会了，晚上才能回来。

得福听罢，一脸无奈，只得暂时打道回府。

六

晚上，吃了饭后，得福再次骑着自行车来到玉泉营变电所。

玉泉营变电所大门紧闭，得福下了车子，上前拍门。

门卫打开门，探出头问他啥事，得福说找陈所长。门卫又问他找所长干啥，得福说金滩村通电的事，门卫说晚上不办公。

得福见他要关门，赶紧说：“我知道，我就是见一下陈所长。”

门卫迟疑一下，说：“那你等着，我去看看所长在不在。”

门卫转身进去，到二楼推开一间房门，陈所长正跟老赵就着盒饭喝剩酒。

门卫说了有人找，是金滩村通电的事。

陈所长疑惑地看着老赵问咋没办，老赵不慌不忙地说户数不达标，没法办。陈所长说张主任告诉他超过六十户了啊，老赵说他亲自审核的，只有五十九户。

陈所长脸露不悦，说：“这个张主任，都给他开口子了，急事急办，他也承诺了，这回肯定超过六十户，咋户数还没整够，这不是哄人呢吗。还派个人，大晚上的来找我干啥，不见！”

门卫下楼出来，也不开门，冲得福直接说，所长没回来。

得福一愣道：“不是说晚上回来？”

门卫：“这我不知道，要不你明天再来。”

得福无奈地杵在原地，眼巴巴看着门房檐下的灯泡，通明刺眼，待了一会儿，只得掉转车头离去。

回到村里，得福又去继续下午的工作，查看那些刚来的移民的安置情况。

在低矮狭小的地窝子里，秀儿抱着儿子坐在床上。

所谓的床，就是在地上铺起厚厚的玉米秆，再在玉米秆上铺土布床单。

秀儿的儿子哭闹不止，她年轻的男人焦虑不安地在一旁看着，束手无策。

得福找来他的父亲马喊水，马喊水用手试着秀儿儿子的额头，看看小孩的舌头和眼睛，然后说没啥大事，是积食，上火，还有点伤风感冒和水土不服。然后从他带来的药箱里掰了半片白色的药片，捏碎了放在碗里，兑上水递给秀儿，让她给她儿子喂了。

得福一看秀儿两口子还是一副提心吊胆和不安的表情，安慰说："放心吧，我大说他没事就没事，当年也是跟赤脚医生行过医的，咱们移民有点毛病都找他。"

马喊水看到玉米秆铺的床铺旁边的地上立着一短截蜡烛，提醒秀儿两口子蜡烛千万要小心，地上都是玉米秆，一下就烧起来了。又说："再等两天，我福娃子就给咱们把电通上咧。"

得福满眼隐忧地看着秀儿家艰难的居住条件，不敢在这里跟他父亲坦白情况。

出了地窝子，马喊水果然又问通电的事。知子莫若父，他刚才看出了得福的支支吾吾。

得福瞒不过，只得说出实情，还差一户没办成。

马喊水吃惊不小，问："你不是说，这回来的加一起，肯定超过六十户了，咋还差一户？"

得福心虚地低下头，不敢看父亲，说："跟前几年我大有叔他们一样，半路上跑了三户。"

马喊水着急道："追回来啊，这人追不回来电咋通？"

得福摇头说："当年有你，有我，再加上水旺爷和张主任，才把我大有叔他们七户追回来。这回跑的三户都是外村的，说不上话，就是回去追，追得回来吗？"

马喊水愤懑不语，瞪着儿子。

得福羞愧难当，跨上车子说："我明天还去变电所，还找陈所长……我就不信，差这一户，就把全村五十九户都给绊住了……政策是人定的……我就不信他们不能为了人把政策给改一下……"

这番话又像是对父亲宣誓，又像是给自己打气，马喊水看着儿子的背影，欣慰地慢慢点头。

七

第二天一早，得福就来到变电所。又被告知所长不在。

得福也不理论也不激动，就在老赵的办公桌前坐下，如老僧入定，跟老赵隔桌相望，说他要等陈所长。

老赵扛不过这种“耍赖”的办法，无奈只得开口说所长真不在，让他回去。

得福慢条斯理地问，陈所长是不是被免职了，老赵叫他不要胡说，得福就说没免陈所长就得上班，他就等。

老赵笑说：“陈所长在县局开会，得好几天，你等得起么？”

得福也笑，说：“金滩村通电的事，就是我的工作。我天天来等，就算我上班，就能给我发工资，我有啥等不起？”

老赵一时无语。

得福施施然站起身，抓起桌上的电壶，给自己杯子里续水，又施施然地坐下，继续老僧入定，直到下班才离去。

第三天得福继续到变电所“上班”。可是他一进门，老赵就告诉他，说他这样做妨碍工作。

得福还是保持那种谦和温顺的态度，不理论，不激动，说好，然后退出变电所办公室，站在门口。站在那个门垛子上刻着“春风杨柳万千条，六亿神州尽舜尧”的对联的门口。依然是掐着点上班，掐着点下班。

依然如此。

还是照旧。

没有变化。

这一天得福又准时来到变电所“上班”，一边望着玉泉营变电所进出的人，一边来回踱步。

“别晃咧，走，跟我进去。”老赵黑着脸走出道，说完领着得福上了二楼，陈所长在他的办公室等着得福。

实际上，陈所长一直都在，只是不想见他。“赶”他出办公室，也是陈所长交代的。他以为得福就是一时心血来潮，可是他低估了得福的韧劲，见得福不进办公室，却跑到门口当门神，他心里由厌烦转为欣赏。

得福坐下，陈所长坐在办公桌后面盯着得福看，神色有些无奈。

得福坐在对面也盯着陈所长看。

老赵端来一杯水放得福面前。得福客气地冲老赵道：“谢谢。”

陈所长开口道：“马组长……”

得福连忙打断道：“不敢，不敢……叫我小马、得福，都行。”

陈所长一叹道：“都说你西海固人心眼比石头实，脾气比驴犟，从你和你们张主任身上，我算见识到咧。整整五天，你把我心脏都快堵出毛病了，知道的人，晓得你是无理取闹，不知道的，还当是变电所欠人账了，被堵了门讨债呢。”

得福抱歉道："陈所长，我知道我这种做法不对，但我也是急呀。金滩村这些坚持了好几年的老户不容易。你知道的，吊庄移民把房子盖起来以后，好多人家是留一个人，边打工边守着房子，就是占个地点，也有人盖个土房以后，一年都不上来看一眼。不通水，不通电，生活条件上不去就留不住人，这其实就成了阻碍吊庄安置村发展的死循环咧。再通不上电，这些刚来的就可能待不住，要往回跑。他们一跑，那些好不容易坚持到现在的老户也难撑下去，这个安置村，就可能跑没人了……"

陈所长不悦打断道："这道理你别给我讲，你先说，你们安置点那几个通了电的村，是不是我给你们办的？"

得福真诚道："当然是，这张主任和我心里都有数。"

陈所长冷笑："这话我给张主任也说过，我也是农家出身，咋能不理解那些吊庄户的苦处？我们已经申请给降了户数了，但也必须得满六十户才行啊，这是死规定。如果户数不够就通电，开了这个口子，以后我这事还咋干？十户八户的都要求通电，我供不供？供了耗费巨大，是违背国家有关通电的规章制度，我就是在犯错。不供，像你这样的来上十个闹事，我还活得成吗？"

得福表情更加诚恳："陈所长，我真不是像你说的想来闹事，我是心里过不去，但凡多差几户，我也就没脸来了，五十九户！就差了一户，整个村子就通不上电，既然都从八十降到六十了，是不是这一户就……"

陈所长打断道："国家规定我 60 岁退休，我 59 岁想办手续，你看国家给我办吗？"

得福争道："这两个事不一样……"

陈所长又打断道："规定就是规定，有啥不一样？"

得福梗着脖子："你这规定谁定的？"

陈所长说："县供电局发的文件，你要看，我让老赵给你拿。"

得福怔了一下说："能不能给局长说一下，特事特办，把这规定改一下？金滩村真的是太难咧……"

陈所长慢慢摇头说："想改规定？你本事大你去，我不行，我就是个区区变电所所长，我的职责，就是执行局里的规定。"

得福还要再说，陈所长打断道："行了，你坐一下，我要去忙了。"

得福无奈。

八

得福沮丧地回到村里。

看来变电所那边是无法再想办法了，陈所长对他已经仁至义尽，道理说完，自己再纠缠下去，就真变成耍赖了。

他再次来到秀儿的地窝子，询问秀儿儿子的病情。

秀儿说早好了，还说马喊水真是能够医病，又问什么时候能够通电。这才是她，也是他们这些新迁过来的移民最关心的事。

得福不想再瞒，说了原因，秀儿倒没怪他，只怪那天逃跑回去的三户人，说这三户要是她村的，那天她就把他们拦住了，顶天的大男人，说过的话当放屁，刮了一股风就吹散了。

秀儿的话虽然是在骂逃跑的移民户，却也刺到得福的痛处，得福害臊地低下头。

出了地窝子，得福重新鼓起勇气，他一定要把这个事情解决，而且最好就在张主任回来之前。

变电所想不了办法，那就到县供电局去。

第二天得福就到了县里，费了一番周折，见到了一位姓林的副局长。他把准备好的文件递给林副局长，这是他用心写的一个情况说明，上面有金滩村全村五十九户的签字和手印，加盖了吊庄办的章子，希望以此打动供电局，在允许的范围内行个方便。

林副局长却不看文件，反而像是对他这个人有兴趣，问他是不是叫马得福。

得福一愣，问林副局长怎么认识他，林副局长笑着说："陈所长专门来找过我，说了你折腾他的事，还帮你求情，看局里能不能破例给你们通电。"

得福心里顿时生起希望。

林副局长继续说："他说他让你这个年轻人感动了，我听了，也很受感动。我们真的都想帮你，可眼下有个难题，不好办呀。"

得福忐忑地问："是还差一户的难题吗？"

林副局长摇头道："不是这个，你要早来，这事都好办，我们正局长还在，这事只要我们一正两副开个局长办公会，事情就给你办了。"

得福："那现在？"

林副局长："现在难就难在，我们正局长刚调走，新局长还没到。按行政惯例，要推翻已经定下的规定，破例审批，必须有局长办公会纪要和正职签字才行。但我们新局长啥时候才能到位，我们也不知道。所以这个事情……”

得福争取道：“局长，这事真的不能拖了！再拖，吊庄户都往回跑了，到时候拦都拦不住。现在不就差这一户吗？你说，一户不能影响到五十九户人的生活吧？而且这五十九户，是我们两年来千辛万苦，从各地迁来的！来到这儿啥都没有，从头开始开荒、整地、种地，好不容易坚持下来了。我再三保证，我说马上通电了，马上通电了，就是通不来！这一次再通不来，我真的没办法交代了！局长，你看你，能不能行行好，给我们再想想办法，就当是给我的工作一点点支持。我这个工作真的是，太难了！行吗？”

他既然来到了供电局，就不会轻易放弃，这些话都是他早就准备好的说辞，也是实话，说到后来，他忍不住真情流露，想到自己这几年到吊庄办的工作，这些天为了接待安置移民没日没夜地忙碌，眼角一酸，差点儿落泪。

林副局长显然也被感动了，皱眉沉思片刻道：“是这样，你在这儿等我一下，我把材料拿到一个我们这儿管业务的刘副局长那儿去，让他看一下。他要是同意，我俩可以先形成一个意见，都在上边签个字，让陈所长先办事嘛。等新局长来了，我和他一起汇报，一起担责，好不好？”

得福心里再次升起希望，感动地说：“好，太好了，谢谢局长。”

林副局长让他坐会儿，自己出门去了。

得福端坐在那里，焦虑不安，如坐针毡，好不容易听到脚步声，林副局长手拿材料，匆匆走近，得福连忙起身，期待地望着林副局长。

林副局长无奈地摇头说：“刘副局长还是想按规定办事。”

得福急了：“啥意思？”

林副局长苦笑着说：“你只能等了。”

得福如坠冰窖，金滩村通电的事情再次陷入绝境。

九

电的问题堵在那里，水又出了事。就在得福去县里找供电局疏通时，金滩村的村民因为用水跟机井站的工作人员发生了冲突，领头的正是李大有。

计划中这一片移民安置点，都将从黄河引水灌溉，金滩村的扬水站还没有修，生活用水和生产用水就要一直从机井站打，还得付钱。这一次李大有和五蹲拉着架子车去打水，结果机井站那边水价提了，由过去的一计量桶一毛提到了一毛五，李大有当然不服，说是漫天要价，坐地涨钱，就开始闹。机井站那边的工作人员也不怵，说价又不是他定的，都是公家说了算，双方从斗嘴发展到动手。幸好马喊水也拉着架子车来机井站打水，见状赶紧上前，拉住李大有和五蹲。

马喊水简单问了下情况，先示意李大有闭嘴，然后从兜里掏出烟来给工作人员递上，说他是金滩村的村主任，这事能不能商量一下。

机井站工作人员根本无视递烟的举动，生硬地回答说没啥可商量的，电价涨了水费就得跟着涨。

马喊水解释说："同志，这不是我们金滩村的水渠还没挖好，没有灌溉水嘛，要不怎么舍得用这机井站的水浇玉米呢。这水贵，我们人都舍不得喝，全留着浇地，不就是为了收几嘴粮食嘛，这一涨价心里确实是过不去。"

他的诚恳态度总算打动了机井站工作人员，工作人员的脸上多少有了通融的意思，但还是坚持说："这机井又不是我家打的，这钱也不是交给我，你们这来了动不动就骂人动手。"

"是，是，他们不对。"马喊水赶紧说着再次递上烟，被挡回，看看四周，更加诚恳地说："同志，你看他们带的钱也不够，接不满水，回去又得挨媳妇骂，这一次能不能先按以前的价给我们，下回再按这个价，我保证下回他们来不敢骂人了，再骂我撕烂他们的嘴。"

机井站工作人员终于点点头。这次冲突总算化解。

得福怀着沉重的心情回到金滩村，来找他大。

他也不是希望马喊水给他一个解决问题的锦囊妙计，只是一时间灰心丧气，想找个人说说话或者陪着坐坐也行。

马喊水正提着个桶，用瓢舀着水，仔细地往杨树根上浇。

眼睁睁看着旱地贪婪吸水，浇完一瓢，甩了甩瓢，一滴也舍不得浪费，然后才用瓢背上的水沾沾干裂的嘴唇。

他瞥见儿子来了，心事重重地坐在田埂上，也不回头，边浇边说："这一排的树，都是水旺他爷一个人栽的，说是听你的，栽上树，长大了就是一道遮风挡沙的屏障，就能护住人和庄稼。唉，六十多的人，天天栽树，栽了这大一片，人累垮了，只能回去养病。"

得福关心地问："你上回回涌泉村，没看他的病咋样了？"

马喊水说："别的都还好，就是他那腰落下病根了。他还念叨这些树呢，问我长多高咧，有没有旱死的？我说没有，只要我在，说啥都会想办法弄水来浇，死不了。"

得福起身，接过父亲的瓢，帮忙浇着树根说："今年天旱，费水……"

马喊水直起酸痛的腰，打断道："水渠断水，人家机井上的水还趁机涨价，比原来贵了一半。今天你没在，你大有叔和五蹲叔他们为拉水浇玉米苗，和管水的差点儿打起来。幸亏我也去拉水碰上咧，才把人拉开。要不，都操着家伙憋着劲儿，还不知道出多大的事。”

得福愣了一下，又默默地弯腰浇树。

一个因为用电，一个因为用水，都遇上定了规定就不能通融的困难，一瞬间，父子俩心里都闪过办事真难的念头。

马喊水抹了把汗，声音涩涩地说：“大为了你，也来这儿好几年了，看你和张主任，还有建设办来了走了的那些人，都没少出力，可吊庄这事，叫大说，是真的难。”

得福浇着水道：“大，你想说啥嘛？”

马喊水一声长叹道：“大的意思，这回这电要是还通不上，你大有叔他们谁要走，大不能再替你拦着了。他们话也听了，苦也下了，几年都扛过来了，大不忍心看他们留这儿继续遭罪，看不着哪一天才能熬出头……大要再替你拦他们，大的心，也实在是太硬了……”

得福低着头浇水，两滴眼泪掉在土里，瞬间没了痕迹。

马喊水望着一排排杨树又长叹一声道：“唉，真要是走了，就可惜了这些树苗苗……”心里也是一声长叹：这片苦难的土地啊！

十

日子还得继续。

得福第二天上班，一直阴沉着脸，就差没有长吁短叹了。

娟子看不过，安慰他别灰心，说张主任还没回来，等他回来，说不定还有办法。

得福不敢相信也不能相信，他只知道供电局定了那个标准，刘副局长不敢承担责任，就算是张主任去，也肯定是一样的结局。皱眉长叹说：“咱就差一户。要知道这么难，那天我就是生拉硬捆，也得捆回来一个。”

办公室的另一边，新来的移民都在忙着登记。秀儿也在新来的移民里，看见得福过来招呼，得福站起来迎过来，问她的娃咋样了。秀儿苦笑着说：“娃好，可是娃他大又病了，刚来的时候还顺道在喊水叔那儿取了药。”

轮到秀儿登记，秀儿在册子上写下了自己一家的名字和原住地：“震湖乡苦水村。”

得福无意间扫了册子一眼，愣了一下问：“我们村的水花嫁到苦水村了，你认识吗？”

秀儿咧嘴笑了：“水花姐，村里我跟水花姐关系最好咧。”

不等得福再问，秀儿就大大咧咧地把水花家的情况都给说了：“水花姐人聪明，也能干。说起来还是我们俩一起商量着报的吊庄……但是她男人残了，家里没有劳力，不符合吊庄条件了。”

得福听到水花的情况有些惊讶：“残了？”

秀儿说：“水花姐命不好。要说他男人永富对她也不错。当初水花姐嫁过来的时候，安家说家里有两口水窖，其实没有。永富就觉得是把水花姐骗着嫁过来的，心里一直过不去。好不容易攒下钱，要给水花姐挖水窖，结果塌方了，永富让砸里头咧，命是保住了，人残疾咧。唉，现在穷得怕都过不下去咧……”

得福两耳似乎聋了，秀儿后面的话都没听见，神情呆滞，目光迷离。

他的脑海里，又情不自禁地回忆起他和她以前那些时时刻刻，那些庄严许下的承诺，不怕受苦，展望未来……

傍晚，得福站在戈壁滩上，看着眼前零落的房屋，看着暮色一点点染过来。

忽然，他远远地看到，苍穹下、大漠里，一个人拉着板车。步履维艰，缓慢地向前移动，有些无助但又坚韧地向前，向前。

得福往前走去。

走得近了，得福几乎不敢相信自己的眼睛，他努力地辨认着。

是她，是水花！

这个如同一只瘦弱的羊的女人，拉着一辆架子板车，车上还有一个躺着的、缺了腿的男人和一个三四岁的小女孩，还有被子、锅碗这些家当……

她怎么会在这里？她从哪里来？难道她就是这样一路从苦水村走着到达了玉泉营？

得福完全呆住了。

水花抬头看到面前的人，也呆住了。所有的力量在这一刻好像都被从身体里抽走了。

两个人就这样面对面地望着，得福望着水花，水花也望着得福。

得福先是咧嘴笑了起来。水花疲惫至极的脸上，也露出了笑容。

世界仿佛在这一刻也变得无比美丽。

第二卷终

第三卷

转机

水窖，是西海固人为了缓解用水困难发明的一种蓄水地洞。

水窖口儿小，下面大，像一个放大的葡萄糖瓶，窖口多装有木桩，木盖，平时加锁，一为卫生，二为安全，三防偷水。

水窖有大有小，一般贮水量都在 5 ~ 10 吨之间，储水不能超过吃水线，超过了，水存不住，会渗掉，同时对窖也有损害，弄不好的话，窖一下就毁了。干窖不能装雪，装雪容易毁窖，也不能直接装冰，否则冰会砸坏胶泥层。

水窖的建造技术要求很高，关键是贴胶泥层。胶泥不渗水。胶泥的制作首先要选好原料，经过泡、晒、踏、抽、砸等几道工序，然后糊在窖的内壁。内壁上事先挖好了许多“麻眼”（即 11 ~ 12 厘米见方、17 ~ 18 厘米深，里面大、口儿小的小洞），否则，胶泥糊不上去。糊上后还要用木槌反反复复捶结实。胶泥只贴水窖下半部分。

水窖还有一个重要的配套设施：水场。

水场，是承接降水（雨、雪）的场地，一般都在水窖近旁。水场的选择，首先水来源要丰富，干净倒在其次。场地要打围墙，不让牲畜进入，以保持水场干净，快下雨时，要提前将水场清扫干净，头茬雨下来，先不放进窖里，而是从窖旁的岔道流掉，让雨水把水场、渠道冲洗一遍，这样进窖储存的水就比较干净了。

从 20 世纪 90 年代开始，政府支持群众在饮水困难地区大规模修建水窖等分散式供水工程，主要分布在宁夏、陕西、内蒙古等地区。随着时代发展，水窖建设逐年减少。

一

从苦水村到金滩村，四百多公里的路程，几乎全是荒无人烟的戈壁，水花足足走了七天七夜，谁都无法想象其中的艰辛与困难。

得福问过，水花轻描淡写地说，也不太难，反正觉得难熬的时候，就叫女儿晓燕跟她一起叫，你一句快了，我一句快了，就这样大声叫着，似乎就不觉得难了。

水花说她还唱歌，唱西海固流行的花儿：

……走远咧……越走越远咧，心里的惆怅种下咧，走咧走咧，越走越远咧……

当然也有困难的时候，比如晚上实在走不动了，就扎营睡觉。水花说她一个人要先在沙地上靠板车支顶篷，风吹得帐篷布扑拉拉响，系都系不住。好不容易将篷支起，让女儿坐进去，再去将永富背下板车，她力气小，有时腿一软两个人都摔在沙地上。

但是支好篷了，一家人或坐或睡挤在篷里，水花说那时候她心里却是十分安宁。

得福听着，心里又是难过又是酸楚，却强笑着说来了就好。

是的，来了就好。

水花的到来，让整个事情峰回路转，得福被逼到走投无路的通电工作，因为水花这一户，五十九加一，刚好六十户。得福觉得冥冥之中有一种神奇的力量，在他最无助绝望的时候，突然伸手拉他，不仅让他轻而易举地解决了这个巨大的困难，还能够让他从此天天都可以看见从前的爱人，生活一下子变得美好起来。

但是他父亲马喊水显然不这样看。

这天晚上，得福急匆匆回到家里，在院里杂物堆里翻箱倒柜地找东西。

马喊水从屋里出来问他干啥，得福犹豫了一下，还是坦白说水花来了，水花她男人腿砸坏了，还带个娃，他找东西去给她把地窝子顶加固一下。

马喊水听见水花的消息，吃了一惊，问："她咋来了？她不是没有指标吗？"

得福继续翻找："大，你咋知道她没指标？她是主动来移民的，我明天就带她去找张主任申请指标。大，咱家不是还有剩的牛毛毡……"

马喊水没听见儿子的问话，他在低头思考问题，片刻，他就下了决心，抬头说："儿呀，你在吊庄办干事，给大帮个忙咋样？"

得福一愣问道："啥忙？"

马喊水看着儿子，认真地说："把水花一家办到别的移民村去。"

得福吃惊道："这是为啥？咱村就差一户就能通电了……"

马喊水打断他，直截了当地说："看你刚才那㞞样，一说水花，脸颜色都变咧。我给你说清楚，你现在端着铁饭碗，吃着公家饭，你得进步，得发展，得往前看，别再想这些八竿子都该打远的事。"

得福又是尴尬又是不悦，苦笑着说："大！都这么些年了，你还……"

马喊水说："我还咋？当年你俩闹腾的，你差点儿连学都上不成咧。不是我果断出手，把你拉回来，还有现在的你吗？"

得福无奈地叹着气说："你以为我还像当年一样是不是？我跟你说，水花早不是原来的水花了，我也不是原来的我。我就是觉着她可怜，能帮就帮。再说，安置好每个来的吊庄户，那也是我的工作和职责……"

马喊水不耐烦地打断道："就问你这忙帮不帮？"

得福沉默。用沉默表示反对。

马喊水转身便走，冷笑道："行，不给你老子面子，我找你们张主任去。"

得福赶紧喊道："大！大！"

马喊水头也不回地走了。

得福苦笑着喊道："你去了也是白去，张主任也会优先考虑通电的事……"

马喊水才不会愿意让得福的"生活变得美好"呢！他了解自己的儿子，同时对儿子寄予厚望，"福娃子有官相"，他不允许水花影响他马家唯一将来可能做官的娃，即使只是一种假设也不行。

他推出自行车拧着眉骑上，直往村外冲，要连夜去吊庄办找张主任。

可是他突然一捏刹车停住，目光直直望向前面。

只见水花满脸是汗，从架子车上搬下一大件家什，又转身回去背另一件。双腿残疾的安永富抱着四岁的女儿坐在地窝子旁边的地上，水花筋疲力尽，大口喘着气。

马喊水看不过去了，走上前给水花搭手。

水花抬头认出马喊水，不禁一怔，又露出笑脸道："喊水叔。"

马喊水冷着脸点头，帮着水花把东西放在地窝子前的地上。水花让女儿叫马喊水爷，又给丈夫永富介绍说是娘家门上的喊水叔，永富面无表情地招呼了一句，水花歉意地笑笑，晓燕突然猛咳不止。

马喊水关切地问："娃咋咧？"

水花抱起女儿，捶着背说："唉，来的时候光知道远，一走才知道有多远。七天七夜，路上吃路上缓，娃嗓子就成这咧。"

马喊水望着水花蓬头垢面的样子，望着永富残疾的腿，望着晓燕，又看了眼架子车上还没来得及卸下的农具和灶具，眼睛瞬间潮湿。

他伸手揉了揉眼窝说："你这地窝子有时间不住人咧，这顶不行了，回头我让福娃子来收拾一下再住。"又看了一下晓燕，说："应该是水土不服了，没啥事。"

此时得福带五蹲、拴闷、秀儿等一行人，背着物资来修地窝子。熟悉的村民热情地打着招呼……

看到帮忙的老爹，得福露出了笑容。马喊水瞪他一眼，说："把顶子好好收拾一下，都弄结实了。"又喊水花，带上娃去家里，先做口饭吃。

二

第二天一早，得福带着水花去开发区办公室申请移民指标。

张树成看着水花赞扬说："水花，你了不起啊，一个女人家，拖着男人和娃娃，四百多公里，七天七夜啊！这份决心和毅力，就值一万个指标！我做主了，必须给你批！"

水花感激地说："谢谢张主任！"

得福也在旁边说："太好了！谢谢，谢谢张主任！"

张树成严肃而尊敬地说："好，从现在起，你就是金滩村的村民了！我代表金滩村欢迎你！"

水花再次感谢。

得福不忘替水花表功说："幸好水花来了，真是帮了我们一个大忙。"

水花说："听秀儿和喊水叔说了，我来就够六十户咧，村里就能通上电。"

得福喜滋滋地说他下午跟着就忙这事，把手续突击办了，明天就开始栽杆，六天后就可以架线。正是因水花，她一来，金滩村才能通上电！

水花自嘲说："我这么金贵？"

得福用力地点头说："当然。"

水花眼圈发红起来："长这么大，头一回知道我金贵，还是这么个金贵法……"

得福不知该如何接话，幸好张树成在那边招呼水花过去，给她指着墙上的地图，说："水花，你来看，这是金滩村三组第37号宅基地，这是金滩村最后一处空着的宅基地。其他人都是抓阄定的位置，你这最后一个来，就没得挑了，没意见吧？"

水花说："没意见，我肯定没意见。"

"那咱们这就登记签字。"张树成高兴地说，把文件递过去。

水花点头，郑重地签下自己的名字。

这天傍晚，得福去变电所办完了通电手续，陪着水花去看她的宅基地。

稍有些偏，在村庄最边上，附近有很多人家都在建房，这个时候还在赶工，都是刚从西海固那边吊庄过来的移民，跟水花一样，刚分到宅基地。

得福略带歉意地说："……刚过来的时候，啥都要重头来，是很艰苦，前期条件差点儿，我们帮着你先把地基打起来再说，然后慢慢打工，买砖买料，把房盖起来。"

水花似乎没听到得福的话，上前两步，专注地看着自己分到的地，眼里满是憧憬："这就是我的家。好，好着呢，好着呢！"

得福点头，看着水花的背影，眼中是复杂和感动。

从事吊庄移民工作这么多年，他第一次觉得自己的付出有所值，觉得未来有着无限的可能和期待。

生活是美好的，不是吗？

三

但是生活总是这样，不光是美好，同时还夹杂着苦难。

得宝他们就出事了。

麦苗那批吊庄移民来到金滩村那天，得宝为了迎接麦苗，带着水旺、尕娃偷偷逃工半天，结果第二天回去，工作就丢了。

倒也不全怪工头。砖窑货催得紧，他们逃工，工头为了及时交货，另外找人补缺，他们再想工作，工头却不想额外养人。同时，工头认为他们没组织、没纪律，无视他的权威，开除他们算是杀一儆百。

水旺不服，说："即使昨天旷工半天不对，前几天的工钱也得结。"

工头冷笑说："旷工耽误了交货，甲方还要找我，没让你们赔算便宜你们了。"

得宝怒气冲冲地随手摸了块砖质问："不给钱还想讹人？工钱不给，这事没完。"

工头一哂，说他像得宝他们这么大的时候，在县里拿过武术比赛的冠军。然后也不废话，摸起一块砖放在拖拉机上，挥手一劈，砖断成了两截……

得宝四人悻悻离去。

麦苗觉得不好意思，得宝三个是因为她才丢了工作，又悄悄责怪得宝不该为她带头逃工。得宝自然不认，水旺和尕娃也是满不在乎，他们都不觉得有什么大不了的，这份工作没了还有其他工作，只要下得力吃得苦，哪里都能够打工挣钱。

麦苗决定跟他们一起打工，不仅仅是因为愧疚，想有难同当，也是想跟得宝他们三个从小就玩得好的伙伴一起，尤其是得宝。她拒绝了父亲让她在西戈壁小学代课的建议，说不想像父亲一样教一辈子书！

但是他们很快就发现，工作并不是那么容易就能够找到的。他们什么都不会，没有什么专业技能，除了简单的出卖力气，甚至他们还没有成年，力气也不足。

这一天又是徒劳无功，连续碰壁，四个年轻人站在街头，茫然四顾。

麦苗莞尔一笑，半开玩笑半安慰地说："记着几年前，咱们四个还想着，跑出涌泉村，奔点儿新活路，真要跑出去了，现在会怎么样？会不会一样找不着工作？"

尕娃不满地瞥了麦苗一眼道："你没来，我们一找一个准，你来了，我们连先前砖窑的活都丢了……"连续被人轻视和拒绝，他心里藏着的火忍不住喷了出来。

得宝厉声呵斥道："你个烂舌头，胡搅啥呢？！"

尕娃胆怯地闭了嘴，垂下头。

麦苗脸色难看道："是我不该来……"

得宝打断道："跟你没关系……"

水旺突然开口道："尕娃没说错，咱带个女的，哪个工地肯要……"

得宝冲水旺道："跟女的有啥关系？是咱运气不好……"

麦苗猛打断道："他俩说得对，没我你们不会这么背……但我爸调这了，我不来这儿去哪儿？只有你们是我的朋友，我不找你们找谁？"

她不想他们三个伙伴因她而闹别扭，但她也真的想跟他们在一起啊。

三人一愣，呆呆地望向麦苗。

麦苗眼圈发红，扭头便走。

三人急忙追上。

得宝喋喋不休劝说着，尕娃后悔地抽自个儿嘴巴，水旺也一脸愧色，一直用眼神向麦苗表示歉意，四个小伙伴总算又和好了。

可是，工作还是得找，工作还是难找。

就是在这样的窘况下，得宝误入歧途，还把水旺和尕娃也带了进去。

他们三人，被人撺掇去扒火车，领头的人是个麻子。

趁着夜色，麻子领着很多人，几乎都是吊庄过来的移民，埋伏在铁路的弯道外，等着货车在这里减速，他们就蜂拥而上，把车上的货物往下扔，听到下一声汽笛，那是货车要加速了，他们就纷纷跳车逃离。

然后他们把从货车上扒下来的货物集中到一起，搬上麻子的农用三轮车，麻子按照人头发钱给他们，得宝三人每人大约能够分到四十块钱。

麻子叫他们常来，他缺人，得宝转头也严肃地叮嘱水旺和尕娃：“说好就这一回了，嘴都把紧。”

的确是因为好几天找不到工作，他们需要钱，才决定做这一次。

得宝支开水旺和尕娃来找麦苗，招待麦苗去油饼摊子前吃油饼，麦苗边吃边夸热的好吃，说天天像这多好。

得宝豪气地说：“人想哪样，就能哪样。”

麦苗瞄了一眼得宝，抿嘴笑了一下道：“吹牛！”

得宝挺直身体说：“你只要不走，就知道我吹没吹牛。”

可是他心里，却并不踏实，知道自己现在这个情况，如果继续找不到工作，就还真不能天天买油饼给麦苗吃。

麦苗秀眉微蹙开始哀叹，说她爸来这儿之前，三个月都没发工资了，乡上说，县财政没钱，暂时发不出来。幸好她在乡政府对面的商店卖货，每月还能发些。可到了这儿，天天吃老本，只出不进，心咋能不慌。

得宝心疼地看着麦苗，从口袋里掏出钱来往麦苗手里塞，麦苗不要，继续叹息，说早知道这样，小时候就不跟得宝调皮捣蛋不学习了。那时候要听了她爸的话，不和他对着干，肯定跟得福哥一样，也能考上学，就不用为自个儿养不了自个儿发愁了。

得宝一边听着，又是愧疚又是羞惭，决定再次铤而走险。

他再次去找麻子，麻子故意吊他胃口，问他：“是不是手头又紧了？不是说上回就是最后一回咧，咋又要干？”

得宝点头。水旺和尕娃站在远处等着他。

麻子问得宝：“客车你不扒？好东西多。”

这才是他的真实目的，少年人在客车上更容易得手，又不引人注意。

得宝摇头说：“不扒，客车都是个人的东西，我不拿。”

他心里也有一个底线，认为扒货车扒的都是给西海固的扶贫物资，本来也就是给他们的，就是提前拿了折了钱而已。

麻子看他坚决的表情，心里失望，轻蔑地一笑道：“明白，那还是和以前一样，后天货车，化肥或者糖。最近抓得紧，小心。”

然后将手里的空烟盒撕开，取笔，在烟盒空白处写了后天的车次，时间和地点，要他准时。又盯了远处水旺和尕娃一眼道：“把他俩嘴缝住，出事了谁敢抖出来，结果你娃。”

那天晚上，得宝、水旺和尕娃随着一伙人，依然埋伏在货车必须减速的弯道处，从暗夜中窜出，攀上了高高的货车车厢，解开绳索，掀起帆布，将车上的尿素一袋袋地往下扔。

等到货车鸣笛，渐渐提速驶出弯道，他们纷纷翻身从车上跳下，突然，铁道的两面冒出早就埋伏在这里的警察。

扒火车的人四散逃开，由远及近，不断有人被抓住，也有少数人逃脱。

得宝眼尖，刚跳下火车就发现苗头不对，拉起一边还在捡尿素袋子的水旺就跑，一边跑一边喊尕娃，尕娃扒在货车上，没有应声，也没有下去。

两人跑上山沟趴在地上，看见铁道边警察还在抓人，更远处有模糊的人影在奔逃，看不清是不是尕娃。

得宝看了一眼身边同样大口喘气的水旺问：“尕娃呢？”

水旺说：“肯定先跑了，他贼得很，没事，咱不用等他，咱们也跑吧。”

远处传来警察的声音：“这边还有一个……”

水旺紧张地拉得宝走：“快快快，走走走，快快快，走走走……”

回到村里，得宝趴在土炕上辗转，心里莫名不踏实。

忽然传来拍门声，得宝弹坐起来，他父亲马喊水在外面问：“得宝！得宝！尕娃是不是在你这？”

得宝心中的不祥坐实，一边回答没有，一边慌张起身打开屋门，马喊水和尕娃妈走进。

得宝冲尕娃妈问：“他没回家？”

尕娃妈紧张摇头。

得宝蹬上裤子说：“我去找……”

出门叫上水旺，两人骑上自行车重新回到铁道边，沿着铁道仔细搜索，一直到天亮，筋疲力尽，水旺叫苦说，他能去哪儿呢。

得宝黑着脸，一瞬间，两人心里都恐惧起来，千万不要是被抓了。

无可奈何地回到村里，尕娃妈坐在炕沿，凝视窗外，神情呆滞，水花和秀儿站在一旁相劝安慰。

马喊水一看得宝回来，不由分说地拿起扫帚就要打，得宝逃，马喊水追，水旺惊吓得语无伦次："叔……我们真没干啥……就是跑铁道边闲逛……"

李大有、五蹲、拴闷等村民纷纷赶来。

五蹲冲马喊水道："村边能找的都找了，没影……"

水旺抢话道："那火车站在这十几里以外呢，人咋可能在村边……"

李大有厉声打断道："把嘴闭上！谁问你咧？"

水旺闭嘴低头。

就在这时，村口传来警笛声。

四

得福这些天除了盯着变电所那边沿着通往村里的路栽电线杆，还忙着帮助白老师打扫学校，处理这批移民初来乍到遇到的各种问题，忙得不可开交。今天一早听到警笛，急忙骑着自行车飞奔过来。

警车在马喊水家院外停下，车上下来一个老警察和司机，后座下来两个稍年轻的警察。

在众人愕然的注视中，几人径直走进院内。得福赶紧停车跟上去。

马喊水慌忙迎上道："得福，这是？"

得福心知不妙，看了一眼神情复杂的得宝和水旺，将身后的老警察给马喊水介绍道："这是咱派出所的王所长。"

马喊水忙哈腰道："王所长，有事？"

王所长看了得宝和水旺一眼，又给马喊水介绍跟上来的两个警察道：他俩是铁路公安分局的，来了解个情况。

得宝和水旺听见，面面相觑。

水旺悄声抱怨道："完了，抓到家里来了……"

得宝踢了水旺一脚。二人胆战心惊地看着王所长把马喊水拉到一旁，两个铁道公安跟过去，几人冲马喊水说着什么，马喊水边听边气呼呼拧头看得宝和水旺。

得福走到得宝面前，一脸怨气地盯着。

得宝怯怯道："哥……"

得福气冲冲道："别叫我！"

李大有冲得福道："得福，是不是尕娃找到了？"

得福一愣道："尕娃咋咧？"

麦苗上前道："尕娃昨晚没回家，得宝跟水旺找到天亮，都没找见人。"

得福大惊，刚要问得宝，两个铁路警察走来，拉着得宝和水旺便走。

众人大惊。

李大有一个大步横过来，冷脸拦住道："这是要干啥？"

五蹲、拴闷等人见状，也围上来挡住了去路。

两个铁路警察回头望着马喊水和王所长。

得福忙上前解释："大家都别激动，没啥大事，铁路警察带他们去，就是协助调查。"

众人望向马喊水，马喊水无语点头。

两个铁路警察推着得宝和水旺欲往前走。

李大有一把拉住水旺冲马喊水喊道："你保证他俩没啥事？"

马喊水望向王所长，王所长笑着上前道："他俩是我辖区的代管人口，我负责带走，也负责送回。"

李大有仍不松手，得福上前道："大有叔，你要还不放心，再加上我，你看咋样？"

李大有想了想又道："福娃子，我信你。但你得跟叔说实话，他俩到底是咋了？"

得福表情无奈地说："这牵扯到办案的保密工作，我不能说。大有叔，你要是信我，你就松手。我跟你保证，得宝和水旺的事，我会跟踪到底，保证他俩的权利。"

李大有仍犹豫不决，马喊水上前道："行咧行咧，又不是水旺一个，还有得宝呢，就让他俩去配合一下。"

李大有无奈松手。

得宝和水旺被押上警车，警车鸣着警笛驶去。

得福看看表情忐忑的大家，欲言又止，骑上自行车跟上。

到了派出所，得福守在门口来回踱步。

麦苗急匆匆赶来，问："得宝……水旺他们咋回事？"

得福看着焦急的麦苗，恨恨地说："得宝把砖窑上的活丢了，胆子大的，带着水旺和尕娃，给别人黑干，扒了火车上的货。"

麦苗顿时脸色难看起来："事情大吗？"

得福哼一声说："幸好还没干几回，是初犯，从犯，现在在里面做笔录，做完要没有别的事，教育教育，人就放了。"

麦苗长舒一口气，目露内疚问："尕娃找着了吗？"

得福摇了摇头道："我在这等得宝和水旺，他俩完事了，我负责把他俩送回去。王所长也把尕娃的事和铁路警察说了，他们都在想办法帮忙找，看沿路各站能不能找到人。”

一会儿白校长也来了，三个人好不容易等到得宝和水旺从派出所里出来，得福先感谢了一番警察，然后带着他们和麦苗回村。

白老师担心马喊水打得宝，说他要跟得宝他们谈话，先带到学校去了。

到了学校白校长的宿舍，白校长让得宝和水旺并排站着，开始语重心长地教育说：“……我早给你们讲过，做人的底线，是不以善小而不为，不以恶小而为之……”

白老师苦口婆心地说了很久，得宝和水旺一直垂头不语。

得福和麦苗分坐两边盯着二人，麦苗看着得宝，想说啥，又看了眼白校长，强行忍住了。

白校长继续说：“刚给你们也说了，这事应该给你们敲个警钟，再陷一步，就成罪人咧，赶紧退回来，还能重新做人……”

得宝不耐烦打断道：“白老师，你说的这些，我们都懂，你放心，不会再犯这糊涂……”

白校长非常不快，微有些怒意：“你们都差点儿走上犯罪道路咧……还没耐心听我说吗？”

得宝忙解释道：“白老师，你说一个多小时了，这些话来来回回的，我急呀。”

得福生气了，说：“还犟嘴！咋跟老师说话呢？！”

得宝焦急道：“我哪敢犟嘴，尕娃一天一夜都没人影咧，我得赶紧去找他。我不把尕娃找回来咋见咱姑？大还不得把我撕着吃了……”

忽然有人冲进来，照着得宝就是一闷棍，得宝惨叫一声弹起身来。

众人大惊，定睛望去，原来是马喊水。

得宝看清父亲，转身想跑，马喊水手起棍落，将得宝击倒在地。

众人冲上欲阻拦，马喊水挣开众人，挥棍狂殴得宝。

得福见状，拼命地抱住父亲的腰大喊：“大！大！有话说话，你这是干啥？！”

白校长趁机抓住棍子，也冲马喊水喊道：“喊水老弟，我正在教育，娃也有悔改之心，你这一上来胡打啥呀？！”

水旺被惊吓得站一旁发抖，麦苗扑过去，扶起得宝一查看，得宝头被打破，脸上流着血水，麦苗心疼得瞪大了眼。

马喊水怒不可遏，挣脱了白校长，举棍又要打。

麦苗护住得宝猛然喊道：“别打咧！”

众人一愣。

马喊水愤愤道：“起开！”

麦苗纹丝不动，眼含泪水道：“喊水叔，这事怪我，是我害他们丢了砖窑的活，一直挣不着钱，才犯错扒火车……要打你就打我吧，不能再打得宝咧。”

马喊水怒喝：“让开！”

得福和白校长一起上前劝阻。

得福说：“有话好好说嘛，不要动手嘛！”

白校长说：“你是整哪出呢？尕娃找不着咱再找嘛，你这是干啥呢嘛！”

马喊水又气又急地说：“浑娃，你自己杀人放火，你寻死你自己去！你害尕娃啊你！你把尕娃弄没了，你是要你姑的命啊，你是要我的命啊！”

原来尕娃一夜找不到，尕娃妈老病犯了，开始冲着秀儿和水花念叨走了十多年的丈夫效军，闹着要回涌泉村，也难怪马喊水急火攻心，痛打得宝。

得福劝道：“大，不要着急，铁路公安都已打过招呼了，都沿着铁路去找了。”

马喊水长叹一声，转身出了屋子。得福忙招呼大家看看得宝头上的伤。

得宝却不领情，也跟着冲出屋去，也不回村，在野外找了一个废弃的地窝子一躺。

麦苗跟着追来给他头上的伤口上药，得宝情绪沮丧，爱理不理，瞪着眼不知道在想什么。

麦苗柔声劝道：“你别着急了，警察也都在帮忙找，很快就……”

得福突然进来。得宝看了眼得福，还是不说话。

得福问：“为啥不回家？”

得宝别过头说：“不回，不愿看大那张脸。”

得福看了眼麦苗，对着得宝说：“出来说。”

得福说完就转身出去了。

得宝不愿动，麦苗看着他，得宝叹了口气，不情愿地出了地窝子。

两兄弟走出老远，算着麦苗听不见了，才停住。

野地风大，将两兄弟都吹得似乎站不住了。

得福劝道：“别拧咧，回家去，给大服个软，认个错。”

得宝不服道：“我咋啦？我有啥错？”

“你扒火车不是错？”

“我就扒了那么两次，白校长、大，该训的也训过了，该打的也打过了，咋啦，还要被你揪住一辈子不放咧？”

“就那么两次就把尕娃弄丢咧？！”

“尕娃都十七了，只要没死他就能自己找回来。”

“你说啥？”

“就说了！”

……

两兄弟声音都高了起来。

麦苗早也从地窝子出来，远远看着兄弟二人吵了起来，忍不住过来劝道：“得福哥，得宝这几天都没睡觉，一直在找尕娃。”

得福这才仔细打量得宝，得宝憔悴了一圈，灰头土脸的，脚上的鞋也都走坏了，忍不住心疼起来，声音柔和下来说：“跟我回去，换身干净衣服，看你现在像啥样子，丢人！”

得福带有怜惜的嗔怪却激怒了得宝：“丢谁的人咧？我啥样子要你来管？”

“我不管谁管，我是你哥。”

“哥咋啦，你没资格。”

“你啥意思？”

“要不是家里把钱都供你念书了，咱家能这么穷，我能是现在这样？”得宝突然憋出一句。

“你自己不好好念书，就想着往外跑，你倒是会怪别人？”得福一愣，半是解释半是责备地随口说。

“我好好念书有用吗？大就是看我不顺眼，先是你，后是尕娃，你们谁都比我重要，从来就没人在意过我，拉我来吊庄也就是为多个劳力。”得宝索性敞开了说。这些话憋在他心里很久了，他也不是真为了指责谁，只是纯粹憋得难受。

“说啥呢，你这说的是人话吗？大啥时候亏待过你。”

“我说错了吗？你来了就有办公室住，我们呢？天天钻地窝子！挖完地窝子又盖房，你知道那些盖房的土坯，一块一块的，都是我在农场、在砖窑打工挣出来的，好不容易盖完房，又要筛沙石拾掇地，那也不是人受得了的活……我们跟着你来这儿为个啥，不就是想再不吃苦受罪咧吗？现在呢？还要再吃多少苦？”

“头几年的苦都吃了，现在咋就吃不了？”

得宝看了一眼麦苗说：“就是头几年的苦把我吃够了！我想换种活法不行吗？”

“换种活法？政府让咱们来这儿就是换种活法，你不就是坚持不下来，想走邪门歪道么？”

得宝再次气愤起来：“你就会跟在领导屁股后头转，你还会干啥？你还会偷偷给水花姐送吃的送水，那你当初为啥不敢娶她？”

得福也怒了：“你给我闭嘴。我的事轮不着你来说。”

得宝越说越激动，压抑许久的委屈倾泻而出：“要不是你当年抓我们回来，水花姐就不会像今天这么可怜，尕娃也不会丢，我也早就出人头地挣大钱了，都是你的错，你拿我们当指标，给你个人铺官路呢……”

得福怒极，生气地走上前想要动手。

麦苗忙推得宝：“别说了。咋和你哥说话呢，进去，进去！”

麦苗推着得宝进了地窝子，转身看着得福：“得福哥，别怪他，得宝不是故意这么说的。”

得福愣了半天，深深地叹了口气说：“你帮我劝劝他，让他回家。”

麦苗点点头。

得福看着麦苗进了地窝子，又站了会儿，才转身离去。

他很生得宝的气，又觉得不应该，得宝有些话也有道理，虽然刺痛了他，但似乎他在夜深人静躺在床上也想过，当初要不是他大马喊水不让得宝上学而只让他上学，他和得宝的命运是不是就完全两个样？

他也很生自己的气，觉得得宝现在这个样子自己有很大的责任，不只是因为自己在上学这件事上对不起得宝，也是因为得宝的话有部分是事实。吊庄移民过来的乡亲的确很苦，这其中一部分苦也跟自己有关系，比如现在还没有通电，比如用水的问题比用电更加难以解决，他恨自己无能，甚至连这恶劣的自然环境，连老天爷都一起恨上了。

还有水花，还有他父亲马喊水，还有李大有等所有的移民，他们的艰难生活都跟他有关，可是，他有什么办法帮助他们呢？

他连一个通电的事都解决不了，要不是水花神奇地到来，现在金滩村还不会有电送过来，更不说其他工作了。

可是，他又有什么办法呢？他没有三头六臂，他也只是一个小小的工作人员，最多能够帮他们跑跑腿，干干活，他还能够做什么呢？

一瞬间他灰心丧气，下一刻他又给自己打气，觉得他必须要帮助所有的吊庄移民，让他们的生活好起来，可是，有什么办法呢？转机在哪里呢？

实际上，转机很快就到了。

可以说，从吊庄移民一开始，机会就存在着，甚至不应该说是机会，而是一种必然，是党和政府全盘考虑中的一步步政策实施。吊庄移民工程，本来就是一项系统工程，从上到下，方方面面都在努力，都在推进，不会让马得福这样的工作人员一直艰苦拼命却看不到希望，找不到办法的。

第三卷终

第四卷

融汇

滩羊，是宁夏回族自治区盐池县特产，中国地理标志产品，肉质细嫩、无膻味、味道鲜美、脂肪分布均匀。“香山之羊皮、夏朔之稻、灵之盐、宁安之枸杞”，为宁夏最著名的四大物产。《宁夏府志》中也有记载：“中卫、灵州、平罗，地近边，畜牧之利尤广。”

一

这天，得福正向工人师傅询问着栽杆的进度，看着那一溜竖在戈壁滩上的电线杆，眼里又是兴奋又是伤感。

张树成骑车而来，得福远远看见，迎了上去。

张树成下车，撑好车子，直夸得福干得好！

得福嘿嘿一笑道："别夸了，差点儿都放弃了，要不是水花一家自发来，刚好补够了数，这电线杆还是栽不了。"

张树成望着那一溜电线杆道："本来这差一户的时候我心里还打鼓，要是真办不成，我这一走，就欠下金滩村那些吊庄户的债了。没想到哇，这电还真就通上了，我心里悬的这口气，总算轻轻松松吐出来了。"

得福一愣，皱眉问："你这一走？啥意思？"

张树成一笑："我要去自治区党校进修学习两年。"

得福惊喜道："真的？"

张树成点头道："这里的工作还没有做好，其实我也不想走啊，没想到组织会选上我，但这机会对我确实很重要。虽说当过10年兵，但干地方工作，理论基础还是差，有这两年的学习机会，我很珍惜。"

得福羡慕地望着张树成。

张树成用力地拍拍得福说："还有件大好事，得跟你说说。"

得福点头，张树成又回头看了眼电线杆道："看见这些电线杆子，我高兴，咱来这也好几年了，一直没舍得吃这儿有名的滩羊，我请你吃一回，咱饭桌上说。"

二人高兴对视，一起上车，骑到镇上找了一家略显简陋的羊肉馆，要了一瓶当地的白酒，叫了一盆羊肉。

张树成和得福相对而坐，张树成用手拿起一块羊骨啃了起来，一边啃一边说："咱们宁夏这羊肉，外头真是吃不着，一点点都不膻，好吃！得福，你吃啊！别客气，今天我请客，你就放开了吃。"

得福："嗯，主任，我敬你一杯吧，恭喜你去党校学习，这机会真是难得。"

张树成："来，干了……唉，我这心里面也是挺复杂的，一方面我是真的想去好好学一学，把自己的短板补一补，另一方面咱们这的工作才刚有起色，好多事情我还放心不下。不过，有你这种年轻干部顶上来，我相信这儿会越来越好。你还年轻，未来你会比我走得更远。"

得福想到那天晚上跟得宝吵架，得宝说的那些话，脸色黯淡下来说："我也不知道未来会是啥样，我就想着，要让咱西海固的人不再受穷，这是我最大的愿望。"

张树成看着眼前的年轻人，似乎看透了他的心思，也理解他心中的委屈，意味深长地问："你记着当年你刚到吊庄办的时候问过我啥话么？你问为啥要把人从山沟沟移到这戈壁滩上，让村民来开荒吃苦，我当时没和你解释太多，我让你眼光放长远点，别光看眼前。"

得福点头。

张树成继续说："今天和你说句实话，其实那个时候我也不太理解，我想的是一定要完成领导交给的任务。领导让咱动员吊庄，咱就一定要完成指标。"

得福吸了口气，憋不住问："主任，喝了酒了，我……我也说说心里话行吗？"

张树成笑说："好嘛。"

得福坐直了一些身子，缓缓说道："从我来这儿第一天开始，没有一天的工作是轻松的，一个困难接着一个困难，一件事情接着一件事情，没完没了！我真的怀疑过，我在想，我……我在干啥呢，都是这费力不讨好的事情！但是我没有放弃，因为我看着你冲在前头，毫无怨言！我就跟自己说，我做的这个事情，肯定是对的。"

张树成又笑，说："你小子，知道我为啥敢往前冲？做扶贫工作这几年，我认识到国家的扶贫政策是一步一步地在变化，在调整。还记着我第一次和你去涌泉村的时候吗？李大有还要把政府扶贫发下去的鸡抓给我吃。"

得福也笑了："记着呢，那会儿大多数扶贫的牲畜都让村民吃了。"

张树成点点头："对啊，所以说这扶贫，如果只是单纯给物资肯定是不行的，只会让贫困户越来越懒，越懒越穷，就成了恶性循环，他们宁愿在家里吃救济，也不愿意到咱这地方来创业，所以国家才要改变这种情况，把一些人从不适合生存的地方，迁移到能发展的地方来。修黄河扬水，修公路，让他们能打工，能挣钱，这才能从根上解决问题。"

得福叹了口气，说："现在回想啊，刚来的时候，好多人说我们是骗子，说这个地方根本没有我们说的那么好。我现在啊，看着我们的工作一点一点有成果，看着我们村民的生活水平越来越高。我现在就明白了，这政府，虽然给了规划了，但是也得一步一步发展嘛，这建设是需要过程的。"

张树成用手指指着得福说："你看看，你看看，你现在也能理解了。但是国家在扶贫这方面，马上有一个大动作。"

得福精神一振，问："啥大动作？"

张树成却不马上回答，故意卖个关子，说："羊肉凉了可就不好吃了。"

得福聚精会神地盯着，不为所动。

张树成笑，说："你不要光听我说，你边吃边听。"

得福赶紧说："我吃我吃我吃。"

抓起一块羊排啃了起来，眼睛却还是盯着张树成，显然是食不甘味。

张树成拉长了声音："国家……"

得福停住动作，盯着。

张树成话锋一转："美得很！哈哈。"

得福不满了："主任，你快说嘛！"

张树成偏要继续逗他，因为这事实在是太令人惊喜了，他也想好好跟眼前这个自己很欣赏的年轻人分享："吃两口，一会儿凉了不好吃了。"

得福只得无奈地继续啃骨头："好好，我吃我吃。"

张树成悠悠然地看着得福，等着他啃得差不多了，才表情严肃地说："国家要在咱西海固实施东西协作扶贫，把福建和宁夏确定为对口关系。我上次回去，开的就是这个会。会上决定，在咱西海固的吊庄移民区建一个村，让更多的西海固人搬到咱这儿来，连村的名字都想好了，叫闽宁村。"

得福打断问："闽宁村？啥意思？"

张树成一笑道："福建为闽，宁夏为宁，各取一字，闽宁村。"

得福点头："噢，是这，明白了明白了。"

张树成继续说："这会上还明确说了，福建连续三年每年给咱西海固的扶贫投资 1500 万，用在这重点扶贫上！闽宁村的建设是咱这扶贫项目当中的重中之重，要为所有的移民区树立样板呢！在建村的同时，学校、邮局、银行、医院，一些配套设施一起开建，要把更多的西海固人都吸引到咱这儿来！"

得福听着，满脸兴奋，忍不住嚷道："那要是有了这个东西部合作的政策，那我们玉泉营未来的发展真不得了了，未来真的来了！"

张树成笑："咱俩得为了这个马上要来的未来干一个。"

得福倒酒，两人干杯。

张树成："得福啊，咱俩在一块这几年，你真的是好样的！你是个好娃娃，还是一个当干部的好苗子。咱现在好多移民区还没有村干部，上面领导的意思是，让扶贫办的干部来对口负责。我推荐你暂时代理咱金滩村的书记。"

得福一惊："我？"

张树成故意板起脸："怕了？"

得福摇头："怎么会怕！主任你知道我，啥时怕过。"

张树成点点头："那就好。我就把金滩村交给你了。但金滩村刚起步，万事开头难，未来肯定还有不少困难需要克服，你可不敢让我失望！"

得福用力地点头："好。主任，我马得福一定会尽我的全力，去完成这个任务，不让你失望！"

二

那天"煮酒交班"后，张树成就去了党校学习，马得福代理金滩村书记。

他的工作比以前更加忙碌，但心里踏实，不再像以前那样有时会空虚迷茫，他等待着东西协作扶贫这个政策的贯彻实施，清楚地知道金滩村的未来是光明的，吊庄移民的生活会越来越好。

这天得福疲惫地骑着车子回到办公室院里，刚巧娟子正从办公室里出来，看见得福来了，赶紧小跑着过来告诉得福车站派出所来电话请他去一趟，因为有个南方人的包让偷了，他说话铁路上的人都听不懂，想找个干部去帮忙问问情况。

报警的南方人是一个30多岁、身材细瘦的男子，叫陈金山，自称是福建人，他陪着他的老师凌一农教授坐火车来西北，结果在火车上被人提了包，他追下车追小偷，没追上，火车也开走了，他只好到车站派出所来报警。

可是他操着一口福建味浓重的普通话，派出所的民警根本就听不明白。他说，凌一农老教授很不容易的，从福建到西北来，奔波在黄河流域上治沙，那里面全部都是他毕生所研究的资料。结果民警把"治沙"听成"自杀"，立刻如临大敌，紧张地问他谁要自杀，陈金山说老教授。民警赶紧又问老教授在哪里，为什么要自杀。陈金山才明白民警听错了，赶紧解释说不是自杀，是治沙，治沙子，治黄沙。

得福赶到派出所时，民警正跟陈金山一个字一个词地核对，痛苦不堪，看见得福，如释重负，笑道："马同志，你总算来了。今晚又抓了几个扒客车的，这不，有个乘客丢了包，正陈述案情呢，叽里咕噜地说了一大堆，我们都听不太懂，你帮忙听下？"

得福赶紧进屋承担"翻译"工作。

介绍了身份后，陈金山开始重新说案情："我的东西在火车上被人偷掉了，是一群年轻人，有一个脸上有麻子，瘦瘦的，黑黑的，个子不高。他本来不是想要偷我的东西，他要偷一个老教授的东西，那老教授是来研究菌草的。他把那个包包呢就搁在那个火车夹道中间了。那群年轻人上来以后就偷那个包包，这个包包对于他们来说完全不重要，那里面没有什么值钱的东西。那东西全部都是老教授毕生研究的最珍贵的东西，对于别人来说一文不值，但对他来说就很珍贵了，他是研究那个菌草啊，治理流沙的菌草，菌草啊。”

他福建口音挺重，得福尽力去听。开始说得慢，得福听明白了，连连点头，然而他说着说着又开始了自己的分析和思考，越说越快，得福的耳朵和思维都跟不上了，无奈伸手阻止他继续的“推测”。

问“菌草”的时候又是一番误解，接着又把小偷偷凌一农教授的科研资料误解成小偷要搞科研，陈金山又急又气，忍不住责问得福到底能不能听懂。

李队长在一旁察言观色，提示得福，让陈金山只说案情，说得简单一点儿，丢了啥，没有丢的就不要说了，跟案情无关的也不要说。得福反应过来，温和地对陈金山说：“同志，不好意思啊，就是你的这个脑瓜子转得快，说得也快，我们就是没有跟上，你看你能不能再说得慢一些，把你这个事情的过程再给我们说一遍。”

陈金山的急躁，被得福温言细语的好脾气化解了，叹着气说：“哎呀，你早说嘛，还要再说一次？我已经给他们讲了五遍，给你讲一遍，一共六遍了！同志，你在玉泉营哪个部门，做什么工作啊？工作听得懂吗？工作。”

得福好脾气地回答：“工作嘛，我听得懂。我是玉泉营这边开发区办公室的，我主要是负责我们这个金滩村的移民吊庄，这金滩村就是我们玉泉营底下的一个小村子。”

陈金山说：“金滩村我知道啊，在玉泉营下面，我在资料里面……”

得福一看陈金山又要跑题，赶紧打断他问：“就是你丢了什么东西？”

陈金山挥舞着手说：“是这样啊，他们刚一开始没有想偷我的东西，是偷那个老教授的东西。那我见义勇为嘛，然后我去追他们，他们跑下火车了。那个麻子脸啊，那个小伙子……”

几经折腾，得福和车站派出所民警总算明白了大致情况：小偷偷走了凌一农教授的科研资料，陈金山追小偷，结果自己落在了这里，行李还在火车上，他的身份证、工作证、手机、现金全在车上。

陈金山有些急，说：“现金不重要，重要的是我的身份证和工作证啊，我没有办法证明我的身份。我到这边来，没办法跟和我对接工作的人证明我是谁，那工作就会很难办啊。”

得福迟疑一下，问：“那我问一下，你是做什么工作的？你来这里，有……有什么人跟你要对接吗？”

陈金山笑道：“我从福建来，负责扶贫工作。”

得福心里一震，完全没有想到在这种情况下，碰上了他盼望已久的扶贫干部，第一次实实在在地感受到扶贫政策正在一步步实施，看得见，摸得着。可是，眼前这位“交流”困难，斯文细瘦的男子，能够给他们这些吊庄移民带来什么？他能够适应像金滩村那样艰苦的生活吗？他又有什么神奇的办法能够改变现状，引领他们提升生活？

得福的心里蒙上了阴影。

陈金山哪里知道这个莫名其妙冒出来的年轻“翻译”心里一瞬间翻转了这么多念头，自顾自地继续说，他是响应政策过来挂职的，叫陈金山。

得福把他的名字听成丁双，转头对李队长说，让他填个资料就清楚了，留个联系方式，车上的行李找到后再跟他联系。

李队长说行，他马上就跟前方车站联系，看看陈金山的行李在哪里。至于凌一农教授的科研资料，有消息也会通知他。

得福跟陈金山说了情况后，民警把记录本交给陈金山，陈金山拿笔正在填写资料，一个人闯了进来，连声对民警说不好意思。

原来这个人是邻村的村主任，他们村又有几个扒火车的被抓了，已经审完了通知他来领人。

民警拉开里屋的门，里面蹲着三个村民，民警让他们出来，村主任怒气冲冲地看着这三个青年，三个青年低着头走过来，村主任上去就一巴掌一脚地招呼，一边打一边骂：“你们这些不争气的，有手有脚的干啥不好，学人家扒火车。”

几个青年挨着打，不敢躲也不敢吭声。

民警拉住村主任说：“行咧行咧，领回去再教育吧。”

村主任怒气不消，说：“警察同志，我保证好好教训他们，让他们不敢再犯了。”

村主任踹着、推着把青年们赶出了门。

陈金山把这一幕都看在眼里。

三

陈金山做完记录，得福说他来安排，便用自行车载着陈金山回村了。

陈金山肯定坐过自行车的后座，但这样颠簸的路肯定非常少，他一手打着手电，一手紧紧地抓住得福的腰，生怕掉下车去。

得福一边骑一边简单地给他介绍这边的情况，尤其是用水用电，不是每一个移民吊庄村都通了电，金滩村好不容易凑够六十户才能通电，前两天才把人数凑齐，正在立电线杆，否则也用不着打手电。

陈金山不想麻烦，说不去得福家，得福就把他安顿在村委会的值班室，凑合一晚，然后给他拿来洗脸的脸盆，又拿来水壶烧了开水。

陈金山坐在椅子上，突然叫他："马得福同志，你坐一下。嗯，我呢，对于今晚派出所解决问题的方法，非常不认同。"

得福一愣，问："咋了吗？"

陈金山表情认真地说："你问我咋了吗？哎，那些人是贼呀！他们违法啊，违法你们不抓人，把他们放掉，只是口头教育一下就放掉！这什么意思？那他放出去了还做贼，然后告诉所有人都可以做贼，反正不用受到惩罚嘛。你们这里，解决问题怎么是这样子的嘛！"

得福被陈金山的措辞刺痛了，停下来说："陈同志，我要和你解释一下。"

陈金山有些激动："你解释什么？你为警察解释，还是为贼解释？"

得福表情也认真起来，说："我觉得贼这个字太重了！他们不都是惯犯，他们很多人是真的吃不上饭，挣不着钱，为了谋个生计，然后稀里糊涂被坏人利用的移民。"

得福加重语气，有些激动地继续说："你……你不知道我们刚来这儿的时候，这儿是啥样子。我跟你说，这个风大得人站都站不住，一句话没有说完就满口的沙子，没有房子，没有水，没有电，人就住在地窝子里头！一觉醒来，半个身子都在沙子里头！田也种不出来，移民们都没在平原上种过田，啥都不懂。然后这个地方，它动不动就要受灾，不是把这个地给冲掉了，就是房顶被那个风给掀掉了，一家老小就这么晾在戈壁滩上！所以我觉得，他们和你说的那个贼，还不太一样。"

他想起得宝，想起水旺，想起不知下落的尕娃，低下头，眼圈有些发红，声音低沉："都是我的工作没有做好，是我把他们从山里动员出来的。我跟他们保证，我说，一定能过上好日子。你看这都几年过去了，还是没过上好日子！"

陈金山被得福的反应震惊了，好半晌才回过神来，站起来鞠了个躬，认真地说："马得福同志，我刚才说话的态度有些过分，我向你道歉。"

得福拉他坐："不是，不是，是我的工作没有做好，跟你没有关系。"

陈金山坐下说："我呢，想解释一下，我不是说这边的老百姓都是贼，也不是说你工作不好。你工作很好，你把他们从山里面动员出来，做出了成绩。我不是质疑你的工作，我也很关心这里的问题。后面，东西联手，优势互补你有听说过吗？"

得福一下没听清："啥，当西？"

陈金山解释说："东西南北啊。"

得福："哦，东西联手"

陈金山问："你有听说过吗？"

得福点头："听过一点儿。"

陈金山笑了说："那就好。你们这里的移民问题，还有你工作上的问题，之前来过的领导已经看到了，回去以后也针对这些移民问题呢，制定了一套政策，我可以给你看……"

他说着就要找文件，一摸身上，才想起来文件已经丢了。

陈金山摊手："文件丢掉了。我呢，也是就事论事。今天晚上的事情，让我大开眼界。不能全说都是移民的问题，也不能说是你们的问题。但是，这个问题必须要解决！"

得福点头："必须要解决，必须要解决。"

两人聊得兴起，一直到凌晨3点才睡觉。

得福也不回家，就在办公室椅子上靠着打盹。

第二天一早，得福正在办公室伏案工作，派出所打来电话，说车上偷凌一农教授包的小偷抓到了，是个惯犯，流窜犯，在甘肃、宁夏、新疆铁路沿线作案，有案底的。陈金山的行李都在，放在下一站，只是凌一农教授的包还没有找到，正在审。

得福高兴地说，太好了。转身来到值班室，推门进去，陈金山还一动不动地背对他侧躺着。

得福犹豫一下，蹲下来，这一看，吓了一跳——陈金山在流鼻血。

得福大声喊："陈同志！"

陈金山眉头皱了皱，翻了个身。他除了脸上有鼻血，脸也通红通红的，嘴唇干裂，嘴周起了燎泡。

得福伸手一摸他额头："你有点发烧……"

陈金山嘟哝了一句："我没事，没事。"

得福告诉他派出所来了电话，小偷抓住了，他的行李也在下一站，陈金山立刻站了起来，让得福送他去车站。

得福关切地问他，要不要先去医院。陈金山豪气地一笑说，轻伤不下火线，他这也算实地体验了一下扶贫的工作，尤其是昨晚跟得福聊了，心里很受感动，也很激动，只想马上就投入工作。

得福敬佩地看着这个斯文细瘦的男子，开始对他有了信心，对接下来的东西协作扶贫工作，充满了期待和斗志。

四

这天接到电话，又是车站派出所打来的。

一开始还以为又有人扒火车被抓了让去领人，可是那边说在铁路旁发现了一具尸体，一米八出头，瘦子，应该没到20岁，像个叫花子，让得福去认一下，看是不是之前报案失踪的杨尕娃。

得福听见尕娃的名字，呆愣住，脸色一下就变了。

电话里再说什么得福已经听不清了，他猛然挂断电话冲出门，跨上自行车就直奔车站。

到了地方，工作人员接到得福，说早上铁路工人在包兰线旁边发现的这具尸体，身上没有任何证件，警察找了一圈，周围也没有。

得福远远地看见尸体躺在铁路边，上半身盖着一块破毡布，下半身露在外面，脚上穿着一双破鞋，其中一只还露了脚指头。周围围着十几名村民，民警正在现场执勤警戒。

得福和车站工作人员一起快步走过去，得福紧绷着脸，异常严肃，工作人员让人群让出一条道。

得宝和水旺也骑着自行车赶来，都来不及停车锁车，直接把自行车扔在地上，跑进人群，却被拦住不让进。

得福走近，铁路民警正在拍照，看见他来了，点头打了个招呼。

得福上前，民警蹲下身子，掀开了毡布的一个角。

得福紧张得一抖，差点儿转过头去，努力控制自己去看尸体的脸。

不是尕娃!

得福松了口气，蹲下去，细细打量这个人。

这是一张陌生的年轻的脸，大约20岁，蓬头垢面，没有外伤，表情自然，丝毫不狰狞。

民警问得福有没有印象，得福摇头，说没有，不过村子里头移民多，流动人员多，他现在也不敢肯定。民警让他回去查一下移民档案，如果能确定死者身份，他们就好展开调查。

四周的群众议论纷纷，得福看见了人群外的得宝和水旺。

他表情木然地走出来，水旺迎上去，得宝迟疑着不敢上前。

水旺小心地问：“得福哥，是尕娃吗……”

得福摇了摇头。

水旺如释重负地低声念叨："太好咧，太好咧……"

得福批评道："这也是一条人命！"

得宝看见水旺的表情，才过来问："真的不是尕娃？"

得福点头。

得宝眼圈骤红，泪水哗哗涌出，忍不住哭出了声……

不远处的事发现场，又有几个村干部来认人，其中就有之前在车站派出所出现的双沟村杨主任。

村干部们议论着，摇头表示不认识死者。

得福回到村里，马喊水、李大有、五蹲等村民围坐在村口，说的都是这具无名尸体。

平时爱说怪话的李大有这时难得严肃地叹气说："咱现在的关键是，这无名尸该咋办？"

得福沉吟着说："王所长他们在附近的移民村协查过了，乡一级、村一级都摸过底，现在还没有谁家说有走失人口。咱这一片，派出所也张贴告示咧，也没人报案找人。"

众人默然不语。

这时，村口出现一名留着胡子的老者，不怒自威，站得板正。

老者扫视众人，说："我想找金滩村的干部。"

得福赶紧起身说："我是金滩村的代理书记，您是？"

老者说："我是铁东的，我来这已经好多年了。我想找你们……商量一件事情。"

马喊水也起身说："老人家，您快请坐。"

老者坐下，看着得福说："我来是想和你们村商量一下那个年轻人的事情。"

得福问："哪个年轻人？"

老者说："就是铁路边那个，我们村也贴了告示。我知道，按理说这事情出在你们吊庄的地界，我不该管。但这是一条人命，也有父母生养，现在人死了，应该入土为安……说句不吉利的话，要是我自己的儿孙娃子飘在外面，遇上啥意外，可怜地躺在路边，有人能给娃盖个草席、捧一抔土，那就是我几辈子都还不清的恩情了。所以，我们村里人想按风俗把这个年轻人安葬了，行这个善，咱这块地方也算有了功德！咱的娃在外头，也会有福报！"

老者说完，站了起身，向众人鞠了一个躬。又说："给大家添事了！"

得福略一思忖道："大爷，大，各位叔，这事你们看这么办行不行？"

马喊水点头，众人都看着他。

得福说："不管他是不是咱西海固来吊庄的，最后停在咱地界上，就是咱的乡亲，老人家说得对，入土为安。我想让大伙凑点儿份子，咱尽可能把他厚葬。坟头上留好标记，如果他家里人找来，就把坟头指给他们看，咱金滩村人也算尽心了，不丢脸。"

众人纷纷点头。

当即就由金滩村牵头，由村委会出钱购买了一口棺材，原住户和新移民一同为不知名的年轻人送葬。

得福望了一眼长长的送葬队伍道："咋来这么多人？"

娟子说："附近的原住户和吊庄户都听说了，都很感动，也要来送葬，好多人还在路上……"

白校长感叹道："得福，这个事你办得好着咧。你看看这些人，有原住户也有咱新移民，为了这个事，有钱的出钱，有力的出力，心意一样，就成一家人了。不管是移民还是原来就住在这里的人，互相接触多了，了解多了，矛盾就少了，给以后再来的人也是个榜样。这个事，我得给你个这！"说着，冲得福竖起了大拇指。

五

如果说得福以前还有一些觉得自己是政府工作人员，他在吊庄办只是工作，即使他是金滩村的代理书记，他也不属于这里，迟早会离开这里，去镇上，县里，甚至更远、更好的地方，经过这次送葬，尤其是看到那么多人的自发加入，他的感情发生了巨大的变化，觉得自己跟脚下这块土地完全融为一体了，他的根，就扎在这里。

或者，这种感觉，在很多很多的吊庄移民心里也有——无论他们意识到没有。

这里，就是他们的家。

但是得宝还年轻，年轻得还无法深刻感受这种珍贵的情感。他现在心里想的只有一个人：尕娃。

他和水旺、麦苗经常聚在一起，聚在一起就会谈到尕娃，这种时候得宝心里就会充满悔恨。

这天他们坐在野地里看着远处电线杆上的工人架线，破自行车倒放在地上。

水旺一脸茫然地喃喃说道："这尕娃能去哪儿？他就是去哪儿也该自己回来了。"

麦苗眉毛微蹙，随口问："你说，尕娃是不是自己不想回来，不然……"

得宝突然一惊，仿佛突然被什么东西点醒，愣愣地看着麦苗。

他突然想起，那天晚上他们去扒货车，掀开帆布看见满车的尿素时，尕娃问他火车要开到哪儿去，他没有回答，旁边一人说，从东到西，不是兰州，就是新疆。

得宝双眉一挑，坐直了身子，失声道："这坏㞞，去新疆了！"

麦苗和水旺一愣，异口同声问道："你咋知道？"

得宝也不回答，扶起车子，骑上去风一般飞去，留下麦苗和水旺面面相觑，一脸惑然……

得宝直接去了镇上的书店，买了一本中国地图，飞快地翻到新疆那一页，贪婪地看着，好像能够从中找出尕娃来。

他认为尕娃肯定跟着货车去了新疆，因为以前涌泉村的村民议论过，尕娃的父亲杨军效就是去了新疆，所以尕娃一定是抱着寻找父亲的心思去了新疆。得宝已经在心里做了决定，要去新疆找尕娃。

但是家里有两个人要比他还要早离开金滩村——他大马喊水和尕娃妈。

自从尕娃不见后，尕娃妈就有些不对劲，经常神思恍惚地到处游走，喃喃自语，得福被他大马喊水叫回家，尕娃妈正坐在土炕上，额头上肿个大包，依然是神情恍惚，却面带笑容，不停喃喃道："尕娃回涌泉村了……他大也回涌泉村了……我也回……回涌泉村……"

得福心痛不已，问咋回事。马喊水说前一天半夜走丢了，让人送回来就成这了。他不敢让她一个人在家，就接到这儿了。又说："加上昨晚，已经跑了三回咧。第一回，水花发现的。第二回，都快跑到西渠上了，拴闷拉水的时候碰上咧，硬给拉回来咧。昨晚要不是邻村的熟人看见，都不知道她能跑到哪儿。现在她这样子，离不开人，我得紧跟着。"

得福担忧问是啥病，要不送医院。马喊水摇头说没用，然后哀叹一声，说出了尕娃妈这个病的来历："1973年，闹饥荒，咱涌泉村和后山黄家梁的，为抢山坡上那片野菜打起来了。你姑头上挨了一下，脑子就不得劲了。你姑那时候才18岁，看了好几家医院也没治好。后来和你姑父结了婚，真是怪了，怀上尕娃，自己就好了。1983年，你姑父想出门挣钱，去了新疆，再没音信了，你姑病又犯了。好几年，时好时坏。吊庄那年，我把她带过来，房也盖了，尕娃也大了，病情也越来越稳定。谁知道出个这事，她能不犯病？"

马喊水说着，抹起了眼泪。

尕娃妈却笑着冲马喊水道："回涌泉……回呀……"

得福见状，忍不住也落泪。

马喊水稳住情绪说："我今天叫你回来，就是和你商量，我得带你姑回去……"

得福急了，打断道："大，这电马上就通上了，张主任说，也快成立闽宁村了，要修街道、学校、医院……"

马喊水斩钉截铁地说："必须带你姑回！"

得福无奈地劝说："你们回去，尕娃和我姑父也没在啊。"

马喊水缓缓地说："你不明白，涌泉村是老家！在老家的时候，你姑父和尕娃都还在，一家人全着呢，现在在你姑的念想里头，回到老家，就是回到一家人齐全的时候，人没在，魂儿在那呢，魂总能把人给牵回去。"

得福无法再劝说了，只得无奈地看着他大和尕娃妈，满心酸楚。

马喊水继续说："你姑犯了病，我就是个废人，必须寸步不离跟着她，啥也没法干。你姑在这，不光我废了，还得连累你和得宝。我把她带回家，有我和你妈两个人照顾，你姑也能少遭罪。好了，不说了，回呀。我这要是回去了，就两件事情放心不下，得给你交代了。"

得福点头："大，你说。"

马喊水说："头一个是尕娃，你得把这事放到心上，不管有啥情况，你得让我知道。这可是大事，只要尕娃在，你姑就还有救。"

得福再次点头，马喊水继续说："二一个是得宝，我给你留下，不光是让他守着这两间房、六亩地，你得教着他，咱得好好做个人呢，他性子顽劣，不好好管着，就给你闯祸了。多管着点，不敢叫走上歪路了。"

得福用力答应道："好。"

马喊水和尕娃妈离开那天，得福、得宝兄弟一起送到农场的大巴车上。

马喊水把尕娃妈扶上车，再下车一一凝注两个儿子。

马喊水叹一气说："大没坚持住，走了回头路了。你得坚持住，跟着咱吊庄的几十口子人，都在你肩上了，你得扛住了。"

大巴车徐徐驶离。

得福挥手告别。

得宝站在原地，低下了头，他知道他大对他还怀着怨气，他更加坚定了去新疆找尕娃的念头。

六

得宝转头去找麦苗。两人来到村外，在一根电线杆下停住，得宝把他的破自行车靠在电杆上，麦苗坐在自行车后座往远处看，夕阳远远地挂在天边，像一个圆圆的红灯笼，阳光映照在麦苗脸上，得宝觉得麦苗是天底下最漂亮的女孩。

可是，他告诉自己，他一定要离开她。

因为，他要去找尕娃。

麦苗回过头看见发呆的得宝，问："你不是找我有话说？说呀……"

得宝看了一眼电线杆上的电线道："村里今晚通电。"

麦苗说："我知道啊，我爸学校也通。"

得宝说："我姑盼了几年，真到了这天，结果让我害得回老家了……"

麦苗突然打断了他："你要跟我说的不是这话。"

她紧紧地盯着他，似乎能够看进他的心里。

得宝迟疑着说："尕娃……"

麦苗再次打断他，安慰说："不是尕娃吧？尕娃肯定会回来的，咱们再等等。"

得宝狠狠地说："是尕娃。我要跟你说的就是尕娃的事。他肯定去了新疆，等不是办法，我得去新疆，把尕娃找回来！"

麦苗吃了一惊，不敢反对，只能换了疑问的语气说道："他真的去新疆了吗？你别弄错了……"

得宝断然道："从穿开裆裤，我俩就在一个碗里吃饭，一个被窝筒里睡觉，他那点儿心思，藏了多少年了，没有人比我更清楚。"

麦苗从后座跳下来，满脸担忧地问："你没去过新疆，你咋找？"

得宝表情笃定地说："我买了地图册，查了，新疆总共 166.49 万平方公里，68 个县，875 个乡，还不算新疆生产建设兵团。所以这是大海捞针！但那也得找。尕娃是我姑的命，找不回来，我姑就活不下去。"

麦苗担忧地问："你要去多久？"

得宝怔了一下，皱眉道："不知道……啥时候找到，啥时候算完。"

麦苗突然激动地打断道："那我咋办？"

得宝一愣。

他和她虽然互相喜欢，但也从未表白过，突然间麦苗控制不住真情流露，得宝又是惊喜又是伤感，他痴痴望着麦苗，很久才嗫嚅着说："我给你写信……"

麦苗的眼里憋满了委屈和失望的泪花，索性把话挑明，颤声道："你知道吗？本来我可以不来这儿……县教委的许叔帮我找了对象，他家就在县里，还答应帮我找工作……"

麦苗的眼泪落下，得宝伸手欲擦，麦苗抡开得宝的手，倔强说道："我也要去新疆！"

得宝一愣，条件反射道："不行。"

"为啥？"

"太辛苦了……"

"我没有怕过苦……"

"我怕！"

"怕谁？"

"怕你。"

"我不怕。"

……

两个年轻人一句赶一句地争论着，每个人都不想退让，不是因为要战胜对方，而是因为喜欢着对方。

麦苗幽怨地盯着得宝。

得宝躲避开麦苗的目光，迟疑片刻，还是那句话："我会给你写信……"

麦苗怒视得宝愤愤道："不用。"

得宝默然盯视。麦苗赌气便走。

得宝叫道："麦苗！"

麦苗继续行走。

得宝无奈一叹道："行，随你。"

麦苗又霍然站住，背对得宝，肩头不住抽动，得宝到底不忍，无法再刚硬起心肠，说："我带你去。"

麦苗猛转过身，泪流满面，却露出了笑靥，雀跃道："真的吗？"

得宝点头，伸手想为麦苗拭泪，麦苗抢先抹了泪笑问："啥时候走？"

得宝沉思片刻道："今天是 10 日，我哥说，15 日是闽宁村建村仪式，他这几天没黑没明地忙，不想给他添乱。"

麦苗问："那就 16 日？"

得宝点头说："能成！"

麦苗脸上满是幸福的笑容，却没有意识到得宝奇怪的表情和过于干脆的回答。

第四卷终

第五卷

闽宁

现在的闽宁镇位于银川市郊的永宁县，刚开始时叫玉泉营。这里靠近银川，是平原地区，却又荒芜而傍黄河，从 20 世纪 80 年代开始，即有不少西海固地区的人来到这里开荒种地，1990 年开始政府有组织地将西海固 1000 多户百姓搬迁到这里，建立玉泉营、玉海经济开发区，分别安置西吉和海原的移民。

一

金滩村的通电，就像是整个吊庄移民生活不断变好，不断提升的缩影，更多的土墙房、砖包房立了起来，村庄不断扩大，更多的笑容出现在这些吊庄户的脸上，生活更加有奔头。

好消息接踵而至，福建方面的扶贫款一批批地过来，帮助移民户购买化肥、种子和其他生产资料，连白校长的西戈壁小学也添置了不少的教具、图书，更多的扶贫措施即将出台，带给移民们更多的机会。金滩村几天后将正式改名为“闽宁村”，象征福建和宁夏协作扶贫，东西共建。马得福曾经打过交道的陈金山，也被任命为海吉县的副县长，专门负责玉泉营闽宁村的扶贫工作。

这天玉泉营开发区会议室内，正在举行闽宁协作扶贫的工作会议。会议由海吉县麻副县长主持，包括得福在内的玉泉营经济开发区的各级干部也来到了现场，得福因为职位低，坐在角落里。

第一个讲话的是福建省闽宁办主任吴月娟。这是位和蔼可亲、端庄秀雅的女干部。带着微笑看着台下的干部们，她放缓了语速：“其实今天在座很多人我都认识，年初过来考察的时候也都见过，所以大家不要那么拘束啊，放松一点儿。我这次来其实也就是想给你们介绍一下，这个闽宁协作的一些具体的工作安排。大家也都知道了，明天是我们这个移民示范村，啊……闽宁村的奠基仪式。明天对我们来讲，都是非常重要的好日子。”

她转头问王区长：“王区长，明天天气怎么样？”

王区长怔了一下说：“天气预报上说是明天多云。”

吴月娟又问：“有风吗？”

王区长笑：“我们这地方的风，随时刮。”

吴月娟也笑了，转头看着台下的干部们继续说：“那我们就希望天公作美了。啊……讲实话，两地政府啊，同意兴建闽宁村，能做出这样的决定，我觉得你们起到了很大的作用。我跟省领导汇报的时候，我都讲，你们每一个人都非常了不起，我很佩服你们的。”

干部们都看向吴月娟。

吴月娟的目光从台下的干部们脸上一一扫过：“你们在这么贫瘠的戈壁滩上，建起了移民吊庄区，这是十分艰巨的任务，但你们不仅完成了，还完成得很漂亮。从1992年到现在，7个村，4000人，从吊庄区发展成经济开发区，已经形成规模了。这也证明，这种移民方式是可行的。那未来呢，我们还要继续做下去，我们要把这种模式发扬光大。讲白了，你说当一方水土养不了一方人的时候，我们就是要把那些在非常恶劣的环境里生存的老百姓，移到有生存条件的地方去。一方面，我们可以让原住地的这个生态系统得到恢复和重建；另一方面，我们可以搞异地开发建设，我们要发展产业，我们要从根源上帮助老百姓来解决贫困问题。要不然人你留不住啊，这个道理你们比我懂。对不对？”

干部们得到肯定，脸上都露出笑容来，纷纷点头，表示赞同。

吴月娟再次发问：“咱们今天在座的，有多少是从海吉过来的？”

王区长答道：“基本上都是从海吉过来的。”

吴月娟转头看他：“我记得好像你也是吧，王区长？”

王区长笑着点头，吴月娟转头问台下：“但是我了解到，好像你们很多亲属都还在西海固地区，对不对？”

王区长答道：“对对，大部分家里都在海吉。”

吴月娟做了铺垫，微笑着转入正题：“所以我今天有个好消息要带给你们，我们这次的对口帮扶计划里头，除了这次要从西海固，再移8000人到闽宁村，我们还要开展一系列的帮扶计划，那一共有四个方面，大家可以记一下。第一，就是坡改梯。我们要把那些不能保水、保土、保肥的山坡，全部改成梯田。一定要让老百姓多种粮食，扩大耕地面积。第二，我们要发展马铃薯的生产，把它做成饲料，卖到东部沿海地区去，这样才可以带动我们西海固的人均GDP的增长。第三，还是老问题，我们还是要继续抓井窖工程问题。无论如何，我们都要解决老百姓的生活用水问题。第四，我今天想重点跟大家讨论的一个事情，就是劳务输出问题。我看见咱们当地有很多年轻人，每天无所事事，这里走走，那里看看。我们要把他们组织起来，送到福建去，让他们看看外面的世界是什么样子的。最重要的是，可以赚到钱。这样闽宁村才会有未来。对不对？”

台下众人再次纷纷点头，脸上的表情和心里的想法都是赞同。

吴月娟转头指着坐在身边的陈金山：“现在我跟大家介绍一下陈金山同志，金山同志是从我们福建地方过来的帮扶的干部，他现在也是我们海吉县的这个挂职的副县长，那未来也会负责闽宁村的建设与发展。”

坐在角落里的得福脸上露出笑容，想到那天晚上的遭遇，两人聊了半夜，那时他怎么也没想到这个在玉泉营火车站丢包的陈金山竟然会是来海吉挂职的副县长。

吴月娟脸上露出歉意，继续说："因为我还要赶到银川去见一下我们闽商协会的那些企业家，我们要求人家帮忙，就要先看看人家的厂子里能接纳我们多少年轻人，是吧。那后面关于这个劳务输出的事情，就金山来具体跟大家介绍一下。"

吴月娟起身离席，与麻副县长等人握手告别，跟着等待的工作人员离开。

陈金山向前挪了挪椅子开始说话："好，那么我继续讲一下，大家都清楚，我们这里呀，市政建设、引黄灌溉是由我们福建，还有自治区负责投资建设。其余呢，移民改造耕地、建造房子，就需要自己掏腰包。我们这里土地呢，改造一亩需要十元到几十元，建造房子，就算是土坯房，也要几百元，上千元，叫你们拿出这些钱真的很难。所以吴主任讲，让你们先挣到钱是我们的首要任务。"

陈金山接下来讲了自己关于劳务输出的想法，他说福建经济活跃，市场需求量大，产业升级快，所以有很大的劳动力缺口，每年都会去云南、贵州、四川等地招工。陈金山表示自己认识的企业家很多，正好可以搭建一座桥梁，把闽宁村的剩余劳动力输出到福建去挣钱。

陈金山本以为这是个激动人心的提议，会得到大家的积极响应，但没想到全场既没有掌声，也没有人叫好。他不解地用有浓厚福建口音的普通话问道："这里人开会都很安静吗？呃……我说话，大家可不可以听懂啊？"

他不问还好，一问台下干部纷纷摇头苦笑，连坐在他旁边的王区长也问他建桥梁是什么意思，玉泉营这边又没河又没水，建桥有啥用。结果陈金山解说半天也弄不清楚，他很快反应过来，是自己不太标准的普通话出了问题，这一通发言可能是自说自话，在场的当地干部看来没有听懂。于是他急中生智，想起上次在火车站的遭遇，急忙叫得福帮他"翻译"。

得福笑着站起来，说陈县长说的是比喻，是要帮忙牵线搭桥，就是寻找路子，让这边的年轻人去福建打工、挣钱，挣到钱以后就可以种地、盖房子了。

众人恍然大悟，都笑。

陈金山继续说这些年轻人到了那边，收入不会很低，至少可以保证他们日常的开销……

大家还是听不太明白，麻副县长赶紧叫得福上台继续"翻译"。

这一次福建干部吴月娟和陈金山在玉泉营开发区介绍闽宁协作的工作安排的重要会议，尤其是后半段，在马得福的帮助下，总算圆满结束了。

二

几天后，玉泉营开发区举行了简单而隆重的闽宁村成立大会。

会场搭在戈壁滩上，会场前竖着一道简易门，门楣上插着无数彩旗，正中央用电丝串起来的“闽宁村”三个字赫然醒目。

一旁绷着一条红色的大横幅，上有“闽宁村建设开工奠基仪式”的字样。

各级政府的领导站成一排，胸前佩戴红花，庄严等待。

得福、张树成和娟子佩戴工作证，忙前忙后张罗。

水花和女儿，秀儿和儿子，以及白校长、李大有、水旺、五蹲、杨三、拴闷和金滩村的人，玉泉营各村的代表都来了，挤在里三层外三层的人堆里，兴高采烈地观望着会场。

一个领导干部面对话筒宣布：“闽宁村建设开工仪式现在开始！”

霎时锣鼓喧天，鞭炮齐鸣，人们的欢呼声和锣鼓声交织响起……

麦苗挤在人群中东张西望，不知道怎么，心里突然非常不踏实。她和得宝约好了今天闽宁村奠基仪式结束后一起前往新疆寻找尕娃，可是她几乎找遍了会场各个角落，都没有看见得宝，莫非他没来？或者被什么事缠住了？

突然间，她看到人群外围，拴闷骑着一辆熟悉的自行车来了——是得宝的自行车！

麦苗冲过去拦在车前，拴闷紧急闸住车，惊问道：“这要咋？”

麦苗慌张地问：“叔，得宝的车子你咋骑着呢？”

拴闷不解地说：“得宝卖给我了啊，三十五块钱。”

麦苗心里打起鼓来，紧张追问：“啥时候卖给你的？”

拴闷说：“昨天。”

麦苗的心一下子像落进深沟里一样，眼神呆滞，几乎可以肯定，她被得宝骗了。

呆了半晌，慢慢回过神来，却还是不死心，重新挤入人群中找到水旺，哭丧着脸告诉水旺，得宝可能一个人去新疆了。

水旺愕然，不太相信她的话，麦苗说她都找遍了，刚才还去了得宝家里，都不见人，今天开大会，他不可能不来，他不见，肯定是走了。

麦苗表情呆滞，喃喃自语：“答应了带我去的，今天开完大会，明天走，他把我骗了，一个人走了，他觉得带上我是个累赘……”

水旺也惊呆了，神情严肃起来，安慰麦苗道：“这样，我想办法，啊，没事。”

转身冲回人群，去找得福了。

此刻，喇叭里传出主持人的声音："下面请福建省扶贫领导，吴月娟主任宣读贺信。"

然后是一片热烈掌声。

得福夹着会议议程站在边上鼓掌，看着这一派欣欣向荣的景象很是高兴激动。

吴主任在台上高声朗读："贺信，象征闽宁两省区友谊的闽宁村今天在这里隆重奠基了，我谨代表福建省闽宁办对闽宁村建设开工奠基，表示热烈的祝贺……"

娟子悄然走近得福，冲得福耳语。

得福脸色骤变，转身悄悄从会场出来，见到了等候在外面的水旺和麦苗，焦急地询问怎么回事。

麦苗说了她的推断，得福心里又惊又气，看着水旺和麦苗也不好责怪他们，相对无语，一时呆滞。

水旺忍不住冲麦苗低声抱怨道："你为啥不拦住他？为啥不给我和得福哥通个气？还打算跟着他一起走……"

麦苗紧抿嘴唇，无法解释，她心里也充满恼怒，委屈得快哭了。

得福正要说话，娟子匆匆跑来叫他："组长，马上到奠基环节了，快！"

得福无奈地看了麦苗一眼，安慰她和水旺不要着急，先再找找，等会开完了再说。然后跟着娟子匆匆回到会场，与各级政府工作人员一起参与到奠基仪式中。

好不容易等到会散人空，得福又要欢送各级领导，又要安排人员清理打扫会场，等到一切都结束，才能够喘口气，品味得宝去了新疆这个事实带给他的憋屈和刺痛。

他孤零零地站在台前，环视会场，神情沉重。刚才的热闹与现在的冷清形成鲜明的对比，似乎就是他刚才的心情与现在的心情的写照。

麦苗和水旺一直在会场外等着，现在看他忙完了，刚想过来，得福身后一人远远跑来，招呼他："马同志！"

得福转身一看，是陈金山，陈县长。忙迎上一步问还有什么安排。

陈金山笑着走过来："今天看你忙前忙后的，辛苦啦。我跟你说，我已经向领导申请，把办公室就设立在我们闽宁村啦。今后会常见面的。"

得福一怔说："陈县长，这里的环境还很差，生活上会有诸多不方便。"

陈金山豪气地说："不怕差。我的分管工作就是闽宁村嘛，那我在海吉县政府住着有什么意义呀，离这四百多公里呢，我可不想把时间都浪费在路途上。"

麦苗和水旺站在得福身后，看着得福和陈金山在说话，不太敢上前。陈金山注意到了两个孩子脸上焦急的表情，示意得福。

得福转身望着二人，水旺和麦苗上前，水旺说："能去的地方我都找了。"

麦苗已经心灰意冷得说不出话了。

得福皱眉无语。

陈金山关心地问："怎么了？"

得福苦涩一笑道："我弟弟得宝跑了。"

陈金山不解地问："跑了？跑哪了？"

得福说："去新疆找我表弟尕娃去了。"

陈金山又问什么时候，得福说今天，刚才，想了一下看着陈金山，迟疑着说："陈县长，我想请几天假，我得去追我弟。"

陈金山问："怎么追？"

得福苦笑道："只能去新疆……"

陈金山打断道："你知道新疆多大？"

得福摇头。

麦苗突然插话说："166.49 万平方公里。"

三人一愣，看向麦苗。

麦苗继续说："有 68 个县，875 个乡，还不算新疆生产建设兵团……得宝说的。"

说着眼眶又红了。

陈金山点点头冲得福说："我们宁夏是 6.64 万平方公里，你算算，新疆是多少个宁夏？所以你去找，你去哪里找？"

得福吃惊地瞪大了眼，还是不想放弃，争辩说："我大回海吉的时候把得宝托付给我，我得找啊。"

陈金山想了想："先不要乱，我想他安顿好了一定会写信回来的……"

麦苗一惊，被这句话提醒了，又燃起了一丝希望，说道："对，得宝他说他会给我写信。"

陈金山点头道："就是嘛，到时候找起来就会方便，也可以节省很多时间哪。先安心工作吧，放心，不会有事。"

得福怔了怔，只能无奈地接受，却也微微舒了口气。

可是他哪里放得下？

回到屋里，拉亮电灯，崭新的灯管明晃晃的，可被灯光照亮的家里却空荡荡的，没有父亲和弟弟。

简陋的屋子被收拾得干干净净，土炕上的被褥叠得整整齐齐，那是得宝临行前认真拾掇的，像是对某种生活的告别，又像是在表达什么。

得福环视着屋子，神情复杂。

他想起父亲临回涌泉村前对自己的嘱托，除了尕娃，就是要教着得宝，引导得宝走正路，不做坏事，可是自己，尕娃一点儿消息没有不说，连得宝也给看丢了。

再想想得宝那天跟他的争执，得宝说的那些话，他心里更加痛苦和歉疚，忍不住长长地叹口气。

就在这时，门口传来脚步声。

得福转身望去——不是得宝，是水花。

水花走进门道："看房里灯亮了，就知道是你。"

得福怔了下，无奈地说："得宝跑咧。"

他不想让更多的人知道，可是这也瞒不住，再说水花是他信任的人。

水花一点儿吃惊的表情都没有，淡淡地说她知道，弄得得福倒是一愣。水花说得宝走之前跟她说了，得福震惊地问："给你说了？你咋不拦？！"

水花表情无奈地说："你自己兄弟你不清楚？想拦就能拦得住？再说，他心里清楚，尕娃妈的病，在喊水叔心里绑了死疙瘩。只有把尕娃找回来，尕娃妈的病才有可能好，喊水叔心里的疙瘩才有可能解。祸是他闯的，他得自己解决。他还说，说不定找尕娃，连尕娃大也找着了，那就是双喜。"

水花忙掏出一张叠好的纸递向得福道："得宝留的，让我转给你。你快看下，他这信里面有没有去向和地址。"

得福连忙接过信，拆开看着。

哥，知道你会生气，但是没办法，我必须这么干……

看到开头这一句，得福的眼泪无法控制地开始掉落。

这天晚上，麦苗也辗转难眠。

她看着静静靠在墙角的自己收拾好的背包，神情呆滞。想起那天得宝对她笑，对她说："我带你去。"

她以为那是一个幸福的承诺，结果却是一个逃避的谎言。

她不明白，就算带上她，又有什么？她不会拖着他，不会成为他的累赘，会打工，会吃苦，会跟他一起找尕娃，他为什么就要丢下她一个人走了呢？

她跳下床，狠狠地把包里的东西都拿出来摔在床上，一边摔一边流泪。

她也想像得福那样，冲动地去新疆找得宝，可是新疆像得宝说的那样大，她又去哪里找？陈县长说得对，得宝说过会给她写信，她可以先等等，等得宝给她写信再说，可是，如果得宝不给她写信呢？尕娃不就是一走就杳无音信了吗？

麦苗的心乱了。

年轻女孩第一次体味到了离别与相思的痛苦。

三

但是相比闽宁村成立，相比紧接着而来的各项扶贫政策带给这些吊庄移民们的影响，得宝去新疆只是微不足道的一件小事，是吊庄移民巨大变化生活中的一朵小小的浪花，一个小小的插曲。现在闽宁村所有的吊庄移民们，每天都要受到很多新事物、新思想的冲击，要做出很多以前根本没有想过的决定。

首先是陈县长一力推出的劳务输出。

劳务输出，实际上就是打工挣钱。

这没有什么，几乎所有吊庄移民们初到这里，都要依靠给旁边的国有农场打工挣钱，养家盖屋，现在还有很多村民在做这个工作，只是这一次打工的地方换了，相当远，超出了绝大部分村民的想象和认知，他们这一生，几乎都没有离家那么远过。

所以得福意识到了这个工作并不像想象的那样简单轻松，他和陈金山商量过，首先要跟村民充分沟通，改变他们的某些思想，引导他们接受这种方式，实现收入增加、授之以渔地扶贫。

得福先来小学找白校长，商量借用一下教室。

白校长听说是动员劳务输出，连说这是个好事，又说陈县长不错，前两天还专门来学校，详细问了好多情况，听到学校缺少老师时，还说他会联系福建的有关方面，派人来这里支教。

得福又问麦苗在干啥，白校长脸色微变，冲办公室的门努努嘴，得福会意地说过去看看。掀帘走进办公室，心情低落的麦苗正在发呆，看见得福，忙起身问："得福哥？得宝有消息了？"

——得福为难地苦笑，说："我还想来问，得宝给你来信了吗？"

麦苗的希望落空，伤心地摇了摇头。

得福也目露失望，只好无奈地安慰说："再等等吧。有消息你告诉我，我也告诉你。"

回到吊庄办，得福强制自己不再去想得宝，把心思集中到眼前的工作上来，这可是关系着整个闽宁村吊庄户增加收入的重要工作，就像当年杨副县长要求张树成一样，第一炮必须打响。

他和娟子统计晚上的参会人员名单，娟子担心地说，她负责的两个村，能通知的都通知到了，就看实际参会的到底能去多少人。得福想到他负责的金滩村等，想到麦苗、水花、秀儿等很多年轻吊庄女子，想到她们能够吃苦耐劳，以前却找不到一条可以挣钱的路子，决心好好配合陈县长开好这个会。得福说这是好事，大家肯定都会来，而且肯定都会报名去福建挣钱，又说会场他已经布置好了，就等陈县长从县里开会回来，动员大会就可以开了。

两人正说着话，门忽然被推开，两人蓦然回首，正是他们说的陈县长。

陈金山走进来，报喜似的笑嘻嘻地说："我回来啦！"

两人看着他们的陈县长，不禁有些发愣，只见陈金山飘逸的长发被剪短了，笔挺的西装换成了深颜色的休闲运动服，锃亮的皮鞋也换成了一双深色旅游鞋，恍若换了个人。

陈金山看二人的表情，又低头看了自己的着装，得意地笑道："怎么？几日不见，认不出我了？坐坐……坐。"

二人不好意思地笑了，马得福说："你衣服好看得很。"

陈金山笑着说："这好看吗？运动，方便的。哈哈。"

表情一转，严肃起来，问会议的准备情况，得福和娟子把早就准备好的人员名单递给县长。

当天晚上，西戈壁小学教室里灯火通明。

黑板上写着"劳务输出动员大会"八个字，黑板前摆了两张课桌充当主席台，陈金山坐在正中，得福和娟子坐在一侧，桌上摊着记录本。

秀儿抱着儿子与众人坐在第一排，水旺、李大有、五蹲、杨三、拴闷等人坐在人堆里，五蹲的身边坐着他的闺女，更多的年轻男女挤坐在两侧，把整个教室装得满满的。

大家还沉浸在刚刚通电的欢喜中，傻呵呵盯着灯管看，看累了就眨眨眼，继续看。

只有麦苗倚靠在校长办公室门框上，没什么精神，淡漠地望着讲台上的陈金山。

得福看人到得差不多了，举手招呼大家说："大家，安静一下，安静一下啊。"

等到慢慢安静下去，转头看陈金山，陈金山对大家参与的积极性非常满意，很高兴地望着大家首先自我介绍："我呢，姓陈，叫陈金山。耳东陈，金呢，是金子的金，山呢，是大山的山。"

人群中五蹲没听清，问："啥？钉，钉子的钉。"

大部分人都没有听清。得福赶紧"翻译"说是陈金山，想起当初他也听错了，听成"丁双"，不禁莞尔。

跟着陈金山又说："现任我们海吉县政府副县长，负责咱们玉泉营闽宁村的工作。"众人被这一长串福建话弄懵了，有人问："刚……刚作……刚作？"

坐在人群中的白校长赶忙道："工作。负责闽宁的工作。"

陈金山如释重负说："是是是，工作。"

得福见状赶紧招呼白校长上前来帮陈金山"翻译"，白校长还要推托，得福哪容他，拉着他坐到主席台陈金山身边，搬来板凳让白校长落座。

陈金山现在有了左臂右膀，精神大振，冲着众人高声讲道："那我就开始了，大家晚上好啊！"

众人望向白校长。

"陈县长问大家好呢，这又不是外国话，咋听不懂了，鼓掌，鼓掌，鼓掌。"白校长带头鼓掌。

众人也跟着鼓掌。

陈金山放心地笑了，继续讲道："好，我讲一下啊，晚上把大家叫来呢，就是要跟大家讲，我们闽宁村这个劳务输出的事情。"

白校长迟疑一下，"翻译"说："这个……劳务输出就是，让咱们出门打工挣钱。"

众人恍然，七嘴八舌地说："哦……挣钱，那这就明白，这就明白，叫咱打工挣钱。"

李大有叫道："得福，得福，得福，你跟陈县长说一声嘛，让他在俺村娶个媳妇，成个家，咱一块把这日子过舒坦，我保证他……他那舌头就好了，他说啥咱肯定都能听懂。"

陈金山听不明白，问："说什么？"

得福不满地瞪李大有一眼，急中生智，学着白校长简单明了地翻译说："他，他说，我们村的女娃娃很多都喜欢你。"

众人哄笑。

就在这么几句玩笑中，这个说话洋泾腔的细瘦中年男子，这个任职副县长的"官"，跟这些吊庄移民们立刻融为一体，没有什么隔阂了。

陈金山也笑着连声道谢，说这次劳务输出的地方是他的老家福建莆田市。

白校长"翻译"说："哦……福建莆田。那个地方我知道，古代叫兴化，出过好多状元呀。"

陈金山惊喜道："白校长好厉害呀。在古代的时候呢，那里出过很多状元。到现在呢，就出了很多优秀的企业家。”

白校长继续“翻译”：“就是老板。”

众人在下边饶有兴趣地看着这一幕，觉得不是来听宣讲大道理，更不是听报告，而是来看一出好玩的表演。

陈金山继续说：“他们有好多好多的工厂，需要很多很多的员工，找人呢，就没有那么容易。他们不知道，我们这里有很多年轻的、能够吃苦耐劳的、优秀的年轻人，在家里边没有事情可以做。所以呢，我这次呢，就是要把我们村子里边优秀的、能够吃苦耐劳的年轻人，输送到福建莆田去。”

白校长继续“翻译”：“福建，有老板开好多工厂，需要工人啊，咱们这儿有好多娃娃勤快，但是没活干，就是要把咱的娃娃送到那儿去打工挣钱。”

陈金山边讲，白校长边翻译。

众人听得明明白白，目不转睛望着陈金山，渐渐地，他们不再开玩笑，开始听得专注起来，尤其是那些年轻人，眼里都露出期待。

陈金山继续说：“今天呢，我在咱们村子里讲，讲完以后，明天我还要去其他的村动员其他人，所以大家要抓紧时间，把握机会，请注意，这一次只有 100 个名额，主要以女生为主。”

众人皆是一愣，五蹲忍不住问：“啥？”

白校长“翻译”说：“这次打工，要女娃娃。讲完就要报名。”

众人不禁疑惑：“女娃？”

五蹲看了一眼身边女儿兴奋的表情，霍地站起身喊道：“哎……这事有麻达，这有问题呢这事。”

陈金山问：“麻达是什么？”

得福尴尬地说：“有……有问题……有问题……”

陈金山没太明白，转头看白校长，白校长看着五蹲说：“你这话说得太难听，我不能翻译。”

五蹲说：“白校长，你问一下，就是咱到他那叫个啥田？”

拴闷一旁接话说：“莆田。”

五蹲说：“对对对，有多远？”

白校长说：“这我知道，咱这儿到莆田两千公里。”

众人议论纷纷：“啊？两千？两千？两千公里？路上就四千里路，太远了。”

陈金山看着有些混乱的村民，问：“说什么？”

得福和白校长同时说：“他们觉得太远了。”

白校长停一下加上一句：“咋……咋去？”

陈金山点头："啊……我来解释这个问题啊，县里边会派人呢，来这里把我们的女孩子接走，由专人护送一直到莆田。"

众人的目光从陈金山转到白校长，白校长说："哦……专门的人，我们的人送女娃娃去。"

五蹲忍不住直接问道："娃去那儿了安全咋办呢？"

这是听了只要女娃，众人心里自然产生的一个疑问，五蹲一问，众人纷纷附和："就是嘛，就是。"

五蹲又说："娃去那儿学坏了咋弄呢嘛？"

拴闷附和："被人哄了咋办呢？"

五蹲又说："心野了不回来又咋弄？"

众人也在七嘴八舌。

陈金山疑惑地看着情绪有些激动的村民们，问："他们担……担心什么？"

白校长迟疑一下，这次直言相告："担心……担心我们的人去了是不是安全。"

陈金山点头："哦，安全问题。"

李大有起哄说："哎……得福，得福，你姑父去新疆，十几年了吧，到现在都没有信，那还是个大男人呢，你说。"

得福为难地解释："哎呀……这不一样嘛，那去福建打工，又不是去乱闯嘛，那是有组织的嘛，有……有安排的嘛，到了还要培训呢，还有单位接收嘛。"

陈金山赶紧附和并解释道："是呀，安全问题我再来和大家解释啊，我们的女工啊，到了莆田那边呢，就有莆田那边的人，接她们到工厂。而且在那边我们还设立了海吉莆田劳务处，我们海吉的干部，也一直都在那里。有任何安全问题，他们都可以解决，请大家放心。"

白校长"翻译"："有专门的人，陪着我们的女娃去到福建那边，然后呢，在福建还建立了一个宁夏驻福建的劳务站。她们有什么问题，帮她们解决。"

听了得福、陈金山、白校长三个人的话，村民们互相看看，关于安全的疑惑暂时消失了，但还有其他的问题。

一个村民问："南方人都吃大米嘛，咱的娃过去吃不惯咋办呢？"

有人附和道："对！肯定吃不惯嘛。"

立仓问："这女娃子都出去了，家里的男娃子找不到对象咋办？"

五蹲的女儿突然举手说："县长，我问一下。"

五蹲急忙阻止："你说啥？"

五蹲姑娘不理他大，大声说："我问一下，我去那么大老远的，那一个月能挣多少钱？"

她才不像那些村民一样想七想八的，她只关心这个问题，这也是最重要的一个问题。

白校长刚要“翻译”，陈金山抢先说：“这不用翻译，我听懂了，要挣钱对不对？”

五蹲女儿说：“对……对。”

陈金山坐直了些，挥着手说：“好，我在那边调研过，在我们莆田一线的工作人员哪，一个月的工资，是七八百元左右。”

得福抢先“翻译”：“七八百。”

众人都是大吃一惊：“七八百？”

陈金山加重语气半开玩笑地说：“请注意啊，这个价钱呢，已经快赶上我一个县长的工资了。”

白校长“翻译”说：“都快赶上县长了。”

陈金山继续加码说：“如果你更加努力，还可以挣更多的钱。”

众人再也控制不住，纷纷点头说：“七八百可以，七八百可以。”

整个教室一片沸腾。

李大有大声叫道：“得福，得福，得福，得福，你问问陈县长，谁定的这政策？为啥只要女的不要男的？”

人群中立刻有不少应和。

陈金山再次抢在得福“翻译”之前说：“我听懂了，听懂了。我来解释，不要激动，我来解释。这一次呢对接的工厂是电子工厂，所以呢，女工心灵手巧有耐心。第二批、第三批去的就需要男工了，因为针对的是鞋厂啊，家具厂啊，就需要力气大的男孩子。啊……不要担心，大家都有机会。”

白校长“翻译”：“第一批，是去那个电子厂，做半导体啥的，要心灵手巧的，所以要女娃嘛。第二批、第三批，家具厂、鞋厂就要男娃。”

李大有稍微满意地点点头：“这还差不多。那第二批啥时候去？”

陈金山现在慢慢能够听懂村民的话了，直接回答：“第一批送过去，马上第二批、第三批就会跟上啊。未来呀，这个劳务输出，就是我们闽宁村的一个产业。”

白校长解释说：“产业，咱就干这个挣钱了。”

陈金山说：“我们不停地往那边送人，不停地挣他们的钱。”

李大有脸上现在完全露出满意的神情，得意地说：“我说嘛，县长是咱自己人，他不能棒槌一边敲嘛。对不对？”

拴闷附和说：“对……对嘛。”

一个女村民问：“那县长我想问一下，像我这带娃的能要不？”

陈金山听懂了问题，笑道：“娃娃啊。如果这边有人照顾你的娃娃呢，你也可以过去呀。”

女村民低头看怀里的娃，嗔怪道：“让你爷你奶看你，都不过来，哎……耽误了我挣钱了，这下可损失大了。”

陈金山安慰说：“不要担心哪，去不了莆田也没有关系，我们在玉泉营有很多项目，可以让家家户户都挣到钱。我在这里向大家保证，只要大家不怕苦，我保证每个人都可以挣到钱。”

众人激动起来。

陈金山满意地看着村民们，说：“好，大家回去啊，都好好考虑考虑，考虑好了以后，明天去玉泉营经济开发区办公室报名。”

得福高声“翻译”：“大家要是想好了，就去我们开发区办公室报名。”

众人纷纷响应。

靠在窗边的麦苗若有所思，看着有些不舍离去的村民们，露出异样的表情。

四

人去室空。

白校长收拾着散会后凌乱的教室。

麦苗帮忙擦黑板，她的手突然停在“劳务输出动员大会”那一行字前不擦了，眼睛紧紧盯着那里，脸上又出现异样的表情。

一直悄悄注意着女儿的白校长敏锐地察觉到了，迟疑了一下，忍不住开口道：“今天这会开得还挺成功。估计明天报名的不少。”

麦苗没搭话，突然用力，三两下把字擦掉了。

白校长又迟疑了一下，索性直接说：“麦苗，你要是想去……爸支持你报名。”

麦苗猛然回头，看着父亲高声道：“烦我了是不是？”

白校长没料到麦苗会如此激动，一愣道：“看你说的……当爸的咋会烦女儿……”

麦苗打断嚷道：“你就是烦我，想把我撇开！看你今天开会的殷勤样，上蹿下跳，又是鼓动，又是翻译，就差没逼我第一个报名，好把我打发得远远的。”

白校长一脸委屈争辩道：“这是哪来的气话？你咋能这么说爸……”

麦苗继续发泄：“你就是想打发我，你宁愿一个人过，一个人多轻松，没累赘。”

白校长被女儿伤了心，声音涩涩地说：“爸怎么可能愿意一个人，你妈走了这些年，咱爷俩……”

话没说完，麦苗更加激动，声音也更加高了：“你还好意思提我妈？你明知道我妈不会生炭炉子，还非要买个炭炉子回来让她用！”

得福送走了陈金山和村民们，正好走进来，听到此话一愣。

父女二人都没有发现得福的到来，白校长黯然神伤地解释说：“麦苗……爸给你解释过，那年冬天我要去县里进修三个月，我怕我走了，你和你妈受冻，才咬牙花了一个月工资，买了炉子……”

这话他不知道说过多少次了，可是每次只会激起女儿更加激烈的反应。这一次也不例外，麦苗再次厉声打断：“你咬牙花了一个月工资的炉子，把我妈害死咧！”

白校长一个愣怔，无言以对。

得福忍不住脱口喊道：“麦苗！”

父女二人一怔，吃惊地扭头望向得福。

得福冲过来冲麦苗道：“你咋能说出这么不懂事的话？”

麦苗根本不服气，说：“我不懂事，我走，过几天就去福建，走得远远的，不拖累你们任何人！”

麦苗眼含泪水，猛转身跑进屋，得福气得追上去。

麦苗冲进自己房间，得福紧跟而来，麦苗猛地把门关上锁住，眼泪立即喷涌而出。

得福隔着门说：“你咋能这么说你爸？你是给他心上捅刀子咧。这事我比你清楚，是我第一个发现你和你妈晕倒在房门口的，后来抢救你们的医生也看过，是因为那天倒风，煤烟顺着烟筒倒着往里吹才出事的……”

麦苗不理他，坐在桌前，看着桌上那张全家照，泪流满面。

全家照里，年轻的麦苗妈妈安静地望着女儿，眼里似乎也充满爱怜和忧伤。

得福心情复杂地回到教室，白校长还愣在原地，不知道是在想女儿这通毫无缘由的邪火，还是痛心女儿对他的抗拒和怨恨。

白校长看到得福回来，回过神来，开始沉默地摆课桌课椅，得福也沉默着帮忙。

白校长看到最前排桌上的工作日志，递给得福道：“本子别落了。”

得福接过，装进衣兜，迟疑一下，安慰说：“老师，麦苗的话……你别往心里去。”

白校长瞥了一眼办公室门悄声道：“她说到最后一句我才算听明白，她话里是怨我，其实也是夹带着怨得宝，自打得宝走了，她就一直有情绪，觉得得宝把她撇开，一个人走了，现在她也觉得我是想把她撇开，她是心里委屈。”

得福说：“再委屈也不能提那些伤人的话呀。”

白校长苦涩笑笑：“委屈了，就会想妈。”

得福见白校长到底心疼女儿，也不再争辩，叹了口气。

白校长沉吟着说："今天陈县长讲的话，我估计她是动心了，但是又舍不下得宝这边，心里为难，才朝我发邪火。唉，女子大了，心思多，我这个乡下教师又没本事给她好的生活，有愧于她呀。说实在的，我真有心想让她去福建打工，不光是找份工作，关键是想让她离开这个环境，去外面的世界看看，也许能让她改变一下这古怪脾气。"

得福似有所悟道："要不，我找她谈谈？"

白校长摇摇头道："你找她，还是说不通。"

得福说："那……"

白校长一声长叹道："我的学生里面，她只愿意和水花交心……"

白校长点醒了得福，得福第二天就来找水花。

实际上，自从水花来到金滩村，得福就一直控制着自己，除了工作之外，绝不跟水花碰面，不是他大马喊水说的那样，他要有个什么好前程，就不能让她影响，而是他不敢面对水花，尤其是她那个残疾的丈夫，他对她心怀愧疚。

水花一家三口还住在地窝子里，外面空地上，三块石头撑着一口锅，得福骑车来的时候，水花正在煮饭，她的女儿晓燕在一旁用树枝指着沙地上写的字，大声念着："上，下，左，右……"

得福停车下来，看着晓燕夸赞道："念得好得很嘛。"

晓燕胆怯地盯着得福看。

水花忙站起身道："我随便写了几个字，教她认下。"

得福撑好车子问："昨晚咋没去开会？"

水花回头看了一眼地窝子，低声道："我带娃去了，永富就一个人在家……你来有事？"

得福说："想让你劝劝麦苗。"

水花问："劝啥？"

得福说："白老师想让她去福建打工。"

水花说："这是好事，我听说政策了，我都想去！"

安永富在地窝子里听到了外面的谈话，故意大声喊："晓燕。"

水花先把晓燕放回地窝子，有些尴尬地看着得福。

得福善意解围，故意提高了点儿音量："我觉得也没有啥去头，听陈县长说，福建潮湿得很，衣服都晾不干……"

水花也点点头，说："我一会儿就去找麦苗。"

得福谢过水花，看着水花向地窝子快步走去，表情黯淡地上车离开。

水花转身安顿好家里，端着一盆晒好的洋芋干来找麦苗。

她把洋芋干放在桌上，说：“知道你爱吃我晒的洋芋干，专门给你送过来了。”

麦苗高兴地抓起一片咬着道：“只有水花姐对我最好。”

水花问：“你爸呢？”

麦苗心虚地说：“没在。”

水花一笑道：“咋？又跟你爸要性子咧？”

麦苗眼圈一红，忙背过身去揉眼睛，低声道：“我也不知道咋回事，一委屈话就到嘴边了……”

水花关切道：“啥委屈？给姐说说？”

麦苗抹着泪转身道：“水花姐，你说，得福、得宝兄弟俩，都是绝情的人吧。”

水花一愣，不接这话，批她说：“胡说啥。”

麦苗不管不顾地大声挑明道：“我没胡说，涌泉村谁不知道，当年得福哥宁愿不上农校，也要跟你好，到最后为啥还是把你舍下了？”

水花无法再假装了，辩说道：“这事怪我，不怪得福。”

麦苗瞪眼道：“别护着他，他要是铁了心跟你好，谁能拦住？”

水花黯然神伤道：“你年纪还小没经过事，这世上的事，哪有你想得那么简单，你以为想和谁好，就能和谁好？”

麦苗固执道：“反正他俩就是绝情的人，得宝跟我说好的，一起去新疆，结果自己跑了，说给我写信，到现在一个字都没见。”

水花记起得福的嘱托，不跟她纠缠感情的事，直接问她：“那你准备咋办？”

麦苗一声轻叹道：“难就难在这，我昨晚听县长的宣传，觉得应该去福建，但是又挂心得宝，万一他写信叫我去找他咋办，我要当他不是绝情人，原地等他的信，等不来，又错过了这个机会……水花姐，你说我该咋办？”

水花思忖片刻道：“说实话，我都想报名。一个月能挣好几百，在咱这，政府上班的都拿不了这么多。可惜我拖家带口，走不了呀。”

麦苗同情地望着水花喃喃道：“水花姐，你也真可怜……”

水花一笑打断道：“可怜不可怜的，都是自找的。要想不可怜，人就得活明白。要我说，想去就去，至于你和得宝的事，就跟我和得福一样，有缘则成，无缘也是白等。可能姐大你几岁，和你们年轻女子想法不一样，我现在越来越觉得，世上最重要的事，是想办法挣钱。让姐说，你先别管得宝，出门挣钱见世面最重要。”

这是她早就想好的话，也是她认为麦苗当下最好的处理方法，她看着麦苗，拉着她的手，殷切地希望着。

麦苗听着，若有所思，一个决定不知不觉在她心中产生了。也许，她本来就是这样决定的，水花的劝说，只是让她更加清楚和坚定。

当天下午，麦苗就来到玉泉营办公室报名。

得福和娟子正在整理报名登记册，这天上午，已经报了不少人了。

娟子边登记报名册边念道："张一娟，20岁，初中毕业。马冬梅，23岁，高中毕业。李晓晨，小学……"

麦苗悄悄走进去，叫了声："得福哥，你出来一下，有事跟你商量。"

得福起身跟着麦苗走到门外，问她："咋咧？"

麦苗看着得福，满脸坚决的表情，说："我想去福建打工。"

得福还因前几天麦苗对白校长的冲撞而生气，故意板着脸道："你想去就去？你爸同意？"

麦苗心虚恼羞，一瞪眼道："我想干啥就干啥，不用他同意！"

得福故作严肃地说："陈县长定了新规定，凡是要去福建打工的，必须要有家长签字。你有吗？"

麦苗有些急了："会上他可没这么说！"

得福继续伪装说："会后才定的，陈县长说，路远，时间长，每个去的人，都必须和家里沟通好。再说，报名人数多，名额又有限，这也是限制人数的一个硬指标。"

麦苗面呈难色，她还没准备好跟爸爸沟通。

得福见状，故意激道："要真想去，就回家跟你爸好好说话，让他放心，然后拿他的签字来见我，我才能给你报名。"

得福说罢，转身大步走回办公室，留下麦苗一个人在那里发呆。

麦苗无可奈何地回到家，犹豫良久，听见从父亲屋里传来的手风琴声，终于起身，做了一碗面条，给父亲端去，轻轻地放在他面前的桌上。

白校长停了手风琴，抬头看着女儿，有些发愣。

麦苗也看着父亲，神情复杂。

白校长忙放下手风琴，一脸惊喜地说："哟，女儿亮手艺了。"

麦苗还是不说话，凝视父亲。

白校长端起碗，夸张地大口吃着，边吃边赞道："好吃，你擀的面就是好吃……都快比过你妈的手艺了……"

麦苗脸色一沉，白校长刹住话头，明白自己又踩雷了，忙避开女儿的目光，忐忑不安地闷头吃面。

麦苗强忍不快，轻叹一声道："给我签个名。"

白校长抬头诧异道："签……签啥名？"

麦苗说："得福哥说，去福建打工，必须家长签名同意才能报名。"

白校长稍愣一下，像明白了什么似的连连点头道："行行，爸这就给你签。"

麦苗嗔怪父亲道："你看，还说不想打发我走，一下就同意给我签字了……"

白校长焦急打断道："不是！我不是想打发……我是……"

麦苗没有接话，轻叹一声，柔声说道："快吃面吧，再不吃坨了。"

白校长应下。

麦苗转身离去。

白校长望着碗里的面，却再也吃不下……

五

麦苗心里总觉郁闷，分不清是因为父亲的态度，还是即将远离，抑或是因为遥远的得宝，她想找个人说说话，而在金滩村，只有一个人合适。

她来水花地窝子时，水花正在奋力地脱着土坯，汗流浃背。她的丈夫永富也在帮着打土坯，他坐在地上，往坯模子里铲土，水花承担了所有将土坯置于阳光下暴晒的工作。

不远处秀儿和一些新来的吊庄户，也在各自的宅基地里忙活，他们都要趁着空闲打土坯好起土房，早日搬出地窝子。

看见麦苗过来，水花放下手里的土坯招呼道："麦苗？你咋来了？"

麦苗先冲永富叫了声"哥"，永富只是淡淡应了一声，放下手里的锨，把在一边玩的晓燕叫到他身边。

水花笑着跟麦苗解释："别管他！跟我怄气着呢。"

麦苗不解道："为啥？"

水花苦笑："他怕我去福建，我哪儿有那个条件……"

水花的无奈让麦苗一时语塞，想到自己还在跟父亲怄气，跟走了的得宝怄气，跟自己怄气，而水花一个人支撑这个家，天天忙得要死要活，只怕连一丝怄气的时间都没有，她突然觉得自己太矫情了，突然间心情就没有那么郁闷了。

两人进了地窝子说话，水花煮饭，麦苗给锅底添水，水花问麦苗："哪天走啊？"

麦苗说："明天走。"

水花没看麦苗，忙着手里的事，语带羡慕地说真好，真好。

麦苗说：“姐，我想托你个事。往后，我爸就光杆一个了，你有空多去看看他。”

水花一笑道：“还用你说，别说我，得福、水旺，还有五蹲叔他们那一辈的，谁没受过老师的好处，心里都记着呢。放心啊，不会让你爸孤单的。”

麦苗迟疑片刻，坦白道：“为我妈，我跟他别扭了这些年，这突然要走，心里不是个滋味。”

麦苗说着，眼圈陡然泛红。

水花劝道：“不是姐说你，你不小了，脾气是得改改了，你爸这些年过得不容易，他知道你伤心，啥都惯着你、由着你发脾气，其实他自己心里最煎熬……”

麦苗听着，眼泪滚落下来。

回到家里，麦苗开始收拾行李，往包里塞着镜子、梳子和毛巾等物。

白校长给麦苗整理着衣物和铺盖卷。

麦苗看见父亲把毛衣、毛裤都塞进铺盖卷里，又耐不住性子上前抽出道：“陈县长都说了，莆田热得很，用不着厚衣服。”

白校长又固执地夺回，强行塞进道：“用得着，南方的冬天你不知道，下起雨来还是很冷的。”

麦苗不想跟父亲较劲，便不再坚持，只是呆呆地望着父亲。

白校长看着麦苗，生怕自己又说错话：“那个全家照，你带上吧。”

麦苗应道好，转身去取相框。

白校长趁机掏出一叠钱，悄然塞进毛衣里……

麦苗在心里告诉自己，应该说些让父亲暖心的话，再不说就不知道要过多久才能够再见父亲了，可是偏偏就是说不出口，而白校长，心里装着千句万句叮嘱关心的话，也不知道从哪一句说起，又怕哪一句惹女儿不快。父女俩就这样僵持着，沉默着，任由在一起的时间流逝着。

然后到了离别的时刻。

麦苗和三十几个年轻姑娘、小媳妇，个个拎着行李，背着背包，走向停在玉泉营开发区办公室门口的一辆中巴车。

娟子招呼大家排队，按编号入座，麦苗带头走上车。

白校长帮女儿把行李搬上车，然后痴痴地望着女儿。

麦苗上车坐下，别过头不看父亲。

水花跑上前来，将用手帕包的几个鸡蛋塞麦苗手里。

五蹲和几个人也给自己的孩子塞着吃食。

所有的女子都上车了，水旺、水花、秀儿、李大有、五蹲等数十人围观送行，比车上的人还多。

陈金山、得福和娟子站在一起。

娟子手拿登记册，背个包，冲陈县长道："人都到齐了，陈县长给大家讲两句。"

陈金山点点头，看到有些家长依依难舍，悄然抹泪，年轻的姑娘们都有些伤感，他的心里也深有感触，上车冲大家笑了笑道："同志们，我来讲两句。你们呢，是第一批代表我们玉泉营闽宁村，出去赚钱的人，你们的目的地是福建莆田，你们的任务就是把老板的钱都赚回来，给你们的亲人盖大房子。赚钱不开心吗？不喜欢赚钱吗？"

麦苗有些赌气地带头回答道："喜欢！我们赚钱去！"

陈金山鼓励道："大一点儿声。"

众人跟着喊："赚钱去！赚钱去！"

离别的惨淡被昂扬的斗志给冲淡了，陈金山这才放下心来，真的发自内心地笑了，继续说："那这一次娟子也会和你们一起去，到了那边，生活上、工作上有什么问题，就找娟子。"

娟子接话说："陈县长放心吧，我一定把大家安顿好。"

"好。那我在这里，祝大家一路顺风。再见。"陈金山说完下了车。

白校长始终隔着车窗凝望女儿。

麦苗感受到了父亲不舍的目光，怕自己会哭出来，故意不扭头看。

司机鸣了一声喇叭，中巴车缓缓行驶。

众人追着车挥手告别。

白校长也木然挥手，却忍不住眼泪涌出。

得福见状，走过来，安抚地抓住白校长的胳膊，终于，麦苗从车上探出头，凝视着渐行渐远的父亲，她和父亲，都用力地挥手。

白校长独自在学校门口发呆，茫然地看着远处。邮递员骑着邮递车，打着车铃驶来。

白校长站住，回头望着。邮递员停下车子，取出一封信，递给白校长。

白校长接过一看信封，那上面写着"白校长转白麦苗收"，落款是"新疆"两个字。

这是得宝的信。

白校长不由得轻轻一叹，举起信封，对着初升的朝阳照着，目露遗憾地喃喃道："哎……你个得宝，早一天晚一天，你咋不早一天来？"

第五卷终

第六卷

曲折

为了让西海固的人民群众摆脱贫困，宁夏水利人巧妙地利用“自流”灌溉和“扬黄”灌溉两种措施，将黄河水源源不断地送到贫瘠干旱之地。灌溉扬水，即扬黄，就是将地势较低的黄河水抬起来，硬生生上扬近300米，不毛之地由此漾出绿意，这是水利人的智慧，也是水利人的扶贫决心。

从40多年前起，宁夏固海扬水工程、红寺堡扬水工程、陕甘宁盐环定扬黄工程和固海扩灌四大扬水工程相继开工、建成、通水，成为当地群众的“生命工程”“希望工程”。

一

闽宁村奠基仪式那天，得宝拿着早就买好的火车票，一个人悄悄地离开，上了去新疆的车。

他也不是没有犹豫过，可是他最终坚决地离开，没有带上麦苗。

尕娃的事像一块石头压在他的心里，沉重得让他窒息。

扒货车是他带的头，水旺和尕娃是跟着他去的，结果尕娃弄丢了，他有这个责任把尕娃找回来，否则他对不起尕娃妈，对不起他大，也无法在所有人面前抬起头来。即使他们不责怪他，他也将永远愧疚，一辈子都无法轻松。

所以他必须去新疆找尕娃。至于为什么不带麦苗，他觉得这是他一个人的事，就让他一个人来承担，来解决。毫无疑问，寻找尕娃的行程十分辛苦，甚至可能相当漫长，一个月，几个月，一年两年，谁都不能确定，他不能让麦苗跟他一起承受，他没有这个权利。

他知道麦苗会怨恨他，但比起让她跟他一起受苦，他更愿意承受她的怨恨，反正他会给她写信解释，她最后一定也会原谅他。

就是带着这种复杂的想法，得宝义无反顾地踏上了前往新疆的未知行程。

当列车一声长鸣，徐徐驶出车站的时候，他把头探出车窗，望着车站越来越远，似乎有什么长在他身体内的东西，跟他做了一个分割，他感到刺痛。有那么一瞬间，他希望站台突然出现那个熟悉的身影，向他奔来；又有那么一瞬间，他有种冲动想马上跳下车，沿着来路奔回去。

可是，他什么也没有做。

他木然地看着车站远离，渐渐模糊，最后消失在视野里，再看到的，是一望无际的戈壁滩。

然后，他开始有大把的时间来想人想事，想很多问题，他想起他给他哥留下的那封信，是他花了很多心思写的，他在信中写道：

……这一走，还得让你替我收拾咱大和咱姑那边的事。你最好给大编个谎，说我就是去打工了，不过你不是会编谎的人，也不指望了。长这么大，没少给你添乱，本来想给你道个歉，但谁让你是哥我是弟，免了……

他恨他哥吗？他想了很久，觉得不恨。

他想一切都是命，既然让他和马得福这一世做兄弟，他们就应该相亲相爱一辈子，有时候相处不好，也是自然，就像牙齿和舌头一样，牙齿有时也会咬到舌头，只是，为什么得福是得福，得宝是得宝呢？为什么读书的就不是他？为什么他就要一直被他照顾，被他教育？

所以他在信里还写了：

……其实如果能换，我真想掉个个儿，我也当一回哥，不要一直都是闯了祸受教育的弟，你也当一回弟，不要一直都是要周全、要硬撑的哥……

所以这一次，得宝要当一回哥，当一回自己的哥。

他要一个人，面对，整个世界。

到达新疆后，随着拥挤的人潮走出车站，站在广场上，面对广场熙攘往来的旅客，面对高高低低看不到边的楼房，得宝情不自禁地感到畏缩，但是西海固人骨子里的坚强和下定决心要当“哥”的骄傲，支撑着他没有过分表露出这种情绪，反而昂着头，挺着身子一步步用力地踩着广场坚硬的水泥地，直直地往前走，像是和谁较劲。

然后是生存。

他首先得有饭吃，活下去，才能够在这个辽阔如大海的城市里寻找尕娃。按照他从前在农场、在县城的经验，他首先去那些正在施工的工地，寻找可能的工作机会。

基本都是碰壁，像他这样孤身一人，又是个少年，没有介绍，没有担保，没有熟人，没有经验，工头一看他，说几句话就让他走，运气好时能够待下来，做做工地的杂工，完成那些临时的工作后又得走路。

他也碰到过其他机会，看见餐馆门上贴着招工的启事，他也上去应试，洗过碗，扫过地，做过服务员；睡车站候车室的时候，也帮车站下过货，扛过包，打过零工；还到劳务市场去待过一天，基本无人问津……

他能够做的，都是最容易上手，没有任何技术含量，却也是报酬最低的工作，有些工作甚至拿不到钱，只是让他住，让他吃个半饱，而且不长久。最后，他总算有了一次好运气，在一个沙石场找到了一份看起来可以做下去的工作，但依然是卖力气的活。

每天的工作就是光着膀子，挥着圆头铁锨，用力地将沙石往卡车上扬。那把大铁锨，比他的胸膛还宽，因为年少力弱，每一扬都似乎要用尽他浑身的力气。

炎炎烈日下，得宝满头大汗，裸露的膀子不到半天就晒脱了皮。

但是得宝不嫌弃，也不觉得苦，毕竟，他总算在这座城市站住了脚，有了一个能吃能住的地方，有了一个能够接收信件的地址。

第一天工作后，他就兴奋地给麦苗写信：

麦苗，折腾了十几天，总算有固定住处了，第一件事就是给你写信……还没找到尕娃，不过我一边挣钱一边找。我向来运气好，找了个能轻松挣钱的活，你安心等我的消息，别生我的气了……

这个时候，麦苗已经决定报名去福建打工了。

他这封浸着汗水和情感的信寄到西戈壁小学的时候，麦苗她们搭乘的大巴车，已经穿越千山万水，去往遥远的南国海边。

车子驶出了隧道，清晨的阳光透过车窗洒在麦苗的侧脸上。

麦苗被亮光照醒了，她揉了揉眼睛，窗外，一大片水面波光粼粼，旭日在水面上升起。这是一片无比辽阔的水面。

麦苗惊呆了，失声叫道："秋红姐，大海。"

她推开车窗，感受海风的吹拂。

大巴车迎着朝阳，行驶在沿海的公路上，向前，向前，带着这一车西海固女子的惊奇和希望，向前。

大巴驶过一排排整齐划一的工业园区厂房，驶过挂着"热烈欢迎宁夏女工赴闽工作"横幅的工厂大门，驶入民生电子厂的厂区。

厂里早就做了迎接这批来自西海固的女工的准备，热情的员工等候在宿舍门口，远远地招呼这些新同事，麦苗在大巴车上探头向员工们招手问好致意，她和一车的女伴心里都觉得暖乎乎的，那些背井离乡的担忧和乡愁，一下子就消失殆尽了。

厂里的女工肖丽丽把姑娘们按照事先准备的名单分配到各个宿舍，引着她们上楼，介绍生活环境和各种注意事项："……这边就是你们的宿舍，这些洗漱用品呢，都是我们厂里给你们准备好的，这些床铺上的被褥啊，蚊帐啊，也是我们厂里面给你们配好的，你们自己挑喜欢的地方住下就可以了。门外呢，是一个阳台，你们平常洗的衣服什么的都可以往那边晾。楼下也可以啊。"

麦苗和七位姑娘分到一间宿舍，宿舍有四张上下铺的铁架床，还有风扇等设备，一切设备都是崭新的。还有独立卫生间、阳台。姑娘们提着大包小包的行李进门后，寻找各自的床位，整理行李，各自安顿。

一位姑娘掀开床上的凉席，突然看到一只蟑螂，没有见过蟑螂的姑娘们吓坏了。

张一娟颤声问：“这是啥？”

肖丽丽闻讯过来，笑道：“我刚来的时候也怕，习惯就好了。这里个头这么大的蟑螂经常有的，很常见的。来我们莆田这边呢，气候又好，又很养人，你看蟑螂都养得那么靓，你看你们几个，脸上都有‘红二团’。”

张一娟解释道：“我们海吉风沙大，吹出来的。”

肖丽丽：“没事，我们这边呢气候好，平时注意保养的话，不出三个月，保证认不出你们是海吉女子。”

这可是所有人都感兴趣的话题，众女工一齐问道：“真的吗？”

肖丽丽掏出一瓶面霜推销道：“是啊。我这边有一些专门针对你们皮肤的化妆品，你们看一下。”

一娟和其他几个姑娘忍不住围上去，叽叽喳喳地问询交谈，刚刚还有的一些陌生感和距离感，似乎从这一刻起，完全消失了，她们完全恢复了年轻女子应有的天真和好奇，热情和希望。

她们，本来就是像朝阳一样的年轻女子。

像得宝一样，麦苗安顿好后第一件事也是写信。

她给她父亲写道：

爸，我见到大海了，大海真大！看不到头。海风湿湿的，吹到脸上软软的，吹到嘴边咸咸的，跟咱戈壁滩的风一比，就是挠痒痒。

厂里头隆重接待了我们。在宁夏见过的吴主任亲自来厂里给我们讲了话。鼓励我们抓紧学习，快速适应，早点上岗，早点赚钱。

住的地方也不错，八人一间，上下铺，我的床靠窗，打开就有湿湿的风吹进来。

伙食也不错，有肉有菜，唯一不适应的是，我想吃家乡的面了。谁让你给我起名叫麦苗，我就爱吃面。你以前说过，你小时候在浙江老家只吃米不吃面，到我这辈，口味变了，就爱吃面。说实在的，家里的一口面，是我眼下最想念的味道……

…… ……

她写了很多很多，恨不得把十几年没有说的话都写在这几张薄薄的纸上，她委婉地表达着自己对父亲的牵挂和想念，表达着自己真挚的情感。

这个年轻的女子啊。

这些年轻的女子啊。

二

从来到福建开始，几乎所有的女子都立刻放下了担忧和想念，充满了热情和希望，觉得出来打工，虽然远，但是来对了。

面对天壤之别的新的生活环境，毫无疑问，她们油然而生的第一个念头就是做好工作，在这里好好地生活下来，挣钱回家盖房子改善生活，但是生活是公平的，等待她们的，除了远远优于过去的生活环境，也有工作压力。

第二天一早，海吉女工们被组织起来，换上工作服进入流水线车间。

她们看见的是一列列的工作台，组成一条条的流水线，穿着清一色工装的女工们列队整齐，高喊口号：

"认认真真工作，幸幸福福生活，不怕今天的苦，收获明天的甜，我们比男人更苦干，我们比男人更赚钱。"

她们身体挺直，表情自信，声音热情，令行禁止，口号震彻整个车间。海吉女工一下子被这阵仗震慑住了，她们也小声跟着念口号。

车间主任杨明珍手上拿着一个秒表，站在所有女工的前面，表情严肃。

一通口号喊完，杨明珍简单致辞道："欢迎海吉女工。"

大家"啪啪啪"拍手，然后就奔赴各自岗位，在传送带上工作，速度惊人。

海吉女工还站在原地，杨明珍走到她们跟前，开始向这些第一次走进流水线车间的女子们简要说明情况，实际上，却是训话："我的车间，是质量最优，速度最快，出错率最低的车间。人人都拿得到技术奖金，能分到我的车间是你们的荣幸，希望你们能够珍惜这次机会，尽快掌握技术，流水线是一个整体，任何环节都不许落下。我会找最好的师傅带你们。第一次是教，第二次是帮，第三次……就是罚。"

这些略带杀气的话把这些本来就怯怯的海吉女子吓住了，她们全都绷紧了神经，有些不知所措。

一位年长女工带领大家到流水线，带着浓重的闽南口音教学，女工们完全听不懂。

张一娟小声问同伴："说的啥？"

麦苗猜测说："安……安装板。"

众女工一起看着麦苗："安装板？"

她们都没听清楚。

莆田女工不满道："这是开关板。你们认真看。"

麦苗主动举手道："老……老师，你能不能说慢一些？我们听不懂。"

众女工也附和说："听不懂。"

杨明珍瞪着她们，呵斥道："这是车间，不是普通话教室。继续。"

年长女工继续用闽南口音教导着，众女工一知半解地听着。

像当初陈金山在玉泉营遭遇的困难一样，交流困难是她们面临的第一个问题。

回到宿舍，大家立刻像炸开了锅。

一边在自己的笔记本上注音，一边讨论当天学习的内容。

芳芳模仿杨明珍的"凶残"样子道："这是车间，不是普通话教室……"

小霞低声道："哎……问题是她说那……我都听不懂是啥意思。"

一娟撇撇嘴道："而且这个杨主任肯定是故意刁难咱……"

女工们纷纷附和："我也觉得是。"

麦苗最先停笔，抬头问道："都标完了吗？"

大家答："差不多。"

麦苗说："一娟，你再放一次。"

长桌上放着一台录音机，一娟倒带，再按下了播放键。录音机播放着闽南语歌曲，女工们认真对照着各自的手抄歌词，这是她们学习当地话的方式之一，也是她们认为最有效的方式。

要迅速融入工厂，像她们的同事一样成为合格的女工还有相当多的困难要克服：生活上的各种格格不入，思想上的各种保守闭塞，知识结构和技能上的不足，甚至连最基本的交流也要从头学起。但一切都无法阻挡她们对新生活的热爱，对美好生活的向往，对未来的期许。

为了这一切，她们愿意付出辛勤的劳动，克服所有困难。

一切，都在艰难地向前，虽然缓慢、曲折，但已开始。

这最重要。

三

同样的情况也发生在闽宁村。

马得福当上金滩村的代理村支书后，就像全村的领头羊，啥事都冲在第一个，啥困难都不怕，迎头而上，有条件就解决，没条件创造条件也要解决。在他的带领下，金滩村一派欣欣向荣的景象，新移民宅基地上，房屋已快要成形，村民们聚在一起，庆祝上梁大吉，大家高唱着，振奋不已。

村外的田野上，已经开垦好的农田中也长出了春苗，绿油油的十分喜人，村民们辛勤地在其中耕作，抬起头来，脸上都是满足和幸福的笑容。

但是困难，依然存在。有些困难相当难解决，而且已经存在了很长一段时间，哪怕是代理村支书绞尽脑汁，施展浑身解数也没有办法。比如用水。

进入 4 月后，太阳开始烈了起来，麦地里的麦苗干枯拧巴，毫无生机。

李大有把铁锨插在地里，伸手刨着一撮麦苗。

五蹲远远走来喊着道："大有哥，刨啥着呢？"

李大有刨出一撮麦苗举着看，麦苗根须上沾的土干巴巴的，缺少水分，他无奈苦叹道："刨金子呢，你要不？！"

五蹲倒背着手走来，看着麦苗道："真要是金子，你就不会拿手刨，要拿牙咬咧。"

李大有起身道："你地里咋样？"

五蹲把倒背的手伸过来，举着一撮麦苗道："挖煤的不笑包公黑，一个逑样。"

得福推车子走来招呼道："大有叔，水还没来？"

李大有苦愁着脸道："说是今天水来，还没见水，急死人咧。"

得福双眉微蹙。

五蹲："昨晚就说，城关扬水站开闸放水了，好些人等了半晚上都没见水。杨三地里最旱，他等不及，就带着拴闷几个人一大早去看咧。"

李大有伸手拔出铁锨，眯了一眼当红的太阳道："得福，水再来不了，眼看着麦子要拔节，这事你再不管，可要小心咱们村今年的麦子颗粒无收，你这个村支书到时候没办法跟大家交代……"

拴闷急匆匆骑车赶来喊道："出事咧！出事咧！得福！大有哥！出事咧！"

三人一惊。

李大有急问："咋咧？咋咧？"

拴闷放倒车子弯着腰，大口喘着气，说不出话来。

五蹲焦急道："说话呀！"

拴闷歇了好一会儿才直起腰，喘息着道："扬水站的人不放水……还骂咱吊庄户是老山汉，杨三就来气了……和他们打起来咧……咱人手不够……弄不过……让人家拉进扬水站关了……"

三人一时愕然，得福说：“别急，我去看看。”

李大有说：“要去一起去，都去。”

得福骑上自行车，李大有坐他后座，拴闷骑车跟在后面，三人一路风驰电掣地来到城关扬水站，三人跳下车来。

得福和李大有一起往门里走，拴闷突然叫道：“等一下！等一下！”

得福和李大有停下脚步，回头望着拴闷。

拴闷目露怯意道：“人家人多，咱进去了还是弄不过，在这等着，我去把村里人叫来，再把他们围了收拾……”

得福不悦地打断道：“咱来是解决问题，不是聚众打架！”

拴闷低头不语。

得福看了眼李大有和拴闷，撑好车子道：“你俩在这拦着，不许让村里人闹事，我一个人进去处理就行了。”

李大有不放心道：“行吗？要不叔跟着……”

得福打断道：“不用。”

他走进门，门卫喊道：“干啥的？”

得福说：“我是金滩村的，我村的人呢？”

门卫警觉地盯着得福，又看了看门外的李大有和拴闷。

得福见状解释道：“我是村干部，放心，不是来闹事的，是来解决问题的。”

门卫这才松了口气，指着一间办公室道：“在里头呢，你们人歪得很，把地王老子都能骂上天……”

得福走进办公室，只见七八个工作人员将五蹲和两个村民围在中间。

杨三浑身是水，坐地不起骂道：“来，朝这儿打，你今天打不死我，你都不是你妈亲生的。”

工作人员气呼呼打断道：“你咋不说谁先动的手？”

杨三反击道：“你骂谁是老山汉呢？我们移民咋了？我们是缺鼻子少眼，还是缺胳膊少腿？你凭啥不给水？你们这些人，都是狗眼看人低。”

从这两句话中，得福多少明白了事情的起因，正要说话，工作人员看见他，立刻问他干啥的，跟在得福身后的门卫替得福回答说是金滩村的干部，众人都是一愣。

杨三倒是有了依仗，霍地站起身，气势汹汹道：“得福，咱的人都到了吧……”

得福瞪他一眼，打断道：“就我一个。”

杨三不满道：“你一个顶啥用……”

得福又打断道：“咱是来解决问题的，不是来打架斗殴的，你说下，咋回事？”

杨三刨着头上的泥水不满道：“让他们说！”

得福看向几人。

工作人员道："行，你是村干部，你就给咱评个理。"

得福点头："你说。"

原来当天杨三、拴闷几个人看地里庄稼干得厉害，就来城关扬水站请工作人员放水，结果到了一看，气就往上涌：通往金滩村的支渠闸门被死死关着，通往别的村的支渠里的水却哗哗地流。

杨三、拴闷等几个村民顿时就围着城关扬水站的两名开闸放水的工作人员不让走，要他们说个理由。

工作人员不想理他们，说他俩这也是奉命供水，给哪个村子、不给哪个村子，不是他俩说了算的。

杨三黑着脸争论说："金滩村的麦苗都快旱死了，就等这一茬水续命，你们不给水，愣往你们城关周边这几个村放。这一路过来也看了，那些村的地里头缺水吗？你们咋这么偏心眼？就不怕把这几个村的麦苗灌得撑死了？"

工作人员更不买账，说金滩村已经被划出去了，不归青铜峡管。杨三不服说这是黄河水，又不是青铜峡的。

双方一顿争辩，谁也不服谁，工作人员优越感强，不耐烦了，说不和他们这些吊庄来的老山汉争，啥都不懂。这下彻底把杨三激怒了，双眉竖起责问对方骂谁是老山汉。工作人员受激也不怵，说："就骂你，骂你，咋咧？"

结果杨三火气十足，立刻动手，一拳将一名工作人员打进了水渠。另一名工作人员也火了，一脚将杨三也踢进水渠，拴闷等人扑向这名工作人员，扭打在一起。

扬水站的其他工作人员闻声出来，把杨三和几个村民都抓进了扬水站里。

事情就是这样，工作人员又补充说，那名工作人员鼻血都被打出来了，现在在卫生院检查呢，要是人没事的话，扬水站绝对不留人，会立刻放了关着的几个人。

杨三闭口无语，也知道自己理亏。

就在这时，一个40岁左右的中年男子走进来，他身后跟着那名去卫生院检查的工作人员，鼻子塞着药棉，看来已经止血了。

工作人员给得福介绍说是他们站长，得福急忙上前自我介绍说："我是吊庄移民建设办的，也在金滩村挂职村支书。"

站长冷着脸说："哦，村支书，幸亏没啥事，你们的人可以带走了。"

说完转身欲走。

得福上前拦住他，诚恳地说："站长，打人的事，我可以向受伤的人道歉，查伤的费用也可以出。我来，还想跟站长商量一下供水的事。"

站长一愣后便是冷笑："咋商量？"

得福说："去年冬灌，咱都能供水，这眼看着麦子要灌浆了，又不给供水，为啥？"他的语气温和，脸带微笑，态度柔软而坚定。

站长笑了，用一种非常明显的调侃语气问："支书姓啥？"

得福说："姓马。"

站长又问："到金滩村挂职多久了？"

得福回答："时间不长。"

站长用一种非常谦和诚恳的语气说："我想也是。这么着，我给你把情况说清楚，你也就理解为啥不供水咧。"

得福知道对方肯定有什么必杀的底牌，可是为了村里用水，他不得不奉陪，强自笑着说："你说。"

站长吐了一口气，缓缓说："金滩村那个地方原本是归我们青铜峡管的，这黄河灌溉支渠呢，也都修过去了，后来呢，成立了吊庄移民区，那个地方又成立了金滩村，就不归我们管了。要再供水的话，就是按照供水站管理外的收费标准了，去年冬灌的时候，给你们的人打过招呼，供水站一般是先供水，后收钱。水我们供了，但是收钱的时候呢，碰了钉子，村里没人管。这钱收不回来，我们自认倒霉了。所以今年春灌呢，这水……只能是断了。"

得福恍然大悟，却一脸无奈。杨三等人听着，也一脸苦涩。一伙人站在那里，说也不是，走也不是，不知所措。

站长笑笑，冲得福道："都听明白了吧？不是我们不供水，是你们赖账不交钱，只能公事公办了。对了，回去跟你们村里人交代清楚了，不要不占理，还过来闹事。真要伤着人了，这事情就大了。行了，没啥事都回去吧。啊……我这儿还忙着呢。"

说罢要走。

得福不管不顾，赶紧又拦住道："站长，你看这个能不能……"

站长打断道："嘶……不是，是不是我说得不够明白？还是咋？"

得福着急又无奈地说："明白是明白，但是现在地里麦子严重缺水，再不浇水，这一年的夏粮就黄了。你也知道，移民吊庄户都真的不容易嘛。你看能不能咋给变通一下，先把这一茬水给供上，救个急嘛。行不？"

站长看他诚恳，问："那你说，咋变通？"

得福沉吟着说："你看这样行不行？去年冬灌的钱先欠下，我现在就回去动员村民，让各家各户先把这一茬供水的钱给凑齐了交上，等夏粮收了，缓过劲儿来了，我们再想办法把去年冬灌的钱还上，你看行不行？问题是这麦子要是黄了，这一年我们就没饭吃了。站长，好不好？"

站长想了一下，叫一个工作人员去把水钱算一下，按得福说的，今年的水还是先给他们灌。工作人员不太情愿，想解说，站长手一挥，不容置辩地命令，工作人员只好听从。

得福连声感谢加道歉，杨三和两个村民刚刚走出扬水站，就碰到李大有带着数十村民赶来，举着锨镢棍棒，杀气腾腾。

得福见状一笑道："咋？还真要闹事？"

李大有将锨戳在地上，道："人都来了，你说咋弄？咱是围，还是攻？"

得福打断道："回。"

李大有一愣，看向杨三，杨三扑哧笑了道："这一架打得值，让得福把供水的事谈好了。咱回去筹钱，交钱买水。"

李大有不悦道："啥？还要交钱？"

得福说："哪有白用水不给钱的呢？我了解了，咱们金滩村根本就不归青铜峡管。"

杨三咧嘴道："不光得交钱，还比人家灌区交得多。"

众人听罢，面面相觑。

李大有叫道："这……这不对吧？咱去年冬灌就没有交钱嘛，那现在为啥要交钱？"

得福解释道："去年村里班子不健全，没人管事。这站长还算好，给了咱面子，同意先交今年的，就答应供水。"

五蹲小心地问："哎……那得交多少钱？"

得福："人家刚才算了一下，全村浇完，两万八。"

众人吃惊地瞪大了眼："啥？两万八？"

回到村里，大家一起来到村委会会议室，得福要趁热打铁，把这个事给解决了。

但是大家都很抵触，心里不满，说两万八是抢钱，又说这黄河水是国家的，青铜峡凭啥叫他们交钱。

拴闷解释道："修扬水站要钱呢，修干渠、支渠，那都要钱呢嘛，那咋能不要钱嘛？"立刻遭到大家的骂斥，尤其是李大有，说水站是人家政府花钱修，扬水站凭啥收他们的钱，还有，当时说好了，他们到这儿来是浇黄河水，这又不让浇黄河水。

但是无论如何，再怎么自认有理，摆在他们面前的现实就是，不给钱人家就不放水，人家本来就不管金滩村，又有红头文件，谁也说不通。

关键是时间不等人，五蹲说再不浇水，这茬麦苗就要旱死了。李大有说他急得狗蹄子都冒水了，晚上做梦都憋了一泡尿，舍不得尿，要到地里去尿去。

得福听着大家都议论得差不多了，才敲敲桌子，环视了众人一眼开口道："大家讨论得咋样？愿不愿意交这个钱？"

马鸿叫苦说交得太多了，哪里有钱交。

得福解释道："是，我知道，现在就是比别人多一点儿嘛。但是我说过了，咱们村不归人家青铜峡管嘛，人家是额外给咱供水，这次算帮忙了。等将来，咱们移民区的这个三级扬水站建好了，咱就不用交这么多钱了嘛。这都是暂时的，那你现在不交咋办呢嘛？麦子就黄了。”

李大有眉头一皱，又起了一个心思，说：“你说这样行吗，得福？去年冬灌的水，钱咱没有交，咱欠着，今年咱也先欠着。”

众人一听纷纷附和：“对对对。”

得福苦笑：“你咋能这样呢？能够让我们把去年的欠上，只交现在的，已经够对我们照顾了，再想耍赖，只怕人家索性连钱都不要了，今年的水也不放，那麦子渴死，咱们也挨饿？”

李大有又强词夺理：“去年都能欠，为啥今年不能欠嘛！”

“行了，你嚷来嚷去的，那唾沫星子能浇地不？再敢有两天的大太阳，咱那麦子都能当草烧咧。咱下半年，咱都把嘴咧起，吃风去。”杨三不耐烦了，说着走到桌前，掏出钱，拍在桌上，大声说：“这是我六亩地的水钱。记一下。”

五蹲说：“好。”忙接过钱登记。

得福感激地说：“谢谢杨三。”

有了杨三带头，众人见状，也三三两两起身走来交钱。

拴闷霍地站起身喊：“走！回去取钱去。”

得福长长地松了口气，可心里还是无法真正轻松。这次总算解决了，那下次灌溉呢？村民们的不满和埋怨也有道理，当初动员他们吊庄移民过来的时候，也真说过守着黄河不缺水，可是现在还是要用钱买水，而且这钱出得比别人还多，当然窝火。

可是，他也解决不了这个问题。

这种超越了管辖的问题，不是他一个小小的村支书能够想办法解决的。

得福深深地感到无奈和无助。

四

钱收上来交了，村民们刨开自家麦田里的入水口，开始痴痴等待。

得福也挽着裤褪，在自家麦田里开着入水口。

旁边地里的李大有戳着铁锨冲得福喊：“说好了，今天来水吧？啊？”

得福抬头回道：“前天交钱的时候说好的，今天肯定供水……”

杨三连蹦带跳地跑着喊：“来咧！来咧！水来咧！”

满地的人忙跟着杨三跑到地边的水渠上，举目朝前望去。

笔直的水渠前方，隐约能看到有水漫来。

众人如饥似渴呆望。

一层浅浅的水漫到了跟前。

李大有用锨着急地撩着水喊："咋这么小？"

杨三笑着道："大部队都在后头，尖刀班能有几个人？"

五蹲也笑道："尖刀班到咧，就说明水放咧，再等下。"

围观人群略显失望。

得福见状，心知不妙，略一思忖道："大有叔，五蹲叔，水大了，你俩就组织让浇地，我沿渠到上头看下咋回事。"

二人应承着。

得福推起车子，沿水渠走去，越走越担忧，水渠的水不见大，反而越来越小。

得福索性骑车直接来到扬水站闸堤前，见两个支渠的水闸都开着，但是通往金滩村的流水量显然比另一条支渠的流水量小。

得福气愤起来，立刻掉转车头，直奔扬水站。他冲进办公室，找到值班的工作人员问："钱交过了，收据开了，也答应放水了，为啥放那么小？"

工作人员面呈难色回答道："今儿市里到城关乡开现场会去了，我们站长说了，叫我们全天不停点地供水，你想想，我这儿把水供了，你那儿水肯定就小了嘛，这事，我也没办法呀。"

得福生气道："那边火烧眉毛，急着用水给麦子续命咧，你这边放水给现场做样子，合适吗？"

工作人员摊摊手说："那合不合适我说了不算呀。"

得福板着脸道："带我见你们站长。"

工作人员耸耸肩膀道："开现场会去了。"

得福无语，只得转身出门，又见李大有、五蹲、杨三、拴闷等数十人扛着锨镢赶来。

得福连忙上前拦住他们苦笑道："你们来干啥？又来打架啊？"

李大有怒气冲冲地说："你刚走，就有人从城关村回来说，今天给咱村供的水，一多半放给城关村了。"

五蹲气呼呼道："说是开啥现场会，有这事吧？"

得福无奈道："对，有这事……"

杨三不等得福说完，猛一抡手里的镢头喊："说好的收钱放水。这钱给了，咋还戏弄咱呢，太欺负人了吧。"

得福大声道："骂有用吗？走走走，都回去，都先回去好不好？回去，回去，先回去。”

杨三叫道：“听我的，咱今天就把那闸口给他砸了，这水谁也用不成。砸！”

众人听罢，群情激昂，纷纷举起家伙就往闸堤上拥：“对，砸了，砸了去。”

得福急了，冲上前：“这是干啥呢？犯法呢！”

杨三急道：“得福，我那六亩麦子要是旱死了，今年就续不上粮了，那饭都吃不上，谁害怕犯法嘛。砸！”

众人被点燃了，齐声喊：“砸！砸！！”

杨三抡起镬头又要挖。

得福猛冲上去，堵住众人嘶喊道：“都给我听着！再大的事不能无法无天，今天谁要给我胡来，要砸闸，就把我先给砸了。来，砸！”

众人停下，望着发怒的得福。

杨三举着镬头，牙咬得“咯吱”响，可看着挡在前面的得福，一声苦叹，垂下了镬头。

一直躲在一旁默不作声的李大有见状，猛将铁锨往地上一戳，一屁股坐在地上，哽咽着道：“得福，我家那六亩地呀，我是起早贪黑，费尽了心思，深耕、施肥、播种、锄草，我把它当先人一样地供着呢，这现在马上就要灌浆抽穗了，你看这水，小得跟小娃娃尿尿一样，咋弄咧？”

众人听罢，脸色难看。

得福望着大家，神情复杂地劝慰道：“大伙听我说，我的心情跟你们是一样的……”

杨三看了眼得福不满地打断道：“咋能一样？你是公家人，端的是金饭碗。我们是农民，全靠地里头刨食，地里没收成就得饿肚子……”

得福也怒了，大声说：“就是，就是。我家地里要是没收成，我每个月还有工资，我还有供应粮吃，饿不着肚子。但是我是谁呀？我是咱涌泉村走出来的马得福，是我动员你们来的嘛，我也陪了你们好几年了，我也每天没日没夜地工作，就是为了让你们吃饱肚子，过上比在涌泉村更好的日子嘛。”

李大有不屑地说：“行了行了，你再甭说这些没有用的，叔也没有工夫听你唱这苦情戏，那你现在就说这个事情咋弄。我看是这，要不然，他得好好给咱供水，要不然把我交的钱还回来，利息我不要了。这两件事情你要是办不成，那我也不管了，我就拿着家伙找他站长，去讨公道去咧。”

得福头一昂，举手说：“说得好，这个公道，我们一定要讨回来。咱不去站里，那里人不管事。咱就直接去现场会，找他青铜峡的书记、市长讨公道去。走。”

众人听罢，眼睛一亮：“走！”

得福带着众人，问了城关乡的现场会在哪里，便扛着家伙，一副破釜沉舟的气势涌进会场。

一位干部急忙上前拦住他们问找谁，得福平静地说："你好，我想问一下，咱书记、市长是在这儿开会吧？"

干部说是在开会，众人开始往里冲，边冲边叫着"书记""市长"。

干部拼命拦住，急问："你们是干啥的？"

得福说："我们是金滩村的，我们有些事情想向市长、书记汇报一下。"

干部说："金滩村？啊……吊庄移民的？你们找书记、市长啥事嘛？"

杨三在人群中叫道："我就想问一下书记、市长，你们青铜峡的人是不是吃粮食的？"

干部怒了："咋还骂人？咱不要骂人嘛，是这，咱有啥事情到外面去说行不行？咱到外面说。"

争吵声传到会议室里，开会的人都停了下来，主持会议的青铜峡市委书记起身走出，高声问："你们有啥事情啊？你们有啥事情找市长、书记呀？"

杨三问："你是书记，还是市长？"

"我是书记。"说话的人正是青铜峡市委书记高书记。

李大有从裤腰处抽出一撮麦苗道："领导，咱都是吃粮食的吧？书记，你看一下，你看看这麦子都干成这了，这还能不能打出粮食？你看，这都成啥了？"

高书记一头雾水，不解地问："这话说得，我咋听不懂。能不能把事情给我说清楚？"

得福上前一步道："我来说。"

高书记上下打量着得福道："你是？"

得福说："书记，你好，不好意思打扰你们开会了，我是玉泉营经济开发区的马得福，也是我们金滩村的代理村支书，我有个事情要给书记汇报一下。"

高书记说："这个……玉泉营，这个不归我们这里管呀。"

得福说："是不归你们管，但是城关的扬水站不是你们管的吗？"

刚才阻拦他们的那个干部抢过来说："高书记，这个事情我来处理，你先开会。"

高书记挥手制止道："行了，人家敢来现场会找我说事情，就应该让我好好地听听，到底是啥事情。你接着说。"

得福点头说："书记，我们的扬水站还没有建好，所以我们金滩村暂时用的是咱城关的水，去年冬灌的钱，我们欠下了嘛，今年春灌就突然不给我们供水了。然后呢，我去找了水站的站长，我说能不能我们先凑着钱，把春灌的钱交上，你给我们先供水，他说行嘛，说今天肯定给我们供水嘛。我们一村的人，眼巴巴地就在田里等着，就是等不来水嘛。”

得福的声音带上了感情：“书记，我们这移民过来的人确实是不容易。我们这几年，就是在戈壁滩上在开荒嘛，那些土地都是我们一寸一寸，用筛子筛出来的嘛，还有好多人要走到几十里之外去买土，再运回来改良土地。”

他提高了声音：“然后现在呢，好不容易把土地改造出来了，我们把这个玉米种上，麦子也是我们今年刚刚种上，然后突然就断水了。这几天再浇不上水，我们的麦子就全黄了。你说，我作为一个村支书，我能看着我的村民连饭都吃不上吗？”

高书记听罢，长叹一声问：“水还没过去？”

得福苦笑道：“那要是水供上了，我一个小小的村支书，哪敢来找书记嘛。”

高书记道：“等一下，我找一下水利局局长……”

水利局局长挤过来道：“高书记，我在这。”

高书记冲水利局局长道：“咱们的灌区不包括金滩村？”

水利局局长答道：“原来包括，渠也是咱修的。后来划给玉泉营开发区咧，就不归咱管……”

杨三着急地插话道：“归不归谁管我咋知道？但你们把钱收了，又不好好放水，这不是戏弄人呢嘛！”

水利局局长一愣道：“你说你交钱了，交给谁了？”

得福说：“城关扬水站，交了两万八。”

五蹲掏出收据，递给得福。

得福将收据又递给水利局局长。

水利局局长看罢，又抬头喊道：“陈站长！你过来！”

站长匆匆挤进。

水利局局长脸带怒气问：“钱收了，为啥不好好放水？”

站长委屈地说：“放了呀。”

高书记和水利局局长望向得福。

得福说：“放是放了，水小得都流不到地里头，渠里的水浅得脚背都淹不住，地咋浇？”

高书记和水利局局长又望向站长。

站长支吾道：“咱那个……咱……咱这……咱不是开现场会呢嘛，也就两三天，到时候再……”

李大有打断道：“你行了，行了吧，你再别说了，咱今天当着领导的面，把这事情说清楚，你从来说话都不算话，说了一会儿给我们放水，一会儿又没有水了，又都让我们交钱呢，这水来了，跟小娃娃尿尿一样的，一半的水都放给城关村了，你又说两三天，两三天，你两三天不喝水死不了，我们的麦子金贵嘛。”

站长争辩道：“不是，你喊啥呢嘛，事情有个大小嘛。”

李大有反问：“啥事情大？啥事情小？”

高书记生气地打断道：“啥是大？啥是小？庄稼旱了要水，这就是水站最大的事情。农民地里收不上庄稼，这责任你负得起？”

站长被噎住，低头不语。

高书记又冲水利局局长道：“现场会我看了，咱这麦子好得很，但是还有缺水的庄稼地，这能说得过去吗？”

水利局局长匆匆点头。

高书记又冲得福道：“小伙子，你……先带上人回去，你放心，我保证，今天一定把水送到你金滩村每户人家的地里头。”

众人听着露出了笑脸。得福感激地上前握住高书记的手道：“书记，谢谢你……”

高书记却开玩笑地打断道：“都说你们吊庄来的移民爱上访，爱闹事，没想到还出了个带头的挂职村支书。马得福，我记住你了。”

得福听他这么一说，一时间不知道该回答什么。

高书记继续说：“这片地区的灌溉一直都是个大问题，这回我帮你们把问题解决了，下回就说不准了。这事你还是要跟上级汇报，找个更好的解决办法，才能从根子上解决问题。”

得福不好意思地说：“书记说得对，书记，真的不好意思啊，打扰你们开会了，我也是实在着急没办法了，我给你赔礼道歉。”

高书记打断道：“行咧，客套话不用说了，赶紧带你的人回去浇地，这才是你这个村支书的正经事。”

得福郑重点头……又带领众人向书记致谢。

第六卷终

第七卷

外来妹

劳动输出是贫困地区实现脱贫的一个重要渠道，被誉为脱贫攻坚的“铁杆庄稼”。1997年，福建莆田与宁夏西吉确立结对帮扶，当年3月，西吉县90多名农村女青年走出大山，进入莆田一家电子厂工作，成为新一代的职业女性。陆陆续续的，不断有更多的西吉青年“朝闽飞”，到如今，西吉县每年输出的劳动力高达10万以上，常年在福建务工的西吉青年大约有2000人，其中就有许许多多的“麦苗”。

一

得宝又换了工作，从沙石场换到了一个货场，不变的是还是卖力气的活儿，而且这里工钱不多，反而更辛苦，只要货车一来，他和其他工友就得顶着烈日卸货装车，他现在已经被晒得精黑。

但他还是选择了这儿，因为他觉得这儿能够每天接触到那些走南闯北的司机，方便他问询，寻找尕娃。

这天，得宝将货包送进仓库，擦着汗走出来，看着司机，立刻又像以前一样媚笑着凑上来，从裤兜里掏出少半包香烟，塞给司机道："叔，问你个事。"

司机瞥了一眼烟牌子，不屑地推开："啥事？"

得宝挤眼硬笑道："叔抡方向盘子，跑路多，见人多，我想问一下，这附近有没有宁夏跑来打工的？"

司机眯着眼睛看得宝道："你是宁夏的？"

得宝连忙点头。

司机端详着得宝道："宁夏人老实，肯出力，要不跟我干吧？"

得宝受宠若惊道："叔，太好咧……但我来，不是为干活挣钱……"

司机诧异地打断道："那你来干啥？"

得宝说找人，司机问他找啥人，得宝说："我弟，17 岁，中等个，长脸，眯眯眼，说话才睁眼，我找了快一年了，跑了好些个地方……"

司机不耐烦地打断道："我卸了货正好去拉煤，你跟我走，往西 80 公里，有个私人煤矿，很多宁夏来的，都在那挖煤。说不定在那就能碰见你弟。"

得宝无奈道："今天工钱没发，现在走不成。"

司机看了一眼太阳，悄声道："我在 3 公里外的饭馆那儿等你，天黑前你赶到，我就拉你，赶不到，我就走了。"

当天傍晚，得宝依约在那饭馆见到了司机，司机很热情，还请得宝吃饭。然后司机拉着他到了一个灯光昏暗的矿区，拉煤的车进进出出，看起来生意很好。

司机把车停在路灯下，让得宝先等着，他去跟老板说。得宝感激地说谢谢叔。

司机走进矿区那间办公室，矿区的张老板和两个手下正在猜拳喝酒。

司机说：“给你带了个挖煤的。”

张老板转过头，隔窗望着外面路灯下的得宝。

司机不耐烦道：“看啥看？一顿饭三盘子，两嘟噜蒜，比牛还壮，你矿上没几个这样的。”

张老板点头同意，让手下按老规矩付钱。

原来司机也并不是完全好心，他给矿区带人来，是有好处的。

但是得宝并不知道，司机出来，带着张老板一个手下，让得宝跟手下去，得宝还感激不尽地掏出包烟递给司机。

然后他跟着这名手下走进活动板房二楼一个乱哄哄、脏兮兮的房间，手下指着里面一张架子床说，这是你的床。

得宝看屋内空无一人问：“他们啥时候下班？”

手下冲得宝道：“这里没有上下班，只有上下井。”

得宝一愣。

手下转身走出。

得宝追着问：“他们啥时候上井？”

手下“啪”地一声甩门离去。

得宝无可奈何地转了一圈，拉开灯，取下包，想了想，从包里面掏出信纸和笔，借灯光写道：

麦苗，你好吗？我一直在换地方，现在在一个很偏僻的煤矿上，听说这里宁夏人多。出门在外才知道家里的好，希望可以找到尕娃，我就可以早点回去见你了……

突然传来一个声音道：“谁开的灯，把灯关了。”

得宝吃惊地抬头望去。

只见门口的架子床上铺躺着一个头缠绷带的瘦脸中年人，正盯着得宝看。

得宝霍地坐起身道：“我……我当没人……你头上咋咧？”

瘦脸说：“砸了，轻伤，没事。”

得宝目露同情。

瘦脸问：“新来的？”

得宝说：“不是，来找人。”

瘦脸诧异道："找人？"

得宝说："我弟跑出来了，我得把他找回去。听说，这矿上挖煤的有宁夏人，就找过来咧。"

瘦脸羡慕道："你弟有福气，还有人找……我在这挖了三年了，除了每月寄钱回去，没人想过我……"

得宝问："你哪里的？"

瘦脸说："陕西渭北，穷地方。"

得宝自嘲道："陕西还穷？你把我西海固摆在哪儿？"

瘦脸问："你是西海固的？"

得宝说："移民咧，移到贺兰山底下的平川了，但还是穷。"

瘦脸一声苦叹道："不穷谁到这挖煤呀。"

得宝感兴趣道："这挣钱吗？"

瘦脸问："咋？想挖煤？"

得宝说："找着人了就回，找不着再说。"

瘦脸又一声苦叹道："命拴在裤腰带上的营生你也愿干？"

得宝说："你敢干，我害怕啥。"

瘦脸一闭眼："唉，行了行了，头疼得很，赶紧睡了。"

得宝还想问啥，看瘦脸背过身去，也只好作罢。

没多久，一个绰号叫"骆驼"的工友来叫得宝，给他换了工装，戴上安全帽，带他下井。

他们通过一个铁笼子似的简易电梯下到坑道，骆驼将一个煤筐和一把十字镐塞给得宝道："跟着我，我咋干，你咋干……"

得宝打断道："弄错咧哥……我真不是来挖煤……我是来找我弟尕娃的……他17岁，长脸，眯眯眼……说话的时候才睁眼睛……"

骆驼猛地站住吼道："吵吵啥？吵吵啥？挖煤有指标，你完不成，还得留井底，等接班的来了接着干。要不想上井，你就干吵吵吧。"

得宝无奈闭嘴。

骆驼说罢，继续前行，得宝只好紧跟其后。

到了工作面，十余矿工纷纷给自己的煤筐里刨满煤块。

骆驼走来，也给煤筐里刨煤，得宝却用矿灯照射着每个离去矿工的脸查看。

有个矿工不高兴了喊："干啥子嘛？"

得宝乞求道："哥，我找我弟，他叫尕娃，17岁，是宁夏海吉人……"

骆驼冲得宝道："不想上井，你就磨蹭。"

说罢，也拖筐离去。

得宝望着空无一人的坑道慌了，忙往自己的煤筐里装煤。

就这样，得宝在这个矿上做了一名挖煤工。每天跟着工友们下井，好不容易完成一天的指标才能够上井休息，一回到屋里就往床上一躺，累得像条死狗。

他想过离开，可是这里不像其他地方，可以随时走人，张老板说他给了司机钱，得宝必须给他挖够一定量的煤才能够走，张老板带着手下时时盯着，逃跑也不可能。

没奈何，得宝只得坚持，每天跟着骆驼、瘦脸一起挤进铁笼子，下井，挖煤，上井，睡觉……每天都重复这样的作息，似乎无穷无尽。

得宝慢慢地开始绝望了，这天得宝和众矿工躲在拐弯处，等候爆炸。

只听"轰"的一声巨响，坑道剧烈摇晃，烟尘浓烈，煤块、煤屑飞奔而来，得宝等人低头捂脸，等到烟尘渐散，骆驼起身喊道："出煤！"

得宝、瘦脸和众矿工拐过弯，朝里走去，突然头顶上的顶板掉落，砸在了瘦脸身上，众人惊慌失措，乱成一团，骆驼大喊："快！快跑！快贴着柱子。"

众人纷纷找就近的柱子躲避，得宝吃惊地瞪大了眼睛，只愣了一瞬间，一阵轰响，坑道里弥漫着烟尘，得宝被埋在了煤堆里。

他醒来时已经躺在医院的病床上。

全身都是伤痕，幸好不是很严重，也没有内伤。

得知他醒了，张老板来看他，从他的黑皮包里数了一叠钱给得宝，淡淡地说："等你伤养好了就回家吧，挖煤这工作不适合你。"

张老板说完，转身离去。

得宝一个人躺在安静的病房里，开始流泪，突然间，他无比地想念亲人，想念他哥得福，他大马喊水，想念麦苗、水旺、尕娃……，想念涌泉村，想念金滩村，想念家。

二

跟得宝的遭遇相比，麦苗似乎幸运得多。

她和西海固的女伴们似乎很快就适应了那边的环境和不便，融入了新的生活。

首先是工作，其实并不难，这些西海固女子心灵手巧，又能吃苦，在师父的教导下，不多久都掌握了基本的工作技能，有一些还上了流水线，成了电子厂合格的女工。第一个月拿到工资的时候，她们难以想象地看着那笔“巨款”，心里充满了幸福感。她们一起去邮局往家里汇款，几乎都把一大半的钱汇了回去，自己只留下很少的基本费用。

生活上的不便也很容易克服，比如语言，大家现在都能够跟当地人顺利地交流了。饮食也能够接受，重要的是比金滩村不知要好多少，天天都有肉吃。她们住的宿舍虽然还是很简朴，但是经过姑娘们的用心布置，多少有了女生宿舍的意思。甚至，她们开始使用擦脸油了。

最先是一娟伙同着芳芳和小霞三人凑钱买了一瓶，每天下班洗澡后，一娟就会带着芳芳和小霞，隆重地拧开那个好看的玻璃瓶，一人轻轻舀一小指头，对着镜子点在脸上，然后细细抹开……

这个时候，一娟感叹道：“真的好润啊，要是有效果，咱三个再凑钱买。”

芳芳和小霞附和。

然后一娟看着一旁充满羡慕的秋红，把瓶子递过去道：“秋红姐，你也试试？”

“不用，姐老了，再好的擦脸油也闷不软脸皮。”秋红不好意思地摆手笑道，她停顿了一下继续说，“这个擦脸油的瓶瓶真乖，你们用完了能不能把瓶瓶给姐，我想带回去给我女儿。”

一娟恍然道：“没问题！”

还有洗澡。

秋红总是很快就洗完，问她为什么这么快洗完，她说要省着用水。麦苗就笑她，说人家福建不缺水，不用省。

秋红也笑，老实地说：“我知道，但是忍不住啊，洗澡的时候，看那些女娃一点儿也不心疼水，取东西的时候也不知道先把水关了，就让水哗哗流，我看着真心疼……”

还有衣着。

她们也有样学样地照着厂里其他女工买些时兴的衣物，学习她们的穿着打扮。一娟就经常照镜子，看着渐渐消失的“红二团”自我陶醉，感觉已经看不出她是海吉人了。

惹得麦苗批她：“看出来是海吉人咋了？”

一娟还翻白眼还嘴：“你骄傲你当呗，你最像海吉人了！”

还有零食。

虽然她们把大部分工资都寄了回去，但是手里多少还是有些零用钱的，这可是以前想都不敢想的。

厂门外有一个卖福建特产的小摊，竹匾里摆得满满的是一种红艳艳的糕团，上面还有漂亮的花纹。

麦苗她们觉得好奇，以为是红月饼，结果一问店主才知道这叫红团，莆田的特产，别的地方吃不到。味道甜中带咸，以前只有过年的时候才有，现在日子好过了，什么时候都可以吃得到。

麦苗她们问了价格，一块钱一个。麦苗她们经过激烈的思想斗争，决定奢侈一回，一人凑了一块钱，一个宿舍八个小姐妹买了八个红团，最后还学着福建腔调，问老板能不能多送几个，厂里还有小姐妹。

老板也爽快，知道她们是从宁夏来的，千里万里，就给她们在袋子里添了两个。麦苗跟姐妹们幸福地边吃红团边逛街。

还有“爱情”。

一娟最先接到那样的信，信封上只写了收信人，没有寄信人，也没有邮票，姐妹们一看，就猜出肯定是厂里头的人写的，纷纷起哄要看信。

麦苗也接到父亲转来的得宝的信，她看了后，翻出纸笔，用笔在信纸本上写下“得宝”两个字，画了冒号，抿嘴沉思有顷，却写不出一个字来。

所有的一切都很好，世界在这些年轻的西海固女子眼前打开，让她们看见了以前无法想象的绚丽和美好，一切都有可能，未来充满期待。

当然，挡在她们面前的，还是有很多困难的，比如工作。

几位最先上流水线的海吉女工，基本操作掌握了，但速度还比较慢。尤其是跟其他流水线相比，落后很多。

这天她们一边干活一边低声聊天，一娟脸红心跳地在桌下偷偷看信，芳芳揶揄道：“行啊，一娟，这么快就有人看上你了。”

秋红也说：“才来这些天，一娟就变白了，是不是真是擦脸油起作用了？”

一娟害羞又骄傲，任大家打趣，突然一抬头，看到被她们私下称为“母老虎”的杨主任走过来，赶紧收起笑脸。

杨明珍早就看见了她们的不用心，一言不发走到流水线，支开一娟，亲自作业，海吉女工们震惊地看着她飞速操作。流水线又流动起来。

杨明珍演示完毕，命令道：“停了这条生产线，所有海吉女工，跟我过来。”

海吉女工面露紧张，离开流水线。

杨明珍板着脸宣布：“从今天起，你们就干一些打杂的工作，所有人都不用再上流水线了。”

女工们一听傻眼了。

麦苗试图争取道：“主任，我们会加快速度的。”

杨明珍轻蔑地说：“不用了，你们就有心好好谈恋爱，早点嫁人。”

麦苗被这话刺伤了自尊，倔强地直视杨明珍。

杨明珍冷笑："怎么了？不服气啊？那好，那咱们就进行测速考核，谁通过考核，谁回流水线。"

说考就考，杨明珍喊"开始"的同时按下秒表，决定彻底打击这些在她看来缺乏基本职业素养的外来妹，让所有的海吉女工都一起接受考核。

结果很快就出来了。

麦苗手速最快，其他几人稍慢。尤其是马秋红，在杨明珍的盯视下接连出错。

杨明珍手里的秒表按下，轻蔑地看着众人："停。你们所有人里面，最快的是白麦苗，但是也没有达标。马秋红，就你这个速度，幼儿园的小孩子都比你做得快。你们所有人，都没资格上我的流水线。"

麦苗憋了半天才说出一句话："你说了……不算。"

就像得福勇敢地带着村民闯会场找书记一样，麦苗直接去找厂长了。

这可把厂长为难死了。

他可不像杨明珍，一心盯着产品的质量，盯着生产速度和效率，他还需要照顾方方面面，考虑其他因素。这批海吉女工不仅是陈金山私人跟他联系的，也是东西协作扶贫的成绩，无论出现多大的问题，他都得慎重处理。

听了麦苗的申诉后，厂长沉吟了好半晌，才问麦苗有什么要求。

麦苗哪里想过什么特殊要求，只是想为她和其他姐妹们争取："厂长，请再给我们一次机会，我们不是不认真，是带我们的师父，她闽南口音太重了，我们实在是听不懂。"

厂长松了口气，和善地问道："本地人讲话听不进去，是吧？那我讲话你能不能听进去呢？"

麦苗如实回答："我能听进去一些。"

厂长奇怪了："为什么你听得懂，她们就不行？"

麦苗说："我父亲是南方人。"

杨明珍在一旁讽刺道："你听懂得多还不是一样没达标！"

麦苗羞愧地红了脸，不理杨明珍，继续恳求厂长道："厂长，我们之前不知道会随时考核才能上流水线，要不然不吃不睡也要通过考核……我们海吉的女工出来打工，多数都是要养家……我们组的秋红姐，她丈夫两年前去世了，她一个人带两个孩子，她是扔下孩子出来打工的……"

杨明珍打断道："这里是车间，是工厂，又不是收容所。一切都是有规章制度的，你不要老拿这些可怜事来博同情，你去看看整个车间里哪个女工不用养家糊口啊？有孩子的，只有马秋红一个人吗？谁又跟你们似的天天挂嘴上啊，这是理由吗？要真想养家糊口，你就拿出点儿真本事，你好好干，你达标啊，你光靠嘴说有什么用啊？”

厂长看两人针锋相对，先劝杨明珍道：“爱厂如家，爱厂如家，这句话这个厂里面讲了这么多年了，你作为车间主任，相互理解一下嘛，非常简单的问题，到你这边怎么变得这么复杂呢？对不对？”

麦苗感激地看向厂长。

厂长继续说：“白麦……麦苗……啊……小白，小白啊，我跟你讲，这些工友呢一定要靠你来带动她们努力地工作，这个效率一定要提……提高起来，在规定的时间里边，那个速度要快一点儿，特别是这个，这边这个考核，赶紧要过去，你要下次再过不去，我也无法保住你们了。”

麦苗认真地说：“再通不过，我们愿意受罚。”

厂长点点头，挥手让麦苗先走。

“谢谢厂长。”麦苗对着厂长鞠躬道，随后欣然离开。

杨明珍不解地问厂长道：“厂长，我就不明白了，你说为什么非要叫这些海吉女工来呢？一个个笨哪，教不会呀，自己学不会吧，还要怪我们老师普通话不好，都像我这样教她们，不累死了？”

厂长劝道：“你给她们点时间，让她们学呀，要学习呀，学习是要时间的，不给人时间怎么学？什么都是按你的标准来，只要考核过不了，就上不了你的流水线，那流水线上不了，一毛钱都赚不到吃什么？我们要积极响应政策，这些女工到我们厂里面来工作，就已经起到她们的作用了，懂不懂？你给她们点时间，给她们点机会，笨鸟是可以先飞的。”

杨明珍恨恨地说：“你给她们多少机会，她们都飞不起来喽。”

麦苗她们没有听到她们的杨主任如此刻薄的评价，但是她们清楚，杨主任这次是铁了心要对她们“严格要求”。

回到宿舍，大家情绪都很低落，坐在长桌边发愁。

秋红红了眼眶，自艾自怨说：“在咱海吉的时候，摘红果子，纳鞋底子，哪个我不是手最快的？来这儿干活，被人说不如小娃娃，要是真上不了流水线，我这样出来是为个啥？”

芳芳安慰秋红道：“甭想了，秋红姐，咱几个好好练，再说了，麦苗不是给咱争取时间了嘛。”

一娟生气地说：“她是争取了时间，但是彻底惹毛了杨主任，以后更针对咱，不知道还有多少小鞋要穿。”

麦苗趴在桌上看信，听到一娟又在埋怨自己，懒得理会，拿起信出了宿舍门，信上是爸爸的工整笔迹。

白校长似乎能够预知，也许是对女儿足够了解，他在信中写道：

麦苗，你一离家，爸爸就给你写信了，你临走的时候，没有好好叮嘱你，这是你第一次离家，在外面一定要保重自己，好好吃饭，好好工作，尤其不能像在家里这么任性，要谦虚为人，宽以待人，乐于助人。

麦苗，遇事不要急着理论，先反省自己身上的问题，主任要求严格是合理的，各司其职……

麦苗顿时豁然开朗，重新又充满了斗志和希望，下定决心：她不仅要自己达标，还要拉着所有海吉来的姐妹达标。

重新上班，回到流水线后，麦苗手里熟练操作，脑中回荡着父亲在信中说的话。

她得暇时观察伙伴们，看到杨明珍又盯着海吉女工，秋红的手剧烈颤抖，她的心也揪紧了。

下工铃声响起，流水线慢慢停下，杨明珍扭头离开，其他女工陆续走出车间。

秋红舒口气，总算放松下来，接着又长出一口气道："哎哟，杨主任的眼睛比太阳还毒辣！"

其他女工也疲惫不堪。

麦苗鼓起勇气招呼大家道："咱们再练一会儿吧。"

芳芳第一个反对："哎呀，练不了了。"

一娟倒不反对多练，试探着说："咱……今天能不能不要加点了？今天晚上有舞会，咱去看看？"

这个引起了大家的兴趣，都问："什么舞会？"

一娟说："市团委组织的联谊舞会，在咱们厂里办，其他几个电子厂的工人都要来，热闹得很。"

芳芳揶揄道："一娟怎么这么清楚？是不是刘家强写信邀请你了？"

刘家强就是给她写信不落款的那位男生，也是厂里的同事，在大家的追问下，一娟半推半就地"招供"了。

一娟含笑不语，其他女工也心痒了。

芳芳追问道："你俩写了这么长时间的信，是不是要见面了？麦苗姐，我们一起去嘛，都练了这么长时间了，可以稍微休息一下了吧。"

李红霞叫道："就是嘛，咱一块去，刚好看一下人家那舞会是干啥的嘛。"

芳芳附和说："就是。秋红姐，咱一块去？"

秋红难为情地说："我不会跳舞。"

李红霞毫不在意地说："学一学就会了。"

三

晚上，海吉女工们结伴到了厂区活动室，会场被气球和彩带布置得很有气氛，天花板上的波波球旋转着，椅子全靠墙摆着，留出中间的空地。

市团委宣传干事小丁正在台上讲话。

小丁的声音很洪亮："各位亲爱的工友们、来宾们，我们的联谊会又如期举办了。"

小丁很年轻，样貌堂堂，谈吐有度，海吉女工们翘首打量着穿过舞池，走去场边坐下。

小丁继续说："今天呢，有一些新的朋友加入了我们的大家庭，下面请大家热烈欢迎来自海吉的女工朋友们。我们团委组织联谊会呢，是为了丰富大家的文娱生活，想让大家多交一些朋友，好舒缓一下离乡的愁绪。总之，不管是老工友，还是新伙伴，今天晚上，一定要玩得开心。最后，祝大家度过一个愉快的夜晚。"

话音落下，音乐响起来，舞会正式开始。

工人们纷纷去舞池起舞，海吉女工拘束地坐在场边。

一娟紧张张望着，寄信的男工友终于出现了，他伸手邀请一娟，说："你好，我是刘家强。"

一娟红着脸接受邀请，在海吉女工的注视中走去舞池。

其他海吉女工也相继被邀请。

麦苗也被邀请，但她摆摆手拒绝了。

座位上只剩麦苗和秋红，麦苗跟着音乐摇晃身体，眼睛盯着欢快的舞池。

秋红凑近麦苗道："你也去跳舞啊，年轻轻的，要多交朋友。"

麦苗说："就坐在这儿听听歌挺好，我就爱听歌，不爱跳舞！"

两张空椅子之外，坐着一个男工友，穿着精心熨过的衬衫，朝麦苗偷瞄一眼，终于鼓足勇气移到麦苗旁边的座位。

男工友说："你好，我叫王国辉，是司机班的。"

麦苗回应说："你好，我叫白麦苗。"

舞池中，刘家强拥着一娟跳舞，手从腰要往下移。一娟的表情很不自在。

秋红趁无人注意，拿起一些气球，假装在手里摇晃，然后解开扎口放气，把放完气的气球塞进口袋。

王国辉问："你为什么不去跳舞啊？"

麦苗说："我喜欢听歌。"

王国辉故意夸张地说："这么巧啊？我跟你说，我也喜欢听歌，我开车的时候，我车上就会放音乐。有张学友的，有张信哲的，还有一首叫《姐妹》的歌，很好听，你们女孩子一定会喜欢听的，我给你来一小段吧。记得你的笑，记得你的好……"

麦苗心不在焉地听着，眼睛继续看着舞池。

舞会半场一过，麦苗率先回到宿舍。

越是在那种热闹的场合，她似乎越是觉得孤单，越是无法控制地想念很多人和事，想念那个叫金滩村的地方，想念那个干干瘦瘦叫得宝的男孩子，她在那里待不下去了，抱歉地对王国辉笑笑，告辞。

她坐在床上，拿出得宝的信展开看，看得有些气闷，在信纸上写下"得宝"两个字，画了冒号，吐了口气，想写什么又停住，情不自禁地又想起当初得宝对她的承诺，说带她走，想起得宝对她的"背叛"，她的眼泪不争气地流了下来……

麦苗猛然抬头，倔强地把脸颊上的泪水抹掉，用笔把信纸上的"得宝"划掉，把信纸揉掉，甚至连得宝的那页信也一起揉掉，然后翻身躺下。

然后，她听到门响了，芳芳和小霞等人结伴回来。

她听到秋红在问："一娟没回来吗？"

秋红一直非常关心一娟，就像亲妹妹一样关心。

她听见芳芳回答说："没有，刘家强要请她吃夜宵。"

秋红又问："你们咋没跟着？"

芳芳回答："我们哪儿能像麦苗那么没眼色……"

秋红低声喝止了芳芳……

麦苗没转身，也没有理睬她们，只是更加用力地抓紧了枕头。

不知道过了多久，无法入眠的麦苗听见门响，睁开眼，看见一娟蹑手蹑脚推门回来。然后听到一娟脱鞋上床，没过多久，发出了隐隐的啜泣声。

这天下班后，女工们都在洗衣服，几排水龙头并列。

海吉女工聚在一起，麦苗来到秋红旁边，低头一看秋红的盆子，不由得生气道："秋红姐，你又帮一娟洗衣服，惯得她毛病！"

秋红说："她人不舒服，我顺手就给洗了。"

芳芳低声道："这几天下班，一娟都闷头睡觉，是不是出啥事儿了？"

小霞："就是，刘家强来宿舍底下叫过她几回，她都没下去……"

麦苗赌气道："出事也是她自找的！"

麦苗拧干衣服，端着盆子先走了。

芳芳和小霞一看麦苗的态度，也不多说了，放水把衣服泡好。

芳芳说："姐，我们先进去洗澡了。"

秋红点头，芳芳和小霞拿着洗漱用品去淋浴间了。

秋红一个人留下来洗衣服。几步外的水龙头，一个外地女工在洗衣服，中途出去取东西，水龙头开着，水哗啦啦流，已经溢出了盆子。秋红到底没忍住，走过去关了水龙头。

回到宿舍，秋红一边晾衣服一边跟蚊帐里的一娟说话："一娟，姐给你把衣服晾在外面，干得快。"

一娟的蚊帐拉得严严实实的，没有回应。

秋红把一娟的衣服用衣架撑好，用晾衣杆挑到窗外。

芳芳和小霞在用擦脸油擦脸。

芳芳冲一娟的蚊帐道："一娟，你都多少天没抹脸了，欠了好多指头的擦脸油了，你自己记着数儿啊，下回一并把脖子、身上都抹了。"

一娟还是没回话。

几个姑娘无奈对视。

秋红最后晾自己的衣服，她把几件朴素破旧的衣服搭在屋里的晾衣架上，正搭着，门被猛地推开，刚才水房里的外地女工进来："是谁动了我的盆子？"

说着径直走到秋红面前质问道："是不是你？"

秋红一头雾水。

女工大声说："我的内衣泡在盆子里，我再回去的时候就没了，有人说看到你动了我盆子……你还藏？你不拿出来吗？"

秋红愣在地上，一时辩解不出，眼泪涌上眼眶。

气愤的女工先是检查屋里的晾衣架，又走去窗前探头检查，然后走回来指着秋红厉声问道："我的内衣呢？"

芳芳气不过，最先开口反驳道："谁没见过内衣！"

麦苗也指着女工，让她拿证据。

"你们就是没见过！"女工诋毁道，不由分说拨拉起秋红的行李包，"偷人家东西。没脸没皮。"

秋红想伸手阻拦，但是没有对方动作快。包里的东西被一股脑全撒出来，都是秋红给儿女搜集的小玩意儿，别人只会当作垃圾的东西。秋红看着一地破烂，再忍不住，屈辱落泪。

一娟突然从蚊帐里跳出来，拉住女工到镜子前，破口大骂道："你过来！你先照照镜子，就你这平板身材，你看我们秋红姐能不能穿你的内衣？"

外地女工被一娟的气势震慑住了，强辩道："你知道个什么，不懂不要乱说，你又没见过。"

慌张扒开一娟的手，理亏离开。

这个突如其来的冤枉虽然没有了，可是宿舍里没人说话，大家都蹲在地上，默默地帮秋红捡东西，布置会场的气球、彩带、食堂的塑料勺子、别人扔掉的包装盒……，被一一装回行李包。

秋红眼泪止不住。

一娟也边捡边哭起来，哭道："凭什么欺负咱们……"

一娟越哭越伤心，控诉的事情也越来越多："都欺负咱们，车间那个母老虎也欺负咱，还有刘家强，他最不是人！"

一娟坐在地上号啕大哭。

其他人看一娟终于吐露心事，赶紧过去抱住脆弱憔悴的一娟。

秋红安慰道："没事儿了，一娟别委屈，咱们不理他们，咱们是来打工赚钱的……"

一娟号啕道："钱也没赚到……"

麦苗努力振作起来，给大家打气道："会赚到的，咱们一定要好好练习，一定要通过考核，拿高工资，拿奖金，再不能让人看不起了。没事，不要哭，哭啥嘛。"

海吉女工们抱成团，互相安慰。

这些女子骨子里的不屈和坚韧开始发挥作用，压力真的成了动力，她们没有被击倒压垮，反而激发出强烈的斗志和胜利的信心。

从这天起，每天下班后，她们都自动留下来，在麦苗的带领下反复练习；回到宿舍后，大家又凑在桌前，一起研究说明书到深夜。

她们努力工作，也快乐生活。水龙头前，跟以前一样，边洗衣服边笑闹，脸上的笑容非常灿烂。看到拧开的水龙头，秋红还是走过去，关上了它。

然后，到了让她们紧张也让她们期待的考核日。

杨明珍手握秒表，威严地站在所有女工面前。

秋红的双手又无法控制地颤抖。

麦苗皱着眉头想了想，对她道："姐，别怕，想想在咱海吉的时候，你的手是最快的，你就当这是摘红果子，让她们见识见识……"

杨明珍厉声问道：“准备好了吗？”

海吉女工就位。

秒表掐下——

秋红看着自己颤抖的双手，操作零件。

其他女工已经陆续全都做完，紧张地看着，小声给秋红加油。

秋红的手慢慢稳定下来，终于做完了。

秒表掐下。

杨明珍看着秒表，沉默几秒之后宣布：“全部通过，第一名是麦苗。”

海吉女工们雀跃对视，眼中都有泪光。

这天晚上，女工们集体外出，找了一个夜市，准备好好庆祝一下。

啤酒倒满，浓浓的泡沫溢出，如同她们此时的快乐心情。

来到这里这么久，这一刻，她们才觉得她们是真正站在了这块土地上，不是靠别人施舍照顾，而是凭自己的本事，能够被人觉得有用，有本事，能够做贡献。她们，是合格的工人！

一娟爽朗地说：“还敢看不起咱海吉女工，能在西海固生活的，都是最坚强、最能干的人，能在咱那地方过活，到了好的地方，只会活得更好。”

秋红激动道：“姐谢谢你们了，谢谢你们一直给我鼓劲……”

芳芳：“谢啥，这都是你自己争气，咱们都争气！”

麦苗带头举杯，女工们一起举杯，仰头喝干啤酒。

第七卷终

第八卷

种菇

双孢蘑菇（Agaricus Bisporus）又称白蘑菇、洋蘑菇，是世界性栽培和消费的菇类，有“世界菇”之称，可鲜销、罐藏、盐渍。双孢蘑菇的菌丝还可作为制药的原料。中国双孢蘑菇栽培最多的地区有福建、山东、河南、浙江等。栽培方式有菇房栽培、大棚架式栽培和大棚畦栽等。不同地区、不同气候条件和不同季节可采取适合自己的栽培方式。

双孢蘑菇蛋白质含量占干物质的44%，含有大量的氨基酸和维生素。中医认为双孢菇味甘性平，有提神消化，兼有补脾、润肺、理气、化痰之功效，能防止恶性贫血，改善神经功能，降低血脂，具有很高的食用价值和药用价值。双孢蘑菇是我国最大宗的出口创汇食用菌。

1997年，“凌教授”的原型——福建农林大学教授、菌草技术发明人林占熺带着6箱菌草来到闽宁镇。半年后，第一批食用菌种植取得成功，一家示范户50平方米菇房的收入超过了27亩小麦的收入。

一

靠近黄河的沙丘上，长着半人高的一片菌草，郁郁葱葱。

远处，一辆帆布篷北京吉普沿着河滩缓慢行驶。

河滩放羊的老汉唱着宁夏花儿《爬山调》：

远望小妹在爬坡
头发辫子往后拖
有情有意等一路
等哥一起好爬坡
…… ……

花儿传到这片菌草，传到菌草中两人的耳中，两个人都不由得抬起头，看了看天，看了看远处。这是凌一农教授和他的学生黄展旗，他们正在进行菌草试验。

黄展旗拿着一撮菌草，测量着茎秆，记录着数据。凌一农蹲在地上，刨着沙土里的菌草根须查看。菌草根须深深扎在沙土里。

凌一农兴奋地说：“小黄，你来看，换了草种，这一茬菌草长势不错，根扎得深，固沙效果好。”

黄展旗走来看着。

凌一农继续说：“像这深度，肯定能抵挡住黄河滩风口的风沙。”

黄展旗也兴奋地将测量数据本递给凌一农道：“老师，我们应该另外申请专项课题啊，本来是要找出适合宁夏养蘑菇的草种，没想到竟然还能防风固沙……”

这不算是无心插柳，但能够因此解决黄河一直以来的痼疾，防风固沙，却真是意外之喜。

就在这时，菌草丛外传来一阵汽车喇叭声。

二人好奇地起身望去，只见刚才沿着河滩而来的那辆帆布篷北京吉普车驶来停下。

陈金山下车大声问道："请问一下，凌一农老师在这儿吗？"

凌一农看着陈金山一脸茫然——他还没有认出这个不速之客。

黄展旗接话道："在！在这儿呢！"

陈金山笑，匆匆跑上来，迎着从菌草丛中走出的凌一农和黄展旗，笑道："凌老师，这几个月没见，您这晒得，要在人堆里碰面，真不敢认您呀。"

凌一农打量着陈金山，思索了一下，突然想起来这是谁，高兴地说："啊，是你啊！我也差点儿没认出你来，一直没和你说谢谢呢，多亏了你帮我保住了菌草种子，你看，这一片试验田可都是你的功劳啊。"

陈金山说："我还得感谢老师帮我把行李交给乘务员呢，不然我可真是赔了夫人又折兵了。"

两人都笑。

凌一农问："你不是去海吉工作了吗？"

陈金山要自我介绍："是。老师……"

司机下车，慌忙上前介绍道："凌教授，这是福建来我们海吉县挂职的陈金山副县长。"

凌一农听罢一愣道："陈金山？副县长？省扶贫办的吴主任说起过你。"

说完介绍黄展旗道："这是我的助手黄展旗。"

黄展旗亲切道："在这荒凉的地方，能听到咱福建口音，入耳，亲切。"

凌一农指着个儿大株粗的菌草道："你看，这是我新试种的草种，它特别耐旱，抗风，根须扎得深……"

又指着远处的黄土沙丘道："你再看看这一片黄土沙丘，种上它，易流失的沙土，就基本可以给它固住了。"

陈金山目露钦佩道："老师太厉害了，这儿将来的绿水青山，就得指望老师来实现了……"

凌一农面无表情道："你这个县长，是不是也是靠给人戴高帽子换来的？听着怎么这么虚哩叭叽的？再这样，我不许你再叫我老师了。"

这是有故事的。当初陈金山在火车上碰上凌一农，交谈之下，自称上过凌一农的课，非要叫凌一农老师，凌一农没有答应。

陈金山面露窘迫道："老师还跟在学校一样，嘴下不留情，损人不留面……"

凌一农一笑打断道："行，能说出这两句话，肯定是我教过的学生，错不了。"

几人行至帐篷旁，凌一农和陈金山坐在马扎上。

凌一农问："说吧，吴主任让你来找我什么事？"

陈金山道："老师，那学生就冒昧了……"

凌一农不耐烦地打断道："又虚哩叭叽的……"

陈金山笑："好，直说，直说，我想邀请老师去我们闽宁村，给那些吊庄移民传授菌草蘑菇的种植技术。"

这是陈金山雄心勃勃的第二步计划。像电脑要不断升级，从 286 到 386 再到 486 一样，组织海吉女工去福建只是第一步，他认为这一步就像救济款、救济粮一样，只算是授之以鱼，要真正让整个玉泉营，整个闽宁村发生改变，富裕起来，必须让村民找到真正赚钱的产业，这才是授之以渔。

所以，他挂职海吉县，处理好一些杂事后，就立刻前来寻找凌一农，并抱着三顾茅庐的决心。

凌一农皱眉道："种蘑菇？那还没到时候呢。"

陈金山疑惑地问："还得等多久？"

凌一农说："这事我已经跟吴主任汇报过了，这菌草刚刚才种成功，还没确定能不能用它种出蘑菇来。只有小范围地试种成功了，才能推广给大众，这是实用科学推广工作的基本方式。我答应扶贫组来这教种蘑菇，但是不是现在马上！得再等一年。我这边种草固沙、以草养菇两手抓，等在宁夏这环境下养出双孢菇，也通过试验，摸准了这个荒漠地区菌草养菇的'性子'，再召集一批技术员来扩大培养范围，然后……"

陈金山打断道："吴主任是和我说过这事，但我想咱们是不是可以不这么按部就班呢？我知道，老师是种蘑菇的高人。当年您在福建发明用菌草替代木头种蘑菇，那成果红极一时呀，都上了省报，上了电视……"

凌一农一声叹息："那还不是因为当时木生菌市场需求量大，好些人为了钱乱砍滥伐，不惜造成福建全省大量森林被毁，生态遭到破坏。我是看不下去，为解决严重的菌林矛盾，才研究推广以草代木发展菌业的。"

陈金山夸道："所以老师，您是伟大的人嘛。不光解决了菌林的矛盾，还带领大家脱贫致富。所以媒体称您的菌草是神草，您就是'菌草之父'啊……"

凌一农不悦地打断道："又给我戴高帽子……"

陈金山着急道："老师，您听我说……"

凌一农又打断道："先别说你的蘑菇，菌草为什么叫神草？你以为菌草就只是用来种蘑菇的吗？"

陈金山不知该如何作答。

凌一农冷哼一声："你让黄展旗给你说说，我们这个菌草研究是干什么用的。"

黄展旗不好意思地冲凌一农笑。

凌一农不高兴道："笑什么？给他说呀，省得他把咱也当成只会种蘑菇的了。"

黄展旗只好硬着头皮说道："菌草是一项技术革新的科研成果。作为草本植物，它不仅可以代替木头，用以培育菌类，还可用于生产多种食品、饲料、肥料。尤其是在生态环境的保护治理上，能最大限度地利用自然资源，提高抵御气候变化的能力，帮助防治土地退化……"

凌一农伸手阻止道："行了行了，让你简单介绍一下，不是让你写论文。"

黄展旗不好意思地笑一笑。

凌一农冲陈金山道："你也该听明白了，无论种菌草还是种蘑菇，对移民村来说都非常重要。种蘑菇可以有经济效益，种菌草可以改变生态环境。这段时间的种植，我发现了一个更加让人惊喜的可能——为了在宁夏养蘑菇，我选种的菌草的抗风、固沙的效果出人意料的好！这个草，它如果真的在黄河沿岸河滩大面积栽种，很可能能解决黄河水土流失问题，这比作为蘑菇培养基的意义更深远啊！"

陈金山依然坚持他的"学以致用"思想，说："老师，我们去闽宁村，可以一边教村民种蘑菇，一边继续做种菌草的试验，两不耽误。我听说用玉米秆、麦秆也是能种蘑菇的。"

凌一农看着陈金山笑："你这倒是做了功课来的。"

陈金山得意地说："不然怎么敢自称是您的学生呢。"

凌一农沉吟着说："是我的学生，那你就该知道，这菌草蘑菇在福建能养，到了这里也能养？这气候、温差、日照、干湿等，有多大的差别你知道吗？不等着做好试验，确定数据标准，怎么能直接大规模推广？"

陈金山急道："哎呀……老师啊，时间不等人哪，闽宁村的发展是国家东西部协作的重点扶贫项目啊。我们把人从西海固移出来，让他们在这里安家落户，要先创收致富，这样才能够扎根创业，这才是脱离贫困嘛。"

凌一农不为所动："你说的都对啊，这都是你该做的，你要完成你的政绩，回去再升职，做大官，这些老师都鼓励你，祝福你，但是你不能把老师往你的战车上拉，这招不行。违背研究规律的事，我绝对不会去做的。"

陈金山央求道："老师啊，你这样讲我……它只是一部分。另外我真的想为当地的人做一些实事，这是我的愿望啊。我也清楚，速度太快，会违反规律。可现在就是这样的一个特殊情况，所以才会想到种蘑菇嘛，它快呀。生产周期又短，所以才需要你这样的权威人士出来帮忙嘛。"

凌一农拒绝道："我跟你说过啦，菌草蘑菇最重要的是要做到万无一失，对老百姓负责，要慎之又慎。以后发展蘑菇产业，如果没有菌草作为基础的话，会影响到大规模的推广和种植的。"

陈金山沉默了一会儿，道：“老师，我也实话实说，我已经通知闽宁村的村民，十天之后，有一位您这样的资深专家，给他们传授种植菌草和蘑菇技术。”

凌一农也急了：“你别瞎搞，我不去的……”

陈金山一挥手道：“我没办法，话已经说出去，您要是不去，我就自己讲。他们也知道，我是您的学生，如果蘑菇种不好，他们也不会怪在我头上。我还有个会，学生冒昧，我就先走了。”

凌一农愕然：“你别走啊，我没答应你啊。”

陈金山转身就走：“十天以后我来接您啊，老师。喝茶，要喝茶。”

凌一农生气道：“你走也没用，我不会去的。小黄，去追他。”

黄展旗追赶陈金山：“哎……老师……”

陈金山边跑边挥手：“哎……回去喝茶，回去喝茶，去喝……那好茶叶啊那是。”

黄展旗还在追，陈金山对司机大叫：“小王，发动引擎。”

陈金山蹿上了车，司机驾车驶去，小黄呆在原地无语。

二

陈金山回到玉泉营办公室，王区长和得福在讨论扬水工程。

王区长说：“我跟你说，玉泉营的地势是啥？北低南高，一级扬水主要管着铁东的三个村子，东沟村、玉泉村和广艺村。二级扬水过了铁路，但是它最多覆盖到铁西的金沟村、玉兰村和黄园村。金滩村地势比较高，二级供水根本上不去。这个青铜峡城关水站呢，它虽然距离比较远，但是地势高，刚开始规划金滩村的时候，我们就商量过了，因为考虑到当时移民的人数少，就暂时借用城关的水到金滩村。你想啊，毕竟三级扬水的这个造价高，没达到一定的灌溉面积，就是修了也不划算。”

得福看着地图，顺着王区长的指点，明白了扬水站和地势的关系。

王区长看见陈金山进来，赶紧说：“不过马上就要修三级扬水了，这个事情陈县长知道的嘛，你给介绍一下子。”

陈金山笑着挥手说：“你讲嘛，你讲。我讲话我怕你们听得疲惫。你讲，你讲。”

“那行，我是啥意思呢，玉泉营现在这个吊庄发展起来了，又建了闽宁村，人口往后会越来越多，用水的需求越来越高，政府已经开始规划三级扬水了，等修好了，三级扬水直接可以接到金滩村。”王区长说着，在地图上画了一个“匚”形的路径，三级扬水站的水渠线路从金滩村的村外绕过，接到了金滩村的支渠，“到那时候，我们就可以直接用自己的水来灌溉。”

得福喜道：“直接接过来，那要是这样就太好了，就再也不用为用水的事发愁了。”

王区长却没有得福那么开心："但是，话又说回来，这是个大工程，短时期内呢，金滩村的水还是得从城关接，不用担心，往后啥时候放水，咋个排序，交给我，我跟他们商量，没问题。但是费用这一块，怕是要比我们这个玉泉营扬水站的要高一些。这个事你怕是要跟群众认真地解释一下。"

得福说："我觉得没问题，只要能保证浇上地，我想我们村的村民也是能接受的。"

他虽然这么说，但想到村民们的经济情况，心里也没有底气，再看看王区长脸上半点喜色也没有，就明白王区长早就想到了这一点。

陈金山看着两人神色，笑了："担心钱是吧？正好啊，我这里有一个好消息要告诉你们，过几天呢，我们福建的这个农林专家凌一农老师就要来我们玉泉营，为我们的村民教授种蘑菇。"

得福和王区长一起问："种蘑菇？"

陈金山得意地说："对，种蘑菇，这样村民在家门口就可以挣钱了。"

十天后，玉泉营开发区会议室里挤满了人。

坐着的二十多人，是来自玉泉营各移民村的村主任、书记，还有扶贫办主任，其他村组的一些骨干移民们则是站着挤满了整个会场，五蹲和杨三也在其中。

干部们人手一份蘑菇种植资料，最前面的几张是蘑菇丰收的图片，福建省几个市场收购蘑菇的盛况和几个通过种菇致富的事例的介绍。

干部们热烈讨论着，指着一组卖菇赚钱的数字，半信半疑，却也难掩好奇。

王区长看着大家既情绪高昂又有些疑惑，笑着说："没事，等专家来了，我觉得他们肯定会讲清楚。"

陈金山进来一看这个壮观的场面，也有些惊讶。

王区长上前，陈金山有些担心地看看门外，赞扬说："你的动员工作做得很好啊。"

王区长谦虚地说："还是你带来的这个项目好，大家伙的信任度比较高，中间我还吹了个牛，我说凌教授是全世界都有名的大教授，那比省长去过的地方都多。"

陈金山怔了下说："不……凌教授是全世界最有名的教授，这不是吹牛皮啊。"

说话间，门外响起汽车喇叭声，一辆吉普直接开过来。

陈金山、王区长、得福等人匆忙迎上。

参会的人见状，也纷纷举目望着。

司机推门下车，陈县长见车内没人，大为紧张，问："怎么回事？"

司机无奈道："陈县长，是这样，我先去了凌教授的科研点，点上的人说凌教授一大早就出门了。我又跑到咱那天见他的菌草种植基地，那里也没人。我想再找他的助理小黄，点上的人也不知去哪里了。我担心你这边等得急，就没敢再找，直接回来了。”

陈县长长长叹气说：“看来是我判断失误。”

得福不安道：“现在咋办？来了这么多人……”

陈县长打断道：“不要怕，我还做了其他准备，走。”

几人重新回到会议室。

王区长清清嗓子，抬起手示意大家不要聊天了，听陈副县长讲话。

陈县长看着台下热情期盼的众人，歉意地一笑，坦诚道：“首先呢，我要跟大家解释一下，今天这个情况啊，是由于我工作上的失误，让大家在这里坐了这么久。我原计划呢，是著名的菌草专家凌一农教授，要过来给大家讲解种植蘑菇的技术，可是他今天人来不了了，是我的问题，我在这里先跟大家道个歉，对不起啊。那么好在呢，今天是关于宣传种植蘑菇的这么一个会议。我呢，是凌一农老师的徒弟，昨天晚上也做了很多的功课和准备，今天就由我来代表我的老师凌一农教授，为大家介绍一下种植蘑菇的技术。”

忽然一个戴着一顶旧草帽、背着军用水壶的人走进来，大声喊道：“你这个县长，代表自己就好了，不要自作主张代表我，好不好啊？”

众人被此人的话吸引，眼睛看过去。

陈县长一见是凌一农，喜出望外，开心地笑了，站起来对台下众人说：“我给大家介绍啊，这就是凌一农教授啊。我们来欢迎他。欢迎，欢迎凌教授。”

说着迎上去，伸出手，凌一农推开陈金山的手用闽南话说：“别以为我今天是来帮你的，错，我是专门来砸你县长这个场子的！”

众人傻眼静听，却一句也听不懂。

陈金山不以为意，欢天喜地地带凌一农走到讲台上，连声说：“请坐，来来。我们再次欢迎凌一农教授啊。好，我来向大家隆重介绍一下凌一农教授，凌一农教授是中国唯一，也是世界唯一用菌草种植蘑菇的专家，很多国外的专家都要向他学习。今天请凌一农教授来就是要给我们闽宁村，还有其他村的代表，讲一讲这个先进的技术，好让我们闽宁村和我们的村骨干带头种植蘑菇。欢迎。”

陈金山率先鼓掌，大家跟着鼓起掌来。

陈金山把凌一农安排在最中间的位子，凌一农坐下，面对台下，沉吟一下，开始讲话：“我来宁夏，本来啊，是想推广我们福建成功的技术，就是用菌草种植双孢菇，后来试验发现，在福建长得好的草，在这里长不活。我呢又换了一种草，我发现这种抗旱的草啊，在抗风固沙方面有出人意料的效果，所以说它在改善……”

陈金山听着他已经跑题到了“防风固沙”，赶紧冲他使眼色，并说道：“凌教授，我们讲讲蘑菇嘛，先不讲草好不好？”

凌一农无奈，只好答应。

“你先等一下啊。”陈金山说着又招呼坐在后排的得福上来，“得福，来。你发现大家有什么听不懂啊，你就帮助我们翻译一下。”

“好好好，我……我先给大家说一下。”得福连忙点头，转向台下众人，“凌教授是来教咱们咋种蘑菇呢，因为蘑菇种出来以后呢，就能卖钱，他要带领我们脱贫致富。”

他这话一说，大家情绪立刻高了，热烈的掌声响了起来。

凌教授看着大家这么热情，也很开心，不再计较他那个“学生”逼他上“梁山”了，问陈金山得福在讲什么。

陈金山无谓地一甩头说：“你不用关心，你就……就讲蘑菇就好。”

凌一农无奈再次面对台下睁着大眼望着自己的听众，说：“这个双孢菇主要原料有两种，菌草，还有粪肥。在福建，我们的菌草主要是用象草、香茅草，当然了，这个水稻、小麦、玉米，这种农作物的秸秆也是可以的。在宁夏呢，这个菌草还在试验当中，我们现在可以用这里最多的玉米秆，来作为蘑菇的培养基。粪肥就比较好理解了，就是牛粪、羊粪、马粪、鸡粪等，都可以的。”

陈金山插话说：“粪肥啊，大粪啊。”

得福翻译：“粪便嘛。”

众人恍然：“哦……粪便。”

陈金山担心大家听不懂，不停做解释和补充，结果越帮越乱，光是“菌草”就解释了好大一通，最后还是靠得福的家乡话才让大家明白。

凌一农继续说：“对对，这个菌草啊，这个菌草很重要，我给大家好好讲一讲啊。通过试验证明啊，这个菌草代替农作物秸秆，可能效果会更好，就连我试验的那个菌草，都起到了抗风沙的作用。而且它的亩产啊，比作物秸秆的产量要高，蛋白含量很高，也可以作为牛羊的饲料，蛋白高，生长快，还可以……”

凌教授讲着讲着，又说到了菌草，陈金山赶紧打断道：“对，讲一讲蘑菇啦。”

凌一农继续说：“从长远来讲啊，种菌草发展生产链是有……”

陈金山再次提醒：“蘑菇蘑菇，还是讲蘑菇。”

凌一农苦笑摇头，说：“种蘑菇就得有大棚嘛，没有大棚是不行的。”

陈金山补充说：“对对，大棚，那大棚就是重点。我们需要先建造大棚，大棚就是这个木头啊，搭起来，塑料布铺上去……”

得福简明“翻译”：“棚子，菜棚。”

陈金山抢话说：“对对对。我们这边呢，杨木运到这里就会比较方便，那杨木呢，成本又低，那搭建一个杨木的大棚，大概需要两千元。”

众人吃惊了："两千啥？两千啥？盐？盐？两千元？"

当确实知道建一个种蘑菇的棚子要两千块时，下面原本很兴奋，跃跃欲试的干部们立刻面面相觑起来，接着是一阵七嘴八舌的议论——

"两千？！村民从哪儿变出这么多钱？"

"砸锅卖铁也没有啊！"

"一下投入两千块种蘑菇？"

陈金山一看情况不妙，赶紧安慰说："大家先不要紧张，我们有付出，才会有回报。这大棚建造好了以后呢，我们会由凌一农老师全程帮助我们，我跟大家保证，我们一定可以种出蘑菇。"

王区长也在一旁帮腔，可是众人纷纷摇头："拿啥保证？"

陈金山急了，说："大家不要第一时间排斥这个事情，我来跟大家解释，这个蘑菇，我们种植成本低，回收快，三个月大家就可以收回成本了。得福，你帮我。"

得福急忙"翻译"连带补充说："大家……大家安静一下，陈县长说，种这个蘑菇比我们种庄稼时间要短，产量要高，挣的钱还多，三个月就能把这蘑菇种出来了，就能卖钱了。"

众人再次议论纷纷——

"两千块呢，谁家有？这不是逼着咱们借钱呢吗？"

"就是嘛，再说了，一定能卖出去？那要是卖不出去咋办？"

"这么多钱，可不敢冒这个险。他刚说那菌草，我都听不懂，我那村民能听懂？你谁能听懂？能听懂吗？"

陈金山继续叫道："大家先不要着急，请大家信任我和凌教授。"

台下有人说："哎……陈县长，我不是不信任你跟教授，说到这蘑菇吧，别说种了，我这见也没见过，吃也没吃过，更没有揣弄过，我看……我们是种不了了。"

众人跟着附和。

陈金山有些着急："蘑……蘑菇啊，这个很多菜里面都需要，鸡汤啊，我们放一些就会更鲜，像福建就经常吃蘑菇，那全国各地都很需要蘑菇，所以大家不要担心销路。陈村长，你，你学历比较高啊，我觉得你带动村里的人，很快就可以掌握这门技术。你说呢？"

陈村长被点名，赶紧摇手说："不不不，一次要投入两千块钱搭棚呢，这刚才教授也说了，这个草养蘑菇，还没有试验成功呢嘛，这万一失败了，大家都知道，我媳妇厉害得很，我再白瞎两千块钱，那非要把我打残废了。"

一位村干部说："陈县长，我跟大家说一句实话吧，这几年村民口袋那钱都是拼死拼活攒起来的，这两千块钱呀，一下子谁能拿出来？"

说到钱，更加引起了众人的同感。

“对，就是。”

“那我想干，我就得去借吧，你说我这村干部带个头，出点力，下个苦，这可以。要是拿着借来的钱，干这没有把握的事情，我看这……这不成。”

“不行，真不行。”

“攒这点钱，我还是宁愿去买一台二手拖拉机。”

“蘑菇这新鲜玩意，还是算了。”

有些村民耐不住已经摇着头离席……

得福一看大事不妙，看着陈金山表情坚决地说：“陈县长，我们金滩村愿意试一下。我相信你和凌教授一定能把蘑菇种出来，我回去就去动员一下大家。”

陈金山感动地拍拍得福说：“谢谢你呀。”

会议开完后，陈金山陪凌一农回自己宿舍，陈金山手里拿着一把青菜。

陈金山歉意地说：“老师，这没什么能招待你的，上我那凑合一顿吧。”

凌一农一直阴沉着脸，突然问：“你跟我说实话。其实这里人并不想种蘑菇，是吧？”

陈金山一愣，想了想，答：“这件事情，让他们突然一下接受，还是有些困难嘛，那我给他们一点时间……”

凌一农摊手道：“你看，我们的初衷是好的，但是人家不接受该怎么办？谁也不能把自己觉得好的方式，强加于人……”

他正说着，突然发现一个一身旧衣衫的年轻妇女，一直跟着他们，眼神可怜巴巴地，欲言又止。

凌一农停下来，礼貌地问：“您有事吗？”

那妇女望着陈金山手中的青菜，小心地问：“这个能给我吗？我男人就想吃个绿叶叶菜……绿叶叶菜。这几年了他病着，干不了活，就我一个干……除了洋芋，哪有别的吃……”

陈金山赶紧把手里的菜给她。

妇女接过青菜低头示意一下表示了感谢，表情平静而自然地转身离去。

陈金山和凌一农一脸懵，两人沉默地走了一段，各自心里都受到极大的触动。

凌一农总算明白了陈金山为什么要生生把他拉来，动员村民种蘑菇了，这里的环境实在太恶劣了，人实在太穷了，任谁在这里任职，都会豁出一切来改变这里，帮助村民们。陈金山觉得自己对于这里的情况了解得还不够，他还要更加努力，竭尽全力来做事，希望更快地改善他们的生活，让他们能够吃得饱，能够吃得好，顿顿有青菜，有肉吃。

两个人心里都沉甸甸的。

走到岔道口，陈金山对凌一农说："老师，这事我还得跟马得福商量一下。"

他和凌一农都下了决心，无论如何都得先在这里搞起来。

得福回到金滩村，心里压着刚才他对陈县长的承诺，思考着首先说服村里哪几户来种蘑菇。

他看见秀儿的丈夫安万升拉着一架子车的行李、灶具等物走来，招呼道："这么着急搬家，新房干透了吗？"

安万升高兴地说干透了，秀儿背着儿子跟在后面道："天好，太阳毒，干透咧。"

得福抬头一看，那一溜好几家的土坯房已经盖好，人们各自拉着架子车，分别往自己家里搬东西。他赶紧撑好车子，上前帮忙拿东西道："你们这是约好了一起搬？"

秀儿说："哪是，水花姐和永富哥昨天都搬了，大伙都着急地想住新房，今天搬的人就多……"

秀儿说着，突然止住了话，吃惊地望着得福的身后，嗫嚅道："这……这不是得宝……"

得福放下手里的行李，猛转身望去。

只见得宝拎着个包，背着个包，戴着顶帽子，朝自己走来。

他的亲弟弟，他大马喊水回涌泉村时叮嘱他的两项大事之一，离家出走半年去新疆寻找尕娃，好久好久不见的得宝，带着满身风尘，回来了。

三

所有的从涌泉村吊庄移民来到金滩村的村民都来看得宝。

得宝戴着帽子，坐在宅院门口的小饭桌旁，端碗大口吃着馓饭。饭桌上放着拆了封的香烟，拆了包的干果和水果糖。

水花和秀儿系着围裙站在一旁看。

李大有、五蹲、拴闷、杨三、安万升等人围着得宝看。

五蹲拿起香烟，给每个人散着说："来来，都咂一根。"

众人纷纷接烟。

得宝一口气将碗里的饭吃完，连筷子带碗放到饭桌上道："过瘾了。"

水花拿起碗道："再来一碗？"

得宝举手道："吃不动咧，水花姐。"

坐在得宝对面的得福怔怔地看着得宝，仿佛还不相信这个事实，不相信得宝真的回来了。

李大有冲得宝道："啥情况嘛？尕娃找着了吗？"

得宝冲众人道："咂烟，吃糖，我乏咧，进去先睡咧。"

众人都是一愣，目露诧异。

得宝却不理会，自顾自地起身进了屋，关了门。

众人将目光转向得福。得福摇头一叹。

五蹲咂着烟凑上来道："这一走半年多，回来啥也不说，这可不像是咱得宝的派头。"

杨三吐了口烟道："你们注意到没有？他为啥不摘帽子？"

众人又望向杨三，摇头。

杨三老神在在地说："他头上有道疤，拿帽子遮着呢。"

众人吃惊地瞪大了眼。

李大有冲得福道："得福，你得问下，娃到底咋了。"

得福苦恼地答道："问咧，不说。"

众人一脸迷惑。

这天晚上，得宝从睡梦中惊醒。

他又梦见自己走在无穷无尽、漆黑的坑道里，骆驼和瘦脸紧紧抓住他不放，他泪流满面地痛哭挣扎，大声呼喊："我想回家，放开我，我想回家，放开我，哥，我想回家，想回家，放开我……"

然后，他睁开眼，就看见得福坐在他身边，神情复杂地看着他，看他醒了，柔声安慰说："做啥噩梦了？看你吓得一头汗，不害怕了，都回家了，还怕啥。跟哥说说，梦见啥了？"

得宝眼泪涌出来道："哥，尕娃没找着，我对不起咱大，对不起咱姑，我更对不起尕娃，我没办法再到外边找他了。"

说着说着，失声痛哭。

得福伸手揽住弟弟劝慰道："得宝，回来就好，回来就好。大家都想死你了，知道吗？回家就对了，回来有哥呢，没人再能把你咋的了。想哭就哭出来，啊……把委屈给哥说说。"

得宝哭得更凶："哥。"

得福决定带他弟回一趟涌泉村，告诉父亲母亲得宝回来了，顺便看看尕娃妈和其他乡亲。

他请了假，两兄弟回去的时候，马喊水蹲在村口等待，得福、得宝兄弟拎包走到父亲面前。

马喊水伸手摘掉得宝的帽子，望着额头上的伤疤，哭道：“你个不省心的东西……你咋不死在外头？还回来干啥？”

得宝无言以对。

马喊水举手欲打得宝道：“我抽死你……”

得福伸手拉住父亲的手道：“好了，大，得宝这半年在外头也不容易。”

马喊水收回手，黯然道：“不容易咋了？尕娃不回来，他一个人回来咋见你姑呢？”

得宝听着黯然神伤。

得福劝道：“好了，咱别在这儿杵着了。走，回家。”

马喊水沉声道：“回不成了。”

兄弟二人一怔，得宝霍地跪地，苦声哀求道：“大，儿以后再也不气你了，这都半年了，我想我妈跟得花，我也想我姑了。”

马喊水一把拉起儿子道：“㞞样子，还知道跪下了。都回来了，能不让你妈见了？你妈想你都快想疯了。”

得宝问：“那为啥不让我回呢？”

马喊水摇头叹气说：“不是不让回了，是回不成了嘛。你姑的病，这现在白天了还好些，傻吃傻喝的没个啥，一到晚上就不行嘛，这闹搅得左邻右舍都睡不了个安稳觉了。没办法嘛，我跟你妈这，一个人守前半夜，一个人守后半夜，都不敢打个盹。那天你妈实在撑不住了，眯了一下，叫你姑给跑了，这大半夜的，满村人出去找了，你说是个疯疯癫癫的，都能跑到当年这尕娃跟得宝去的那铁道边上去了。这都实在没办法了，带着看医生也看不好，我跟你妈就请了个阴阳，这阴阳说，你姑那是心弦断了，得把弦续上了，围着咱家那屋子转了几圈，到你姑那儿转了几圈，又围着村子这转了几圈，不知道哪儿找了根麻绳，说那绳能把你姑那心弦给续上，那续上不行还得弹了，就得不停在你姑耳边念叨，说是尕娃跟得宝挣了大钱就回来了。”

得福奇道：“大，你咋信这个呢？这都是迷信，咱不能信这些。”

马喊水瞪他一眼：“我开始也不信，我是担心呢嘛，这看着情况刚好一点儿，得宝一个人回来了，没见尕娃，咋跟你姑说呢，说实话不行，这谎话又怕编不圆，这再刺激一下，肯定得犯病嘛。我这才蹲到村口拦你俩了嘛，你们想想这事咋弄？”

得福和得宝面面相觑，一时无语。

得宝说："大，我这儿还有点儿钱，我想领我姑去大医院看一下。"

马喊水摇头说："这大半年的，你哥那点工资一半都花到你姑身上了，大医院去看几回了，不管用嘛，这才想着偏方了。"

得福说："大，我看还是先别刺激我姑了，得宝回来的消息，尽量不要让村里人知道。"

马喊水点头说："对嘛，我也是这个意思。这得宝回来，再不让你妈见一下，我看你妈也该断了弦了。"

得福说："让我妈过来呢嘛，让她过来跟得宝见一面。"

得宝犟着说："我就想回去，我想吃我妈擀的面，我想见得花跟我姑，你哪怕叫我偷偷见一下也行嘛。"

马喊水迟疑一下，说："村子里头人多嘴杂，不怕一万就怕万一了嘛。"

得福劝道："得宝，我觉得大说得对。现在姑这个情况，除了尕娃回来，尕娃要是没回来，你就先别见了。"

得宝无奈地点头。

就这样，兄弟俩兵分两路，得福带着得宝给父亲母亲和姑姑买的东西跟着父亲回家。得福妈赶紧下厨，调好一大盆面，分一碗给得福，另外装了一大碗，用一块大抹布裹了提起来，匆匆地赶往村外看得宝这个出走半年的儿子。

得福蹲在灶口吃完面，来到另外一间屋，尕娃妈坐在土炕上，端着碗也在大口吃面。

马喊水坐在屋内看顾着。

尕娃妈裤腰上拴着一根绳子，绳子的另一头，连着挂在窗框上的一个老式小铜铃。尕娃妈吃一口饭，扭一下身子，绳子就拉得那个小铜铃"叮当"响。

得福提着个包走进来，冲尕娃妈道："姑，面好吃不？"

尕娃妈只顾吃面，不理得福。

得福将包放在卧柜盖上，看见小铜铃皱眉问道："非得拿绳子拴住？"

马喊水无奈道："没办法，稍不留神就没影了。"

得福叹气，冲父亲道："我守着，你快去吃饭吧。"

马喊水下了板凳，一声叹息，转身走出屋门。

得福拉开包，取出一身衣服和一双鞋，举起，冲尕娃妈道："姑，看我给你买啥回来了，有新衣服，还有鞋……"

尕娃妈看也不看，把空碗递向得福道："我还要吃面！"

而在村口，得宝正端着面碗，蹲在路边大口吃面。

得福妈贪婪地盯着儿子看。

得宝吃一口，冲母亲笑一下道："妈，在外面饿肚子了，就想你这一碗面。"

得福妈伸手摸着儿子额头上的伤疤道："这伤……真的是摔跤磕的？"

得宝没答，把碗递给妈。

得福妈接过碗道："吃饱咧？"

得宝咂叭一下嘴道："再有碗面汤就更美了。"

得福妈问："你回来打算干啥呢？"

得宝说："我哥想让我去福建打工呢。"

得福妈赞成道："去福建好，我听你哥说，麦苗每个月都给白校长寄钱回来呢。"

得宝说："妈，不管我到哪儿，我都会好好赚钱的。这回尕娃没找回来，我欠我姑的。以后等我赚大钱了，我就带我姑去上海，去北京，哪儿能治好我姑的病，我就带我姑去哪儿。"

得福妈脸上露出笑容："我娃有志气，妈支持你。"

得宝从口袋里摸出藏得仔细的一叠钱递给他妈："这儿有两千五百块钱，我留给你跟我大，还有我姑用。"

得福妈推拒道："我不要，我不要啊。这钱你留着，你不是要去福建呢嘛，你见着人家麦苗啥的，不得买个像样的礼物。"

得宝豪气地说："我这儿有钱呢，我不缺钱，你拿着吧。"

得福妈接过钱，说："这半年多，你跟麦苗通信着没有？"

得宝不耐地说："妈，我都20多岁了，你不要为我操心了嘛。家里有我姑，就够让你跟我大费心的了。"

得福妈打断道："我能不为你操心吗？哦……你啥时候把麦苗给我娶回来，我呀，就再也不为你操心了。"

得宝虽然嘴硬，心里牵挂的，除了父母、哥哥、姑姑，自然就是麦苗了。

他和得福从涌泉村回来，首先就直奔西戈壁小学，来看白校长，实际是打探麦苗的消息。

他给麦苗写过信，但麦苗一直没有回信，他的心里，一直空落落悬吊吊的。

白校长看见得宝，稍愣一下缓过神招呼道："得宝，你回来啦？坐坐坐。"

得宝进门，坐在白校长的办公桌前。

白校长给他倒了碗水："来，喝口水。"

得宝接过碗放桌上问："老师，学生不少呀。"

白校长落座，愉快而满足地说："去年才37个，今年一下涨到了66个，教室都快挤爆了。”

得宝问：“教得过来吗？”

白校长说：“现在有三个老师，一个人负责两个年级，也不算太辛苦。再说这艰难时期就快过去了，你刚回来还不知道，咱闽宁村已经开始盖学校了。听陈县长说，这学校可是高规格、高标准，师资配备也是最全、最好的。等新校建好了，我这个校长就轻松多了。”

得宝可不像白校长那样一提起学生就满脸笑容，他心里藏着事，沉重得很。

白校长看在心里，一笑，直接问：“得宝，你来是想问麦苗的情况是不是？你那一封信我给你转过去了，但是就那么一封，你后来为什么都不给她写信？你在外面是不是遇到什么难事了？”

得宝有苦难言，摇了摇头。

白校长轻叹道：“她那臭脾气你还不知道，跟谁赌上气了，那得赌一辈子。”

得宝黯然垂头，想起当初他欺骗她，一个人出走，不知道对她伤害多大。

白校长明了地说：“不过这次不能完全怪她，你就是不肯带她一起走，也要直接跟她说嘛，不要骗她。你不知道，你走了以后，她有多难受。好多天都不好好吃饭，就把自己闷在这个小屋里，也不肯出来。”

得宝忍不住打断道：“她在那边咋样？”

“出门打工，肯定很辛苦，但她还好，适应得快。”白校长说着，掏出信，递向得宝道，“你看啊，她这个信上说，她在那边很快乐，工作……也很顺利，看来这半年啊，她不光适应了那边的生活，自己也变得成熟多了。哎……她给我写信就是报喜，我想啊，你们年轻人之间沟通，才又报喜又报忧，互相分享，也互相分担。她跟你赌气，你呀……可别跟她赌气。”

门外传来学生的声音：“报告！”

是一个学生来通知白校长上课。

白校长应了一声，说马上就去。得宝赶紧站起来，说：“老师忙，我走了。”

白校长也站起身道：“好，我要上课，就不留你了。”

得宝走向门口。

白校长拿起桌上的信封冲得宝道：“这个你拿着。”

得宝一愣。

白校长微笑着看着他：“上面有麦苗的地址，给她写信，啊。”

得宝应下，接过信封，紧紧地攥在手里，像落水的人紧紧抓住救命的稻草。

四

种蘑菇的工作，开始缓慢而艰难地推进。

但是凌一农和陈金山都下定了决心，一定要让这个项目在闽宁村落地，生根，开花，结果。

凌一农首先在开发区内建了一个标准示范棚，开始试验。

为了保证成功，凌一农亲力亲为，甚至晚上就住在示范棚里。

这天，凌一农正在示范棚里趴在地上检查基料，他的学生许小妍等人也在示范棚里忙着其他工作，陈金山抱着一个盖着福建邮戳的纸箱走进来，黄展旗拿着棉被跟在后面。

凌一农以为是黄展旗回来了，头也不抬地说："刚才你一走，我就想起来 1994 年咱们在宁德用水稻秸秆做培养基那会儿，也是出过通风的问题，你看这个……"

凌一农捏着土举起来给黄展旗看，这才发现陈金山也来了。

陈金山叫了起来："老师啊，您怎么可以住在种蘑菇的棚子里呢？这里晚上温差很大，很冷啊，要不是小黄去领棉被，我还不知道呢。"

凌一农站起来，活动了活动身体，不以为然地说："工作在哪儿，我们就住哪儿。"

黄展旗对陈金山解释说："老乡啊，其实是这样子，我们手里的数据，都是基于福建的经验，但福建跟宁夏的话，又不一样，我们虽然都估算了差异，但那也只是估算哪。所以我们就只能住在菇棚里随时监控了。"

陈金山故作轻松地说："好了好了，都不要那么紧张嘛，老师您看，我太太从福建寄来了一些特产，我们一起吃饭吧。"

凌一农眼一瞪说："什么叫别紧张？我种不出来怎么办？"

陈金山玩笑道："您这么大教授，怎么会种不出来嘛！种不出来，我们一起不要回福建了，在宁夏老乡面前把福建人脸都丢光了。好了，吃饭了，来。"

凌一农认真道："这不是丢不丢脸的问题呀，这回不是科学研究，可以犯错，纠错，改正。这回必须成功，成功了农民才会跟着种，种出来才有钱嘛，才可以换肉吃、换菜吃，才不至于可怜到在大街上讨一把青菜呀。"

陈金山听着，颇为震动，认真地说："谢谢您，老师。"

两人正说着，得福拿着资料进了菇棚，看见陈金山和凌教授都在，忙打招呼。

陈金山问："吃过饭没有啊？"

得福说："还没有。"

陈金山说："来，一起吃啊。"

得福说："我准备在金滩村开一个动员会，所以我来向凌教授请教一下种蘑菇的事情。"

陈金山招呼道："这很好啊。来，边吃边说。"

要说整个玉泉营，除了陈金山，凌一农和他的学生们，对种蘑菇这事最上心的，自然就是金滩村的代理村支书马得福了。不是因为他在陈金山面前表了态，而是因为他真切地感到，这可能是一个让金滩村村民们迅速挣钱，改善生活的好路子，所以他不知不觉地把这个工作，放在了他目前所有工作的首位。

他听了陈金山的宣传动员会，立刻回到村里做了一些调研，然后又马不停蹄地前来跟凌一农教授商量讨教，请凌一农到时要给他们金滩村村民提供全程的技术指导。

得到凌一农教授的首肯后，得福立刻回到金滩村组织开会。

他首先回到家里招呼得宝，因为得宝想去福建打工，他特意请陈金山联系了那边一个朋友，一个制鞋厂的老板，请他答应照顾得宝。

他进门的时候，得宝正坐在土炕上，看着白校长给他的那个信封，神情复杂。

按说，他该马上就给麦苗写信，可是不知道为什么，他却不太想这样做，尤其是听到麦苗在那边工作很好，考核第一名，每个月都给白校长寄钱回来，他就感到非常有压力，连带着去福建打工也不是那么热衷了。

听到他哥的声音，得宝忙将信封塞到枕头下，下炕出门，迎着得福问："哥，你今天咋回来这么早呢？"

得福背着挎包兴冲冲走进来，坐到土炕上道："我要组织大家开个会呢。"

得宝随口问："什么会？"

得福说："刚才我去找福建的大教授了解了一下，我一会儿开会要跟大家讲一下种蘑菇的事。"

得宝不解道："蘑菇？那是啥嘛？能挣钱不嘛？"

得福说："挣钱嘛，陈县长说在他们福建，好多人都是靠这个专家发明的这个菌草蘑菇，赚了钱，还形成了产业。他说种这个蘑菇就是投资小、周期短、赚钱快，只要你肯学，人人都能干，最重要的是它不费耕地。你看，咱们这个院子里就能种，这叫庭院式经济。所以我要动员大家，各家各户都种起来。"

得宝来了兴趣，用心听着。

得福说完，看他的样子，奇怪地问："你想种蘑菇？"

得宝不置可否，若有所思。

得福怔了一下，从挎包里找出一封信递给得宝，认真地说："你去福建打工的事，陈县长都给你联系好了，是个制鞋厂，他和老板关系好，你去了以后呢，直接参加培训，培训合格了就能上班了。这个是陈县长给老板写的信，里边还有地址呢，你收好。想好了吗？啥时候走呢？”

得宝看着信，接过收下，并不热心和高兴，懒懒地说：“再说吧。”

得福有些生气了：“啥叫再说？你想好的事，你就果断做决定嘛。我给你打听了，你那个制鞋厂啊，离麦苗打工的那个厂不远，你去了就能见着她了。赶紧做决定，我去动员大家开会去。”

得福急匆匆地出门离去，得宝脸上露出为难苦恼的表情。

五

金滩村的种蘑菇宣传动员会在得福的组织下，在村委会内举行。

村民挤满屋子，但是情绪都不高，怀疑多于好奇，绝大多数都是来看热闹的，或者是被得福软磨硬缠拉来的。

一张画着雪白的双孢菇的图挂在墙上。众人议论纷纷，不明所以。

李大有直接就问了：“这是个啥嘛？”

得福招呼道：“大有叔，来，坐下坐下，坐下我给大家讲一下。大家看，这个菇就是双孢菇，这个福建来的大教授说呀，这个是通过试验选出来的，这种菇特别适合在咱们这个地方种。”

李大有故意说怪话：“这东西种出来干啥？喂牲口啊？”

得福温和地说：“看你说的，人吃的。”

李大有故意继续问：“人能吃这？”

五蹲也问：“这能吃？”

得福说：“咋不能吃嘛，这专门是给人吃的。这个凌教授说，城里人还最爱吃这个东西。”

拴闷盯着墙上的图，摆出一副研究的样子说：“粮食不像粮食，草不像草，长得怪嘛咕咚的，城里人吃了能咋？”

得福大声说：“有营养啊，那个教授说，这个双孢菇里头有很多的这个蛋白质，还有那个那个……叫啥，啥菌糖，反正是吃了以后补身子，还不发胖。”

马鸿说：“胖了还不好吗？”

李大有说：“胖……胖有啥不好？胖了人富态嘛，是不是？我跟你说，这城里人就是胡闹，这是啥东西？这啥都能往肚子里头吃。”

五蹲附和道："就是。"

杨三举起手来说："哎……你看我这胳膊，瘦得都快跟那玉米秆子一样细了，你这还不发胖。"

五蹲说："这酸那酸的，哎……他们城里人要是爱吃酸的话，为啥不把那醋往肚子里灌呢？"

得福见他们越扯越远，忙把话题拉回来说："'一方水土一方人'，人家爱吃啥，咱管不了，我就觉得呢，既然这个菇能挣钱，咱就得种。这个菇要是种好了，要比那个去福建打工，还挣钱呢。"

马鸿说："能挣钱呀？可以。"

得福着急地说："各位叔，你们是咱们村几位大能人，我就想着呢，你们先带头种，你们种出来了，挣了钱，你想想，那个号召力就不一般了。"

五蹲问："那这咋种呢嘛？"

得福答道："种这个蘑菇啊，要先建一个大棚，就是在棚里种。"

李大有精明地提出了关键问题："那这棚……得花多少钱？"

得福迟疑一下说："呃……建这个棚呢，大概要花个……两千块钱。"

跟上次在玉泉营开的宣传动员会一样，一听到这个价钱，几乎所有的人都惊呆了，大家议论纷纷。

"这么多钱呢。"

"我的天啊，两千块钱，把我卖了，看值两千块钱吗？"

李大有压过所有声音，大声说道："别说了，别说了，别说了。等一下，那这个钱谁掏？"

得福说："这个就是要，我跟你们商量一下。我也觉得吧，这个钱呢，肯定是要咱们……"

李大有打断道："你别说了，我知道了，你娃说这话我就知道了，你就是想让我们掏自己的腰包，是不是？"

得福说："是要掏腰包，但是教授说了，这个东西会……"

李大有再次打断道："行了，行了，咱掏两千块钱盖个棚，种这啥，这菇，咱谁掏得起呢？谁有这钱呢？"

又是一片议论，纷纷附和李大有。

"哪有那钱呢嘛。"

"没有这钱嘛。"

"就是嘛。"

"我觉得这事弄不成，他光说咱种菇比去福建打工挣钱，咱是拿钱换钱，那换不来钱不就完了。”

“就是嘛，血本无归。”

“那咱这钱都是撅着沟子愣𡱝干，才挣下那一点儿。”

“那……不是，那我再投进去，再一毛钱都回不来，我寻谁呀？”

“说得对！咱就是有钱，咱也不能干这件事，先哄着把棚建了，后面的事谁说得准嘛！”

一片哄闹中，得宝悄悄进来，站在门口。

得福像面对一群溃兵的指挥官，竭力劝道：“大家，大家听我说完。是，先要大家投一些钱，但是呢，要投入才有回报呢嘛，这么简单的问题，我们的目光要放长远一些嘛。教授说了，这个菇啊，三个月就种出来了，一种出来就能卖钱，到时候就源源不断地能挣钱了，那个成本很快就回来了。人家还说，到时候，大棚建好了以后呢，那个技术员会到各家各户去教大家，咋种这个菇。钱不够的呢，我们去农村信用社，办个贷款嘛。”

李大有不耐烦了，直截了当地反问：“这事要这么好，那你咋不种呢嘛，啊？”

好些村民跟着起哄：“就是嘛。”

李大有趁势追击：“你屋有钱嘛。你家得宝在外头挖煤挣了钱了，你先种嘛。”

五蹲附和道：“哎……就是嘛，你家有钱你都不种，我们这伙没钱了，要借钱，你叫我……我们种呢。”

一个村民说：“不行，弄不成，咱们只会种粮食。”

杨三接话说：“种粮食还能吃饱肚子，那菇能当饭吃？”

得福被逼不过，索性当先跳坑，大声说：“我种，我啥时候说我不种了，我肯定种的嘛，这么好的事情我不干，只让你们干吗？所以你们就放心，跟我一块把这个菇种了。好不好？”

李大有呵呵冷笑：“行嘛，那你先种出来，我就信了。”

众人附和说：“就是嘛。”

杨三说：“你先，你先带头嘛。”

李大有笑：“你先种，带头做个榜样。”

会议到此，众人皆觉事情已定，嬉笑着离去，留下组织者一个人呆呆地坐在村委会的桌子边。

直到陈金山走进村部，得福还一个人坐在那里。

得福看到陈金山，没等他问，就直接开口：“大家还是不敢冒险，怎么说都说不通，不敢先投钱，更不敢去借钱……不过，陈副县长，你放心，这蘑菇一定要种！”

陈金山刚想安慰得福，得福就继续说：“村民不敢干，村干部带头。我本人就算一个，还有小学的老师，两位农机站的干部，必须带头种，必须种好，让村民看见甜头！”

陈金山看着他，待他说完，才开口问：“得福，你拿得出搭棚的钱吗？你说过你姑看病花了很多钱，还要给你妹妹得花攒钱上高中。”

得福昂着头说：“我贷款，我贷款也要把这事干好！”

陈金山看着得福，轻轻地拍了拍他：“凌教授向我保证过，只要肯搭棚，他和他的团队就会全力以赴，用最先进的方法和技术，保证可以种出蘑菇来。”

说出的话砸出的钉，得福说干就干，请了凌教授来看场地。

凌一农看了得福的土屋，觉得后院正好，大小正适合建棚。

得福放了心，高兴地说：“太好了，那个秸秆料都准备好了，还有那个加温的炉子，管子都准备好了。”

凌一农看到他所做的准备，不断点头：“马书记呀，你这个人哪，认真踏实，学习能力强，一定能种得出菇来。等种出菇赚了钱，就给全村做榜样。”

得福引凌教授进屋：“那我努力。咱们坐下说吧。”

陈金山恭敬地延请凌一农：“过来坐啊，老师。”

得福拿出笔记本记录着什么。

他们正说着话，得宝推门进来，走进院子，叫得福。

得福叫得宝过来，介绍陈金山说是县长，又隆重介绍凌一农，说是大名鼎鼎的教授。

陈金山听说得宝刚从外地回来，赞扬得宝长得好，比得福高一点儿，营养也好，又招呼得宝一起来听一听。

得宝应了，得福叫他先去给县长和教授沏点茶，然后坐下来认真听凌一农讲课。

凌一农自信地说：“我那个标准试验棚啊，已经可以准确地控制棚里的温度和湿度了，只要按照我的要求建棚和管理，应该能种出菇来。”

得福点头说：“那我就来做个示范，我们这儿的人简单，讲个眼见为实，等我把菇种出来挣了钱，我相信大家自然就跟着干了。”

得宝给三人倒水，边倒边听着。

陈金山突然想起来一件事，问：“得福，贷款的事情办得怎么样？”

得福说：“材料我都准备好了，我打算今天去办。”

这个时候，得宝突然抬起头，看着得福，说：“哥，我想试一试。”

得福不解地问：“试啥？”

得宝认真地说：“我有钱盖菇棚。”

三人把目光集中到了得宝身上。

得宝掏出了自己剩下的钱，放在了桌上："除了给咱大咱妈的，我还剩这些，应该够了吧。"

陈金山问："你不是要去福建吗？"

得宝一副深思熟虑的表情，缓缓地说："我不去了，我那天开会的时候听了，现在建菇棚，三个月之后出菇，到时候又是反季节上市，市场好，价钱高，卖价好。我想跟凌教授学种蘑菇。"

凌一农点头说："人倒挺精啊，但种蘑菇很辛苦的。那菇棚里面又闷又臭，你受得了吗？"

得宝对凌教授的质疑颇不服气，说："我能在四十多度的大太阳底下筛沙子，能在半人高的煤矿里边挖煤，一天都直不了几次腰，我还怕吃这点苦？"

得福有些心里没底，说："你不行。算了。你要是三天热劲过去了，不干了咋办？这不是闹着玩的。我这次种菇，是要给全村人做示范的。明白吗？"

陈金山也说："你哥哥是村子里第一个搭棚种菇的人，这重要性，你明不明白呀？"

得宝用力点头，说："清楚。如果你们还不相信我，我可以写个保证书。"

陈金山迟疑一下，点头说："我看行，可以让得宝来干。"

凌一农也点头同意，得福无话，心中虽觉不踏实，可是也不好再反对。

得宝自信地说："你们就看我干活吧。"

得宝由此成为金滩村，也是整个闽宁村第一个建棚种蘑菇的。

凌一农带着他的学生亲自过来帮助他搭建菇棚，地点在他家院子里。

院子中间有一个土坑，大约半米深，得宝在坑里面挥动着铲子，把里面的土铲出来。

凌一农和得福骑车过来，凌一农叫得宝："臭小子。"

得福说弟弟："我看你都没劲嘛。"

凌一农不同意，说："挺麻利的。"

得宝笑着说是以前筛沙子练的。

大土坑和房子同朝向，往南开口，其余三面是土坡。黄展旗和其他工人在土坑的背阴面堆上草垛和石块。

凌一农和得福上前帮手。

凌一农说："得宝，这个前后墙的高度，决定了菇棚的坡度，阳光很重要，要充分利用阳光，提升温度，明白吗？"

得宝听得云里雾里，机械重复道："充分利用阳光，又不能直射……"

得福教他："你明天拿个本子记下，回去慢慢琢磨。"

得宝连连点头："好好好。"

凌一农笑："不明白没关系呀，我们正在编写手册，你们就边看边学。以这阳光的入射角，还有棚坡面的透光率、反射率，还有塑料薄膜的吸收率来看哪，宁夏地区的菇棚坡度在二十五度角左右为宜，所以我们建墙的时候呢，北面的墙，一定要比南面的墙高。行了，明天开始，给你们上课。"

第八卷终

第九卷

牛犊

中国的双孢蘑菇栽培始于1935年上海，之后陆续推广到江苏、浙江、福建等地，到了20世纪90年代的时候，福建已是我国当时的食用菌生产第一大省，有着亚洲最大的双孢菇菌种资源库，从野生菌种资源的收集、保存，到人工驯化，再到加工利用，有着很成熟的产业链。

从东西协作扶贫，双孢菇进入宁夏开始，到现在银川市的菜市和商场，看到的蘑菇基本上都是宁夏本土产的。目前宁夏蘑菇生产基地有很多，除银川市外，还有隆德县、彭阳县、海原县、青铜峡市等，基本覆盖了全区，产值规模约两亿元，除了供给宁夏市场外，有很大一部分外销。从散户的温棚种植，到工厂标准化生产的发展过程，宁夏的蘑菇产业正逐步走向专业化。

一

得宝的菇棚已经搭建好了，路过的村民都驻足观看。

杨三一边看一边评论说：“这棚子，能长出菇？要长不出菇，那得宝不就赔大咧……”

得宝从菇棚里出来。

李大有眯着眼叫住道：“得宝，你家这棚真的是你从外面带回来的钱？”

得宝“嗯”了一声。

李大有绕着弯子试探道：“嘶……陈县长让咱干这事情呢，按说这是政府行为，这多少也得给点资助款、扶助金啥的，多少给一点儿嘛。”

众人听罢此话，纷纷看向得宝。

得宝一笑道：“这你得去问我哥，反正我建棚是自掏腰包……”

得福用小竹竿挂了一串小鞭炮正好走出，便接话道：“要问我啥？”

得宝也不答话，径直走进门去。李大有不语。

五蹲忍不住道：“你大有叔想问一下，得宝这蘑菇棚政府给钱了没有？”

“哎呀……大有叔，你能不能不要胡思乱想呢。政府要是给钱了，我能不告诉大家吗？我不就是想着，这么好一个挣钱的事嘛，为啥不干呢？”得福认真道，回头叫得宝，“得宝，点火。”

李大有问：“这做啥呀？”

得宝高调地说：“挣钱呀，庆祝一下嘛。”

拿着火柴走出来，点燃了鞭炮，鞭炮噼噼啪啪地炸了起来，路过的村民都驻足观看。

鞭炮烧毕，陈金山和凌一农骑车赶来，得福迎上去，笑道：“美得很，美得很，美得很。陈县长，凌教授。”

陈金山看着众人说：“人很多啊。”

得福说：“哎呀……我本来还想晚上把大家召集一下，让你给讲一下呢，这菇棚一建好，人都来了，凌教授，要不你……现在给大家讲一下？”

凌一农看着大家笑着说：“好啊……好啊。”

李大有忽然插话道：“哎呀……算了，现在讲啊，也听不懂。庄稼人说了，出水才看两腿泥。等你屋那菇卖了钱了，那个时候让他们讲，我……我们就听得懂。走了走了，走了，回了回了。”

众人一听，居然真的就四散走了，将得宝、得福、陈金山和凌一农晾在那里，害得凌一农刚才还白酝酿了一下情绪，梳理思路准备讲话。

四人苦笑，却发现还有一人未走，是水花。

水花站在远处看着，一脸羡慕向往。

得宝赶紧招呼，凌一农满怀希望地问：“姑娘，你是不是想学种蘑菇啊？”

陈金山也招呼说：“来啊，过来说啊。”

水花迟疑着走过来说：“我……可想学种蘑菇呢。”

得福介绍说：“我们村的水花聪明得很，以前我们是同学，学习比我还好呢。”

得宝也说：“到时候要是听教授讲那些，发酵温度、杀菌、立柱，肯定比我听得还明白。”

水花还是一脸畏缩地说：“我家里没钱建棚，也……不同意贷款。”

得宝反应很快，不等其他人说话，抢先说：“那你来帮我吧，我哥村里比较忙，我也不指望他能帮上我。咱说好，我忙的时候你就来帮我，到时候我给你分钱。”

水花喜出望外，忙说：“好，你愿意让姐来干，就最好了。”

陈金山说：“只要你肯干呢，教授就肯教。”

凌一农连连点头。陈金山继续说：“你很快就会学会，学会以后就能挣到钱，只要能吃苦、能耐劳，味道是有一些，要坚持一下。”

水花坚决地说：“我不怕。那教授，我挤时间来这儿，你先教我行吗？”

凌一农笑道：“你随时来学啊。”

他和陈金山见意外多了一个学生，金滩村多了一个想种蘑菇的，都很高兴。得福心里很高兴，这时却不好插话。得宝和水花自然也很高兴。

尤其是得宝，他想着水花丈夫残疾，得福总是前去帮忙，他现在帮水花就是帮他哥，他心里，可一直想当一回哥。

二

棚搭好后，就开始培料堆料。

得宝用钎子搅拌着土坑里浸泡着的草料，凌教授和助手黄展旗、许小妍等人用拖拉机拉来主料，得宝站在下风向，差点儿被堆料的臭味熏个跟头，紧紧捂着口鼻。

凌教授过来，拉开得宝的手，不让他转头掩鼻，说："哎呀……要慢慢习惯，这可是好东西呀。怎么样？你的草料现在怎么样了？"

得宝说："我按手册加了石灰，应该没问题。凌教授，这拉这一车东西，这味实在太冲了吧？啊？"

黄展旗说："得宝，凌教授把主料跟辅料都给你带来了，你就跟着凌教授好好学堆料吧。"

凌一农闻着气味，凑近了仔细查看颜色，说："我觉得草料可以了，直接堆料。"

转头教导得宝说："培养料的主料就是草料和粪肥，这次我们带过来的，是已经处理好的粪肥，可以直接建堆，下次你就要自己闷肥了。"

他打开了一袋干粪肥，故意直接怼到得宝口鼻处，得宝的眉头皱得愈发厉害，叫了起来："我的妈呀。"

凌一农笑问："你不是说不怕吃苦的吗？"

得宝苦着脸强辩道："我说过我不怕吃苦，但我没说过……我不怕吃粪啊。"

凌教授的助手黄展旗笑着，搅拌着湿草料。

凌一农开始现场教学道："堆肥堆肥，就是粪肥，不管是鸡的、牛的、马的，都可以，但是你要记住，不管用哪种肥做主料，都要考虑两个因素，保水性、透气性。同时还要注意草料和粪肥的比例，粪肥太高了，这个料堆就黏性太重，透气性差，出菇率自然就低了。"

得宝问："不是说粪肥越多越好，对吧？"

凌一农点头说："挺聪明的嘛，理解对了。什么东西都不在多，重要的是适量、均衡。"

得宝眼珠一转说："哎……凌教授，下次咱把这臭粪少弄一点儿，把没有味道的多弄一点儿，有味道的少弄一点儿，行不行？"

黄展旗插话道："得宝，别耍小聪明，这些堆料都是凌教授经过反复试验，才特别调配出来的，跟味道不味道的呀……没关系的。"

得宝问："那就是说，这越臭越能挣钱对不对？"

凌一农点头说是，得宝来了兴致，大声说："对！不臭了！不臭了，凌教授，一点儿都不臭了。"

刚说完，又忍不住用手捂住鼻子，干呕着朝棚外跑去，一边跑一边喊："我受不了了，我去换口气，凌教授。"

水花一身灰土急急赶来，和得宝错身而过。得宝只顾着捂口鼻，都没注意到水花。水花却不怕臭，一头扎进菇棚。

培养蘑菇的肥料的味道，可能是得宝遭遇的第一个难题，而且看样子还不是轻易就能克服的。

这天水旺过来看他，得宝又被从菇棚里熏了出来，双手撑住双膝，大口干呕。

水旺问他咋啦，得宝说种菇气味熏的。水旺说听他大说得宝要种菇，现在看还真是。得宝问水旺最近忙啥，他从新疆回来就找过水旺，却见不着人影。

水旺神秘地说："知道你回来了，我最近没见你是因为最近忙点大事，现在谈得差不多了。"

得宝好奇地打断道："啥大事？给你找对象了？"

水旺说："找啥对象，哎……你这都……这有个好的，哎……谁能看上咱这穷酸样子，是不是？"

得宝又问："到底啥正事？你说不说？你不说我进去了。"

水旺说气味臭死，熏的。得宝说想要甜就先得臭，没有今天的臭，哪来未来的甜。水旺又说得宝种菇是胡折腾，要是用那投资的钱去买个拖拉机，农忙的时候下地干活，农闲的时候拉个运输，赚个钱多好呀。得宝得意地说："我跟你说，我这菇棚只要一出菇，一茬就能卖四五千呢。"

水旺不信，说："嗯……你再吹，我可听人家说了，你是因为麦苗在福建，都不理你，你在那儿赌气，在那儿种蘑菇。"

得宝大怒："谁胡说呢？是我自己不想去福建的。"

水旺怕他发脾气，连说好好好，还要说话，菇棚里传来凌一农的喊声，得宝应了一声，对水旺说回头找他，就匆匆回棚了。

两人一顿说嘴，得宝却忘了问水旺在做啥正经大事。

得宝回到棚里，还是熏得厉害，不解地问凌一农："咱农村人从来都不怕屎尿味的，从小就闻惯了嘛，但在这屎尿里边如果加个东西，我的妈呀，这味实在是太冲了。"

凌一农解释说："这叫辅料，它主要补充主料的营养成分不足，还要培养料，中和它的酸性，提高料堆的发酵质量。这辅料通常有几种，尿素、石膏、石灰等。"

水花看得宝难受，说："要不，这块我来吧，我不怕臭。"

凌一农欣赏地看着水花，为她竖起大拇指，说："水花，好，现在我来讲难点，跟我过来。我给你们的手册上都有，一定要记下来。"

黄展旗领着水花他们一起把粪肥堆好，盖上了一层塑料膜。凌一农说："我们现在做的是培养料的一次发酵，发酵成功后，移到菇床进行二次发酵，接下来就可以播菌种了。这培养料到菇台以 15 厘米的厚度来算的话，每平方米内含粪肥 30 公斤，草料 30 公斤，含氮量不低于 1.2%，含水量不低于 40%。那得宝，你算算你的菇棚需要多少粪肥和草料？”

黄展旗也问：“得宝，你看，你的棚量，菇床长 4 米，宽 1.2 米，一共四组菇床，每一组三层，你算去。”

得宝有些懵，哪里算得出来，谁知水花在一旁很快说：“啊……得……得宝的菇棚，一共是 57.6 平方米，分别是……凌教授，你看，我算的数对不对？”

凌一农再次欣赏地看着她说：“水花，你真的不错。我觉得你就应该自己建棚种菇。”

水花说：“这次我能来学，能来帮忙，就已经很好了。凌教授，我想以后攒下些钱，自己建棚。”

得宝走出屋去，那味也被他带着，走一路熏一路，路过的村民纷纷掩鼻。

拴闷问他是不是掏大粪去了，李大有笑他掉粪坑了，得宝一一解释沤肥种菇，却丝毫得不到大家的同情。李大有更是变本加厉地嘲笑，说得宝是在外头把脑子磕坏了。

得宝没搭话直接离开。他知道现在跟他们说什么都白搭，只有事实才能够说服他们，这一点，他比他哥、陈县长、凌教授看得清楚。当然，他哥、陈县长和凌教授，不会用这种态度来对待村民。

三

下定决心要放第一炮，憋出大响来，得宝就把全部的时间和精力投入到种菇上，几乎所有时间都窝在菇棚。长时间地坚持待下去，那一股难闻的冲味，似乎也不像以前那样难以接受了。

但是干着干着，仿佛那些临战前的指挥员，都有种莫名的不踏实，得宝看着种菇计划一步步向前推进，培养蘑菇的所谓主料、辅料都已经入棚进行了发酵，整个计划有条不紊地实施着，他突然担心起来。

这天水花在棚内正在撒石灰粉，得宝来到门口喊她。

水花以为得宝也要进来帮忙，想到他怕那股味，赶紧阻止说：“我一人行，你就别进来了。”

得宝不好意思地说：“让你一人在里面，我过意不去。”

水花宽他心说："凌教授说的我都记下来了，石灰要撒匀，料要沤好，哎……我刚才看了一下，料还没沤好呢。再等一下。"

得宝迟疑半晌，突然换了话题说："水花姐，我想听你说句实话。"

得宝眯着眼像是在自言自语地问："咱这样没黑没明地干，你相信真的会像凌教授说的那样，种出菇，挣上钱吗？"

水花惑然道："你不信服凌教授？"

"我从小，干成的事就少，干砸的事就多，我大、我哥，村里人，还有……"得宝又犹豫了一下说，麦苗的名字到嘴边又吞掉，"都瞧不起我，所以这回我就特别地害怕他们笑话我，我就害怕到最后这件事情也干砸了。"

这话憋在他心里，这些天像石头一样压得他喘不过气来，这时候说出来，轻松了一些。

水花呆了一下，笑了，脸上露出坚定的表情说："得宝，我在你这儿，跟教授学的这些天里，我反正是越来越有信心，凌教授教咱干的这事叫科学。咱只要认真学习，严格按照老师教的做到位，我相信，就你这个大棚，将来一定能赚到大钱。"

水花索性把得宝没说出口的名字说出来："到时候麦苗也会相信你，她本来也一直都相信你。"

得宝感激地望着水花道："有你这话我就放心了，水花姐。我一定好好干，一定种出菇。"

水花一笑："得宝，你从小脑子就灵，有些事听不懂，是书念得太少，我理解得比你快，不是因为我脑子比你聪明，是我上过初中，学过数理化，有一些基础。其实你哥底子比我还好着呢，他没时间陪你学，是因为他要在村里和开发办两头忙，顾不上。我那儿有一些老课本，你要真心愿意学，我愿意教你。"

得宝认真听罢道："水花姐，其实我一直都拿你当亲姐看呢，哎……当初你要嫁给我哥……啥你的我的，这棚都是咱一家人的。"

水花眼中闪过伤感之色，说："是不是一家人，你都该管我叫姐对不对？废什么话呢？干活。"

得宝答应："干活！"

二人又各自操起了手里的锹，撒起了石灰。

石灰撒完，水花在棚内，把料层层码好。粪便和尿素的刺激性气味，刺激着她的眼睛，让她眼睛泛红，微微湿润，刺激着鼻子，让她不停地干呕。可是她一点儿没有停歇。

她还想着得宝难受，叫得宝："你还是出去吧。啊……这里味道太大了。"

得宝强撑着说："没事，水花姐，我能忍。"

水花看强不过他，又叮嘱道："那用手抹匀啊，啊……一定要抹匀。"

听了水花的分析，得宝的心稳了下来，白天干活，晚上在屋里打开电灯，一边啃着洋芋，一边读手册上的内容。第二天，再照着手册上的内容操作。

所有的付出，都有回报。

菇床上翻料完成后，凌一农带着陈金山来检查每个菇床上的培养料，得福、得宝、黄展旗跟在后面。

凌一农边翻看边满意地对陈金山道："行，得宝是这块料，基本都按我教的来了。"

听到这句话，得宝扑哧笑了，坦白回答："这主要是水花姐干的。她心细手也巧。"

凌教授瞪他："交给你的活自己不干，都指派给别人了？"

得宝解释："我说好了给水花姐工钱，但怕她不肯要，就让她多帮忙干一些，这样到时候她就不会跟我客气了。"

凌教授揭穿他："我看啊，你就是怕吃苦，搞得像你来帮人家一样。"

得宝叫屈说："我和水花姐互相帮助嘛。再说我也没有偷懒，我每天晚上也点灯熬油地做研究。"

凌一农奇道："你能做什么研究啊？"

陈金山也问："棚子都搭好了，你还……还要做什么研究啊？"

得宝说："我得研究这搭棚的材料的价格，在哪儿买，这运费加上价格，咋样最划算，还有这加温的炉子，嗯……这粪肥，你想，下一批，或者下下一批，如果村里人都开始种菇，到时候批量一起买，咋样最省钱嘛。"

陈金山怔了一下，夸奖说："哇……你很有前瞻性的。"

凌一农板起脸道："想那么远干啥？这批种不好，就没有后面。你先把这批种好了，今天要播种，你先跟我说，这颗粒型菌种啊，要用什么方法来播种？"

得宝流利地回答："颗粒型菌种，比较容易分散。咱们可以用撒播的方式，将60%的菌种撒到培养料上。"

凌一农愣了下，笑了，所有的人都笑了。

四

得宝进入状态，种蘑菇也顺畅，这边水花却因此惹了不开心。

是他男人。

水花一边帮得宝一边学习，也掌握了种蘑菇的技术。她想自己种，可是她也知道自己男人反对，就连最近自己帮得宝，他也在心里藏着怒气。

但她还是想种。

她越是跟凌一农、陈金山、黄展旗他们接触，越是觉得种菇是目前唯一能够改变生活，挣钱的法子，而且尤其适合像她这样的家庭。

她找了秀儿来帮忙说服丈夫永富。

水花沉着脸在案板上切菜，永富在灶口前添着火，秀儿冲永富说："永富哥，我没有骗你，真的没有骗你，不信你问万升去。凌专家真的当大伙面夸水花姐，说水花姐是个好苗子，理解力强，学得快。哎……姐，今天下午，是……是要种下啥种子，姐？"

水花背对着她回答说："不是下种子，是播菌种。"

秀儿说："哦……对对对，就是这。"

安永富冷冷打断道："种啥不种啥的，跟我家有屁关系，不能去。"

水花忽然开口道："我是去学技术，又不是干啥丢人的事，为啥不能去？"

安永富摔下烧火棍道："我说不能去就是不能去！"

水花将菜刀放下，径直走出厨房。

水花来到得宝的菇棚，克制自己的情绪不让大家看出异样。

凌一农看见水花进来，笑了笑道："我还想呢，今天播菌种啊，要水花不来学，那损失就大了。"

水花表情坚定地说："凌教授，这个我一定得学，我不能半途而废。"

黄展旗取来菌种箱打开，凌一农一边给铺料上播菌种一边讲解道："现在是最好的播菌种的时候，你们看啊，这是颗粒型菌种，按照得宝刚才说的方法，撒播，在料面上撒 60%，然后再把种块翻进培养料里头，大家跟我学着一起做。"

凌一农边说边示范着。众人屏声静气地仔细看。陈金山说："老师给我一只，我也要学。"

凌一农笑："光记得你是县长了，忘了你是我学生。行，我也教教你。"

四人学着凌一农的样儿，先将菌种撒在料面上，再用手翻动培养料。凌一农走到水花身边看着道："你们过来看啊，还是水花做得最好。一定要记住啊，手一定要轻，千万不能压得太实。"

这个时候，水花的丈夫永富正坐在家门口，黑着脸，目露忧伤。

作为一个男人，不能支撑一个家，还要靠妻子辛苦劳动，他的内心充满羞辱、郁愤，可是，这有什么办法呢？谁叫他成了残疾人，只能勉强自己照顾自己呢？

他希望这个家好，可是不希望是靠水花一个人拼命换来的，他也隐约知道种蘑菇是一个改变他们生活的好法子，可是他还是本能地反对，尤其是这会让她跟得宝、得福他们有更多的接触。这是没有办法的事，他是一个男人，一个也有妒忌心、自尊心的男人。

水花疲惫地回到家里，进门后，发现丈夫和孩子都不在家里。水花喊着永富和晓燕的名字，把家里的两间屋和灶间都找遍了，没人。

水花紧张了，跑出房门。刚走出院子，就看见秀儿抱着晓燕过来了，水花冲上去，看见晓燕睡得安稳，稍微放了心。一问，是永富让秀儿帮带的。水花心知肚明，顾全永富的脸面，也不揭破，只让秀儿再帮着带一下，她晚上去她家里接，然后匆匆向村口跑去。

太阳已经落在了地平线上，夕阳下，水花找到了坐在田野上的永富，过去挨他坐下，说道："回家吧。"

安永富回头，爱怜地看着妻子，摇头说："我对不起你，本来你就不该嫁给我。我知道你嫁给我，心里有多憋屈，你对我越好，我心里越堵得难受。我骂你，刁难你，但你还是对我好。水花，我这辈子还不起你这个情，你让我死了吧，我下辈子再还你。"

水花拉着他的手说："要不是为了我，要不是为了挖水窖，你也不会变成现在这个样子。我知道你对我好。"

安永富还是一脸默然："我现在是个废人，是个累赘。我想知道，如果我不是现在这个样子，你还会跟我过吗？你是可怜我。"

水花坚决地摇头说："永富，不管你变成啥样子，你都是我男人，都是晓燕她大。"

她抱紧了他，像抱着她生命中最珍贵的东西。

这天村里还发生了一件"大"事。

得宝独自拉着装着皮水囊的架子车去拉水，一辆全新的拖拉机迎面驶来。得宝停下架子车准备礼让，拖拉机开到跟前却停下了。

得宝定睛望去。只见水旺坐在驾驶座上，看着得宝笑。得宝吃惊道："水旺？"

水旺大笑："咋样，以后再拉水跟我说，我给你拉。"

得宝问："你这开谁的这是？"

忽然传来李大有的声音："哎，不敢胡说。哎呀，谁家的车，别人能乱开吗？"

得宝一笑，李大有这才从车厢里坐起身，探头看着得宝，满是调侃和得意。

水旺说："我不是之前跟你说干了大事吗？这是我跟我大贷款买的拖拉机，农忙的时候下地干活，农闲的时候，还能跑跑运输，你看，关键四个轮子，人累不着。"

得宝赞道："好着呢，好着呢，好着呢。"

李大有抢着问："你菇咋样？"

得宝区分说："不是我姑，是蘑菇。"

李大有嘿嘿笑着："不管是你姑还是你姨，叔是关心你投出去的钱，啥时候能回本。"

得宝说："快了，快了。"

李大有不信："哎呀，不是叔说你，有些事情咱看不见摸不着，不能乱投资，那钱要是打了水漂，到时候哭都没有眼泪。叔跟你说，你有钱要是买个这，买个拖拉机搁在家里，起码咱看得见摸得着，我晚上放在家里，它也是个摆设。他爷马上就来了，你就等着我们到时候赚钱享福吧。"

得宝不愿再听，说："叔，我还要那个拉水浇棚呢，先走了。"

李大有望着得宝离去的背影不满道："哎呀，二侄子，你干砸的事情不少，不是叔说你，良药苦口，你……哎……你咋一点儿体会都没有，啊？"

水旺不满地劝道："行了，大，少说两句。"

李大有心情现在好着呢，也不在乎得宝的态度，说："好好好，走，走走走，咱回。"

父子俩开着拖拉机进村，李大有站在车厢上，冲两边的村民得意扬扬地打招呼。五蹲走出家门，见状喊道："大有哥！你这一声不吭就添大件了，牛！"

李大有高兴地双手抱拳致意。杨三也走出门道："哟，大有叔，光听你说买咧，没想到还弄了辆全新的。"

李大有打断道："滚，我们买大件嘛，花了那么多钱，咋能买个二手的，去。"

众人听着乐了，纷纷坐上去玩耍，李大有笑着骂他们："滚滚滚，下去，下去，下去，下去，掏钱。"

五

终于到了出菇摘菇的日子！

得宝、水花早早就等在菇棚外，看到凌一农和助手赶来，两人脸上都是迫不及待的兴奋神色。

凌一农走到两人跟前，问："准备好了没？"

得宝和水花都点头。

凌一农说："干。"

得宝说："干。"

水花也说："干。"

众人一进菇棚，一股热浪扑面而来。

菇床上，一株株双孢菇覆在覆土层，直径均在4厘米左右，雪白、饱满、光滑，大家像看稀罕宝贝一样凑到最近，睁大了眼睛。

凌一农说："试验证明，这里的自然条件很适合反季节种菇。"

得宝赞叹说："太漂亮了，我都舍不得摘了。"

凌一农故意问："这菇出得快不快？"

得宝答道："快，快到不敢相信。"

凌一农笑："不但快，收菇也要快，快就是这个菇的特点。"

得宝一听，伸手就要采摘，又被凌一农拦下："哎，让小黄先示范一下。"

黄展旗上前说："呐，这是头茬菇，产菇初期密度高，采的时候，要特别地注意，尽量做到菇根不带菌丝，不伤及幼菇。"

得宝又认真又焦灼，忍不住催促："你说快点，说快点。"

黄展旗笑着看他一眼："别着急嘛，这个手指要这样，捏住菌盖，轻轻地往下压，慢慢地摇动，最后旋转将菇体取出。然后重要的来了，记住口诀：一捏，二压，三摇；一捏，二压，三摇。"

几人目不转睛边听边看。

凌一农说："好好好，你们下手吧。"

得宝下手太急，用力太猛，采下的菇有些变形。

凌一农着急地说："哎，这么大力，你以为掰玉米啊。你看形象弄毁了，卖不出价钱了。看看水花，学学人家怎么用的巧力啊。"

得宝看着水花灵巧地采下一株菇放筐里，学着水花的样儿，屏声静气，又小心翼翼采下一株菇。

凌一农又忍不住叮嘱道："轻点，哎，这就对了嘛，出一茬菇不容易，毁一个就少挣一份钱哪。"

几个人一块儿采着蘑菇，棚里的温度足有四十度！

得宝采了一会儿菇，看着凌一农已经满头是汗，劝道："老师，这里边太热了，你出去歇会儿吧，咱几个轮流出去歇，一会儿不要中暑了。"

凌一农说："现在可不能出去啊。"

得宝问："为啥？"

黄展旗解释说："现在呼吸了新鲜空气，吹了凉风，你再进来，更加受不了，所以只能一口气呀，把工作做完哪。"

凌一农转头去看水花，鼓励说："你学得很快。我看你一定可以成为一个养菇好手。”

水花眼里闪着很久未有的渴望的光，她心里那个种蘑菇的想法不可遏制地又涌了上来。

凌一农再次给大家鼓劲：“我们大家一起一鼓作气，干！”

黄展旗、得宝、水花一起大声说：“干。”

没用多久，第一茬菇就采得差不多了，一箱一箱的蘑菇被搬了出来，然后又被抬上农用小卡车。这辆小卡车就载着整个闽宁村第一次种出来的双孢菇，载着凌一农和得宝，载着他们满怀的希望，也载着这块土地的未来，一路向北驶向银川。

两边的农田和树木渐渐多了起来，一些民居依着贺兰山脚而建。

包兰线上，火车呼啸而过。

得宝和凌一农坐在卡车车厢内，风吹掉了陈金山送给凌一农的帽子。

得宝叫：“司机，停一下车。”

车停了下来。

得宝下车，跑过去，替凌一农捡起帽子，又爬上车。

得宝先把帽子端端正正地给凌一农戴上，端详一下，又故意使坏调整角度，让帽子歪了点儿，凌一农歪戴着帽子，显得很是俏皮，黄展旗他们都笑起来。

“教授，这卖蘑菇，得吆喝吧。这么吆喝行不？”得宝拉长了嗓门儿，“蘑菇咧，新鲜的！蘑菇咧！闻着臭吃着香咧！哎，蘑菇咧！”

车载着一众人说说笑笑向前驶去。

阳光很好，心情也很好。

到了农贸市场，人头攒动，许多收购商骑着三轮车过来拉货，各类农产品一应俱全。

得宝让小卡车在一处空地停好，抬几箱蘑菇出来摆好，剩下的摆在车厢里，在外面的几箱蘑菇前用一块大纸板写上“优质双孢菇”。

然后开始卖蘑菇。

商贩们从摊位前路过，人人脸上迷茫，从没见过这个品种的蘑菇，简直稀奇，但大家只是询问和感叹，没人买。

不远处的一个菇贩，老辛，正在收拾着自己的摊位，摊上摆着香菇、平菇、金针菇等常见菇种。老辛也看见双孢菇的牌子，往这边走来，马上对这白花花的蘑菇来了兴趣。

老辛问：“哎，这啥鬼菇？”

得宝自豪地说："这学名双孢菇。"

老辛没有听说过，凌一农赶紧过来解释："对对对，双孢菇，这个菇很有营养，富含蛋白质，里面有菌酸，能降血压，很好吃。"

老辛还是摇头："哎，没见过，也没听说过。"

得宝不屑地说："肯定没见过，这是南方的蘑菇，福建来的大教授在咱这儿种出来的，三块五一斤，这比南方运过来便宜多了，你要是成箱要，我一斤再给你便宜两毛。"

一个福建口音的人走过来："哇，真的是双孢菇，没想到这边有双孢菇。"

凌一农惊喜地问："你是福建人啊。"

福建人说："是啊。"

凌一农兴奋地与对方握手："自家人，自家人。试下我们自己种的双孢菇。"

福建人说："我们福建就喜欢这个东西。"

凌一农说："是啊是啊是啊。"

福建人说："没想到这边也有，是福建运来的？"

得宝期待地说："我们这自己种出来的。"

福建人惊奇地说："自己种的？"

得宝点头："自己种的。"

福建人低头看菇，问："哦，那一斤多少钱？"

得宝按照事先商量的价格说："一斤三块五。"

福建人毫不迟疑地说："来两斤吧。"

得宝高兴地应道："行。"

赶紧给装袋。

"给我来……"老辛在一旁看见，迟疑了一下说道，"一箱吧。"

福建人又说："干脆来四斤吧。"

得宝更加高兴了："好嘞。"

大家都很激动，忙称重装袋。

得宝给老辛搬了一箱。

老辛举起手说："哎，我跟你说，我先来一箱，要是好卖的话，我再多拿。"

得宝信心满满地说："肯定好卖，老板，你放心吧。"

"先试一下，试一下。"老辛说着付了一百块钱抱着蘑菇离开了。

观望的人们看见这一开张，也都纷纷围上来。

果然榜样的宣传是巨大的，这下得宝他们都忙碌起来，黄展旗向所有围观的人们宣传，得宝激情满满地叫卖，凌一农帮忙称菇，得宝忙着收钱，他腰间装钱的腰包渐渐鼓起来了。

一空下来，得宝就大声吆喝道："走过路过不要错过，金滩村的双孢菇，来，看一下。双孢菇，来一斤。"

黄展旗也跟着吆喝："双孢菇，好吃的双孢菇，营养价值高。"

一车蘑菇，不多一会儿就一销而光，众人收拾准备打道回府。

司机把装满空箱子的车厢的挡板直接合上，凌一农和黄展旗把挡板两端闩上。

凌一农像个年轻小伙儿一样，亢奋地拍拍挡板："走喽！"

卡车缓缓驶离了。

黄展旗兴奋地说："老师，比预想得早呀。"

凌一农也很高兴："我也想着要天黑才能卖完。"

得宝正在往鼓鼓的腰包里摁钱。

凌一农看着他，建议道："得宝，你把钱理顺好，叠好再往里塞。"

得宝大声应道："哎！师父。"

这突然说出的这一声"师父"，把得宝自己搞得有点儿不好意思了，也把凌一农弄得一愣，笑着问："你怎么改叫我师父了？"

得宝略有些尴尬地说："反正以后你就是我师父了，我就叫你师父。"

凌一农笑着点头："我是师父，那你是悟空还是八戒啊？"

得宝笑笑，却再没有一点儿难为情。

凌一农大声说："走了，去车站，搭车，回家。"

得宝想到了什么说："师父，等一下。"

说着冲市场里跑去，回来的时候手上提着两只鸡。

凌一农看着得宝，露出欣慰的笑。

夕阳西下，几人坐在回村的小巴上，喜悦地交谈着。

车外，夕阳把贺兰山麓染得一片金黄，也把车内的得宝、凌一农和黄展旗晒照得闪着光。

得宝脚下有两只鸡，黄展旗怀里抱着一棵白菜。

得宝不时爱惜地抚摸那鼓鼓的腰包，那里，装着这一次卖菇的钱，也是整个闽宁村第一次通过自己种菇卖菇挣到的钱，更像是所有吊庄移民们寄托的满满希望。

第九卷终

第十卷

燎原

西海固地区自然环境恶劣，贫困人口占比达到79%。“吃水没有源，走路很艰难，三年两头旱，口袋没有钱。”为了解决贫困户无抵押、无担保难题，帮助贫困户得到贷款支持，东西协作扶贫的金融工作者们经过深入研究，发现农村的社会圈子小、亲戚连带，长期以来形成的熟人圈对约束贷款户很管用，完全可以建立一个适合农村实际的“村民信用圈”。

“村民安土重迁，爱惜名声，逃贷很少见，过去与其说是银行不敢贷，不如说是村民不敢借。”为了加快脱贫，他们还探索出“大户保小户，富裕户保贫困户，村干部、养殖能手任意保三户”的互相担保模式，把全村人纳入了信用保障体系。有了信用这个杠杆，撬动村里发生巨大改变成为可能，村民脱贫致富有了希望。

一

得宝把凌一农和黄展旗送回玉泉营开发区，自己回到村里。

一进屋，就看见得福站在菇床边，一脸欣喜地看着雪亮的幼菇，不由得兴奋地大声叫道：“哥！我回来咧！”

得福兴奋地冲得宝招手道：“你快来看！新菇冒出来了，多快呀！”

得宝上前拉着得福就向外走。

得福道：“干啥？菇卖得咋样？”

得宝一言不发拉他出菇棚，进了屋里，亮出腰间鼓鼓的腰包。

得福定睛看清后奇怪地问：“我这个包咋在你这儿？这不是我考上学那一年妈给我做的？”

得宝嘚瑟地说：“妈是给你做了，你又不用上。让你看下，我是用啥把妈这腰包塞满的？”

他一把把腰包拉开，从里面倒出一堆钱！

得福惊讶万分！

他不敢相信地问：“这……这都是你这回卖菇挣下的？”

得宝点头，又从口袋里掏出一团钱，左边衣袋，右边衣袋，左边裤袋，右边裤袋，一个一个掏过来，把里面的钱全都抛在炕上的那一堆钱里。

得福真的惊呆了，语不成声地说：“这……真是太好了，太好了，没想到这一茬菇就能挣这许多，得宝……”

得宝很得意地说：“我师父说这两个月会一直出菇，你就看着我挣钱吧，回头再把大、妈和姑姑接来，让他们都来享福。我还要带咱姑去北京、上海看病，说啥也得把咱姑的病治好。”

“你师父？”得福高兴地直起身，反应过来后笑了，“把你嘴甜的，师父都叫上了。哎呀，好啊，得宝，不错不错，你这次是给咱全村人带了一个好头，哥把你表扬一下。但是呢，哥还有个要求。”

作为村支书，马得福没有忘记自己的职责，他想得比弟弟更多、更远。

得宝说："你说。"

得福说："你要让全村的人，都看见你的成果，然后咱们大力推广，借用你的成功经验，我们让全村的人都把菇种上。"

这个得宝可没有什么兴趣，心不在焉地说："那这是你的工作，跟我有啥关系，我就跟着我师父，种菇挣钱就行了。"

得福拉着他用力地说："咱们村要推广发展蘑菇产业，那肯定有很多人找你学，你挣你的钱的同时，你把大家也帮一下。听见了没有？"

得宝不耐烦地敷衍说："听见了听见了，听你的听你的。"

得福迟疑一下，又说："还有个事。"

得宝说："你说。"

得福说："你水花姐在你棚里干了多少天？笑啥，问你话呢。"

这个事得宝可是在车上就想清楚了，在他看来远比要带领全村种蘑菇更重要，他笑道："我都记着呢，一共十七天。"

得福又问在县城打工，一天工钱多的多少钱，少的多少钱，让得宝取个中给水花算好钱，赶紧送过去。这下得宝可不乐意了，不屑地对他说："哥，不用你说。水花姐在我这儿，确实也下了苦，她现在过得也确实可怜，咱都不说这些，就凭水花姐当年对你的那份情，对我的那份好，我也不取中，直接封顶，一天二十。"

得福瞪他说："不要跟我扯当年，我这是就事论事。"

得宝一副从善如流的样子："哦，就事论事。"

得福看着弟弟，又看看满炕的钱，忍不住笑了："你看你个㞞样子。"

兄弟俩玩笑在一起，笑得很开心。

得宝虽然装作不理得福，不听他的话，可水花就像他亲姐一样，这次种蘑菇，说实话只怕比他还要用心，还要吃苦。他简单清理了一下菇款就直奔水花家去了。

这个时候水花和她丈夫也正在讨论这事。

永富也知道今天得宝出菇摘菇，然后进城卖菇，看着正在盆里洗衣服的水花，再看看灯下拿着小人书认字的女儿晓燕，不咸不淡地数落水花："天天没明没黑的，往人家菇棚里跑……现在人家菇种出来了，你落着啥咧？"

水花毫不介意地笑道："看你说的，咱就把心放宽展，我当初去的时候就跟你说了，咱是借着人家的大棚学咱的技术，学咱的手艺，是为咱以后自己建棚种菇做准备……"

永富不耐烦地打断道："一个棚，两三千块钱，建得起吗？"

水花说："现在建不起，以后总有办法，人家大有叔都贷款买拖拉机咧，咱有啥不敢……"

永富不敢看水花那副不畏惧的表情，不安地打断道："你别胡折腾，这个想法你连冒都别往出冒，我这个样子，就凭你一个女人，贷了款，万一栽了，这家还不得散了……"

水花不服地："女子咋了？女……"

安晓燕放下小人书道："大、妈，你们别吵了。"

二人看着安晓燕，都不吭气了。

得宝这个时候拎着一只鸡走进门喊道："水花姐！"

三人一愣。

水花问："得宝，有事？"

得宝大咧咧走上前先招呼永富，不过永富瞥了得宝一眼，没说话，得宝略显尴尬。

水花不好意思地说："他就那人，别在意。棚里是不是有活？我这马上忙完了，完了就跟你过去……"

得宝一笑打断道："今天不干活，今天给你结工钱。"

水花一愣，起身问："工钱？啥工钱？"

得宝进屋，故意放大嗓门道："在我棚里干活的工钱！"

水花冲得宝道："干活的工钱？呵，你胡说啥呢？我是去学手艺，哪能算干活？"

得宝摇头笑道："那当然得算干活了，你学手艺，是跟我师父学的，又不是跟我学的。你干活是给我干的，对不对？你吃苦流汗的，咋能不算工钱？我算过了，满打满算十七天，工钱就算我在县城里边打工的大工算，一天二十，一共三百四。你拿着，水花姐。"

得宝说罢，掏出一叠钱，塞水花手里。

水花推回去："得宝，不行。"

"你应该拿的，水花姐。"得宝用力把钱塞到水花手里说道，又把母鸡放在地上，"这是我个人谢你的。"

然后转身便走。

水花叫道："这……你……得宝……"

得宝头也不回走出门。

永富一直表情复杂地看着，等到得宝离开，水花看过来，忙转过身，把头扭到一边。

水花走过来，摇摇头，憋笑把钱塞到永富手里。夫妻俩看着花花绿绿的钞票，都忍不住笑了。

二

凌一农的示范菇棚里，整齐地摆放着菇架，菇架上码放着一袋袋养料，凌一农正在专注忙活，已被汗水湿透的头发一绺一绺黏在头上，看起来很油，不知道多久没洗了。

陈金山进来，走到凌一农身边，故意凑近闻了闻道："哇，这臭味好浓重，老师，我们走，到镇上去洗个澡，中午见人啊。"

凌一农推开他："不去不去，镇上太远了，没时间。"

陈金山拿着肥皂在凌一农眼前晃晃："洗一下吧，老师，这个味道臭得很浓重，那身上也都是这味道啊。"

凌一农不满地问："你嫌我臭啊？我跟你说，我天天出汗当洗澡，干净得很。"

陈金山笑着说："我也不管你臭不臭，反正今天这个澡，你洗得洗，不洗也得洗。"

凌一农不屑地说："怎么了，县长大人还要强迫我不成？"

陈金山收敛笑容，不再卖关子，说："你是我老师，我哪敢强迫？吴主任要来嘛，我们洗一下礼貌。"

凌一农一怔道："吴主任要来？好好，我礼貌一下，我去洗个头。"

两人出棚，先洗头，再去镇上洗澡。

陈金山帮凌一农洗头，一手用肥皂"刮"着头顶，抓出满头灰黑色的泡沫。

凌一农感叹说："好香啊。"

陈金山半真半假地惊叫道："哇，老师，你看一眼这肥皂，这是白色的肥皂，这……这已经……哎哟，你这有三五天没有洗头了吧，还是一个星期啊？"

凌一农说："不记得了。"

陈金山摇头苦笑，好生敬佩这位一心扑在科研上的老师，又单手提着水壶往凌一农头上冲水。

凌一农急忙叫他别倒了，浪费水。

陈金山笑，说："你看一下这水吧，拿一杆毛笔过来，都可以练习书法了。"

凌一农关心的还是吴主任来的事，问："哎，吴主任对蘑菇的事怎么说？"

陈金山笑："都来吃饭了，你说她能怎么说？当然是好事了。"

的确是好事，而且是事关种蘑菇下一步扩大发展的好事。

吴月娟主任一点儿架子也没有，三个人就聚在陈金山的宿舍里围着电炉子吃菌汤火锅，而且，吴月娟还给他们带了不少福建特产过来。

首先就是凌一农最喜爱的武夷岩茶，让凌一农又惊喜又感动，连称太客气了，太客气了。

陈金山亲自动手，把洗好的菜摆上桌，三个人坐上桌，凌一农再次惊喜地发现，居然还有沙茶酱，连连感叹说："哎呀，这个厉害了，你今天跟我说吃菌汤锅的时候我就想，要是有沙茶酱，那就太好了，我口水都被你勾出来。"

吴月娟说："我想你们在这边工作，肯定都已经很想家了，肯定很想念我们福建的味道，给你们带点佐料过来，解解你们的思乡之情。"

"讲实话，我真是吃不惯这里的饭，这里吃面比较多，很少有米饭的，福建胃，没办法。"凌一农继续感叹道，说着拿起桌上的沙茶酱，用筷子沾了沾，尝了一口，再次感叹说："味道对，味道对，就是它。家乡的味道。"

吴月娟说："你喜欢吃，我下次还给你带。"

然后面容一整，问："凌教授，我今天敬你之前，要跟你求证一件事情，你要跟我讲实话。我当时给你下军令状，要你三个月种菌菇出来，你跟我拍桌子，但其实你心里头已经有底了是不是？"

凌一农摇头说："有什么底啊，就算理论上行得通，但是没种出来，心里面就是没底，哪怕一点点地方出了问题，就很可能种不出菇来。"

陈金山在一旁说："吴主任，凌教授这回和他的技术小组，功不可没。"

吴月娟端起茶杯："来，凌教授，我今天以茶代酒，感谢你，你这个真的是让我们没想到。来，金山，一起一起，一起敬凌教授。"

两人一起敬凌一农，三人碰杯，凌一农说："谢谢。"

吴月娟放下茶杯，也感叹说："我们真的是没有想到，这个种蘑菇收益会这么快，一下子就给我们对口协作来个开门红。"

凌一农说："你们让我去完成的工作，我肯定会全力以赴的嘛，不然怎么对得起吴主任的沙茶酱。"

"呵呵……你喜欢吃，我以后天天给你买。"吴月娟脸上露出兴奋的表情，又继续说，"凌教授，其实我这次还给你带了一个好消息。"

凌一农应了一声，问："什么好消息？"

吴月娟稍微放慢了一下语速，缓缓说："关于你说的要在金滩村搞大棚种植菌菇的这个建议和规划，我在这次两省区的联席会议上，做了一个专题汇报，两省区的主要领导都一致表态，一定要支持你的工作。我们福建这边呢，会给你派人，派十个最优秀的技术人员过来。"

凌一农高兴道："太好了，太及时了，不过我有一个条件。"

吴月娟说："你讲，你讲。"

凌一农认真地说："这十个技术员，我要自己挑。这里的生活条件、工作条件都太苦了，一般人待不住，我要挑选那些能吃苦、有责任心，而且还能耐得住寂寞的人才行。"

吴月娟爽快地说："好，人你来定，名单你来提，我负责把人给你带过来就是嘛。"

陈金山说："凌教授在这里真的没有少吃苦，那条件真的很艰苦，那棚真的很臭。所以凌教授是真怕过来的人吃不了苦。"

吴月娟打趣说："哎，金山，你要讲清楚，到底是蘑菇棚臭，还是凌教授臭？"

陈金山笑："那臭到一起。"

凌一农大口喝汤说："吃饭不说这些，不说这些。"

吴月娟笑："不容易，凌教授，来，喝点汤。金山，我这次也有好消息告诉你。自治区的领导已经决定了，一定要想办法解决这个移民没钱盖棚的问题，由政府出资，对那些愿意建棚种菇的移民，每人每户补贴三千元的无息贷款。"

陈金山兴奋："这真是天大的好消息，这样我就有信心去鼓励大家建棚种菇了，这产业很快就可以扩大到整个移民区了。谢谢你啊，吴主任。"

凌一农也停住了，脸上露出振奋的表情。

吴月娟故意板起脸说："你不要光嘴巴感谢我，你要把这件事情给我办好，你不要给我丢人是真的。"

陈金山挺直身子说："我一定会以实际行动来感谢你。"

凌一农神情悠然地说："吴主任，不瞒你说，我向上汇报规划的时候，最担心的问题就是这些移民户建棚的资金问题，菌种培养、培训这些问题都是小事。看到得宝这孩子开心的样子，真的，我就希望，这里所有的村民都能像他那样喜气洋洋的。"

吴月娟缓缓点头说："是啊，只要种蘑菇能够让农民快速致富，我们就可以把它彻底推广出去，对不对？"

陈金山接口道："按照马得宝这个收益，我想，整个地区，很快就可以提前脱贫了。"

吴月娟说："我下午就去银川找自治区的领导，我要催促他们，赶紧把这个政策落地。这个政策早日落地，农民就能早日拿到钱盖棚，我们的脱贫工作就能早日圆满完成，对吧？你的心愿就早日实现了嘛。"

吴月娟表情严肃而关怀地看着凌一农："那凌教授，你要有心理准备，这个工作一旦开展，你可能几年都回不了家。我们是需要把整个项目推广到这个西海固地区去的。"

凌一农不以为然地说："好啊，只要经常能吃到这么好吃的沙茶酱，没问题。"

吴月娟看着凌一农说："一言为定。"

凌一农也看着吴月娟："一言为定。"

吴月娟用力挥手说："让陈金山给你拉一车过来。"

凌一农笑了："他这人太小气了。"

吴月娟也笑了。

陈金山苦笑道："老师，你不要当着领导讲我坏话。"

三人说笑两句，凌一农脸色一整，认真地说："吴主任，千言万语就一句话，我凌一农绝对不会丢福建人的脸。"

陈金山说："老师，你太谦虚了，你是我们福建人的骄傲。"

吴月娟看着凌一农，声音带上了感情说："凌教授，有你这句话我就心安了。我到现在都记得我刚来这个地方的时候，我坐了七八个小时的汽车到西海固，我一下车都吓死了，我听说过西海固苦瘠甲天下，但我没想到这么苦，这么穷，老百姓真的是太苦了。我来的时候是3月份，天很冷，漫天黄沙，老百姓在那里排长队。我当时还很奇怪，我想他们在干什么，一问才知道，就为了卖一点点的马铃薯给镇上的那个企业，他们排一个晚上的队，有的农民披着麻袋，有的裹了一个薄薄的被子，躲在那个地方，那个情景我一辈子都忘不掉。我后来去参观学校，那个都不能叫学校，没有教室啊，老师蹲在地上，拿树枝来教学生识字，有的地方有教室，门没有，窗户也是破的，学生坐在里面瑟瑟发抖，我看了心里非常难过，眼泪直流。当时就想我，我一定要让这个地方富起来。凌教授，我真的是非常希望有一天这里的戈壁滩变成绿色，我们闽宁村要什么有什么，我们有医院，我们有学校，我们有公园，我们有商店，老百姓在这里安居乐业，过着富足的生活。到那一天，我就把这杯茶换成酒，换成我们福建的老酒，还是我们三个人，还是吃菌汤锅，我们一起来干一杯庆功酒，好不好？"

陈金山说："吴主任，这一天我已经看到了。"

凌一农感动了，说："现在真像我刚参加工作的那个年代，来，干杯。"

陈金山大声说："干杯。"

三只茶杯碰在一起，三双已不年轻的眼睛中，迸发着炙热的光芒。

那是理想主义者的光芒。

三

有了政策，有了方向，有了奔头，一切，似乎都在向好的方面发展。

吴月娟首先跟宁夏方面的相关部门，尤其是金融部门沟通讨论，以最快的速度达成合作协议，相继出台一系列文件，推动关于向吊庄移民村无息贷款的政策顺利实施，陈金山、马得福和县乡各级政府着力推进。

而得宝的蘑菇出菇快、卖得好，产销两旺，成为活生生的宣传教材。他每次出菇，去银川卖菇，都吸引着村民羡慕的目光，在农贸市场里，许多收购商前来咨询，菇贩老辛经过热烈的争取和几次诚信的合作，成为得宝最稳固的合作商。

这天得福来找得宝，见得宝正坐在炕上清点收入，把卖菇的一堆零钱按照十张一小沓叠好，然后摞起来，在记账本上记账。

虽然已经见惯不惊，看见得宝挣钱，得福还是很为弟弟开心的，他打趣道："马老板，今天又挣了不少。"

得宝"嗯"了一声，继续记账。

得福说："你啥时候再去卖菇？村部广播坏了，得到银川，捎个二极管回来。"

得宝眼睛依旧在账本上，说："不去了。现在不用我跑了，有人专门上门收菇。"

得福惊奇地问："上门收菇？"

得宝得意地说："啊，好东西嘛，自然有人来上门收菇。"

得宝卖完关子继续数钱，得福听完若有所思，嘴角带着欣慰的笑。想到陈金山交给他的任务，他在心里，灵机一动地产生了一个趁势而为的法子。

过了两天，李大有、五蹲、杨三、拴闷、秀儿和万升等几乎所有涌泉村吊庄移民的村民，齐刷刷聚在菇棚外，翘首往棚里看，等待着什么。

杨三问："得福说的是今天吗？"

秀儿答："就是，你没看得宝他们在菇棚里忙着收菇吗？错不了。"

"哎，这菇还不少呢，不少挣呢。"五蹲羡慕地说，转头一看旁边探头探脑的李大有，问，"大有哥，你还记得你说的话吗？"

李大有问："我说啥了？"

五蹲说："当初人家叫你种菇，你呛凌教授，说出水才看两腿泥，有这话吗？"

李大有并不否认："有嘛，我说过，咋了？"

五蹲讥笑他："人家得宝现在把菇种出来了，把钱挣了。"

李大有依然嘴硬："你别瞎叨叨了，你看见有人收钱了，你现在光看见他把菇种出来了，你看见谁来收菇了吗？没有来收。"

五蹲反问："那你来弄啥来了？你还不是看有人掏这钱没有，是不是？"

正说着嘴，一辆客货两用车驶来，停在了门口。

众人望着车，秀儿说："来了来了来了，哎呀，哎哎哎！"

五蹲也说："这还真来收菇的了。"

拴闷摇头也不知啥表情："对着呢，就是。"

老辛手里拎个黑皮包，推开车门下车。

李大有招呼问："哎哎哎，伙计，你……你真是来收菇的？"

老辛点头说："就是，麻烦问一下，马得宝家是在这儿吗？"

秀儿抢着说："就是这儿，你等一下，等一下，得宝。"

得宝和得福从屋里菇棚出来，得宝招呼说："老辛来了。"

端一箱蘑菇给老辛看，说："刚摘的，看菇咋样。"

得福上前自我介绍说："我是马得福。"

大有想拿起一个菇看，老辛赶忙制止："哎哎哎，老哥老哥，你不要动、不要动、不要动，这个菇娇贵得很，你把外形毁了，我就卖不上价了。"

李大有不满地放下，趁着老辛招呼货车倒车，大家不注意，悄悄拿了几个菇，塞进了裤兜。

得福得宝兄弟把这一天采的菇端出来，一一过秤，端进老辛的车厢。

李大有、五蹲、杨三、拴闷、秀儿和万升等村民，全都目不转睛地一直看着，直到司机关上货车门。

老辛按了一阵电子计算器，举着让得福、得宝看，然后说道："总共是这数字，对吧？"

得宝欣喜地点头，得福也来帮忙搬筐，不时用余光偷偷打量围观的老乡。

老辛潇洒地拉开黑皮包，从里面抽出一厚叠钱，当众人面娴熟点钱。

大伙儿的眼睛都直了！

随着老辛点钱，他们嘴里也都不自觉地跟着数数，一直数到十二张——

老辛最后从包里拿出几张零钱："一十八块八！"

老辛有整有零地塞给得宝道："得宝，再出了菇通知我，我还来，三天以后再来。"

得宝应下："好好。"

凌一农和黄展旗骑车赶来。

老辛冲凌一农道："凌教授，谢谢你来我们这儿种菇，回头到银川，我请你吃最好吃的羊头！"

凌一农笑呵呵道："只要你帮我们好好宣传我们的双孢菇，比吃什么都好。"

老辛说："这是两码事，那羊头要吃，这宣传说句实话，我还真是不能做。"

众人听着一愣。

老辛笑道："你们想一下，就这么两棚菇，刚够我一家卖的，再来个抢生意的，那得宝还不跟我涨个价啥的。"

凌一农也笑了笑："你不要担心这个，只要我们这两棚菇卖得好，我就动员全村都种蘑菇，到时候别人涨价我不管，你还是原来这价，我担保。”

“好得很，好得很，好，那就这么说定了。那羊头要吃，宣传我也做了。”老辛笑着说完拉开车门上车离去，可是刚才那一幕产生的冲击力却留下了。

众人纷纷围了上来，拉着凌一农问——

“建这个棚得花多少钱？”

“赶紧教一下我们。”

“我们也要种蘑菇。”

得宝在人群外问得福：“他们咋知道今天收菇呢？”

得福神秘地笑：“好事传千里，是不是？”

得宝猜到是怎么回事，也笑了。

人群中的凌一农举起双手大声说：“我可以教你们，但是你们要找得福登记。”

李大有叫道：“我们确实是都想种菇，但是政府也得给点启动资金啊。”

凌一农指指得福：“找得福啊。”

得福满意地笑道：“找我说。”

今天这出自编自演的戏效果不错，村民种蘑菇的兴趣空前高涨，有政府的无息贷款支持，他相信不久，村里就会出现家家户户种菇的盛况，大家一起挣钱。

四

李大有回到家里，来到灶台前，往锅里倒上油，锅里的热油冒出一缕白烟，李大有笨手笨脚地把一整颗双孢菇扔进锅里，先试图用炒勺压扁，又感觉好像不是这么回事儿，麻利伸手，从锅里捞出双孢菇，烫手得扔在案板上，拿刀切成片。再把双孢菇放进锅里炒至金黄，李大有拿筷子夹了一片欲尝，心里嘀咕：这是啥东西嘛，能卖这些钱。

水旺开着拖拉机，吹着口哨，驶来停下，蹑手蹑脚走进屋，忽然喊道：“大！”

李大有被惊吓得到嘴的双孢菇又掉回锅里。

水旺好奇地盯着盘子里的菇片问道：“偷吃啥呢？！”

李大有惊魂未定地瞪了儿子一眼，说“得宝棚里长出来的蘑菇，我拿回来一个尝一下，到底是啥味道。”

水旺打断道：“好吃吗？”

李大有不满地说：“还没尝到嘴里！”

水旺拿起筷子，夹了一片吃着道：“没有啥味道嘛。”

李大有说："人家得宝赚美了，人家拿到城里，一回卖一千多。"

水旺不太相信："这能卖一千多？"

李大有瞪着儿子问："你今天挣了多少？"

水旺不满地说："我就拉了几趟沙子，挣了三十三，吃了个饭，还剩二十七。"

李大有满脸后悔："咱要是迟点买这拖拉机就好了，咱把这贷的款也盖棚种菇，就不用心疼我娃成天拉砖拉沙子，挣钱还贷款了。"

水旺嘲笑说："你不是说人家有俩钱烧得慌，咋，这还后悔？"

李大有不在意地说："人有两只眼，谁能看多远嘛。你说这成天都看着得宝在那儿数钱，你说这心里能舒服不？这现在村里后悔的也不是你大我一个人，咱把这拖拉机卖了，让凌教授给咱建个棚，咱也种菇。"

水旺连忙反对说："不行不行，我这刚开顺手，再说全村人都知道咱买这个拖拉机，你现在卖了你丢人不？"

李大有不悦道："丢啥人？丢啥人呢？挣不下钱才叫丢人呢，咱这叫灵活机动，东边战场不亮，咱打西边，咱绝对不能在一棵树上吊死，你知道不知道？"

水旺气恼地说："要卖你卖，我反正不卖。"

说罢，气呼呼走出门去。

李大有恨恨地说："你个臭小子，你大说话还不算数了？看着人家挣钱自己不干，不是傻子？"

倘若连李大有这种"精明"人也动了心，只能说明一件事：种蘑菇真的让整个金滩村所有的人都动了心。再加上无息贷款，立刻踊跃报名。

这天得福走进玉泉营办公室，陈金山招呼他："得福，过来。给你看一下，这是各村的报名情况，现在一共有二十六户已经报名种植蘑菇了，这都是马得宝同志带头作用起得好。另外我还有一个好消息要告诉你，你看，这个吴主任的无息贷款已经申请下来了，有了这些无息贷款，我们再去动员大家，争取在这二十六后面再加一个零。"

陈县长现在踌躇满志，觉得自己这连环三板斧都砍得不错，打开了局面，希望再来一个星火燎原的大好局面。

得福自然也是拥护的，说道："太好了。"

陈金山又说："还有建棚的物资也都运过来了，叫大家来，把它们带回各村发下去，金滩村那边报名情况怎么样？"

得福兴奋地说："又增加了两户。现在把这个好消息跟大家说了，我相信还会增加。"

陈金山按捺不住，站起身说："我和你一起去。"

两人带着那些建棚的材料来到金滩村，要趁热打铁。

得福骑车通知全村的村民都来村委会开会，等了一会儿，看人已经聚多了，这才和盘托出："告诉大家一个好消息，咱现在有无息贷款咧！想种蘑菇的人家都能把菇棚建上呢！凡是想办贷款建菇棚的，都到我这来报名，报完名就可以领这些材料，这都是政府资助的，不要钱。"

众人看着地上堆着的铁丝、竹竿和帘子，眼中都闪出热望，拴闷皱着眉问道："无息贷款是啥意思？是不是这钱用咧，就不用还咧？"

有人听罢，哈哈大笑。

陈金山正欲回答，李大有却抢先开口道："不用还那叫救济款，不叫贷款！你笨得连啥叫贷款都弄不明白，还指望你建棚种菇呢！"

得福笑道："大有叔总算明白了一回，我来给大家简单说一下啥叫无息贷款。就是说这国家把钱借给你们去用，你们可以拿这个钱去建菇棚，将来呢，卖菇挣了钱了，再把这个贷款还给国家。最重要的是，国家不收你们一分钱利息。"

拴闷明白了，却还是有些担心："哎，哎，那我怕这女子娃绣花的细活咱都做不了，你说这万一咱把这事，再给人家弄砸了，这钱还是不还？还，咱还不起，不还，这是国家的钱，这咋办？"

凌一农认真地看着拴闷，说："你听我说，我可以当着大家的面跟你保证，只要你愿意搭棚种菇，只要你愿意严格按我说的做，你就一定种得出菇来。"

拴闷放了心，说："那好嘛，那我就相信了。专家，那你都帮着得宝卖菇了，你能帮我卖吗？"

众人附和："就是嘛，就是，咋卖？"

凌一农愣了一下，他从没想过要帮着卖这个问题。

陈金山突然在一旁抢过话头，帮凌一农回答："可以，教授不光帮大家种菇，还可以帮大家销售。"

凌一农嗔怒地看了陈金山一眼："为什么还要我包？"

陈金山的心里现在只有扩大生产，星火燎原，看着村民大声说："我在这里保证，教授不光帮大家把菇种出来，还可以让大家像得宝一样挣到钱。"

众人激动："好！好！好得很！好得很！"

得福抓住时机说："情况都跟大家说清楚了，想报名的就可以来这儿报名了。"

陈金山怂恿道："来呀。来吧。"

杨三首先举手："那咱报吧，好事情嘛，对吧。"

大家纷纷报名："报，报，报……"

凌一农转头悄悄对陈金山说："你这不是害我吗？"

正兴高采烈的陈金山热情地对凌一农说："帮帮他们，他们不了解市场，不会卖。"

凌一农有些着急："我也不会卖啊。"

陈金山胸有成竹："你放心，老师，有我在。"

五

水花自然也早报了名。

她也办理了贷款申请。

当她拿着贷款申请表时，激动得手都有些发颤，不太确信地问得福："这贷款，我借这三千块，真的不用还利息？"

得福笑，用手指着申请表上的一行字说："哎，这一行，你看，写着呢，真的不用还利息。对吧？"

水花高兴地说："看见了，看见了。"

得福真心鼓励道："我相信你，一定能把这菇种好，日子也会一天比一天好的。"

"谢谢得……"水花顿了一下，真诚地说，"书记。"

得福呵呵一笑，也有些不太自然地说："呵，谢我干啥，这是政府的政策好。那个，我还要去其他几户人家办点事，我就先走了。杨会计，你给水花把手续办了。"

杨会计应了一声，走过来招呼水花："来，水花姐。"

水花连声感谢："麻烦你了。"

帮助水花建棚的工作，自然由得宝来做。得宝找来水旺帮忙拉土，正好水旺有拖拉机。

一上午，水旺就拉了四车土，三个人一边说笑着一边卸车。

水花担心得宝累坏了，这几天他给村里所有要搭棚的人帮忙。得宝说水花姐的棚是最应该帮的，当初要不是水花姐帮他，他一个人哪里能够照顾得下来他的棚。

忙到傍晚，水花的菇棚已有了雏形。

得宝和水旺一身疲惫地告辞，说第二天再来，再一天就搭好了。

得宝拿起外衣，从里面掉落了一封信。

水花看见了，和得宝同时去捡。

水花看见麦苗的名字，停了一下，得宝把信捡了起来。

水花问："写给麦苗的信啊？"

得宝脸红了，赶紧分辩说："写着玩的，没打算寄。"

水花将得宝拉到一边，将钱塞给他，说："得宝，这是你两个的工钱！"

得宝推让："姐，说好了不要。"

水花说："这土也得花钱呢。"

得宝叫道："你这样我明天不来了，水花姐，你快回去吧，回去，不要不要不要。"

水旺过来也说："算了，算了，真的算了。"

得宝二话不说，把水花塞进他手里的钱又塞回到水花手里，水旺已经把拖拉机打着了，得宝跳上车就走。

就这样，通过得宝、得福、凌一农的帮助，金滩村这次报名的二十来户人家，都在院子里或者屋的一侧，把菇棚立了起来。陈金山、凌一农和得福一户一户地查看，满脸都是欣喜。

而最大的功臣得宝，忙了几天后，除了继续打理他的菇棚，似乎一下子闲了下来，可是另外一种情绪，却不可抑制地开始在他心里慢慢膨胀。

那是对麦苗的思念。

每晚回到家里，得宝就会坐在炕上，继续写那封一直没有写完的信。

这天白校长正在家里伏案备课，得宝闷声走了进来。

白校长招呼他，得宝讪讪地答非所问："白校长，你咋没上课？"

白校长笑道："今天礼拜天啊。"

得宝"哦"了一声，又问："礼拜天……白校长，吃中午饭了吗？"

白校长奇道："这才 10 点，就吃午饭？"

得宝继续没话找话："哦，那……那我去给你拿点蘑菇。"

白校长看着这个心不在焉的年轻人，叹了口气，理解地说："哎哎哎，呃，你就直说，到底啥事情？"

得宝掩饰着说："没啥事情，我就想问问你要蘑菇不？"

白校长苦笑："你种蘑菇种糊涂了，你收一回菇，就给我送一回菇，一送送一大筐，我一个人哪吃得了那么多菇。"

得宝脸露窘色说："那你把蘑菇分给学生娃娃们吃。"

白校长说："分了，每个人都有。"

得宝继续没话找话："都有。给你倒点水吧，白老师。"

白校长又是一叹，说："好了，你放下吧。你就说，到底有啥事情？"

得宝还不承认："没啥事。"

白校长追问："真的没啥事？"

得宝点头，说了没事，又四处看，并不想走。

白校长迟疑了一下，决定点醒他，看他一眼，仿佛自言自语："等麦苗回来，我得让她尝尝你种的这个蘑菇，你说麦苗这孩子，出了门了，反倒想明白了，以前让她念书她不念，现在知道读书的好了。说在工作中，想要做得更好，以后路走得更宽，离不开文化知识。"

得宝听着，若有所思。

这天，得宝专门来到玉泉营寄信。

他给麦苗写的那封信，终于写完了。

可是他在邮筒前站了好半晌，最终还是把信塞进裤兜离开了。

第十卷终

第十一卷

前 进

从蹒跚前行到逢山开路、遇水搭桥，在脱贫攻坚的工作中，广大基层工作者在不同岗位上做出了自己的贡献。

漫漫脱贫路是他们的奋斗史，他们走得那么艰难却那么坚定，每一天都有层出不穷的问题，每一天都在解决问题，从找水找电，到家长里短，什么事都得管。他们有多少苦都得往自己的肚子里咽，但他们把自己的青春和生命投入到这样“关关难过关关过”的脱贫攻坚战中，这样一心一意扑在脱贫致富工作上的“马得福”就是现实中很多基层扶贫干部的缩影，他们每个人都了不起。

截至 2020 年年底，全国 832 个贫困县全部“清零”，而在这场艰巨而伟大的战役中，超过 1800 名扶贫干部牺牲在工作岗位上。

一

那个被得宝写在信封上的人，此时正拿着地图册，站在公交站牌前，指着上面的停靠站名，一站站数着。

身后站着其他姑娘，叽叽喳喳的，她们准备去看海。

就在两天前，她们在商量这两天假期如何安排时，还小小地吵了一架。

首先是秋红把她所有的工资都寄了回去，一点儿都不给自己留，芳芳劝她，说："不行，你也要给自己买点啥，要舍得给自己花钱。你看我月月省钱寄回去，我妈都嫌不够，我哥要订婚，她张嘴就要我再寄两千块回去。我气死咧，明天我要大方给自己花几个。"

结果转头一看小霞神色不对，原来她也把钱都寄回去了。小霞解释说，好不容易有奖金了，她想让她妈也高兴高兴。

这下一娟不满了，噘嘴埋怨道："那还逛啥街！放两天假咱们干啥，躺在床板上抹眼泪想家？"

麦苗看一娟又要犯任性了，赶紧劝慰说总有不花钱的耍头。然后急中生智说："咱们来这儿这么长时间了，还没去过海边。明天咱们一起去看海，咋样？"

大家都一起激动附和。

她们这一天就这样出发了。

因为人生地不熟，麦苗买了一张旅游地图册，准备照着图上标注的路线坐公共汽车去。姑娘们情绪都很高涨，兴奋地闹着，只有张一娟还有些疏离。

马秋红走到麦苗身边问道："咱坐几路车？"

麦苗一边看地图一边寻找站牌上的线路说："咱坐这个3路得在终点站倒5路，下了车可能还得走好一截路，我看有没有更近一点儿的。"

李红霞赞扬说："还是麦苗厉害，就这地图我一看就头晕，哪分得清东南西北啊。"

正说着，一辆面包车停在了公交站，车上司机是王国辉。

王国辉招呼道："白麦苗，你们这是要去哪里？"

白麦苗仔细看了一下车里，方才认出是王国辉，答道："我们今天轮休，去海边耍耍。"

王国辉问："去海边？这边离海边还挺远的，你们知道怎么走吗？"

白麦苗说："知道的，我们查好了。"

王国辉迟疑一下，说："这边坐公交车可麻烦了，要不你们坐我的车吧。我开车带你们过去。"

白麦苗赶紧谢绝说："不……不用了，你还要工作呢，不麻烦你了。"

王国辉愈加热情地说："哎呀，今天反正也休息，没事没事，你们上车，上车，上车，我带你们过去。"

张一娟突然抢过来，笑道："啊，这么巧？那我们就不客气了，姐妹们，上车吧，咱有专车了。"

白麦苗问："啥专车？"

张一娟也不回答，率先打开车门，招呼大家上车，大家都上去后对麦苗说："麦苗，你坐前头吧，后面太挤了。"

麦苗不解地问："咋挤了？"

可是大家把后面挤满了，无奈，她只好拉开车门坐在前座。

有了"专车"就是方便，面包车一会儿就出了城，奔驰在公路上。

几个女工打开车窗，充满好奇地看着两旁城市的景色。

董芳芳说："咱这也太走运了吧，这可比公交车舒服多了。"

李红霞接道："是不一样哈。"

张一娟说："咱是跟着麦苗沾了光。王国辉，好好看路，别光看人。"

面对女工们的揶揄，王国辉只有傻笑，把一盘磁带推进车载录音机，车里响起了张惠妹的《听海》。

董芳芳和李红霞跟着音乐唱起来，还想着去堵对方的嘴，不让唱。

麦苗回头，开心地看着她俩闹腾，迎面的阳光洒在麦苗的脸上。

王国辉一边开车一边偷看麦苗，麦苗别过脸看向窗外。

面包车在海边停下，几个女工兴奋地跑向海滩，奔向大海，第一次看到大海的她们异常开心。

大家嬉笑着，秋红站在最边上，低着头，眼眶有些红。

麦苗紧张地问："咋了？秋红姐，咋了？"

马秋红擦了一下眼睛说："没事，没事，我就是高兴，要是能让两个娃也来看看就好了。"

张一娟埋怨道："秋红姐，专门想的这个不让想家的办法，你看你又想家了。"

白麦苗劝慰说："就是，姐，他们以后肯定有机会自己来看海的，今天咱们要自己享受。"

马秋红慢慢摇头："你们这些年轻娃不懂，要是有了娃，就顾不上自己享受了，啥都想先紧着娃们的。"

张一娟大声说："那我就不要娃，走！"

几人牵着手愉快地奔向海边，大家嬉笑着踩浪。

嬉戏累了，姑娘们坐在沙滩上，叽叽喳喳地说着话。

马秋红真实地疑惑道："咦，咋能有这多水呢？"

董芳芳愤愤地说："太不公平了。"

张一娟悠然道："我不想回去了。"

李红霞说："姐，这海水咸得很。"

张一娟带头唱起歌："走了走了……"

五人一起合唱花儿：

……走远了，越走越远了，心里的惆怅就种下了，哎嗨呦，心里的惆怅就种下了，哎嗨呦，眼泪的花儿把心淹了。

…… ……

二

乐极生悲。

在回去的路上，面包车出了故障，抛锚在路边。

王国辉满头大汗地修车，麦苗蹲在一旁帮忙，马秋红站在那里紧张地看着，其他姑娘围着路边一个小吃摊。

马秋红忍不住说："这咋办，工厂大门都关了。"

王国辉探出头来，一脸歉意地说："真是对不起，马上修好。"

麦苗也很着急，但尽量不表现出来，柔声安慰道："没事，晚不了多久，回去解释一下应该没事。"

李红霞拿着路边小吃，和董芳芳、张一娟走过来，边吃边说："没事，晚就晚了嘛，还能把咱咋样，给，麦苗，这个好吃。"

李红霞递给麦苗一个小吃，董芳芳把手里的递给了马秋红。

马秋红接过却没心思吃，只拿在手里。麦苗递给王国辉说："你要不要吃点东西？"

王国辉不敢耽误时间，只顾着埋头修车："不吃了，不吃了，帮我把那个十四的扳手拿来，刚才那个十四的。"

麦苗轻轻叹了口气，伸手帮他拿扳手。

王国辉说很快，可是直到晚上车才修好，回到城里，已经很晚了。

而厂里小范围内已经为她们闹翻了天了。

首先是每天要检查女工宿舍的车间主任杨明珍发现了五名女工的失踪，她等到晚上，还是不见她们回来，问了其他女工，也没有她们的消息，便给海吉县驻莆田劳务站打了电话，说了情况。

娟子接了电话，不敢怠慢，向远在宁夏玉泉营的陈金山汇报了一下情况，立刻放下手里的工作赶到厂里。

而杨明珍又带着海吉来的其他女工把厂里找了一遍，确定她们五个是出去了没有回来，几个人站在厂门口的传达室不停分析抱怨，却束手无策。

王国辉的面包车总算回来了。

车门打开，麦苗等一群姑娘从车上下来，看到娟子和杨明珍她们，面露愧色。

杨明珍把她们全部带到她的办公室，让她们站着，她要当着娟子的面好好管教这些不听话的女工。

麦苗首先道歉说："对不起，是我带大家出去的，是我的责任。"

杨明珍怒气冲冲地瞪着她："你的责任？你负得起这个责任吗？你们要真出了什么事，我们厂里都负不起这个责任！你们知不知道，你们来的时候，我们是跟你们的家里人做过保证的。"

娟子也批评道："麦苗，杨主任知道你们没有按时回宿舍，把厂里和附近都找遍了，就差报警了，你们出门至少应该和厂里打声招呼吧，不然大家多担心。"

麦苗态度诚恳地解释道："娟子姐，杨主任，我们知道错了，我们也没想跑太远，就是……出来这么久了，大家都想家了。这一放假闲下来，就更想家了。我就想着带大家换个心情，正好大家都没见过大海……"

杨明珍严厉道："我不管你们是什么样的理由，厂里有厂里的规定，不能违反，不然我以后怎么去管理其他的工人呢？一个人罚五十，让你们长长记性！"

几个女工一听要罚款，心都提起来了，马秋红更是脸色大变，白麦苗争辩道："杨主任，这不合适吧？五十太……"

娟子赶紧劝道："麦苗，认个错。"

麦苗怔了一下，态度软了说："好，我们认罚。"

其他人一看麦苗认罚，也都不敢再多争辩。

娟子安抚地拍拍麦苗说："好了好了，都赶紧回宿舍吧，都回去休息吧。"

女工们闷闷离去。

娟子赶紧借用杨明珍的电话向陈金山再次汇报，解释说没有什么特别的情况，她们是去看海了，就是想家了。

三

没有事就好。

现在陈金山的心思全在整个闽宁村推广扩大双孢菇的培养生产上，其他对他来说，都是小事。

随着无息贷款按照申请的发放，吊庄移民们几乎都紧张了起来，一座座菇棚立了起来，所有的村子都是一派欣欣向荣，充满希望的样子。

凌一农教授和他的团队，每天骑着自行车，奔行在广阔的田野上，为所有的村民服务，奔行在这片充满希望的土地上。

这天水花正在院中教晓燕干活，凌一农的助手许小妍进院来。

许小妍招呼水花，水花笑盈盈地说："我认识你，这些天你跟凌教授忙前忙后的，教我们这些农户种蘑菇，我们私底下还说起你来着，说你一个城里姑娘，长这么秀气，还这么能吃苦。"

许小妍不好意思地说："别这么说，你叫我小妍就行，我叫你水花，行吗？"

水花笑着应了，说自己的女儿叫晓燕。

许小妍惊奇地看着晓燕，说："这么大了？我们俩的名字同音，真有缘分。"

水花让晓燕叫姨，她们一下子就亲近起来。

许小妍豪气地宣布："以后你们家的菇棚都由我来负责，咱们现在就干活吧。"

二人走进菇棚。

许小妍开始讲授种菇要领："现在棚里的温度已经达到四十多度了，我们现在要做的，就是把这些料铺平，高度达到 15 厘米，再通通风，等到这些料降到适当的温度之后，我们就可以种菌苗了。"

水花点头，棚里温度高，不一会儿两个姑娘就热得汗流浃背，把衬衫都脱了，只留着一件小的女式背心。

许小妍问："这些你都学习过吧？"

水花点头说都学过，本子里都记着呢。

两人一起忙碌着，边干边聊。

许小妍好奇地问："哎，水花，我听你们金滩村好多人的名字里面，都有水字，你叫水花，还有一个叫……”

水花补充道：“水旺。”

许小妍继续说：“水旺，对，还有一个叫水娃，还有一个直接叫水水的，为什么？”

水花表情复杂地解释说：“我们海吉人啊，把水看得可金贵，从前我们住在山里头，喝的水都是苦的，牲口都喝不了，又不能把它们渴死，就在水上面，撒上一些麸子和糠。小妍，你们城里人知道麸子和糠吗？”

许小妍点头说知道。

水花继续说：“就在水上面撒上这麸子和糠，引着牲口去吃，顺便喝上几口水，我爸最会伺候牲口了，这办法就是他想出来的。”

许小妍感叹道：“真不容易呀。放心吧，水花，以后你们除了种这些菌以外，还可以种一些其他的经济作物，日子一定会好起来的。”

水花真心道：“小妍，谢谢你们，谢谢你。”

水花认真铺好料问小妍：“看看，可以吗？”

许小妍赞许道：“太聪明了。”

水花被夸得又害羞又高兴。两人在菇棚里忙碌着，挥汗如雨。

到了吃饭时分，水花和许小妍就在菇棚外吃饭。

黄展旗走过来，给许小妍送来了水和食物，二人相视一笑，小妍为黄展旗擦去额头的汗。

水花把这些举动看在眼里，不由想到了很久以前的人和事，脸上露出了笑容。

凌一农让许小妍留下来帮水花，他和得宝去帮另一户村民，这时也在菇棚前吃饭。

凌一农总结道：“料已经翻完了，吃完饭，我们就可以播菌种了。”

得宝说：“行，师父，我这些天都闻不到这肥料的味道了。”

凌一农说：“我们现在都是有味道的人了。”

得宝媚笑道：“啥味道？我咋没闻出来？哦，我师父身上是学问的味道，是本事的味道，是师父的味道。”

凌一农也笑了：“我也闻不到你身上的臭味，我只闻到，徒弟的味道，好学肯干的味道。”

一老一少相互吹捧，诙谐又和谐。

凌一农再次总结说：“这叫久入鲍鱼之肆，不闻其臭。”

得宝没听懂，但用心琢磨了一下，觉得意思差不离，也拽文道：“我知道这意思，就是近朱者赤，近墨者黑，对不对？”

凌一农称赞道：“没想到我们得宝现在已经是文化人了。”

得宝也真心地称赞说：“我也没想到，你说你一个大教授，一个大专家，比我们农民还能吃苦，还有你助手黄大哥、许同志，我听黄大哥说，许同志她家是开工厂的，有钱得很，人家正经是个大小姐，没想到也这么能吃苦。”

凌一农突然露出一副神秘的表情：“跟你说，小妍跟小黄是一对，他们在我眼前还装，有什么能逃得过我这双眼睛，你看出来了吗？”

得宝坦白地说：“其实我也看出来了。”

两人大笑起来。

凌一农突然问：“哎，得宝，你有没有对象？”

得宝飞快地回答：“我没有。”

凌一农摇头说：“哎，看你这个表情就不是没有，这叫欲盖弥彰知道吗？跟师父说说。”

得宝还想接词，绞尽脑汁道：“师父，你不要得寸进尺。”

凌一农大笑，正要追问，得福匆匆进院来，兴奋地招呼凌一农，说：“凌教授，你在这儿呢今天，我告诉你个好消息。”

凌一农探询地看着他，得福说：“现在其他几个村也有很多村民要申请种菇，这是名单，看，西沟村的，黄园村的，玉泉村的，广艺村的。现在这么多人，你们人手是不是真的不够了？”

“是啊，那怎么办？我有个提议，我们专家组要加一个人，”凌一农点点头，又笑笑，拍拍得宝的肩，“马得宝。哈哈哈……”

得宝一口水全喷出去，急道：“啊，师父，我哪是啥专家，我砖头子家差不多。”

得福怀疑地看着凌一农和得宝：“他行吗？”

凌一农认真地说：“你不要小看得宝，年纪轻脑子灵，身体素质又好，要干体力活的时候，有体力，要轻拿轻放的时候，又轻又快，天生是个种菇的好手。得宝，你是我亲传弟子，一定要有信心，明天就到各村去，教农户们种菇去，独当一面。”

得宝只好应承说：“好，恭敬不如从命。呵呵……”

师徒俩又对上一轮成语，对视一眼，开怀大笑。

得福感激地说：“哎呀，谢谢凌教授。”

又转头对弟弟说：“马专家，听见没有，凌教授这么重视你，你要好好干。”

得宝应了，得福欣慰地念叨着弟弟，“专家啊……凌教授你们吃，我还有事。”说完笑着离开。

星火燎原，全村种菇的热情也影响到了金滩村有名的“刺头”李大有。

他羡慕得宝勇敢地冲到了前面，赚了钱，老辛那天真金白银当着大家数钱给得宝的情景还历历在目，可是真要让他也加入种蘑菇的大军中，他又患得患失，既悔自己当初没胆，又怕现在再次落后，更担心贷款建棚后赚不了钱，虽然那是无息贷款，可是终究是国家的钱，是要还的。

他看着水旺在院子里擦洗拖拉机，不由自主地走过去，心事重重地盯着拖拉机。

水旺抬起头，一看他父亲那样子，赶紧一脸提防地说：“大，我跟你说啊，你不要打我拖拉机的主意，你要建菇棚，你就自己贷款，不是无息的吗？”

这些天下来，他迷上了现在的“工作”，把拖拉机当成了宝贝，绝不容许任何人染指。

李大有若有所思地说：“哎呀，就是这个无息贷款的事情，弄得我心里还直打鼓。哎，你说这真有天上掉馅饼的事情，啊？那即便是掉馅饼，那也就是掉一个，大家一块抢着吃，这现在变成了给每个人嘴里塞一个，这还把我弄得真是不敢吃了。真要是出点啥事情，娃呀，恐怕你的名下还得多背一个贷款。”

水旺一听不对，问道：“为啥还是我？哎，这拖拉机已经把我压得受不了了，还让我背？”

李大有不满道：“你才吃了几天粮食，你有啥压力？你记不记得当年，你白校长跟你咋说的？压力就是动力，没有动力，哪能干成大事情。”

水旺同样不满道：“得得得，你不要胡编乱造了，人家白校长都没有这样说过。”

李大有说：“对对对，就算白校长没有说过，但是它意思是一样的吧？”

水旺不屑地说：“我跟你说，要背就你背，你自己好好研究一下咋把这压力变成动力。”

“哎，你个臭小子，你连媳妇还没娶，你就跟你大尿不到一个壶里了。”李大有听罢大怒，气得举着旱烟杆追打水旺，水旺绕着拖拉机躲闪。

李大有边追边说：“我跟你说，这个事情已经定了，把这拖拉机卖了，在这儿盖棚、种菇、挣钱，必须的！”

水旺坚决反对说：“啥就定了？啥就定了？我跟你说，卖拖拉机就不行。”

父子俩针锋相对。

水旺转身去找得宝。

虽然不同意他爹卖他的拖拉机去种菇，但他也想知道这双孢菇到底怎么回事。

得宝穿个短裤，赤裸着身子，正往菇床上洒水，看见水旺，说：“你不是嫌臭，你咋进来了？”

水旺好奇地四下看着，说："今儿还行，今儿还不是很臭。"

得宝呸他："就你事多得很，嫌有味道你出去。"

水旺故意说："哎，我最近听说，你到处在村里面雇人给你数钱，你这儿还缺人不？"

得宝也故意回他："有这事，但也有规定，只招女性不招男性，你看你够条件不？"

水旺呛了一句："麦苗够条件，人咋不回来？"

得宝一时语塞。

水旺看着他追问："咋了，不高兴了？"

得宝故作不耐烦地说："天天数钱把人数得烦的，你说能高兴不？"

水旺也一脸不耐烦的表情："得得得，再把牛皮给你吹爆了。跟你说正事。"

得宝问："啥正事？"

水旺说："就问你这种蘑菇难不难，有没有啥风险啊。"

得宝看他一眼，明白自己这位好兄弟的来意了，摇头道："咋了？你还没决定，你大真是个钟摆，摆不停。村里一大半的人，人家都开始建菇棚了，快的都开始播菌种了，你家要再不弄，这个季节估计是赶不上了。"

水旺认真地说："他就是想种，还非得把我拉进来，还要用我的名字贷款，所以我才问你这有没有啥风险。"

得宝也一本正经地说："有风险，大得很。怕你到时候数钱数不过来，把你大拇指头给数折了。"

水旺半信半疑："真的假的？这么挣钱？"

水旺冲过来想拽住得宝。

得宝挣脱道："不要动，不要动，不要把我蘑菇……干啥？那你拖拉机咋办，要卖了？"

水旺坦白地说："我真不想卖我的拖拉机，我确实是爱开，突突突的多帅。"

得宝拉着水旺往门口走去："出来跟你说。我给你出个主意，既能让你建棚种菇，又能让你的拖拉机派上用场，挣上钱。"

水旺一下被吸引住了，问："啥主意？"

得宝看着他说："现在村里还有一部分人刚开始建棚对不对？你想建棚就得买材料，除了发的这些杨木架子和草帘子，还有一些要自己买，化肥、塑料薄膜、铁丝、炉子，我当时为买这些东西，光运费就花了不少钱。你明白啥意思不？"

水旺一下没有反应过来："啥意思？"

得宝气他："你动一下脑子先，你要是能把村里人的这些活包了，批发采购这些材料，不但能让大家少了麻烦，少跑路，少受罪，你还能从中间赚差价，赚运费，你想这利润能少？”

水旺恍然，开心道：“哎呀，怪不得我大说，你这脑袋瓜好用，你真是。”

得宝叫他滚，水旺恨不得马上回去就干，得宝故意问他是不是真干，水旺说那要不干不就成傻子了嘛。得宝笑说：“那咱说好了，我给你出的点子，到时候分成，一人一半，不要耍赖。”水旺应道行，赚了请吃滩羊。

能够帮对方找到赚钱的路子，能够赚钱，两个好朋友都很高兴。

四

赚到了钱，得宝心里有底气，终于把写给麦苗的信寄出了。

麦苗收到信的时候，正在食堂吃饭，姐妹们正聊得热火朝天。

原因是她们刚刚听说，从海吉到莆田开了直通班车，以前回去要折腾五六天，现在只要三天。

大家都很高兴，说下回放假就能坐车回去了。张一娟更是神秘兮兮地说：“娟子姐说了，这是咱陈县长给咱开通的这个车，而且她还偷偷跟我说了，能通这个车，跟咱上回跑去看海，有很大的关系。”

麦苗问她是不是真的。

张一娟扬头说当然是真的，虽然咱被罚了款，但是陈县长知道了咱有多想家，所以才鼓劲把这车给通了。

马秋红一听，眼眶都红了：“是不是呀，罚了我五十块钱，我难受了好些天。”

白麦苗安慰：“姐，你就当那钱是买车票了。”

董芳芳就在这时端着餐盘坐下，递给麦苗一封信，说是刚刚去拿信，刚好有封麦苗的，就随便带过来了。

麦苗本以为是白校长的来信，但一看到信封上的字就愣住了，这笔迹明明就是得宝的。

张一娟她们在继续讨论，李红霞问：“那这个车是咋开的，得是每个礼拜都有吧？”

张一娟说不知道，等通知。马秋红注意到麦苗半天不说话，有些发愣地看着信封，凑过来看了一眼，问：“又是你爸的？”

白麦苗连忙掩饰情绪说是，马秋红看她神色不对，关心地问：“家里没有啥事吧？”

“我吃饱了，先走了。”白麦苗答非所问，拿起信封站起来就走，留下其他姐妹面面相觑，不知何故。

走出食堂后，麦苗放松下来，一边走一边忍不住拿出信封，端详信封上的字迹，脸上慢慢露出了笑容。

正好经过司机班，抬头看到门口的黑板上贴了一份处分公示：

我厂司机班王国辉 6 月 17 日在外派出车途中，公车私用，未能按时返回工厂，违反运输队管理制度，给予警告处分，特此公示。

麦苗不由自主地站住，呆呆地看着，正巧，王国辉出来了。

麦苗看见他，不好意思地说："就是你开车带我们出去那天？"

王国辉比她还要不好意思，局促地笑着说："不要紧，就是处分批评，不扣工资的。"

麦苗对王国辉真诚地说对不起，王国辉赶紧摆手说："没有没有，是车坏在半路，害得你们还罚了钱……"

他看到麦苗手里的信，趁机换了话题问："家里来信了？"

麦苗怔了下，正要说话，突然传来救火的呼救声，王国辉等人已经向失火车间跑去，她也跟着跑过去，随手把手里的信塞进兜里。

是仓库着火，已经烧了起来，火势不小。

麦苗看到有工人在往外抢重要货物，她也毫不犹豫地冲进了车间。

浓烟滚滚，麦苗找到放置货物处，拼力往外搬货物，她被呛得眼泪直流。

她搬了三箱货冲出来，转身又冲进去，抢在大火烧过来之前，一趟趟往外搬货物。

烟愈发浓烈，又一次搬着货往外送的麦苗晕倒在地，幸好被消防员救起，扶到车间外。

姐妹们都围上来，关心地查看她的伤情，王国辉也过来问候她，说她刚才冲得太猛了。

麦苗虚弱地说没事，突然想起来什么，开始摸口袋，失声叫道："我的信。"

姐妹们问她咋了，麦苗慌张地上下摸索，想从衣服里找到那封信，越摸越急，却还是没找到，麦苗急得站起来，立起来的一瞬间却猛然倒下，晕了过去。

众人赶紧招呼着把她送到医院。

那封她还没有来得及看的信，掉落在车间的地上，被火吞了一半，又被打扫现场的人用铲子铲了丢进了垃圾箱。

五

水花家的菇棚出菇了。

这是一个特殊的日子，许小妍早早就来帮忙，跟水花一起采菇。

棚里热气蒸腾，水花和许小妍都只穿着内衣，干劲十足，尤其是水花，动作越发熟练。

许小妍赞叹道："哇，水花，你摘得比我都快，太厉害了。"

水花不好意思地笑道："哎，小妍，你快别夸我了，我一个乡下人，不会的东西太多了。小妍，来的那个黄同志，是你对象吧？"

这下轮到许小妍不好意思了，怔了一下大方地坦白道："呵，是，我们都是凌教授的研究生，我还比他早考上一年，算是他的师姐呢。"

水花由衷地说："我看你那个样子，我就知道你俩是真心喜欢，我在旁边看着都高兴。"

许小妍问："水花姐，你呢？没结婚之前你和你爱人恋爱是不是也很幸福呀？"

水花淡淡地说："我和我男人的婚事，是我大做主的，结婚前，我都没有见过他。"

许小妍说："但你现在过得也挺好的呀，你女儿那么漂亮。"

"唉，是。日子总要过下去嘛，而且要越过越好。我就想着我女儿将来一定要像你一样，好好念书，好好……"水花浅笑，不太习惯地借用许小妍的措辞，"恋爱，随着她自己的心意，自由自在的。"

得宝蹲在水花家菇棚外，看见他哥得福也骑车过来，还没说话，得福倒先问："你咋来了？"

得宝说："我不放心，咱村只有水花姐一户是只有女人家种菇，而且许同志也是女的，我来帮帮忙，你呢？"

得福有点慌乱："我……我不是谁家需要帮忙，我就过来帮一下嘛。"

说着就往菇棚里走，得宝赶紧拦住他说："哎，你不要进去，现在进去不方便。"

得福反应过来，不好意思地说："哦，对对对。"

得宝问："哥，你咋一遇上水花姐的事就犯糊涂？"

得福尴尬地说："胡说啥呢。我犯啥糊涂？"

得宝："你要不想让人说，就不要干有说头的事。水花姐都结婚这些年了，你是见个缝就插针地帮忙，你也不结婚。你不要一直打光棍，挡在我前面，到时候耽误我结婚。”

得福分辩说：“我一天忙得跟啥一样，哪有时间？你结你的，为啥非要我先结？你跟谁结？”

得宝也被问得哑火了。

得福趁势摆出哥的架子教导：“人家麦苗去福建那么长时间了，你给人家多写信，不要一心想着要憋个大动静，到时候耽误了，人家麦苗等不住了。你不知道，福建那个地方，条件好的男娃娃可多得很。”

得宝一听紧张了！

菇棚里传来动静，兄弟俩暂且打住话头。

得宝叫道：“水花姐。”

水花在里面应了一声。

得宝问：“差不多了吧？我跟我哥来帮你一块搬。”

水花说好，得宝得福兄弟进去，把一箱一箱的菇搬出来，再把一箱一箱的菇搬到村口停着的两辆农用卡车里，目送车子缓缓地驶出了村子，大家的脸上洋溢着幸福而灿烂的笑容。

回到家，水花疲惫不堪，晓燕给妈妈递上一块洋芋。

水花笑着招手：“燕儿，来，坐妈这儿。燕儿，喜不喜欢漂亮的花裙裙？等妈赚了大钱以后，就给你买，好不好？”

安晓燕答应着，过去挨着妈妈，哪知水花一头栽倒在炕上，几乎下一秒就睡过去了，一块洋芋还捏在手里。

晓燕推水花：“妈，你吃呀。”

永富撑着板车进来，看到妻子的样子，无声地叹息一声，默默地帮妻子脱下了鞋子。

六

麦苗苏醒过来，发现自己躺在医院的病床上，娟子、厂长围在床边，车间主任杨明珍站在桌旁忙活着。

看到她醒了，大家都松了口气，娟子半是埋怨半是庆幸地说：“幸好只是肺部受损，万一烧出点儿伤疤，我可怎么交代……”

杨明珍从一个保温桶里倒出汤来，端到床边，递给麦苗。她对麦苗一向严厉，还不习惯突然间转变态度，硬邦邦说道：“润肺的。”

麦苗受宠若惊地接过来，厂长说：“喝掉喝掉，要喝光光，这是我们杨主任专门给你一个人熬的汤。你这次真的是厉害，为了抢我们厂的物资，命都差点儿送掉了，这样的同志厂里面要好好关怀一下。”

杨明珍点头以示赞同，麦苗低头喝汤。

娟子又说：“这几天好多记者要采访，我都拦下来了，让你再多休息几天。”

麦苗吃惊问道：“采访什么？”

娟子说：“你救火的先进事迹呀。”

麦苗害羞地说：“我不会说话！”

娟子笑道：“我们麦苗天不怕地不怕，大火都敢冲进去，怎么还怕说话了？”

麦苗冲口而出：“我怕讲得不好，又让人笑话海吉人……”

娟子鼓励道：“你英勇抢救生产物资，是海吉人的骄傲！怎么会有人笑话。”

厂长也鼓励她说：“怎么不行呢，你忘了你那天跑到我的办公室，为你们工友讲话，讲得那巴拉巴拉，讲了一天多，讲飞起来了都，我看你这个水平很高的。”

麦苗为难地说：“厂长，我……我不知道说啥。”

娟子安慰麦苗道：“吴月娟主任让市团委派了一个经常负责这类宣传采访的干事给你传授经验，你就放心吧。”

麦苗还是忧心。

杨明珍催促道：“喝汤！”

麦苗只好又低头喝汤。

市团委那个干事叫丁世俊，麦苗乘坐公共汽车前往约定地点，一下车，就看到一个男青年挺拔地等在站牌下。

男青年也看到麦苗，迎上来斯文地含笑开口道：“你是白麦苗吧？”

麦苗点头。

男青年伸手道：“你好，我是丁世俊。”

麦苗觉得男青年很面熟，突然想起来，笑着握手道：“哦，你在联谊舞会上讲过话，我记得你的！”

小丁笑道：“我也记得你！”

麦苗诧异：“你记得我？”

小丁却不回答，把麦苗领进市团委办公室，让她坐下，他在她对面坐下，用书卷成话筒，开始工作：“那咱就先演练一下。我现在是记者，呃，请问你当时是为什么会义无反顾地冲进火场去抢救物资呢？”

麦苗想了想认真地回答："我们这些海吉的女工在厂里容易被人瞧不起，我想要争口气。"

小丁迟疑一下，斟酌着问："有没有可能这种你认为的瞧不起，是你自己的主观感受？"

麦苗不悦地反问："你觉得我说假话？"

小丁连忙否认："不不不，我不是这个意思。我是说人的立场不同，看待问题的角度就肯定会不同。就比如说你感觉到了，你们受人歧视，但也许别人只是需要一个认识你们、了解你们的机会，对吧？还有这次采访呢，你代表的是所有海吉女工，是个集体形象，要不然你再好好想想？"

麦苗有些不满地说："你怎么说话跟我爸一样。"

小丁问："你父亲也是干宣传工作的？"

麦苗说："我爸在山沟沟里教了一辈子书，他说话就像你一样，酸溜溜的。"

小丁感叹地顺着这个话题往下追问："你父亲厉害，教了一辈子的书，是个很了不起的人。麦苗，你再想想，你能冒着大火去抢救这些物资，除了争一口气，那是不是还有从小来自家庭的这种品德教育，或者说是你成长经历的一些影响呢？"

白麦苗重复着"生长环境的影响"，陷入思考。

七

这个时候，得宝也在接受采访。

记者叫周斌，是陈金山陪同来的，得福也跟着。陈金山先介绍他们认识，然后和他们一起参观了得宝的菇棚，几个人都热得满头大汗。

陈金山得意地说："看看，这蘑菇都好漂亮，真的种出来了。"

"能在咱这个地方种植双孢菇，确实不容易。"周记者感叹道，然后转向得宝，说，"你们不简单。听陈县长说，你是第一个毛遂自荐来种蘑菇的人，而且还自掏腰包拜师学艺，我得好好采访一下你。"

得宝说："采访你得找我师父，这些只有他才能说明白，我这张嘴长到脸上就是个摆设，话都说不好。"

周记者笑："凌教授肯定要采访，但是你这儿也不能绕过去。"

得宝坚持说："不行不行，你得采访教……教授。"

陈金山劝道："你不要紧张。"

周记者也说："就是，不用紧张，咱也不是啥电视台的采访，就把你做过的事情按照实际情况跟我说一下就行。”

“对，有什么说什么。”陈金山跟着说，又问得福，“凌教授和小黄人呢？告诉他们今天有采访了吗？”

得福说：“我跟凌教授说了，他一听要采访，就一口回绝了，还说隔壁村要请他去讲课，然后就带着小黄早早走了。”

陈金山知道凌一农的性格，无可奈何地对记者道：“那你先采访啊，周记者麻烦你。记得多拍照片。”

陈金山又叮嘱得宝：“不要害怕，不要紧张。”

然后和得福匆匆出了菇棚，感叹说：“这个凌老师真的是，做事情总是埋头苦干，关键时刻又不愿意抛头露面，随他去。等一下我会带周记者去各家各户都去看一下，让他看一看我们金滩村这个种蘑菇的壮观景象，让他拍照片发到报纸上，这样也会更有说服力。”

得福拍手道：“太好了。”

两人等周斌采访完得宝，又去采访水花，采访秀儿，采访其他村民。

他们看着周斌在水花家拍摄，在秀儿家拍摄，在其他村民家拍摄，看着周斌在菇棚拍摄，对着蘑菇拍摄，对着菇床拍摄，看着周斌让水花、秀儿、得宝抱着雪白的双孢菇拍各种特写，得福一直微笑，陈金山却是阴沉着脸，一副心事重重的样子。

等到周斌采访拍摄结束，得福、得宝陪陈金山和周斌走到村口。

得福首先上前感谢道：“周记者，辛苦了。真的没想到，你们还来采访我们。”

周记者笑：“这次我看到你们的蘑菇棚，还真是……真不错。我没有想到，这个蘑菇还真能改变人的命运。”

得福说：“是是是，我们希望将来能发展得越来越好，就拜托你来给咱们大力宣传一下。”

周记者用力地说：“你放心，我想回去以后跟主编要个大的版面，给你们好好报道一下。”

正说着，李大有、水花、五蹲、杨三、拴闷、秀儿、万升等众多村民浩浩荡荡跟来。

陈金山回头看着众人，以为他们知道了什么，劝道：“好了好了，回去吧，回去了。”

得福解释道：“哎，那个陈县长……周记者呢，想让村民在这个村口来一张大合影，将来报道的时候用得上。”

陈金山反应过来，说：“哦，好呀，那，拍呀。”

周记者觉得拍个合影也好，高兴地招呼着："好，都来，个子低的往前，个子高的站后面。"

得福帮着指挥，大家快快乐乐地站在一起。周斌照了两张，说谢谢大家配合。

得宝谢了周斌，正要招呼村民回去。陈金山心念一动，仿佛想起什么，眼中动容，突然叫道："哎，对不起，等一下，我也想拍一张，我想跟大家合个影，可以吗？"

周斌虽觉奇怪，也不反对，笑着说："没问题，来来来……"

陈金山招呼得福："得福，我们一起，来，拍一张。"

两人走到村民中间。

得福叫道："来来来，跟县长来一张合影。靠拢一些，靠拢一些。"

陈金山也让大家靠拢一些，大家推着大有站到了得福身边，把陈金山围在中间，周斌大声说："一会儿我喊一二三，你们就喊茄子。"

众人不解，得宝、拴闷和李大有等人一起问道："茄子是啥意思？"

周斌说："就是，茄子就是笑，拍出来好看。"

得福解释说："让你高兴一下。"

李大有不以为然，按照他一贯对着干的方式说："为啥是喊茄子，应该喊西瓜。你看，西瓜，嘴就咧了。"

得福也不跟他解释，说："好，好。"

周斌也笑，入乡随俗地叫道："行，西瓜，来，一……二……三。"

众村民一齐喊："西瓜！"

相机拍下这一特殊的时刻，留下这张珍贵的相片，记下一个叫陈金山的福建人的扶贫事迹。

原来，陈金山两年挂职的时间到了，他即将离开闽宁村返回福建。

他回到宿舍，开始打包收拾行李，凌一农在一旁沉默地看着他。

陈金山把东西分着类，有的装好，有的摆放在一边，抬头看着凌一农说："老师，我把一些种菌菇的重要书籍，还有洗漱用品，都给你留下了。这个头发，一个星期至少要洗一回，不然很快就脱发了。"

凌一农闷闷地问："跟得福都没说？"

陈金山叹了口气："哎呀，他们忙嘛，我又怕他们张罗。走之前呢，我又处理了两件最重要的事情，向你汇报一下。一呢，是我们种菇的经验要宣传出去，还要告诉大家，是我们先搞起来的。二呢，就是海吉到福建的这个通车问题要解决，那些工人想回来探亲，就可以回来探亲，这两件事做好，我就放心了。"

凌一农称赞道："金山，不得不说，你任职这两年还真的干了不少事。"

陈金山说："也是大家配合我工作。我觉得人哪，最怕的就是懒惰，对美好生活有所向往，有激情，这就是好事情。还有就是，我们也在相互刺激，很多时候，他们也让我很感动。我刚来的时候，觉得这里怎么会是这个样子，我在这里怎么熬到两年嘛。时间过得真快，现在要走了，还真有点舍不得。"

说到后来，他的声音不自觉地带上了些伤感。

凌一农连忙安慰道："好了好了，回去给我寄沙茶酱。"

陈金山点头说："你放心。"

两位老伙计正道着别，得福和得宝冲了进来。

得福涩声说："陈县长，你要走了，你为啥不告诉我呢？"

陈金山不答反问："你怎么知道我要走？"

得福说："我刚才去送周记者，他跟我说的。"

得宝叫道："陈县长，你为我们做了这些事，就单说，你把我师父介绍给我们，教我们种菇、赚钱，还让我们上报纸，就凭这些，我一定要好好送送你，咱宰只羊吃了再走。"

陈金山摆手："不要宰羊，不要宰羊，不要麻烦大家，我悄悄走就好了，到时候我们打电话联系，接送我的车子在门口，你们没有看到吗？"

得福没料到这么快，一时有点茫然："你现在就要走？"

这正是陈金山特意的安排，就是怕离开的时候，得福，金滩村甚至整个闽宁村的村民都被惊动，所以说走就走。

得福无奈，只得送陈金山到村外的工地，接送陈金山的面包车就停在那里。

两人走到车前，陈金山站住，回头看着他工作了两年的地方，看了很久很久，似乎才终于看够了，扭头看得福，说："我自己顺路来看看就好啦，你非要来送。"

得福说："本来就没能好好送你，就这么一段路，说什么我也要陪着……"

得福有些按捺不住情绪，想表达什么又说不出口，眼里全是不舍和感激。

陈金山笑道："两年前来的时候，也是你接的我，走的时候是该让你送送，有始有终。"

两人都情不自禁地回想起两年前的黑夜，得福骑车载着初来乍到的陈金山，自行车在当时还坎坷的土路上颠簸，陈金山生怕自己被颠下车，死搂住得福的腰，得福让松开一点儿，陈金山不松，两人一路颤颤悠悠对话，然后又在村委会的值班室里聊到半夜 3 点。

也正是那次聊天，让陈金山了解了这儿的贫穷落后，了解了真实的海吉。他也因此下定了决心要为在这片土地上艰难生活的人民做点什么，而得福，也因此从这位挂职副县长身上学到了很多宝贵的东西。

陈金山努力控制住自己的情绪说："送到这儿就行了，你回去吧。"

得福认真而伤感地说："陈县长，谢谢你这两年对我工作的指导，也特别地谢谢你对我们金滩村、闽宁村的付出。"

他鼻酸难言，他本就不善于表达，尤其是情感。

陈金山拍了一把得福的手臂："不要搞得那么凄凄惨惨嘛，我还会再回来看一看。时间会过得飞快，你在这里要好好工作，等我再回来，我希望看到你带领大家过上更好的日子。"

得福郑重点头："好，我努力。"

两人紧紧握手。

陈金山用得福的家乡话道："那，我走了。"

得福也学着陈金山的福建口音回道："那我好好工作，等你回来。"

陈金山笑道："哈哈哈，很标准哪。"

这么打趣一下，勉强冲淡了两个男人间的伤感。

陈金山猛然转身，大步走向面包车，得福呆呆地看着陈金山上车，呆呆地挥手。

陈金山从面包车上探出头来挥手，两人互相凝视着，用力挥手。

"一路平安。"

"多谢。"

面包车驶得很慢，可是终究还是慢慢地变小变得模糊，慢慢地驶出得福的视线，载着陈金山驶离这片他整整两年抛洒汗水的土地，留下得福一个人立在那里，怅然地长久瞩望。

或者，他多少也预感到了，接下来的日子，他将要一个人去面对那些难以计数的困难，这是他的命运，也是他的选择。

他将像从前一样，勇敢前进。

第十一卷终

第十二卷

菇灾

扶贫先扶志；扶贫必扶智。扶志就是扶思想、扶观念、扶信心；扶智就是扶知识、扶技术、扶方法。有了奋斗的愿望和意志，扶起来的贫困群众才能硬得起腰杆、迈得开脚步，走上奔小康之路。有效的扶贫需要精准的设计，需要对贫困者观念、知识、技能等方面进行全面提升。扶志，是对贫困群众的思想引领和文化教育，激发他们脱贫致富的勇气和信心。扶智，是传授给贫困群众走出困境的方法和技能，提升他们脱贫的能力。因此，要从根本上摆脱贫困，必须智随志走、志以智强，实施“志智双扶”。

——习近平

一

陈金山走了。

离开前，陈金山还不忘替闽宁村种植双孢菇宣传，但他没有想到，他请周斌来采访所做的报道会给金滩村，给闽宁村，给海吉县，甚至整个吊庄移民工程，东西协作扶贫带来什么样的影响。

报道出来后，首先是海吉县负责这项工作的麻副县长注意到了，麻副县长第一时间拿着登载这篇报道的报纸走进县委书记办公室，向谭书记汇报。

谭书记正在签署一些文件，看见他进来，放下手里的文件，摘下眼镜招呼道："来了，坐。"

麻副县长落座，喜形于色地将报纸递给谭书记道："今天的报纸，谭书记可能还没看，有篇大文章，是写咱县管辖内的吊庄移民区金滩村，写得非常好，也非常有价值。头版头条。"

谭书记接过报纸。戴上眼镜看着。

文章的标题是：

闽宁协作，科技扶贫，穷山汉种出致富梦

昔日戈壁，黄羊滩上，小蘑菇结出大硕果

文章最上面配有一张凌一农演讲的图片，腰部还配有得宝、水花和秀儿手举双孢菇的图片……

谭书记花了一会儿时间看完，然后放下报纸，摘下眼镜，目露欣喜道："文章写得好，很典型，尤其是在当下，对我县发展村级产业，让更多的农民摆脱贫困是很有现实意义和引导性的。"

麻副县长接话道："所以我看这篇文章，心里就按捺不住地激动。我分管农业好几年了，一直苦于找不到突破口，让县里的农村面貌上个台阶，为咱这个有名的穷困县出把力。看完这篇文章，我一下子就找着了方向。这文章里写了，一个菇棚农民就能赚到两三千块钱，要是能把蘑菇产业推广到全县各个乡镇，那就是了不起的科技扶贫大项目，这要是能在全市冒尖，在全自治区也肯定能引起震动。”

谭书记频频点头道：“麻县长，我觉得你这个思路不错，有具体的想法没有？”

麻副县长从容地说道：“我建议，县委县政府先在金滩村召开三级干部现场会，让各乡镇村级以上的干部去观摩取经，解放思想，为全县发展推广大棚蘑菇产业，打好第一枪。”

谭书记很感兴趣，立刻道：“好，你这个思路很好。这样，我先给宋县长打个招呼，咱们先开个常委会，对吧，就这篇文章和现场的思路，咱们具体讨论一下这个方案。”

麻副县长点头说：“好。”

谭书记沉吟一下，又说：“呃，麻县长，还有个事，我想让你先到这个金滩村去一下，实地做一下这个调研和考察工作。这你也知道，我刚上任不久，对这儿的情况都不是太了解，你下去不仅代表县委县政府，主要是还要代表我这个新上任的书记。调查工作一定要做得扎扎实实，你调查的结果，就是我们开不开这个现场会的重要依据。”

麻副县长点头：“好，书记，您放心。”

二

就在海吉县委县政府兴致勃勃地准备借用闽宁村种植双孢菇的成功事迹，在整个玉泉营吊庄移民中进行推广，加大东西协作扶贫力度，让更多的人赚钱，让所有的人更快地富裕起来的时候，这事已经起了变化。

现在，金滩村家家门口堆着菇筐，一派丰收景象，李大有、水花、五蹲、杨三、拴闷、秀儿等村民，站在各自门前，翘首等待，脸上却看不到丰收的喜悦，反倒是充满了焦虑和担心。

作为种菇的先行者，金滩村第一个吃螃蟹的人，得宝赚得钵满盆盈，有了钱后第一件事是买了一辆新灿灿的摩托车，这时候得意扬扬地骑着它进村，村民们看见他，都围了上来。

李大有上前问：“二侄子，骑你的电驴子干啥去了？”

得宝眯着眼笑道：“去县里转了一圈，加了箱油。”

拴闷上前摸了一下道：“这喇叭在哪？”

得宝按响了喇叭，拴闷伸手也按响了道：“带叔溜一圈咋样……”

李大有不悦地打断道：“你真是裤裆里的跳蚤没见过天是不是？这一茬菇卖了，你也骑一辆回来，天天溜嘛。”

拴闷皱眉道：“要是菇没降价，我上一茬菇就买电驴子了。”

这可不是好话题，是一直憋在所有村民们心中的大石头。

李大有气恼地说：“一说种菇，你们乌泱泱都种，洋芋种多了也降价，这蘑菇就说有多稀奇，种多了也就是个有绳绳的洋芋。”

拴闷不服反驳道：“你说的这风凉话，好像你没种一样！”

得宝瞥了眼各家门前的菇筐道：“老辛今天咋来这么迟？”

李大有不快道：“这都后半晌了，再不来，菇就蔫了，他怕是想等咱们把菇放蔫了才来收，能再压点价钱。”

拴闷叫了起来：“可不敢压了，上回压到两块二，我腿上就像被人割了一刀子，几天了都疼。”

李大有自信地说：“放心吧，我一种就给你们把风水改了，我这头茬菇，头回卖，不可能低于两块二！”

话音未落，一辆大货车鸣着笛驶进村巷。

拴闷笑道：“来了来了。”

大货车驶来停下，老辛从驾驶室下来。

李大有不满地冲老辛道：“当老板的就是牛，说好的上午来收菇，这都快晌午了才来……”

老辛冷着脸打断道：“要不是有言在先，给凌专家个面子，这趟菇我都懒得收了。”

众人听罢一愣。

得宝拔了摩托车钥匙走过来道：“为啥？”

老辛叹息道：“物以稀为贵，这是市场规律。这才多长时间，你这一片移民区就冒出一百多个棚产菇，银川人顿顿吃菇都吃不了！这眼看着都卖不动了，谁还敢敞开口子收菇？”

众人神情复杂，心一下提了起来。就在众人期待和担忧的注视中，老辛缓缓开口说出大家最害怕的话来：“今天的菇价是一块五……”

众人傻了眼：“多少？？”

李大有不满地打断道：“奸商！你这是乱割韭菜胡压价，从两块八压到两块二，还想从两块二压到一块五？你还让人种不种菇咧？”

老辛不快道：“你愿卖我就收，不愿卖，你就留着。压不压价，那不是我姓辛的说了算，是由行情决定的……”

李大有拿出两个双孢菇打断道："那你也得看看货嘛，你瞅瞅我这菇，个大朵圆色泽好，都是我一夜夜不睡经营出来的，一块五一斤，我有啥赚头吗？"

老辛不理李大有，冲众人道："我不多说了，愿卖的过磅装车，不愿卖我就走了。"

李大有急了："哎，你说的早上来，你到现在才来，你还压价到一块五，你让俺咋弄？"

得宝冲老辛道："辛大哥，听我说，都是老客户了，稍微涨一点儿，意思一下，对不对？"

老辛脸上露出无奈的表情说："得宝，我跟你说句实话吧，我一块五收你们的，我已经是赔了。这我也是看着上几回的菇价卖上钱了，要不然不可能……你们要是不信的话，你们到市场上打听一下，我老辛出的是不是个良心价，哎，但凡你们能找到比我出的钱高的，我把话撂这儿了，我三倍，不，五倍，倒赔给你们行不行？"

老辛一张老实脸，说得也诚恳，一下把大家堵得说不出话来，得宝想了想，一咬牙："按你说的收！这菇不能再放了。"

得宝冲众人摆手，众人无奈地抱起自家的菇筐走向车。

李大有再次上前，想说什么，老辛先开了口说："真是没办法了，哎呀，道理都跟你讲过了，是不是？"

李大有愤怒地说："你真是个奸商。我跟你说。一块五，我不卖。"

转身走了。

水花走来问："辛大哥，轮椅，你帮我看了吗？"

老辛猛拍额头道："哎哟，看我这脑子……最近生意不好，忙得把这事忘完了，我上回去银川的时候就给你买了！一直在车里放着呢！一会儿收完了菇，给你拿下来。"

水花连连道谢，转而为难地问道："辛大哥，谢谢你咧！多少钱？"

老辛："这个轮椅我看了好几家，最低的三百二十块钱。"

水花咬咬牙："行，辛大哥，你先给我称菇吧，称完我给你。"

水花的菇这一次采得还算不错，菇筐放在磅秤上，老辛的手移动标尺，水花的眼睛紧张地盯着数字。

老辛看磅秤刻度说："差一点点 160 斤，给你当 160 斤算，一共……二百四。"

水花心算了一下，说："还差八十……辛大哥，你看，能不能你下回来收菇的时候，我卖了菇，一并给你。"

老辛摇头说："我再不来了，这是最后一回跑你村收菇了。"

围在旁边等着称菇的村民一听顿时慌了，纷纷叫了起来："咋，再不来了？那我们的菇咋办？"

五蹲劝解道："大有哥就这么个人，你别生气。"

老辛苦笑起来："不是生气，我真是赔了，我跟你说，要不是看老客户，我才不来呢这回。"

这下村民们炸了锅，乱成一团，可是谁也没有办法，不得不接受蘑菇降价这个事实，同时承受这个事实的后果。

三

首先是水花。

水花请了老辛帮忙，一起搬着轮椅回家。

这一天是收菇日，永富不能亲自搬着菇箱去卖，就一直在院里等着，好不容易听到门口有动静，扭头，眼睛直了——他看见了轮椅。

水花脸上挂着笑容——这是她筹划好久要给丈夫买的东西，但表情不太自然，跟永富说话："辛大哥从银川帮忙买回来的。"

永富看着老辛说："麻烦你了，辛大哥！"

老辛说："不麻烦，顺路的事。"

老辛放下轮椅，却不走，等在院里。水花进屋，手里捏着一卷零钱出来，身体稍微背过永富，递给老辛，老辛也麻利看了一眼，收下赶紧告辞走了。

永富不知道怎么回事，先客气地送走老辛。看着老辛出了家门，永富立即问水花："咋还给他钱？"

水花说："轮椅的钱啊。"

永富也早算过账了："轮椅不是三百多吗？卖了今天菇的钱，还有余钱呢！"

水花顿了顿，坦白说："……菇价跌了，现在一块五。"

永富又惊又怒："多少？一块五！他这不是欺负人嘛！"

水花分辩说："谁欺负咱呢，全村都是这个价，辛大哥说现在种菇的太多了，卖不上价了。"

永富非常愤怒："卖不上价也不是这么个跌法！由他张嘴定价呢吗？"

水花继续解说："辛大哥说，这都是看老客户的面子才给的这个价……"

永富一脸愤懑，半天说不出话，突然指着放在院子中央的轮椅："你先把那个东西退了吧。"

水花怔了怔："买都买了……"

走过去，试图打开轮椅的包装，永富急了："你别拆！我不坐！"

水花没有停下动作，她想先拆开轮椅，让永富看看。

随着水花拆包装的动作，永富越来越急："给你说别拆，小心包装拆了不好退！都啥情况了还用这东西！菇价这么个跌法，贷款咋还？"

水花一句都没有反驳，而是把轮椅拿出来，展开，亮晶晶的金属骨架闪着精光。

水花挤出微笑，伸出手："你来，咱们起码坐上试一下。"

永富忍住，硬是一眼都没看轮椅，手撑着地，滑动自己的板车进了屋。

水花被晾在院里，笑容消失，被失望和忧虑笼罩。

然后是李大有。

他觉得一块五卖给老辛吃亏，仗着自己有拖拉机，让水旺开着载了菇筐进城去蔬菜批发市场，他要自己卖。

李大有跳下车，冲水旺道："咱一人抱一筐菇，挨家挨户推销。我就不信，这么好的东西，能卖不上个好价……"

父子俩抱着菇筐走进市场，李大有来到一家菌菇类销售门店门口，冲店主道："收菇吗？"

店主问啥菇，李大有答双孢菇，金滩村的。

店主正要说话，水旺叫了起来："哎，星哥，你怎么卖上菇了？"

原来他们认识。星哥正是以前砖窑的老板，得宝、水旺、尕娃在他那里打过工。

李大有高兴了，星哥说："这不是看人家收蘑菇把钱挣了，我也想发财，但是这两天行情不好，你看这火上的，前一阵子你来，那还可以，现在不行了。"

李大有满怀希望地问："那你收不？"

星哥说："看你从金滩村那么老远来也不容易，我收一块二。"

李大有不敢相信自己的耳朵，冲店主道："你说啥？"

星哥再次说一块二一斤，李大有愤怒地打断道："村里来收菇的都给到一块五。"

星哥苦笑："这会儿又跌了，一会儿一个价，一块二能收都不错了。"

李大有拿起两个菇递到星哥面前道："你看一下我这啥成色，金滩村最好的。"

水旺也帮腔："以前这么好的菇，卖过两块八……"

店主打断道："原来是原来，现在是现在，你原来拉过来送货上门，我三块钱收你。"

李大有问："那你现在咋不收了？"

星哥说："我现在咋能收，我赔钱呢。"

水旺不服道："你不能压价太狠。"

星哥说："蘑菇市场饱和了，价卖不上去，我有啥办法？"

李大有瞪着他问："那你收不收？"

星哥不耐烦了："我不收，你走，到别家卖去。赶紧走，不要影响我做生意。"

李大有愤怒地转身就走，水旺抱着菇筐跟上，李大有叹气道："真是天上没有掉馅饼的事情啊！"

水旺不满地说："还掉馅饼，那一开始你就不要种菇，人家最起码还吃了一口馅饼，咱这头茬菇都烂到手里头咧。"

李大有反倒安慰起儿子来："没事没事，咱就是当试一下市场，你当你大我没留后手？"

水旺问："你有啥后手？"

李大有淡淡地说："我大不了把这脸扔到后脊背上，到时候我再找那收菇的老辛，我就不相信他不给我面子。下一家。"

水旺一脸无奈，心里充满不屑："就这后手？"

不过最终，父子俩还是使用了这"后手"，厚着脸皮又来找老辛。

可是老辛再次让父子俩憋屈痛苦：他现在说只能一块收菇了。

李大有失态地叫了起来："哎呀，老辛，你到村里都收……都是一块五，这不到一天，都变成一块了。"

老辛也不多说，直接把父子俩拉进他的仓库，让他们看里面堆满的菇筐，又指着其中一堆说："这就是今天从你村收来的，一筐都没卖，正让人帮我想办法租冷库存货呢，你说我还敢收吗？"

父子二人对视，傻了。

老辛轻叹一声道："我也知道你们出茬菇不容易，这么拉回去，一分钱也赚不到，所以才说一块钱给你收咧。要嫌少，我就真没办法了，你们看着办吧。"

李大有已经有些失魂落魄，强自说："我明天再拉到市场上卖，卖一块二……"

老辛冷笑："明天？你这菇放到明天肯定烂了，不可能卖到一块二。"

李大有进退两难。

水旺气急败坏地劝道："别磨蹭了！赶紧卖！明天去市场变一块，再拉回来变八毛！"

李大有无奈叹息："这事闹的，行行行，卖卖卖。"

卖了菇，父子俩坐着空空的拖拉机回村，他们的心，也像这拖拉机一样，空空的。

水旺沮丧地开着拖拉机。

李大有坐在空空的拖拉机后斗里，一脸苦涩。

他们完全没有想到，他们的第一茬菇会是这样的结果。

他们也无法接受。

四

得福同样也被这事闹得焦虑不安。

得宝来找他，兄弟俩就来找凌一农，在凌教授的示范菇棚上等了好久，才看到凌一农走来，兄弟俩立即围上。

得福焦急地说："凌教授你可回来了！"

得宝也叫道："师父，你再不回来，全村人都要急死了。"

凌一农一脸忧色地说："我都知道了，现在怎么个情况？"

得福说："菇价基本上天天跌，这两天，客商直接不来收菇了。村民们沉不住气，也不知道该咋办。我也想不出解决的办法，就等你回来商量这事……"

凌一农随手把行李扔在地上说："走，先带我去村里看看！"

也没啥好看的。

家家户户门口都堆着蘑菇。

凌一农沿路看，愁眉不展，得福、得宝、水花和秀儿等人围观。

凌一农举着一个菇看着道："这是几天的菇？"

水花说："两天，就堆成这了。底下的都开始蔫了，再卖不出去，恐怕就……"

黄展旗带着福建新来的十个技术员匆匆走来。

众人慌忙让开。

黄展旗冲凌一农道："老师，人我全部带过来了。"

十个技术员围上来看着凌一农。

凌一农冲得福说："可不可以借村部开个会？"

得福赶紧答应。

凌一农等人正要走，李大有、水旺、拴闷和五蹲等人匆匆走来围上。

李大有气呼呼冲教授叫道："大教授，你总算回来咧？"

得福见事不对，赶紧上前拦住村民，维持局面，大声道："叔，你们这要干啥？"

李大有气呼呼地说："这咋弄，你得给我们个说法吧？"

得福说："教授正在想办法，人家……那不是要开会去嘛，你们来这儿有啥用，这不添乱嘛！"

李大有叫道："不是添乱，现在蘑菇根本就卖不出去，咋弄？"

得福说："那你们来这儿能解决问题吗？人家开会，不就是想办法呢嘛。"

李大有质问："那你说咋弄？"

得福劝道："哎呀，想办法呢，回去回去。教授，教授，咱们开会，咱们开会。开完会就有办法了，有办法我通知你们，好不好？好了，散了散了。先回去，回去。"

好说歹说，村民的情绪总算暂时被安抚下来。

凌教授看着散去的村民，满脸无奈。

一行人来到村部，坐下开会。

十几个人的脸色都很严峻。

凌一农冲众人道："各位都是行家，都知道眼下问题的严重性。金滩村十几个棚，整个玉泉营一百多个棚！正是出菇旺季，一个棚一茬菇三四百斤，那一百多个棚能出多少菇？卖不出去，老百姓的损失有多大？这个账大家算得清楚。"

一个技术员打断道："凌老师，咱是搞推广产业，传授技术的，教会他们养菇是咱的本分。市场行情的跌宕起伏，赔赔赚赚的，那可不是咱的分内工作，咱不敢往自己肩上挑呀……"

凌一农厉声打断道："你怎么能说出这种话，咱们是硬着头皮接了这个硬任务的！说明你对这儿的吊庄移民户了解得还不够，对他们贫穷的程度掌握得还不够。你们来这儿的第一天，我就跟你们说清楚了，到这儿来工作，和在福建完全不一样，只要是菇民们碰到的难处，都是我们要无条件解决的大事。"

技术员垂头不语，其他人神情严肃。

凌一农继续说："话到这就打住了，不许有人再提出这种不符合实际的理由。现在我说说咱下面的应急方案，为了尽可能减少菇民的损失，咱们得启用吴主任专拨的那笔扶持款，在闽宁村建两个临时应急的简易冷储保鲜库，把菇民出棚的鲜菇，能储存多少先储存多少。"

众人频频点头。

凌一农鼓舞大家："大家在自己村里召集组织精兵强将，帮忙建库。时间紧，任务急，大家分头干吧！"

五

李大有闷闷地回到家里，不自觉地走进菇棚，望着成熟的双孢菇，伸手欲摘，又叹息一声，停下了手。

水旺匆匆走进道：“大，得福哥叫我去帮忙建冷储库，我去了。”

李大有厉声打断道：“不去！”

水旺一愣道：“为啥？”

李大有火气十足道：“我说不去就不去！这事情谁揽下的谁收拾，凭啥要你跑这腿？”

水旺反驳道：“得福哥叫我了……”

李大有又打断道：“叫你你就去？你是马家兄弟的狗腿子吗？”

水旺被这话伤了自尊：“你给我撒啥气？你自己算计来算计去，最后决定要种的菇……”

李大有气急败坏：“是你老大爱算计？我事事算计是为了谁？还不是你不争气，你要是像得福、得宝那么能蹦跶，我早躺在家里享清福了，你喊水叔躺在涌泉村不出来，人家多享受！”

水旺也急了，嚷道：“我喊水叔也没让儿子背贷款！我这儿子不逑行，你这老子也不逑行！”

李大有一听，气得不行。水旺不再理他，转身出了棚，去找得福、得宝。

时间不等人，凌一农指导工作队和得福召集来的村民，说干就干，日夜抢建简易冷储库，黄展旗带另一组人和另一部分村民一起，抢建另外一间简易冷储库。

基础设施完成后，又紧急装上冷冻机，为解决电压，得福专门打供电所搭了专线，调试运行，一切正常。

凌一农长舒一口气道：“总算可以储菇了。马上回村通知菇民，按号排队，把所有鲜菇都运进库里。”

许小妍和黄展旗他们听令而去。

而此时，村里各家各户大棚内不断出菇，装满双孢菇的菇筐，在大棚外越堆越大，越堆越高。李大有、水花、秀儿、五蹲、杨三、拴闷等人，望着自家出的菇，眉头紧皱，唉声叹气。

永富赌气，崭新的轮椅还放在门台上，他仍坐在自己的板车上，微微仰头，眼神复杂地看着轮椅。

水花满头大汗地走出菇棚，想将刚摘的一筐菇往菇堆上摞，棚外堆的菇筐比原来又多了不少，已经没地方放了。

永富悲叹一声道：“别摘了，出力流汗的，又卖不了。”

水花倔强地将菇筐摞在顶上道：“听说冷储库今天就建好了……要先把新出的

送进冷储库保鲜……”

永富沉着脸打断道：“新出的送进去保鲜，那些放了几天的咋办？冷储库有多大？天天出菇，天天卖不了，冷库装得下吗？！”

水花抹了一把汗道：“总有办法。”

永富声音更大：“啥都是总有办法，有些事情你就是没办法！”

水花不想跟永富吵，不再接话，默默地做自己的工作。

永富滑到轮椅前，把轮椅往外推了一截，说：“把这个先退了。”

水花叹口气，放下手中的工作走过来，蹲在永富面前：“不着急，要是能卖了菇，就不用退。”

永富急了：“还不着急！你为啥就是不听我的话？咱们现在还欠着贷款，还不赶紧退了还钱？！我当初就给你说了不要贷款，不要种菇，我是个废人，有个闪失我搭不上手，你为啥就是不听我的，为啥非要种菇？是不是就是因为马得福让种菇……”

话一出口，气氛僵住，水花看着永富——

广播突然传来五蹲的喊叫声：“各家各户都听着，冷储库建好了，大家都按号排队，把自家菇筐打上记号，往冷储库送！都记住，只收新摘的鲜菇，不要陈菇。”

水花回过神来，整了整头发，平静地开口道：“我先去存菇咧。”

永富无语凝望，说出的话不能挽回。

水花迟疑一下，还是决定先跟丈夫说开：“永富，以后发火，喊啥骂啥都行，别把我再和得福往一块扯了。我是娃她妈了，是你媳妇，你说出这些话，伤我，也伤你自己，你要真是个混蛋人，咱俩早打着散了，你不是，我也知道你不是，这是咱们俩拴到一起的命！”

水花的话激出永富的眼泪。

水花继续说：“这轮椅不能退，这是我给你买下的，我就是想让你坐上去。”

说完，水花吃力地抱着菇筐出门。

永富被水花的话震住了，一时间不知道该说什么，该做什么，就那样呆呆地坐在院子里，看着妻子一趟一趟地把菇筐往外搬，仿佛化为石像。

各村村民都拉着自家的菇，在冷储库门前排起了长不见尾的队。

水花拉着一架子车的菇走来，排在长队里等待，她擦汗的瞬间，蓦然看到，得福在阳光之下，正和凌一农说着什么，水花情不自禁停下脚步，看着得福，看着这个少年时的恋人，脑海里又闪过那些永远难忘的画面，……心中柔情弥漫。

一辆桑塔纳驶来停下。

众人好奇地望着，一个年约30岁的男子下车，也好奇地看着长长的队伍。

得福迎上去问："你找谁？"

男子说："我找凌教授。"

得福问："找凌教授有什么事吗？"

来人问："你是？"

得福说："我是金滩村村支书，马得福。"

来人脸上露出笑容，冲得福道："你就是马得福呀！巧了，在这儿就碰见你了。我是麻副县长的秘书小高，麻副县长来了，要见凌教授和你，了解你们种菇的先进事迹。"

不由分说地拉着得福和凌一农上车，驶回金滩村村部停下。

凌一农下车，不满地冲得福道："我们都忙成这样了，为什么要来见领导？"

得福摇头："我也不知道。"

两人走进村部，高秘书走在前面说："麻县长，人叫来了。"

麻副县长坐在办公桌前喝茶看报纸，扫了一眼得福和凌一农，问："凌教授呢，他咋没来？"

得福和凌一农一齐愣住，高秘书忙上前介绍凌一农道："麻县长，这位就是。

麻副县长有些尴尬，忙从椅子上弹起，冲过来抓住凌一农的手，使劲握着摇道："看我这眼神，真一下没认出来……"

凌一农道："县长啊，我们认识吗？"

麻副县长热情地说："您不认识我，我可认识您哪。"

看凌一农仍然不解，解释说："哎，报上，您看，穿西服打领带的，和现在这样，还真是有点对不上啊。来来来，坐坐坐，请坐请坐，坐坐坐。凌教授，你真是一心为民、赤胆忠心啊。就您这个亲民的形象，就值得我们这些当领导的好好学习。"

凌一农坐下问："我们那里确实挺忙的，领导把我和得福叫来，到底有什么重要的事情啊？"

麻副县长微笑着说："有啊，而且是很重要的事。凌教授，您看，这篇文章上报之后，在全县全市乃至全自治区，引起了各级领导的高度重视，特别是凌教授您，贯彻东西部扶贫政策，以科技扶人扶志，让金滩村的吊庄移民赚到了钱，过上了好日子，让我们这个昔日的干沙滩，变成了今日的聚宝盆，这是多么动人的事迹，而且极具典型性和推广意义。县委县政府决定，在金滩村召开科技兴村、蘑菇富民的专题现场会。县委县政府派我来做咱们这次现场会的调研筹备工作，时间紧，任务急，我就把二位请到这儿来了。下面，我就跟你们介绍一下，这次现场会的一些具体情况。”

得福突然出声道：“县长，我看这个会呢，还开不成。”

麻副县长看他：“为啥开不成？”

“你这个领导啊，就不应该把我们拉来，你就应该亲自到农户那里去看看，就知道为什么这会开不了啊。哎呀，赶紧送我回去。”凌一农不满地说道，也不管麻副县长如何反应，起身就往外走。

麻副县长和高秘书急忙劝阻，凌一农已经不管不顾地走了出去。

“县长，你不要介意，我们村真的是事情太多了、太忙了，我看这个会就不要开了吧，我……我就……也就先回去了。”得福略带歉意地说着，起身也要走。

麻副县长急得大喝一声：“你给我站住！再急你也得给我留下。”

高秘书问：“凌教授在外边咋办？”

麻副县长迟疑一下，说：“你……你先送他回去。”

高秘书应声出去，麻副县长看着得福生气地批评道：“马得福，你作为一个村支书，你怎么一点儿组织纪律性都没有？这么重大的事情，书记、县长都着急等消息，你不说清原因，你着急走什么？！”

得福无奈地说：“对不起，县长，我也是太着急了，那我现在就给你汇报一下。”

麻副县长舒口气坐回说：“你说，说说说，快说。”

六

凌一农回到冷储库，刚好碰上李大有发飙。

原因是李大有父子送菇来冷储，技术员不让他们进，堵在门口劝说道：“不是都通知过了吗，只送刚出的鲜菇，你这放了几天的菇，都开始腐烂了，不能进库！”

李大有望了一眼后面排队的人，悄声乞求道：“就上面一点儿烂了，下面都是好的，你就给点面子让进去吧，要不我家这损失就大咧……”

技术员态度坚定道：“不行不行，这库是给全村人建的，不能光顾你一家吧。”

水旺听着此话，又回头看了眼排队的人群，面呈难色冲父亲悄声道：“大，咱别在这耽误时间了，后面还有这么多人排队……”

大有踢了儿子一脚道：“嘴闭上！”

水旺噘嘴不语。

李大有见软磨不行，冲技术员大声道：“你到底是让进不让进？”

技术员毫不退让说："这是凌老师定的规矩，谁也不能破坏……"

李大有一下被点着了，发火吼道："凌老师咋了？凌老师定的就不能改？要不是他撺掇，我们这么多人贷款建棚种菇，最后大家都亏了钱了。他弄了个库还不让进去，他干的这是啥事情！"

水旺上前阻拦道："大，你说啥呢……"

李大有一把抡开儿子道："走开！"

这时凌一农搭乘麻副县长的桑塔纳回来，一下车就看见冷储库门口围满了人，匆匆走过来看是怎么回事。

有人看见凌一农，冲李大有道："别吭气了，凌教授回来咧。"

李大有听了此话更上火道："他回来了咋？还吃人呀！我正想找他呢……"

凌一农拨开人群走进道："这怎么啦？怎么啦？"

李大有冲过来抢先说道："哎，你说这么多菇，你不让进库，那咋弄？看着这些菇眼睁睁烂了。"

凌一农一愣道："这不是都定好了，先保鲜菇……"

李大有打断道："你定的就不能改？"

凌一农反问："为什么要改？这简易冷储库只能为大家减少损失，不可能帮大家挽回全部损失，它根本就装不下……"

李大有愤愤道："你知道装不下，当初为啥还让我们全都贷款建棚？你这不是把我们往火坑里推吗？"

凌一农愣怔片刻道："你……你怎么能这么说……"

这些天他也心急如焚，一边焦虑蘑菇卖不出去，一边担心村民埋怨，这时候终于当面听到这样直接的责问，他的内心如遭雷击，脸上露出又伤心又绝望的表情，一时无法说话，呆在那里。

李大有一看凌一农这样，也不好再伤害这位大家都公认的好人，只是内心憋着一股无名怒火必须发泄，气呼呼地叫道："行行，我不说了。"

举手就将菇筐砸到了地上，菇筐里的双孢菇散了一地。

水花、五蹲等人上前欲拦，李大有疯了般将拖拉机上的菇筐一个个举起，狠劲砸在地上喊："别拦，走开，谁拦我我跟谁急，我跟你说，躲开。"

水旺抱住父亲道："大！大！你别……"

李大有猛甩开儿子，继续疯狂砸筐。

双孢菇四处乱滚，就像开水，滚在凌一农的心上，也滚在所有人的心上。

第十二卷终

第十三卷

直 言

科技扶贫是由单纯救济式扶贫向依靠科学技术开发式扶贫转变的一个重要标志，其宗旨是应用适用的科学技术改革贫困地区封闭的小农经济模式，提高农民的科学文化素质，提高其资源开发水平和劳动生产率，促进商品经济发展，加快农民脱贫致富的步伐。

科技扶贫是1986年国家科委提出并组织实施的一项在农村进行的重要的反贫困举措，是中国政府开发扶贫的重要组成部分。主要分三个方面：一是强调自我发展；二是注重引进成熟、适用的技术；三是注重将治穷与治愚相结合。

一

在金滩村村部，得福详细地向麻副县长汇报了双孢菇的种植及滞销情况，麻副县长越听脸色越沉重，最后，他走到窗前，陷入长时间的沉思。

得福和高秘书也都站着，表情紧张地望着麻副县长。

终于麻副县长转过身，缓慢开口问道："暂时滞销，卖不出去，对不对？"

得福点头道："对。"

麻副县长表情松弛下来，说："这不就是一时的困难嘛，咋就开不了现场会呢？我倒认为，越是困难的时候，这个现场会，越是需要开，而且得开好！"

得福一愣。

麻副县长继续说："这报纸上的文章，我看得很仔细、很明白，凌一农教授研发的这种双孢菇产品，不但营养价值高，口感好，在市场上也是很有竞争力的，对不对？"

得福小心地回答说："您说的这些都没错，问题是，现在银川的市场已经饱和了，菇农的菇卖不出去，很快就会有大量的双孢菇烂到棚里，这时候开现场会，你说咋开？"

麻副县沉思片道："得福啊，你的心情我能理解，但你还是年轻，看问题太过于片面化。眼下是遇到了市场销售的一点儿瓶颈，但咱不能因为这点瓶颈，就否定凌科学家在金滩村的科技扶贫成果，否定你马得福这个优秀的基层干部带领村民奔向致富之路的事迹，否定你们金滩村这个刚冒出尖的新典型村。"

得福听着，一时无语。

麻副县长又道："现场会必须开，这不光关系到我县农村工作和农民收入的具体问题，也是提升我县农村工作，迈向新高度、打开新局面的历史性会议。我这么一说，你应该明白这个会的重要性了吧？"

得福点头说："明白，但是县长……"

麻副县长沉稳地微微点头："好了，得福，现场会的事我今天就说到这儿，接下来的这段时间，我们还有很多机会在一起工作交流。我还要赶回县里，向县委常委会汇报这次现场会的筹备工作。”

也不等得福回应，麻副县长大步走出，高秘书紧跟而去。

得福无奈地看着，苦涩一叹……

他在想，他该如何面对麻副县长交代的工作？又该如何去完成？而且，这个工作还是书记和县长安排下来的。

更重要的是，他该如何去解决现在金滩村最迫切的卖菇问题？这在他心中，才是最重要的，他无法想象那些豁出一切，背上巨额贷款来种菇的村民们现在的心情，无法想象他们如果真卖不出菇又该怎么办。

年轻的村支书心乱如麻。

二

同样的，得福忧虑的问题也让整个金滩村所有种菇的村民难受。

水花家的饭桌上摆着烙好的葱油饼和做好的饭。

永富和晓燕坐在饭桌旁等待，永富坐在轮椅上，他终于换掉了他的板车，虽然从他平静的脸上看不出什么。

水花拉着架子车走进，晓燕高兴地起身迎上道：“妈！你咋才回来？！”

水花放下架子车，擦着汗带着歉意道：“你大有爷在冷储库那边犯病闹事，妈给耽误了一阵，这就给你们做饭去……”

永富打断道：“都做好了，快来吃吧。”

水花一愣，晓燕高兴地拉着妈妈往饭桌前走着道：“我大烙的葱油饼太香了，我都吃一个了。”

水花望着饭桌上的饭菜，怔了怔，咧嘴笑了，坐下道：“还是结婚那年吃过你烙的葱油饼。”

永富笑着拍拍轮椅扶手道：“坐着这个，灶台的高低正合适，以后你忙，我做饭。”

水花抓起个葱油饼吃着道：“好吃！”

水花边吃着饼就着鸡蛋，边对永富说道：“大有叔今天，我真看不过眼，得福没在，没人敢管他，他那样对凌老师，凌老师一个大专家，能把他咋……”

村巷里突然传来敲盆敲锣的声音，有人大声喊道：“救火！快救火啊！大有哥家着火啦！”

水花、永富和晓燕吃惊地瞪大了眼……

水花放下手里的饼，赶紧冲出了门。

这火却不是失火，而是事出有因，一半是因为现在让所有吊庄移民们烦心的双孢菇，一半是因为李大有父子自己。

李大有在冷储库前掀了菇箱，砸了蘑菇，心里郁愤难遣，一个人到处走了走，到了晚饭时无处可去，没奈何灰头土脸地回家，却正碰着水旺背个包从屋里走出。

李大有愕然道："水旺，你这是要干啥？"

水旺冷着脸道："金滩村我没脸呆了，我要走。"

李大有吃惊道："你走去哪儿？"

水旺冷冷答道："去福建，打工挣钱，还贷款。"

李大有急得叫了起来："哎呀，你这……这……你这臭小子，你是咋了嘛，你是咋了嘛啊？"

李大有向来天不怕地不怕，谁也不在乎，除了这个唯一的儿子。这时候见水旺要走，他气得脱了只鞋，高高举起，作势要打，水旺抓住他的手，他想挣脱，但已经不敌儿子的力量。

水旺用力地大声说："以后你这鞋不可能再抽到我脸上，你要实在想抽，往个人脸上抽。"

水旺说罢，背着包，大步走出门。

李大有大声喊道："你给我站住！"

水旺头也不回地走了。

李大有慌张地追到门口喊："你回来！"

水旺毫不理会，沿着村巷大步离去。

李大有追不上，呆呆地盯着儿子的背影半晌，失魂落魄地回到宅院，心里怒火升腾，突然抄起家伙一通乱砸，边喊着："不过咧！都别过咧！咱就把这家都给他日塌了，咱就都胡整吧……"

砸了一通，气不消反而更加疯狂，冲到院子的菇棚里也是一阵乱砸，最后点起火来……

等到村民发现，李大有宅院里的两个大棚已经浓烟滚滚，火势汹涌。村民赶紧端着盆，提着桶，拿着扫帚奔来救火。

大棚内火光熊熊。

水花、五蹲、杨三、拴闷、秀儿和万升等人，将盆里、桶里的水泼向火苗，凌一农、黄展旗和工作队的技术员们抡着扫帚、铁锨拍打火苗。

李大有窝坐在墙边，失魂地看着眼前的场景，泪流满面。

好半晌，火势终于得到控制，渐渐熄灭，可是李大有种菇的两座大棚，烧得就剩下了两堵墙了，有些废墟处还冒着烟。

李大有还是呆呆地坐在那里，不停抹眼泪，刚刚救完火的五蹲、杨三、拴闷等人围过来劝慰李大有。

得福得到消息从村部过来已经晚了，他匆匆奔进来，看到此景惊愣地瞪大了眼。

五蹲看见，冲李大有道："得福来咧，得福来咧！"

得福急忙走到李大有跟前，蹲下身子道："大有叔，你咋能犯这糊涂……"

李大有抹泪道："我都后悔死了，你再别训叔咧，赶紧想想办法，给我把水旺追回来。"

众人一惊，五蹲问道："水旺咋咧？"

李大有恨恨地说："跟我闹翻咧，要去福建打工，把他老大一个人撇下了……"

说着说着又伤心地掩面哭了起来。

得福好不容易安抚住李大有，答应帮他找回水旺后，就回家了。

得宝正在擦洗着摩托车，看见得福说道："水旺是我送走的，估计这阵，已经进陕西了。"

得福吃惊，不满道："为啥不拦？"

得宝直起身道："大有叔还觉得他自己可怜？你知道水旺走的一路眼泪就没断过吗？说他是吃他大的鞋底子长大的，再有，你知道买拖拉机和建棚这两笔贷款，贷在谁名下的？"

得福摇头。

得宝愤愤地说："这老子当的，也太有意思了，两笔贷款全在儿子名下。水旺去福建打工，就是为还贷，你说我能拦吗？"

得福盯着得宝道："你这些天干啥？咋天天往县里跑？"

得宝说："菇不赚钱了，我不能在一棵树上吊死，总得想想出路嘛。"

得福警觉道："啥出路？"

得宝犹豫片刻道："气没圆，我不想揭锅，等有眉目了，再给你说。"

得福不放心道："你可不敢胡来……"

得宝不悦地打断道："你还信不过我？"

三

水旺离家出走，李大有点了自家的菇棚，就像是这一场"菇灾"的一个警示，提醒得福和凌一农，如果不能尽快解决卖菇的问题，就可能有更多的菇农陷入绝境，走上极端之路。

得福绞尽脑汁，想不到什么好办法，他的思想里只有金滩村、闽宁村、海吉县，最多是宁夏。他想，好像他们不该一下发动这么多村民种菇，就算整个海吉县的人，再加上银川都来吃他们种的蘑菇，都怕吃不赢他们每天的生产，那么，是不是应该叫村民不再种蘑菇了呢？至少，不这样大规模地种了呢？

得福想不明白。

幸好，还有凌一农教授这样的明白人。

当初鼓动村民种菇时，李大有问过卖不出去怎么办，陈金山为了尽快推广，一口替凌一农答应下来，说肯定帮村民卖出去，现在，情况就真到了蘑菇卖不出去，该兑现承诺的时候了。

虽然陈金山不在，但凌一农并不想逃避，他要对得起这块土地上饱经苦难的人民，也要对得起自己的良心，所以他决定由他来解决这个问题。

他召集了所有的技术员在冷储库门口开会，动员他们现在成为销售人员，他把他们分成几个组，奔赴不同的地方，争取在最短的时间打开销路。他罕见地严肃对众人道："一、二、三组的，明天就出发。留下来的人，一定要把两个冷储库管好，不能再出事了，明白吗？"

众人纷纷点头，各自结伴离去。

得福赶来，远远地冲凌一农叫道："凌老师。"

凌一农看见得福道："我正要去找你。"

得福带着歉意道："我回来就听说了，凌老师，对不起，让你受委屈了。"

凌一农淡淡地说："什么委屈不委屈的，我要是菇民，我也会和他们一样着急窝火。所幸的是，李大有点棚事件，虽说损失惨重，倒也刺醒了我。"

得福听着一愣。

凌一农继续说："眼下这情况，就是建再多冷储库，也还是解决不了根本问题。唯一的出路，就是帮村里人先把菇卖出去，再把市场的销售渠道建起来，才能让村民踏踏实实建棚种菇，没有后顾之忧。"

得福认真听着，若有所思。

凌一农说："所以呀，我们紧急开了个会，研究出来一个全国销售方案，三个蘑菇销售小组，我带一个组，去上海、浙江、江苏跑市场，小黄带一个组去北京、天津、河北、山西，还有一组去西安、郑州、安徽。剩下的技术员，负责这两个冷藏库的正常运营。这三个小组明天一大早就出发。"

得福问："明天？"

凌一农点头说："嗯，越早打开全国市场，村民的损失就越早地降到最低。我带人出去之后，你的压力会很大，李大有毁棚事件，可能会给很多村民带来负面影响，你一定要跟他们说清楚，我们的蘑菇质优货好，很有市场竞争力。我们是搞技术的，之前忽略了销售环节，这个短板我们一定要补上，一定要把蘑菇卖出去。切记切记，不能再有毁棚事件发生，不能再让老百姓的钱白白打水漂了。"

得福豁然开朗，多日的苦思找到了答案，高兴起来："凌老师，你放心，我会逐户做工作，让不理智的毁棚事件不再发生。但还有件事，我必须得跟你说，你明天不能走。"

凌一农一愣道："为什么？"

得福说："县里已经决定，现场会必须开，大概定在月初，没几天时间了。"

凌一农皱眉问："这现场会跟我有什么关系呢？"

得福无奈："高秘书说了，这个现场会你是主角，主题发言，经验介绍，都得你来做。你看他们连这个发言提纲都写好了，让你按这个提纲，把发言稿写好，然后我给交上去，由麻县长亲自审阅。"

凌一农不满地说："这个麻县长，蘑菇都滞销了，他来都不来现场一趟，开什么现场会？现在是开现场会的时候吗？净搞这些形式主义！"

得福劝慰道："你先不要生气嘛，我也是为难，人家亲口跟我说了，说这个事情是政治任务，大于会议本身，你说你要是走了，我没有办法交差了。"

凌一农板起了脸说道："你就是个代理村支书，就算他把你撤了，有什么大不了的。蘑菇卖不出去，家家户户都得赔钱，我这鼓动种蘑菇的人面子往哪里放？以后做产业项目推广，谁还相信我？所以我要亲自跑市场，我不但要把蘑菇卖出去，我要建立一个长期的销售网，你知不知道啊？"

得福听明白了孰轻孰重，不再劝说，问："我知道，那你说，到时候县长问起这个事情，我咋说？"

凌一农不屑地说："你就说是我说的，这会开不了。"

四

麻副县长肯定想不到，他费尽心思安排的现场会的主角，已经决定不辞而别了，他还是按照他的计划按部就班地进行他的工作。

他回到县里，谭书记立刻召开了县委常委会，听取麻副县长关于在金滩村召开三级干部现场会的有关事项和调研考察的汇报，等麻副县长充满激情地说完，众人将目光投向谭书记。

谭书记冲众人道："刚才这个麻青云同志的汇报，大家都听了。麻青云同志为了这次现场会的顺利召开，做了大量的细致的调研和考察工作，为我们这个现场会的召开奠定了很好的基础，开会这件事就定了。从今天起，我要求在座的各位，一定要积极配合协作，从各方面要保证把这个现场会开好。"

众人纷纷点头。

谭书记继续说："哎呀，另外给大家说个事情，我昨天到地区开会，就把这个开现场会的情况向地委的杨书记做了汇报，杨书记听了高兴得很，当年杨书记在咱们县做县长的时候，主管的就是吊庄移民的搬迁工作。吊庄移民第一批搬迁的指标，那经手人就是杨书记，经过这么多年，特别是在闽宁对口扶贫协作的新政下，金滩村发生了翻天覆地的变化，真正让吊庄的移民做到了搬得出、稳得住、能致富，这个典型抓得好，这个会开得也很及时。杨书记还表示，开会那一天她一定到场，表示祝贺，也观摩学习一下。"

众人兴奋地听着。

麻副县长掩饰不住笑意，觉得自己当初看到那篇报道灵机一动的献计献策，真是神仙妙招，一着超级好棋。

麻副县长那边兴奋地筹备着，得福却在金滩村心事重重。

正在一起吃饭的得宝看哥哥这副模样，忍不住问："哥，你咋咧？"

得福一声叹息道："麻县长一会儿要来村里检查现场会的筹备情况，我还啥都没弄，凌老师走时又说，这现场会不能开。不知道一会儿见了麻县长，我该说啥。"

得宝扒拉着饭道："看你愁眉苦脸的样子，我要是你，我就不干这出力不讨好的事，想贪都没钱的小村官。"

五蹲气喘吁吁闯进道："得福，快去看看，你大有叔闹着要回涌泉村！"

得福、得宝吃惊地站起，然后一起放下碗跟着五蹲冲出屋。

得宝机灵，拉过院里的摩托车，招呼得福上来，然后开足油门，风驰电掣地冲出，不多时，就看见李大有背个布包，耷拉着脸大步向村外走去，杨三、拴闷等人在后面一边追，一边喊着劝着。

得宝将摩托车开到前面，横着一停，挡住了李大有的去路，得福跳下摩托车，冲李大有道："叔！你这又要干啥！"

李大有气呼呼道："钱赔咧，棚毁咧，儿跑了，我还留在这有啥意思嘛。"

说完，绕过摩托车继续走。

得福冲他喊道："大有叔，咱村来这儿的，就数你岁数最大，为啥就你最不省心？"

这句话在他心里憋了很久了，这些天一直被双孢菇滞销压得窒息，然后是李大有点了菇棚，再遇上现在这么一出，哪里还忍得住。李大有一听震惊道："你说啥？"

得福用更加大的声音吼道："我说你为啥就越老越浑了！"

李大有大怒："哎，你个臭小子你……你就这样跟你叔说话呢？"

得福也怒："你看你干的事嘛。"

李大有怒道："要不是你一天到晚听姓凌的胡乱宣传，让咱全村的人都投钱，盖那什么棚，种那破烂菇，谁能赔这么多钱？"

得福毫不退缩地说："我还不是为了大家好吗！"

李大有脱下鞋欲打得福："你胆大你，我跟你说，今天是你大不在，没人管你是不是啊，我替你大好好教训你。"

众人忙阻拦。乱作一团。

熟悉的桑塔纳驰来，戛然停住，麻副县长和高秘书从桑塔纳上下来，麻副县长厉声道："都把手松开！"

众人皆愣住。

麻副县长威严地说："松开松开。简直无法无天了，村支书都敢打。小高，把人给我控制起来，送派出所！"

李大有不屑地说："哎哎哎，你谁呀？我管我大侄子呢，关你啥事？"

得福阻拦："这是我们县长，这是我们县长，这是麻县长！"

李大有愣了一下，穿上鞋，却不肯服软道："县长咋了？县长咋了？县长也管不住我。"

李大有抢过包，拎起就走。

"站住！"麻副县长喝道，叫得福，"别让他走，回来。"

得福劝道："我叔就是脾气不好，正在气头上。"

李大有一声不吭往前走。

得福继续劝道："让他走吧。哎，县长，县长，走，到村子里看一下。"

麻副县长见无法拦住李大有，只得放弃摆官威，转头问得福："你没事吧？"

得福说："我没事，我没事，我这好着呢。"

麻副县长余怒未消说："太不像话了这。"

"没事。"得福转头叫得宝，"得宝，把大有叔送到车站去。"

得宝倔道："不去。"

得福拍他："听话，不要跟长辈赌气，快去。"

安排了得宝去追李大有，得福转身陪着麻副县长、高秘书走进村里。

高秘书冲得福道："马支书，麻县长这次来，是想看一下现场会参观点的落实进展情况，最后再和凌教授座谈一下发言稿的事。你说咱先从哪儿看？”

得福一时难以回答。

麻副县长突然感叹道：“你这个叔，下手也太狠了，他到底是为啥打你？”

得福支吾道：“……嗨，说出来都嫌丢人……”

麻副县长追问道：“你说，又没别人。”

得福略一思忖道：“还不是为咱现场会的事。”

他一心反对开现场会，凌一农又走了，现在麻副县长问到这，他灵机一动，索性把这两件事扯到一起——当然本来就有关系。希望能够让麻副县长自己打退堂鼓。

果然二人听着，都目露忐忑。

得福继续道：“还不是为了咱们现场会的事，高秘书让选十户参观点，我这叔就是其中一户，他辛苦了一辈子，就会拾掇庄稼，那棚里的菇种得好得很，我就让他把棚收拾一下，让你们来参观。但是呢，最近这蘑菇卖不出去，都烂在棚里了，我又说要开现场会，他这心里窝火一着急，一把火把棚给点了。”

他们正好走到了李大有家门前，得福停下脚步，指着废墟道：“你看，就是这儿。你看嘛。”

麻副县长和高秘书也停下脚步，目露惊愕，然后就是沉默，一直到走进村部坐下，都没有再说话。

得福将沏好的茶端给麻副县长和高秘书，继续火上添油说李大有点菇棚的事：“哎呀，那天那个火大得呀，差点儿连房子都着了，我这个叔呢，是棚也烧了，钱也赔了，儿子要还贷款去福建打工了，他一气之下呢，就闹着要走，我一听就急了，我怕他这一闹腾一走，影响村里其他人，一拦我也冲动了，我就吼了他两句，他就受不了了，然后就拿鞋打我。喝水喝水。”

麻副县长双眉紧皱，显然遇上了难题，高秘书不安地看一眼麻副县长，又看眼得福，不敢贸然说话。

麻副县沉思半晌，终于开口问道：“其他参观点呢？今天能看几户？”

得福摇头说：“他这一闹腾吧，村里其他人心里也慌了，现在都着急着咋卖菇，哎呀，都底下说着，菇都卖不出去你还开会，不是闹笑话呢嘛。所以县长，这工作实在是开展不下去了，我也尽力了，你批评我吧，你处分我也行，我都认。”

麻副县长冷哼一声：“你都认？你一个小小的村支书，你能认个啥？县里决定来你们村召开三干会，那是常委会全体商议通过的，连地委的杨书记都表态要来参加，这么重要的事情，你敢一票否决？马得福，你已经浪费了好几天的黄金时间，现在我再给你三天，现场会会场和十个参观点，你必须按标准按要求给我弄好，三天之后我来验收，到时候要是达不到标，不是我拿你是问，是组织拿你是问，你明白吗？好了，这个事就说到这儿，我们赶快去找凌教授，先讨论一下他那篇发言稿的事。”

得福一直在等着他问这句，立刻说：“县长，还有件事我还没来得及给你汇报。”

麻副县长警惕地问：“又咋了？”

得福故意面露难色：“凌教授带着福建来的专家，他们分成三个组，去全国各地推销蘑菇去了。”

麻副县长急了叫道：“那你赶紧通知他回来呀。”

得福说：“问题是人家去的都是啥，西安、浙江、江苏那些地方，没有固定地址嘛，我现在都不知道他们跑哪儿了。”

麻副县长生气了：“你为啥不早说？啊？你是不是故意在隐瞒？”

得福叫屈道：“我哪儿有那个胆子，那不是这几天你没有来嘛，你看你一来，我就马上就给你汇报了。”

麻副县长皱眉沉思一下，说：“马得福，你先回避一下，这是突发情况，我和高秘书，要商量一下。”

得福答应一声，出了村部。

他的背影一消失，高秘书就立刻替自己解释说：“真不是我偷懒没盯着他，我……我是想吧，我把发言提纲已经给凌教授了，上面具体的各种要求，包括出稿时间，都写得清清楚楚，结果他根本就没当回事嘛。”

麻副县长没理高秘书的话，沉吟着问：“高秘书，你有没有想过，凌教授不在，未必是件坏事。你我都很清楚凌教授那脾气，他要是在，要真不想开这个现场会，那才是咱们最大的问题。”

高秘书不解：“他……他要是不在，那主题演讲谁来做？还有那个经验介绍谁来讲啊？”

麻副县长成竹在胸地说：“马得福。”

高秘书张大了嘴问：“马得福？”

麻副县长意味深长地点了点头。

五

麻副县长订下李代桃僵，请君入瓮的计策，一车把得福带回县城，找了一家饭店订了一个包间，安排酒菜，然后转换角色，他和高秘书倒成了村支书马得福的陪客。

三人坐下后，麻副县长首先笑着开口说：“来，不要那么拘谨嘛，哈哈。”

得福不好意思地说："县长，我都不好意思，你还带我出来吃饭。"

麻副县长一反之前的严厉，换上亲和笑脸道："这是现场会筹备小组的开工宴，是专门给你这个现场会的主角，加油鼓劲的！"

得福震惊道："我哪能是主角？我连参观点的事都做不好……"

麻副县长打断道："那是没给到你该给的荣誉，没刺激到你焕发工作热情的兴奋点！"

得福更加不解："我还要啥荣誉呢？我还……我还当啥主角？"

麻副县长说："你当然可以是主角。你是市农校毕业的？"

得福点头说："对。"

麻副县长又问："中专？"

得福继续点头："对。"

麻副县长笑了说："那咱俩一样。"

得福问："县长也是农校的吗？你是哪一级的？"

麻副县长说："不是不是，我是市师范毕业的，不过也都是中专学历。"

得福回忆道："哦，师范，那离我们学校近得很嘛，我以前还去过呢。"

麻副县长开始慢慢进入主题说："小马，咱们这个中专学历，在官场上混世事不容易，学历低，还常被人瞧不起。来，为咱这个中专学历，喝一个。来。"

三人碰杯，麻副县长又问："得福，你今年多大？"

得福答道："二十七。"

麻副县长意味深长地说："我二十七已经是副科了。得福，你要努力啊，你得学会进步，怎么进步？就是要懂得抓住机遇。明白吗？"

得福疑惑地说："呃……对，呃……不是特别明白。"

麻副县长思考了一下，开始循循善诱："哎呀……这个，独木桥你走过没有？"

得福答："没有。"

麻副县长换了个贴近得福的比喻："那你回家的山路，你总走过吧？"

得福答："走过。"

麻副县长又问："高速路你走过吗？"

得福答："没有。"

"我告诉你，现在全国好多大城市，都通了高速路。我走过，这个高速路啊，是又平又宽，而且还分了车道，"麻副县长解释说，高秘书一旁"嗯"了一声，麻副县长继续说道，"是全封闭的，你想想，是你回家的山路好走？还是这高速路好走啊？"

得福说："那肯定是高速公路好走嘛。"

麻副县长终于听到了满意的答案，说："哎……对，就是嘛，让你做现场会的主角，就是想让你体验一把高速路。"

高秘书详细解释："马支书，我们麻县长的意思呢，是让你眉毛胡子一把抓，既要负责现场的搭建，十个观摩点的布置，也要替凌教授在台上发言。啊……这场会可以说，你就是绝对主角。这个会开好了，这就是你最大的政绩。你就一战成名了，到时候你还怕升不上去？还敢有人拿鞋底子抽你吗？没有了。"

得福愣住："啧……哎呀……但是我，没有上过台，讲过话嘛。"

高秘书巧笑道："没上过台没关系，不要有压力，你呢就把工作重心，放到这个布置现场，还有这个观摩点上。至于这个发言稿的事，你交给我，我来写。到时候你就照我写的稿子读就行了。怎么样？"

得福两眼迷茫地听着，不知道该如何回答。

这一顿酒，把得福喝得快醉才结束。高秘书安排司机送得福回金滩村，得福让司机在村部停，他取了自己的自行车踉跄地骑着回村，看见村小学，不自觉地就拐了过去。

白校长正在院里，看到得福，迎出来，闻到刺鼻的酒味，皱眉问："怎么喝了这么多酒？"

得福打着舌头问道："老师，独木桥还是高速路，哪个好？"

白校长不解："这是啥问题？"

得福醉态可掬地说："哲学问题！老师，你教教我。"

白校长疑惑地问："独木桥不是应该对应阳关道吗？"

得福开始说醉话："哎……对，阳关大道。就是……高速公路嘛。我……我给你打个比方，你看，比如说我现在就站在一个交叉路口嘛。这边呢就是高速公路，这边呢就是独木桥嘛，你说，哎呀……你说我该走哪条路？你……你知不道我说啥呢？"

白校长听得半懂，但是能够猜到很少饮酒到醉的得福今天可能遇上什么事了，沉吟着回答："我听明白啦，我告诉你啊，独木桥有独木桥的好呢，它危险。但是让人警觉，对吧？那高速路是平坦，但是人容易麻痹，就容易出事故，而且高速路速度快，一出事就是大事嘛。你说我说得对不对？啊？"

得福怔了怔说："我明白了。你不愧是我的老师。"

白校长："你明白就好。哎呀……我一直就是你老师。走，咱回家了。好了好了好了。"

得福醉话重复："我明白了。"

得福话没说完就作势要呕，白校长扶住他，他还想强撑，可是酒劲上涌，终于开始呕吐起来。

这晚上得福是吐了睡，睡了吐，每次都是得宝拿着个瓦盆一旁伺候，忍不住喃喃道：“哥，你这喝了多少啊，酒是人家的，可命是自个的……”

白校长也不放心，一直坐在炕沿陪着。得福吐的时候，他就给得福拍背，心疼地看着他这个“官”当得最大的学生，知道他遇到难事了。

可是现在，他这个学生长大了，他再也无法像从前那样，总能给他帮助，给他指导了。

一切，只有靠他自己去扛，去抉择，去行动。

六

第二天得福召集金滩村所有参与种菇的村民开会。

大家一起聚在村部，人来得意外的齐，宿醉憔悴的得福被围在中间。

得福说了县上要在金滩村开现场会的事，大家竟是一齐反对。

秀儿说：“得福哥，不是不给你脸，那只出菇，卖不了，谁还有心情让人来参观嘛。这菇卖不了，我和万升只好采了自己吃，可这人也不能一日三顿都吃菇吧？娃都不想吃了。再说了，这东西炒起来吧，它费油，那……你要是，啧……你听我把话说完嘛，你要是不炒吧，它放着就臭了。我都看着也可惜得很。”

拴闷说：“得福，那要是参观，你把人家领到咱院里来吗？我院里那菇都……都臭完了，你站到院里头，味道大得人都站不住。”

五蹲只关心凌一农：“哎……得福，这凌教授还回来不？”

得福认真地说：“肯定回来。”

五蹲有些不相信：“他那样子做得美得很，说帮咱找销路呢，这都出去几天了，一点儿消息都没有。”

众人纷纷附和道：“就是。”

拴闷说：“凌教授不知道说话算数不算数？他当时可是拍着胸口跟我承诺的。”

得福问：“跟你承诺啥了？”

拴闷说：“他当着咱全村的人面，说是只要我种蘑菇，赚了是我的，赔了是他的，还要跟我立字据。啧……哎呀……我就是后悔没立这个字据，也不知道他现在说话还算数不算数？”

得福沉吟着说：“以我对凌教授的了解，但凡是他狠下心要干的事情，就没有干不成的。他没有把蘑菇卖出去，就不会传消息回来。一旦有消息了，那肯定是个好消息。我们能不能多一点儿耐心，相信凌教授，再等一下好不好？”

五蹲气得站起来："哎……你让大家咋等呢？你现在还替外人说话呢，村里人现在都赔成啥样了，你不给大家想办法，还要开啥现场会，你到底安的啥心？我跟你说，你大有叔拿鞋底子抽你，一点儿都不亏。这会我都不开了。"

众人意见一致，都说："不开了，不开了。"

得福也急了，站起来大声说："各位叔，你们看这样行不行啊？你们谁要是能把菇卖出去，你们谁就拿鞋底抽我的脸好不好？啊？抽几下都行。行不行？谁能来抽？我巴不得人来抽我的脸呢。来嘛，谁能来？你们一个个能的，是不是？咱村没有这样的能人。"

五蹲说："哎……你是村支书，你不帮大家想办法卖菇，你还指望着谁呢嘛？"

杨三说："得福，这当官不为民做主，那不如回家卖红薯去。"

马鸿说："当时建蘑菇棚，你鼓动着大伙都建，都建棚呢，现在这蘑菇卖不出去了，你不想办法谁想办法呢？"

他们每说一句，大家都纷纷附和说："就是嘛。对。你让我们去哪里想办法？"

得福看着大家群情激愤，叹了口气，下定决心，大声说："好，大家是不是特别想把蘑菇卖出去？"

众人一起说："就是呀。肯定想卖出去嘛。那还用问吗？"

得福说："那你们就听我的好不好？"

拴闷问："得福，菇你能卖出去？"

得福说："我不能打保票，但是有可能，要看你们能不能配合我了。"

五蹲迟疑着说："哎……咋配合？你说。"

最积极的杨三和马鸿都说："你说。"

得福缓缓地说："按我说的弄，把现场会的筹备工作做好，迎接县领导的检查和验收。"

五蹲和秀儿一起失望地说："哎呀……你这又是开现场会嘛。"

得福拍拍桌子大声说："都听我说，听我说。"水花让大家不要喊，"听我说！我说之前呢，大家要给我做个保证，今天听到的话，憋到肚子里头，你们能不能做到？"

立仓说："能嘛。"

五蹲说："凌教授那个外人你都信得过，咱村这些人你还信不过？"

得福诚恳地说："咱们金滩村，我没有信不过的人。但是这件事情非常重要，我是提醒大家，千万不能说漏嘴了，不然到时候菇卖不出去，损失的也是大家。"

大家互相看着，五蹲说："只要能卖出去菇，咱金滩村的人就是一股绳、一条心。"

众人纷纷附和。

得福表情凝重起来："那好，你们听我说。"

他让众人凑近，低声说了自己的计划。

回到屋里，得福走到大棚前看着。

得宝在棚里看着满棚的菇。

得福对弟弟说："得宝，你要带好头，从明天开始就别胡跑了，把你这两个棚，按我刚会上说的标准收拾好，准备迎接检查验收。"

得宝看着哥哥严肃道："我就没见你像昨晚那么醉过，独木桥高速路的胡说了一整夜，你这么干，到底是走独木桥还是高速路？"

得福说："我走啥不重要，重要的是蘑菇不能烂到大家手里头。"

得宝迟疑一下，还是把一直在思考的话说出来，委婉地劝道："咱大要在，轮不上我管你。大不在，我得替咱大说两句，你上了两年农校，全家勒紧裤带供你容易吗，你吃的这几年公家饭，把苦和汗都渗到这戈壁沙滩里容易吗？你别跟大有叔一样，脑子一热，图一时的痛快……"

得福眼中露出感谢，到底是亲兄弟啊，可是他现在是开弓没有回头箭，只能向前，沉声道："得宝，你不在哥的鞋里头，你不知道那是个啥滋味。这个会是必须要开的，我要是不配合，不光要挨处分、撤职，党籍甚至都要开除，开除公职都有可能。我就想着，既然这会要开，我就打算赌一把，看看这个会咋个开法。这次我面对的不光是麻副县长，他后面还有书记、县长，还有所有的常委，那整个就是一个县，你知道吗？我是逃不掉的。"

得宝看着他哥哥问："赌输了咋办？"

得福笑着问得宝："你最近不是跑得欢，在外面找挣钱的路子吗？要赌输了，哥拜你为师，跟你挣钱，你看咋样？"

得宝也笑了说："那你到时候可得叫我哥！"

得福还在笑，只是笑容变得苦涩起来："我叫你叔都行。"

七

在得福的安排下，金滩村全体动员，得宝、五蹲、水花、秀儿等人，给大棚贴对联，插彩旗，布置参观点，一部分村民打扫村巷卫生，把全村整饬得整洁异常，白校长带领学生排练，准备到时迎接……

准备完毕，麻副县长和高秘书等人进行了验收，对参观点和会场的布置都非常满意。

然后，到了现场会这一天，麻副县长站在临时搭建的会场前，满意地冲得福道："不错，不错，三天工夫弄成这样，你这个年轻的村支书，还是有魄力，有能力，有潜力！"

高秘书站在一旁道："麻县长为给现场会增添气氛，还调了锣鼓队，开会那天，给你扬威助阵。"

得福默然不语，不知道在想什么。

麻副县长说："小高，把发言稿给马支书，让他抓紧时间熟悉一下。"

高秘书从公文包里掏出两个文件夹递给得福说："这个是主题发言稿，这个是经验介绍。"

麻副县长叮嘱道："小高，你还得帮他把讲稿吃透了，千万别在大会上念出错别字来，让领导们笑话。"

高秘书点头应道："好好，我和他一起过几遍，逐字逐句，带标点符号地过，一定没问题……"

得福望着二人，缄口不语，脸上泛现一丝怪异的表情。

时间差不多了，参会的代表们一溜儿走进会场。

会场搭建得简单而隆重，这已经是金滩村集中所有人力物力能够达到的最高水准了，这也是得福领导进行的"倾村之战"。

主席台上，绷着横幅，写着"海吉县推广发展大棚蘑菇产业现场会"的字样。

会场周边，插满了各色彩旗。

锣鼓队着装统一，敲着热烈奔放的鼓点。

白校长带着学生，排成夹道，摇着手里的小彩旗喊着："欢迎欢迎！热烈欢迎！"

一派热闹。

白校长一边指挥着学生，一边用眼神搜寻，终于在会场角落看到得福，投以担忧神色。

得福坦然回应白校长的目光，平静得像那些大战前身经百战的士兵，平静得有些冷漠。

水花悄悄地走过来，在他身后一声轻咳。

得福稍怔一下，转身望着水花。

水花稍纵即失地笑了一下，目露担忧道："你咋还能这么踏实？"

在自己最在乎的人面前，得福终于绷不住了，放松了自己，紧张地笑道："不然呢，都到这一步了。"

水花痴痴地看着他，感叹说："得福，你还是没变，还是这么敢想敢干！"

会场喇叭里的音乐欢快而又响亮。

得福看着水花，认真地说：“别把我说得那么攒劲，我也没有那么勇敢，其实我心里也没有底，不知道这个会开完，明天是个啥结果？”

水花扭头看了眼热闹的会场：“退下来还来得及……”

得福摇头：“我不能退，你想想，要是凌老师在村里，这现场会还能开吗？要是陈县长没走，面对村里卖不出去的蘑菇，他会像个软蛋一样不作为吗？”

水花无语静听。

得福长舒一口气道：“我虽然不能跟他们比，但是他们不在嘛，我就必须要顶住。不管是个啥结果，我都要尽我的能力呢，起码我对得起自己，对得起咱村民。”

他想到了他大，想到了马喊水对他寄予的厚望，想让他正正经经地当个“官”；想到了陈金山，想到了那位细瘦斯文的陈县长临走时对他的嘱托，说他走了，以后有事要靠他多顶着了；想到了凌一农教授，这位本来应该清闲地待在学校课堂，悠然从容，现在却充当销售员，焦虑地奔走在各个城市的菜市商场；还想到了张树成，杨县长很多人……

他的心里，此刻像是被无数的人和事塞得满满的，又像是空落落的没有依靠……

高秘书匆匆走来埋怨道：“马支书！你咋躲这儿了？快快快，领导马上进会场了！”

高秘书说罢，拉得福匆匆离去。

水花目不转睛凝视得福离去的背影，充满柔情和敬佩。

一辆中巴驶来停下。

锣鼓热烈，学生呼喊，欢呼声一浪高过一浪。

车门打开，市委杨书记（7年前训斥张树成的杨县长）和市人大高副主任（几年前水渠事件中青铜峡的高书记）等领导和随员下车。

谭书记、宋县长、麻副县长等常委们纷纷迎上。

杨书记看了眼会场，笑眯眯道：“这吊庄移民小村，变化还挺大，你们这现场会，搞得还挺热闹嘛。”

几人赔笑。

麻副县长抢上前道：“咱们金滩村自从有了东西部对口扶贫的好政策，再加上福建来的科技工作者，带领村民搞的这个大棚蘑菇扶贫产业，让大家伙都挣到了钱。大家心里高兴，所以这为了这次现场会，他们这个都是自发自愿弄的。”

杨书记严肃批评道：“自发自愿，以后也不能这么搞。咱们就是来开会，不是搞娱乐活动。吊庄移民到这儿来不容易，挣的全是辛苦钱，这么花，你们看着不心疼？”

众人一时应答不上。

谭书记上前检讨道：“杨书记批评得对，我们下不为例。走，咱们该进会场了。”

杨书记点头。

谭书记在前面领路。

一行人走上了主席台，各自落座。

喇叭里的音乐声被关掉。

麻副县长走到杨书记跟前：“杨书记，您要不要先讲讲……”

杨书记打断道：“不是说过了，我们市里来的人，今天就是听，就是看。你们怎么安排就怎么开。”

麻副县长点头，走到发言席前，冲着麦克风道：“好，现场会现在正式开始。下面先由玉泉营经济开发区干部，兼金滩村党支部书记马得福同志做经验介绍。”

会场响起热烈的掌声。

得福手拿发言稿，大步走到发言席前。

高主任认出了得福，不禁一笑，冲旁边的杨书记悄声说着什么。

杨书记听着，看了得福一眼。

麻副县长和高秘书目不转睛望着得福。

得福站直身子，看着台下的村民们，整个会场一下子就静了下来。他的表情肃穆，目光坚定，所有人的目光，齐刷刷盯着得福看。

得福再次稳定一下情绪，扭头，冲杨书记、高主任和谭书记等领导道：“尊敬的杨书记，谭书记，尊敬的各位领导，各位代表，我叫马得福，兼职担任金滩村党支部支部书记，今天这个现场会嘛，我想斗胆地把名字改一下，把这个推广发展大棚蘑菇产业现场会，改成金滩村大棚蘑菇宣传推销推广会。”

会场上顿时哗然。

杨书记、高主任、谭书记、宋县长等人目露诧异。

麻副县长和高秘书神情紧张。

高秘书匆匆走到得福身边道：“马支书，照稿念，照稿念。”

得福没理高秘书，只看着杨书记他们继续说：“书记，这个是给我准备的发言稿，但是我今天不能照着稿子念，我要给各位领导，各位代表，讲一下我们金滩村的真实情况。讲一下我憋在肚子里的话。”

麻副县长和高秘书想拉得福下台。

杨书记忽然站起身开口道：“把他放开！让他讲！”

二人无奈，松开了得福。

众人静静地看着。

得福感激地看了一眼杨书记道："杨书记，我先说明一下，我不是想趁着领导在这儿捣乱的，我也没有啥不可告人的政治目的，想要借着现场会制造影响，我就是想趁着你们领导在这里，我代表大家向你们求助，想请你们给我们想想办法，把我们种出来、卖不出去的菇给卖出去。"

众人听得瞠目结舌。

杨书记皱眉打断道："马支书，对不起我打断一下。"

得福住了嘴，望着杨书记。

众人也将目光集中在杨书记身上。

杨书记冲得福道："报上的那篇文章我看了，不是说蘑菇销路很好，一度还遭市场疯抢，菇民一个棚，就能赚到两三千块钱，难道那篇文章有问题？"

得福如实回答道："杨书记，文章没假，数字也准确，情况都属实……"

杨书记不解道："那这是咋回事？"

得福说："这事还得从陈县长没走，叫来记者采访的事说起。"

杨书记态度温和："你详细说！"

得福吸了口气，从容说来："那个记者采访完没有多长时间，我们的村民看见种菇能挣钱，一下子大家都开始建棚种菇了，那个发展速度特别快，种菇嘛，周期短，这一下子产量就起来了，然后菇价就一天一天地往下跌，直到现在卖不出去了。当然，刚开始建棚种菇的人确实赚着钱了，但是后面再种菇的人都赔了。村民们也没有经验，也不了解市场，看着自己种的菇一批一批地烂了，一下子都傻眼了。凌教授帮着大家建了一个保鲜库，但是一个保鲜库，储藏不了多少蘑菇。还是有大量的蘑菇，每天都在烂。书记，我能不能请我们的专家组的人，给你详细地讲一下具体的情况。"

得福眼神示意，许小妍站起来："各位领导好，我是福建技术团队中的一员。"

杨书记招手示意："听不见，你走过来说。"

许小妍走到台前，大声说："各位领导，我是福建技术团队中的一员，跟各位领导汇报一下具体数据，现在正是出菇旺季，拿金滩村来说，共建大棚 28 个，平均每个棚每茬菇出 300 ~ 400 斤，整个玉泉营共建棚 156 个，总产菇量就超过了 37 万斤！简易冷存库根本无法缓解出菇压力，凌老师只好带着福建来的技术员们，组织了三支队伍，兵分三路，到全国去推销，目前还没有进展。"

得福继续汇报："这次凌教授，能不能把菇卖出去，我心里真的也没有底，所以我才想趁着你们领导在，我代表大家求求你们，帮我们想想办法，把卖不出去的菇给卖出去，帮帮我们金滩村的人吧，帮帮我们整个闽宁村的人。这个菇不等人呀，一天天在出，一天天在臭。你们看。”

得福说罢，指向台下，只见一众村民从四周围涌来，每人拖着一架子车的烂菇，全都展示在台前。

臭气熏天！

麻副县长先捂住了鼻子。

杨书记震惊地看着眼前的臭菇，冲麻副县长招手，麻副县长心虚凑近，杨书记伸手拍掉麻副县长捂鼻的手。

杨书记问：“来，你好好闻一闻，这是不是良心坏了的味道？”

她的脸上没有表情，可是不怒自威。

杨书记又转过头，微笑着冲台下的村民讲道：“大家好，接下来这个会，就由我给大家主持。说主持，其实也没啥议程，会议内容就一项，就是帮金滩村所有菇民，闽宁村所有菇民，把卖不出去的蘑菇，想办法给它卖出去。我在这里给大家表个态，我承诺，这批滞销的蘑菇，我们地区党委机关全部包了，所有的干部、党员，机关食堂，都要带头买菇吃菇。”

众人叫好，鼓起掌来。

杨书记举手制止：“谢谢我的村民，掌就不要鼓了。”

大家停止了鼓掌，人群的远处，李大有背着包回来了。

杨书记提高了声音：“人家福建来的科学家，教咱移民建棚种菇，可成果出来了，蘑菇卖不掉了，他们就率先带队出去找销路，这就是福建的科技工作者和干部的作风。可咱们的干部呢，为了搞政绩做宣传，给自己脸上贴金，竟然瞒上欺下，弄虚作假，大搞形式主义。这不仅伤害了村民，损害了政府的公信力，也对不起人家凌教授和他的科技工作团队。这是咱们的干部，特别是领导干部的耻辱！”

会场上一片肃然。

谭书记、宋县长等人惭愧地低下了头。

杨书记继续说：“另外，为了尽快帮菇民把产出来的蘑菇卖出去，把咱们的蘑菇品牌打出去，让这个新兴的富村富民的产业落地扎根，让凌教授和他的科技扶贫团队，把精力和智慧都用在扶植和培养更多更好的种菇能手上来。我们回去以后，要立即开会，研究蘑菇的滞销问题，要成立蘑菇推销小组，由商贸局牵头，要建立一支过硬的专业的销售队伍，紧密配合凌教授的大棚蘑菇产业的发展。我们要把蘑菇的销售工作，做实、做好、做大。让菇民们放心地、大胆地、无后顾之忧地建棚种菇。”

会场顿时沸腾。

大家全体热烈鼓掌。

得福早已听得热泪盈眶，他顾不得拭泪，热烈鼓掌……

第十三卷终

第十四卷

山 海

东西部扶贫协作是中国推动区域协调发展、协同发展、共同发展，加强区域合作、优化产业布局、拓展对内对外开放新空间，实现先富帮后富、最终实现共同富裕目标的重大举措。20 多年来，中国东西部开展多层次、多形式、宽领域、全方位的扶贫协作，涌现出了闽宁协作等各具特色的东西帮扶模式。

从 1996 年以来，11 批 180 余名福建挂职干部接力攀登，2000 余名支教支医支农工作队员、专家院士、西部计划志愿者，将单向扶贫拓展到两省（区）经济社会建设全方位多层次、全领域广覆盖的深度协作。

截至 2020 年 7 月，闽宁两省区 20 多个省级部门、80 多个县级部门互学互助，101 对乡镇、110 对村建立了结对帮扶关系，建设 160 个闽宁示范村，新（扩）建学校 236 所，资助贫困学生 9 万多名，援建妇幼保健院、医护培训中心等卫生项目 323 个，帮助宁夏培训教师近万名。

一

金滩村推广发展大棚蘑菇产业三级干部现场会“圆满”结束，得福送走心情各异的各级领导们，又陪着李大有回家。

两人看着烧掉的菇棚在夕阳中惨烈伫立，眼中都是伤感。

得福向李大有道歉：“叔，我不该那么说你。”

李大有回头，对着得福的脸颊，轻轻拍了一巴掌，内疚说道：“哎呀……吃了叔的鞋底子，啊……哎呀……叔也是心疼你，跟你说，吃过叔的鞋底子的人，就水旺这小子一个人。”

得福眼眶红了：“我知道。”

李大有又道：“我现在还想抽你一鞋底子，你娃就是个愣㞞啊，你咋敢干那事情？这硬是杨书记是个好人，要不然你娃的官运就到头了。你心里一点儿数都没有？”

得福叹气，表情却是坚定的：“叔，其实我心里有数呢，我的官运走到头了，我还有别的路走，但是大家伙种菇的路走到头了，就真的没路可走了。”

李大有动容：“行行行，你回去。没事了，走了。”

得福离开大有家，骑车直奔学校。

白校长正在学校的小园子里给树苗浇水，看见得福急匆匆的样子说：“得福，你怎么来了？”

得福喘气道：“老师，我刚接到上头电话，一会儿省台要放对口扶贫的专题片，说专题片里有咱海吉女工在福建打工的情况介绍呢。”

白校长顿时放下手里的家什，问：“现在吗？”

得福点头：“马上。”

白校长赶快坐上得福的自行车后座，着急地叫道：“哦……走，快走。”

两人飞快地回到村部，得福把 14 寸电视机调到宁夏台。

白校长已经端坐在电视机前，专题新闻开始播报，他推了推眼镜，紧盯屏幕。

屏幕里声音终于出现：

……前不久，莆田金高威电子有限公司的厂房里发生了火灾，来自宁夏海吉的女工白麦苗奋不顾身，带头冲进火海，带领宁夏女工抢救货物、遏制火势，将火灾损失降到最低程度。

麦苗出现在电视屏幕，白校长站了起来，走到电视跟前。

屏幕里，记者提问："白麦苗同志，我想问一下，你为什么会不顾危险，第一时间去抢救物资呢？"

麦苗有些紧张地盯着镜头，清晰回答道："在我的老家，宁夏海吉县涌泉村，家家户户都很亲，都是一家人，谁家有难，都会去帮忙，救火的时候，我没想太多，就像是自己家着火了，一心只想着去救火。"

白校长几乎贴到了电视上，仔细检查女儿，然后扭头冲向座机。白校长拿起话筒，又不知道拨什么号码。

得福赶紧安慰白校长道："老师，你别着急，那电视上麦苗不是好着呢嘛！白白净净的。"

白校长焦心不已。

得福说："这样吧，你要是不放心，我给那个……我给娟子打个电话，让她赶紧去看一下麦苗。"

得福从白校长手里拿过话筒。

电话接通后娟子简单说了情况。白校长哪里放心，还是把电话打到了麦苗的厂里，传达室从车间里叫了麦苗来听电话。

接了电话，白校长又忍不住开始长篇大论地叮嘱，翻来覆去地问候，麦苗在那边只得不停地强调说："哎呀……我没受伤，没烧着。就是燎了几根头发，住院，住院就是呛了点烟，啊……吊几瓶水就好了。"

电话这头头又啰唆了一通，麦苗耐住性子解释："你不是看新闻了嘛，你看我没啥事嘛。哎……爸，还有人看新闻了吗？啊……那就行。你可别跟人乱吹牛了。嗯……啊……行，知道了。"

有人在向她挥手，是丁世俊，小丁向传达室走来。

麦苗赶紧说："我要上班了，我还有工作。啊……你也注意身体，嗯……挂了。"

挂了电话，麦苗长长地松了口气，走出传达室，问小丁是不是找她有事。

小丁兴奋地说："吴主任说，你的采访很成功，很有感染力，所以要组织一次报告动员会，用你的事迹和经历，动员更多海吉女孩子走出大山，出来打工。"

麦苗有些意外："让我动员？"

小丁期待地点头："当然！吴主任下了任务，你是主要报告人，我是这次活动的领队，我们要一起准备好这次宁夏巡回报告。”

一听“宁夏”两个字，麦苗心里不再抗拒，眼中有了期待：“要回宁夏？！”

小丁点头。

麦苗急切追问道：“要去闽宁吗？”

小丁说：“具体行程还没定下来，等吴主任开完会通知。怎么样？要回家乡了开不开心？”

麦苗连连点头：“开心。”

小丁故意逗她：“你别高兴得太早，到时候可是你一个人当着很多乡亲父老的面做报告，紧张吗？”

麦苗点头。

小丁安慰道：“没事，放心，有我呢。走。”

麦苗和小丁结伴往厂区走。

王国辉从司机班出来，正好看到小丁和麦苗并肩，转过了头。

麦苗和小丁来到活动室，找个座位坐下，麦苗按照小丁的要求开始讲述，小丁认真聆听，笔下飞快记录，不时抬头，用笑容鼓励麦苗。

到了吃饭时间，小丁拉着麦苗出厂，以继续交流为名，请麦苗吃饭。

小丁找了家饭馆，专门点了几盘莆田特色菜，介绍说：“这个是福建特色菜，酸酸甜甜，非常好吃，尝尝。我从你提供的素材里，选了你三次离家，这次咱们的稿子，就围绕这三次离家来写。你看第一次，陪水花姐逃婚，但失败了。所以水花姐呢，就服从了她父亲的安排忍痛和得福哥分开，你从那个时候就认定，人的命运要掌握在自己手里。第二次，你的发小马得宝，答应你，要带你去新疆打工，但他食言了，自己先去了。第三次，就是这次，劳务协作，你真正离开了家乡。”

麦苗说：“我不想提第一次。”

丁世俊问：“为什么？”

麦苗说：“因为那是揭水花姐心里的伤疤。”

丁世俊“啊”了一声，心里很受触动，觉得眼前这个姑娘又能干又聪明又善良，非常美。

麦苗继续说：“我也不想提第二次。”

丁世俊抬头问询地看着麦苗。

麦苗说：“因为那是揭……”

却打住了话头，脸上露出奇怪的表情。

小丁看着麦苗，明白了什么。用笔划掉大段文字，体贴说道：“行，那咱把侧重点放在第三次。”

麦苗感激地看了一眼小丁，觉得眼前这个小伙子善解人意，令人亲近。

二

这个时候，麦苗不愿意提及让她第二次离家失败的人，正骑着摩托车冲过村里的大道，来到村部停下，冲里喊道："哥，走啦。"

得福叫得宝来接他，兄弟俩准备去银川看看蘑菇有没有销路。

得福在屋里给工作人员交代完手里的工作，拿了包匆匆走出。

得宝说："你工作这么忙，我去就行啦。"

得福说："我和你一起，自己去我才安心。"

坐上车问："那个老辛为啥不干了？"

得宝说："听说他那摊被别人接了。"

得宝骑车，得福扶着弟弟的肩膀坐在后面。

两人刚骑到村口场院。一辆桑塔纳迎面驶来。

二车相遇，戛然停下。

从桑塔纳上下来了麻副县长，得福也下车，走到跟前，目光对视。

麻副县长冲得福道："你们这是要去哪儿？"

得福答道："去银川农贸市场。"

麻副县长一愣道："去卖蘑菇？市场不是饱和了吗？卖给谁？"

得福解释说："再去看看，万一又有人收，能卖出去一点儿是一点儿，菇开始烂了，凌教授还没回来……"

麻副县长武断道："不用看了，走，去村部说。"

没奈何，得福只得陪麻副县长重新回到村部。一进门，麻副县长就说饿，得福请人送了一锅洋芋馓饭来，结果麻副县长和高秘书好像饿鬼投胎似的，三下五除二就吃得干干净净，得福只得又让人送了一锅。

麻副县长和高秘书继续在村部会议桌前大口吃着洋芋馓饭。

得福端上两杯水。得宝坐在一旁看着。

麻副县长扒拉完碗里的饭，长出一口气道："香，真香。我吃了几碗？"

得宝答道："三碗！"

麻副县长笑问："知道我为啥能吃这么多？"

得福摇头。

麻副县长说："杨书记带头买菇，带头吃菇，这些天，县里所有的机关食堂，一日三餐，吃的都是双孢菇。”

得福得宝听着对视一眼。

麻副县长无奈叹道：“吃菇，吃菇，把人吃哭……”

得宝忍不住扑哧笑了，得福使劲捅了得宝一下。

麻副县长一本正经道：“一点儿没夸张，不信问高秘书！”

高秘书点头。

麻副县长说：“所以我今天来，除了跟你们说正事，还想改善一下伙食，吃点别的，不是蘑菇就行。”

得宝揶揄道：“给你再来一碗？”

麻副县长伸手压住碗道：“不用了，过瘾了就行，咱们说正事。我今天来，是有好消息。”

得福一脸期待问道：“啥好消息？”

麻副县长说：“杨书记估计也是吃不动菇了，让我们海吉县出资，在开发区和闽宁村再多建冷储库。让你们先把菇存进冷储库，出多少存多少。但是冷库再多，也有存满的时候是不是——所以呢，县里为了这个事情，就成立了一个蘑菇推销领导小组，专门解决蘑菇滞销问题，就一件事，帮你们卖菇。明天县里组织的客商，就要到各村来收菇，争取把咱们的蘑菇，卖到外地市场去。”

得福喜出望外道：“麻县长，这……这真是个好消息！”

麻副县长点头道：“我还是要再强调一点，这些客商毕竟是咱们组织来的，咱还是得热情招待一下，是不是？像你们这个搞搞，搞搞卫生啊，管个便饭什么的是不是？该做的事情还是要做。”

得福连声称是。

麻副县长得意地指示道：“咱们要想办法，把自己的路铺得长一些。不要动不动，就来找政府的麻烦。”

得福心中高兴，脸上露出歉意说：“对对。哎呀……那……啧……县长，那天现场会……”

麻副县长大度地挥手：“哎……好了好了，旧事就不重提了，我已经向组织做了检讨，也接受处分了。你呢，也代我向村民们道个歉。咱眼下最重要的，是将功补过，帮大家卖菇。”

得福认真地表态说：“好。县长，你放心，只要你把客商叫过来了，我们一定热情招待。”

客商说来就来，开了两辆冷藏车停在村口场院空地。

村民们在车前摆好磅秤、桌子，为收菇做准备。

得福带着大伙儿热情招待着，招呼村民们排队。

得宝、五蹲、杨三、立仓、拴闷、水花、秀儿和万升等数十村民，有人拉着菇从自家出来，有人从冷储处拉着菇回来，大家都兴冲冲赶来，排队准备卖菇。

拴闷忍不住走到车前问道：“哎……师傅，啥价嘛？”

一个客商答道：“八毛一斤。”

村民们一听一惊：“啥？八毛？”

队伍立刻骚动起来，所有的人都围了上来。

五蹲叫道：“八毛？你们这价压得也太狠咧！”

客商傲慢地说：“你村里叫我来的……”

五蹲气呼呼道：“不管谁叫来的，总不能让我赔钱卖吧？”

另一个客商说：“你愿卖就卖，不卖算咧，又不是强收。价是按行情定，行情不好，这能怪谁。”

五蹲争辩道：“前几天市里和县里收了好几车，价钱都给到一块一了！”

众人帮腔道：

“就是，你不能给得比县里市里的还少呀。”

“建个棚就得两三千，总得让我们保本吧。”

“出茬菇把人能臭死累死。”

客商们听着，个个脸色难看。

村民们七嘴八舌说完，最后把目光投向得福，得福先安抚村民道：“这事我来谈，好不好？”

得福将几个客商拉到一旁，先内疚说道：“对不起，价钱这事没有事先沟通好，就让村里人把蘑菇拉来了，大家说的也是实话，前几天市里来收，一块几收的，八毛确实太低了……”

先前那名客商打断道：“市里县里拉菇，给的那是福利价，他们拉去不是卖了，是分给单位食堂吃了。我们收菇是要往市场销售的，价高了我们卖不了，就得砸到自己手里头！”

客商中领头的星哥不满地责怪道：“马书记，我说你村这伙人，太不懂事了，当时蘑菇卖不出去，你哭着喊着要求政府给你找人来收，现在人家可是来了，你又嫌价钱低。你村人咋这么难说话呢？一个萝卜两头切，好事全让你占了。”

得福客气恳求道：“你看你看，这村民嘛也是，种菇困难，卖菇也难，所以心里着急上火，咱们也理解一下。是这，行不行？你看，咱们来日方长，这次咱把价格再往上提一点儿好不好？”

客商说：“这价不是我们定的，是市场定的，嫌低你们找价高的收去。”

星哥冷笑道：“你们是不是还惦记着辛老板那价呢，没有啦，他自己都不干啦。”

得福无奈回头，看到村民目光殷切地看着自己。

得福只好再走回众人面前，不等开口，五蹲先问道：“得福，这麻副县长是帮咱，还是害咱，找了这些客商来坑咱？”

得福给大家分析道：“大家听我说啊，前几天那几车菇，那是领导让市、县两级干部，来给咱解决困难的。咱不能按那个价钱要了。这些客商，也是我去求县长，县长考虑到咱村的经济困难，才让这些客商过来的，你说要是人家要坑咱，那不早来坑了吗？还用县里安排人家来坑咱吗？”

虽然知道这事中间肯定出了问题，没有衔接好，但是此时此刻，得福只有把锅自己先背了，承认是自己求这些客商来的。众人面面相觑，一时无语。

五蹲黑着脸道：“哪怕少加些，他们也不能一口定价嘛。”

众人应声道：“就是的！再加些！”

得福皱眉，正欲开口说话，几步外的客商先扯着嗓子发话了：“就是这个价！只有减没有加，要卖就卖，不卖拉倒。我们还得去别的村收。”

局面僵住。

“我说我说，我说是这，我家的菇棚虽然是烧了，我这几天没少到你们的菇棚里头瞎转，你看这蘑菇，一茬一茬地往上冒呢，你们这时再不卖咋弄啊？人家说了，拾到篮里都是菜，钱多钱少都是钱。”李大有看局面僵持，着急道，又冲大家使眼色，“卖了。”

大家听完，跟着搭腔道：

“卖吧！”

“我也卖！”

……

客商们一听，又回到磅秤前准备收菇。

村民们又排起了长队准备卖菇。

得宝走到得福跟前，得福叹息：“卖了吧。”

满心的无奈。

三

仿佛电影中的英雄人物一样，凌一农教授回来得刚好。

他和他那组的技术员拎着旅行包风尘仆仆地回到金滩村，正好看见冷储库门口有村民在往外搬菇，心生疑惑，立刻问上前迎接的许小妍：“这是怎么回事？”

许小妍说：“有菇贩来收菇，这两天有不少村民都把库存拉走卖了。”

凌教授急忙问：“今天在哪儿收？”

许小妍答：“现在还在金滩村。”

凌教授把旅行包递给同行的技术员，转头看了一眼黄展旗说：“走，去看看。”

他和黄展旗骑着自行车飞快地进村，正看见得福组织得宝、杨三、五蹲、拴闷等人搬菇箱，过磅，装车。

得宝远远地看见，忙放下手里的菇箱，迎上去喊道：“师父！”

得福也迎上去道：“凌教授，你可回来咧！”

凌一农和黄展旗把车停好，看着装车的情景急忙问得福道：“这是干啥？”

得福说：“县里组织客商来收菇，这两天各个村里都在卖菇……”

凌一农忍不住打断道：“卖多少钱一斤？”

得福说：“八毛。”

凌一农着急地提高了声音：“这价不能卖！我带回来的订单，比他们收的这个价高得多。”

五蹲等人听见，迅速围拢上来，问：“凌教授，你那订单是啥价？”

凌一农大声说：“和好几个大城市的超市、菜场都签了合同，下了订单。我还没来得及具体算，估计刨过各种费用，你们能拿到手的钱，不会低于两块！”

众人听罢，兴奋至极，纷纷叫好。

星哥看见村民都围了过去，从冷藏车那里走过来，催促道：“马书记，咋不装车了？”

凌教授抢先道：“这车菇不卖了。”

跟着过来的一名客商一愣道：“咋？”

得福赶紧解释道：“凌教授带回来的订单，价位比你们的高……”

客商瞥了一眼凌一农，不满道：“马书记，咱事可不能这么干？你订单没回来，就求着我们收，这订单回来了，就一脚把我们踢二梁上咧？”

凌一农和颜悦色道：“老板，你别不高兴，我跑了一圈才知道，菇不是卖不出去，是我们的信息太闭塞，其实咱们的菇好卖得很，这八毛的价，本身就不合理！”

客商们一听急了，星哥怒道：“啥叫不合理嘛？八毛钱是市场行情嘛。”

得福迟疑一下，低声劝凌教授道：“凌教授，你没回来之前，客商确实帮咱们解了燃眉之急，不然好些菇都烂了，要不这一车……”

凌一农断然打断道：“不行！别说一车，这个价，一颗都不卖。”

星哥冷笑着瞥他们："呃……凌教授，凌教授，你这话说得有点过分了。"

得宝也提起拳头硬上来道："嗨！嗨！咋跟我师父说话呢？"

他可一直记得这个当初不给他、尕娃和水旺结算工钱的砖厂老板！

其他村民也凑上来，场面有些混乱。

凌一农安抚大家，高喊道："都听我说，都听我说，你们想把菇带走，没关系，你们收菇和我的订单不冲突的。只要你们把价钱给够了，让他们能挣到钱，欢迎你们来收菇好不好？"

众人高兴地纷纷叫道："对着呢，就是嘛，只要够两块钱你拿走。"

五蹲伸手对着客商摊开手掌："两块钱拿走，来。"

众人一起笑着附和说对。

凌一农又招呼大家道："大家听我说，大家把菇都送到冷藏库，我们统一卖。"

客商面面相觑，束手无策。

五蹲、得宝几人冲过去，扒上车厢，开始卸货。

得福赶紧和客商们解释："不好意思，不好意思，不好意思，确实是。"

星哥甩开他，怒气冲冲地说："你别跟我说，别跟我说。"

蘑菇重新放回冷藏库，村民兴奋地各自散去，但是"英雄"冷静下来，却发现英雄不是那么好当的。

凌一农和技术员回到宿舍，黄展旗拿电子计算器算了一阵，抬头冲凌一农道："老师，大概算出来了，按咱订单上的收购价，刨去运费、路费、人工费、冷藏保鲜费这些成本，每斤的净利润，按你说的两块钱，怕是有些玄乎。"

凌一农一愣道："成本这么高？"

黄展旗皱眉道："还有些不确定的损耗，我还没算进去，给菇民报价一块六比较保险。"

凌一农严肃打断道："不行，两块这个价，我已经唱出去了。"

黄展旗担忧道："万一赔了咋办？"

凌一农固执道："咱一车菇都没卖，你咋就肯定会赔？"

黄展旗一时无语。

凌一农继续说："咱跑这一大圈，也看明白了，蘑菇市场的前景很好，咱要发展这个产业，就要用实际收入给菇民信心。"

黄展旗面呈难色，欲言又止。

凌一农挥挥手道："行了，赶紧休息，吴主任帮我们从银川联系了货运公司，明天一大早你就带队出发去兰州。我抓紧去各村摸一下底，看菇产量能达到多少，我们好下订单。”

黄展旗还想再说。

凌一农制止他说：“好，不跟你说了，我忙去了。”

摸底的情况也不容乐观。

很多菇民因为前面双孢菇的滞销，已经心灰意冷地要拆棚，说不干了，八毛钱一斤，没啥赚头，不卖呢，只有放到地里等它烂，烂了更臭，闻臭味都闻腻了。

凌一农说现在有了订单，能够卖上价钱，出了菇先放到冷藏库里去，菇民说他听说了，可是冷藏库只收菇，不给钱，反而不如那些菇贩，少是少点，人家是真金白银。

然后他们发现几乎各村都还有菇贩收菇，基本上就是星哥那一伙人。

他们在村口停上一辆冷藏车，车前的地上立着个牌子，上写“大量收菇，一斤八毛”的字样，再放着一个磅秤，就不断有菇民前去卖菇，看得凌一农又是生气又是痛心，连走几个村后，凌一农再也忍不住，气愤地上前把菇贩收菇的牌子掀了。

菇贩大怒，骂道：“你这个教授，挨打不看日子。”

伸手就要打人，凌一农也不畏惧，工作队的成员赶紧上前，把怒不可遏的教授拖走，拉回金滩村。

得福和得宝闻讯大汗淋漓地赶来，凌一农余怒未消，还在那里愤愤不平：“我又不是去打架，我是跟他们讲道理，你们拦着我干什么？”

得福问出啥事儿了，一位工作组队员告诉他那些客商还在八毛收菇，只是绕开了金滩村，今天凌教授带他们去别的村子摸底产量的时候才知道，凌教授气愤不过，差点儿跟他们打起来。

得宝大怒，敢打师父，他扭头要去干架，被得福拉住，工作队员们直摇头。

许小妍瞄得宝，低声抱怨道：“你这脾气现在把凌老师都传染了。”

得福倒不是很生气，而是替村民难过，说：“凌教授，菇不卖就等着放烂，他们也没办法嘛。”

凌一农斩钉截铁地说：“再烂也不能卖啊，这么搞，蘑菇的事情都发展不下去了。”

一位技术员说：“他们忽悠菇民，说咱只收菇，不给钱，谁知道将来卖不卖得了，菇民们想赚现钱，就信了他们的话。”

得福老实地说：“其实咱们村的人，心里也不踏实。都来问过我，说先交菇后给钱，这万一钱到最后收不回来咋办呢？”

凌一农一怔，好半晌才回过神来，不再生气，只是伤心，沉痛叹道：“哎……谷贱伤农啊，菇民没有了信心，就不会再种蘑菇，已经有人在拆棚了。辛辛苦苦建起来的棚。”

得宝焦急地问："哥，咋办嘛？"

得福沉吟一下，说："他们能动摇大家，那咱们就要想办法稳住大家。"

他们决定跟菇贩针锋相对，决不能让这群人破坏整个金滩村，整个闽宁村种植双孢菇的大业。

经过商量，他们把人员分成几组，凡是有菇贩收菇的地方都派出一组去打擂台。只要有菇贩的车，他们就在对面摆了磅秤，竖起"福建工作队收菇点"的牌子，争抢菇农。

得宝对星哥一直耿耿于怀，主动要去面对这位武术冠军。

村口路两边，一边一个收菇摊。

路东的星哥喊叫道："收菇收菇，一手交菇，一手交钱。收菇了，八毛，八毛。现金收菇。"

路西的得宝也扯嗓子喊道："两块一斤，两块一斤。"

两边都拼命招揽着菇民。

星哥叫道："那边欠账，那边不给钱，你知道不。你看我拿的现钱嘛。"

得宝毫不示弱地将声音提高道："给钱，卖菇回来就给钱呢嘛。两块一斤嘛，卖菇回来立马给你结钱。"

这一场收菇大战正式拉开帷幕。

四

宁夏赴闽务工代表返宁宣讲团回来了。

吴月娟主任带队，麦苗是团员之一，一行人搭乘飞机回到银川，再搭乘中巴奔赴各个县乡进行宣讲。

中巴车沿公路行驶，车里的代表们抱着鲜花，年轻的脸上洋溢着微笑和欢乐。

吴月娟坐在前排麦苗身边，转头给大家讲话："丁干事，你们宣讲团里头，这一拨年轻人都是这两年在福建打工一点点成长起来的，非常优秀的青年代表，一定要让他们跟当地的年轻人多交流，多讲一讲现在外面世界的变化，都是什么样子。"

丁世俊连连点头："主任，放心吧，他们呀，有一肚子的话想跟自己的家乡父老讲呢。"

众人都笑着回答："是呀。"

吴月娟也笑了："你们要多鼓励他们，要像你们一样，勇敢地走出大山，啊……给自己、给家乡一个美好的未来。好不好？"

众人应道："好。"

吴月娟转回头来笑问麦苗："麦苗有几年没回家了？"

麦苗想了一下说："哦……快两年了。"

吴月娟又问："很想家？"

麦苗点头说是。

吴月娟叮嘱道："有空回去看看爸爸。"

麦苗又点头，脸上露出想念和向往。

她不知道，他的父亲，已经早早就在她们即将宣讲的海吉县礼堂等着她了。

是得福一早就来叫的白校长。

他来的时候，白校长正在教室用手风琴伴奏学生唱歌，给学生上音乐课。管不了那么多了，他直接在教室外探头冲白校长招手。

白校长一见，背着手风琴出来，还未开口，得福已经飞快地说："老师，麦苗回来了。"

白校长又惊又喜忙问："啊！在哪儿呢？"

得福说："县里通知我去开会，这个会是福建打工先进人物宣讲会，我在这个宣讲团的名单上看见了麦苗，你看。"

掏出通知让白校长看，宣讲团名单中，赫然有"白麦苗"的名字。

白校长哪里还待得住，安排其他老师帮他代课，自己跟得福立刻赶往县里，找到县礼堂进去坐下，然后，终于等到麦苗上场。

两年不见的女儿完全像是变了个样！

出落得更加美丽，大方，亭亭玉立地站在会场中央，站在"宁夏赴闽务工代表返宁宣讲会"的横幅标语下，站在宣讲台上，像株开花的树。

台下坐着近千人寂静无声，认真倾听。

麦苗声情并茂讲道："各位乡亲领导大家好，我叫白麦苗，是土生土长的宁夏人，也是宁夏第一批赴闽务工人员中的一员，我的老家就在西海固涌泉村，很高兴能有这样的一次机会，回到家乡来演讲。在此，要感谢公司对我们的表彰奖励，感谢领导的关心，感谢各地同事的帮助，感谢海吉县人民政府，共青团海吉团委以及福建省对口帮扶宁夏领导小组，能给我们这样一次机会，让我回到家乡，跟乡亲们讲述我们在福建的工作和生活。我是一个从大山里走出来的孩子，每天看着太阳爬上山头，又从另一个山头落下，我的生活里只有大山和黄土，其实人生和溪水一样，只有汇成大河，奋力地把山劈开，把土划破，才有希望奔向大海。如果失去了勇气，就会成为内陆的盐湖，直至干涸。所以怀揣着这种想法，我报名参加了第一批赴闽打工的队伍，现在想来，我是何其幸运地抓住了这次机会。当我第一天踏上福建的土地，我还是个啥都不懂、缩手缩脚，来自贫困山区的女孩。”

白校长坐在观众席里，激动地凝视女儿，感到无比的幸福和满足：“女儿大了，女儿成熟了，女儿的未来一定比他幸福，一代更胜一代，生活真美好啊！”

麦苗的声音回荡在整个礼堂：“……在工厂车间里，我和海吉姐妹们经历了第一次上工的手足无措，也经历了第一次考核的紧张和焦虑。为了快速掌握技术，早日达到合格的标准，我们抓住所有的机会勤学苦练，生产线见证了我们的汗水和泪水。短短不到两年的时间里，我们从一个个畏首畏尾的山里姑娘，成长为了不服输的生产能手。”

台下掌声响起。白校长和得福激动不已，热泪盈眶。

宣讲结束，宣讲团的代表们被年轻的听众围了个水泄不通，麦苗也被一大群人围在核心，大家在积极询问外出打工事宜。

一个男青年问道：“去了一个月能挣多少钱？”

麦苗回答道：“那得看你有多能干，有些厉害人，一个月挣过千。”

众人听着，瞪大了眼。

另外一个男青年好奇地问道：“麦苗姐，去了吃得惯吗？”

麦苗笑道：“除非你不爱吃好的，就要吃咱的洋芋馓饭。”

众青年被逗乐了。

一个女青年犹豫片刻问道：“姐，我也想去报名呢，可是那么远，我害怕我会想咱家。”

麦苗诚恳回答：“这是最难的事，肯定会想家的，我每回想家的时候就问自己，是想家？还是想让家里的日子过得好点……”

麦苗说着，眼眶红了。

一抬头，看到白校长竟站在人群外，安静地等着自己。

麦苗有些意外：“爸？”

她赶紧跟听众们说抱歉，挤出人群，跑向父亲，笑吟吟道：“我还准备来个突然袭击，给你个惊喜。”

白校长佯装不悦道：“你怕是准备偷偷回来，偷偷走。”

麦苗否认道：“咋可能！我们宣讲团一共宣讲三场，最后一场在玉泉营，我打算玉泉营讲完，就专门请假回去看你的。”

白校长这才露出笑脸道：“你提前打个电话，爸就能多高兴几天，什么都不说，住院了都不说。”

麦苗说：“又不严重，那是厂里非让我住，非要让我百分百痊愈，百分百康复才准我出院……”

得福匆匆走来，招呼麦苗道：“麦苗！”

麦苗高兴道：“得福哥？你也来啦？”

白校长说：“你得福哥告诉我你回来了，还专门找车拉我来……”

得福冲麦苗道：“麦苗，你讲得真好啊，出去了这么长时间，刮目相看了！”

麦苗甜甜笑了，既骄傲又谦虚。

得福又说：“本来我要叫得宝来的，通知太突然了，没找着人，跟你说，现在得宝也不得了了，跟着这个福建专家组在学种蘑菇呢，现在在各村收菇。”

一听“得宝”的名字，麦苗的表情有些不自然。

白校长接话道：“不要紧，过几天麦苗回来，能见上！”

小丁在不远处喊道：“麦苗！麦苗！”

麦苗应声道：“哎！”

小丁冲麦苗招手道：“领导到了。”

麦苗说：“好，马上来！”

得福向白校长解释道：“是领导要接见一下进步青年。”

白校长道：“快去吧，别误了事，我和你得福哥先回了。等你回家来，爸给你做好吃的……”

麦苗不舍点头，然后急匆匆跑走，跟小丁一起离开。

白校长和得福看着麦苗和小丁的背影，不安地对视，彼此在心中都闪过一丝隐忧。

五

得福回到金滩村，立刻来找凌一农。

相比麦苗这次回来宣讲，金滩村正在进行的收菇大战，才是他最关心的事。

冷储库门前人头攒动，收来的菇被一筐筐送进库门，工作队员扒在桌前记着入库账，每一筐入库的蘑菇，都要跟菇农仔细核对，因为，这些菇卖了后要按数结账的。

得宝骑摩托车带凌一农驶来停下。

凌一农看着冷储库门口热闹的景象，走到桌前满意地问：“今天能收多少？”

工作人员抬头高兴道：“库快满了，明天就得发货，要不装不下。”

得宝撑好车走过来道：“咱的收菇点一立起来，客商基本收不到菇了。估计撑不了几天，他们也就不会再来咧。就算不死心，来了也是白烧油，没赚头。”

凌一农高兴地冲得宝道：“你这个徒弟不赖，这几天可是立了大功。”

得宝得意地笑，得福匆匆走来问：“凌教授，啥事这么高兴？”

凌一农回头反问：“咋这两天都没见你？”

得福说：“去县里开会，刚回来。”

凌一农一笑道：“我正在夸得宝。”

得福好奇道：“夸他啥？”

凌一农说：“客商移到哪儿扎点，他就去哪儿打擂台，把客商整得一点办法没有，菇民们把菇全送咱这儿来了。”

众人都笑，得福冲得宝道：“难怪我找不着你，本来想带你去县里见见麦苗。”

得宝一怔，问道：“麦苗回来了？”

得福点头道：“不仅回来了，还是作为福建打工的先进人物回来的，给全县的青年宣讲，鼓励年轻人都去福建打工，讲得可好了！”

得宝怔住，这下可笑不出来了，迟疑着问：“她现在在哪儿？”

得福说：“下一站应该在固原市宣讲。”

得宝忐忑问道：“那……那她回来吗？”

得福道：“回来呢嘛。”

得宝面露喜色，正要说话，得福意味深长地嘱咐道：“我跟你说，这次麦苗回来，你们要好好见一面，你把你自己拾掇一下，啊……你跟她讲一下你现在在干啥，你在拜师，跟师父学种蘑菇呢。明白吗？”

他看见了麦苗的成长蜕变，麦苗的眼界肯定比以前宽多了，高多了，而得宝还窝在金滩村，不拿点什么东西让麦苗佩服，说不定他们会掰了。

得宝不明所以，只有点头。

直到晚上回到家里，细细回想哥哥的话，得宝才隐隐想到了什么，也隐隐地担心起来。

第二天一早，得宝就提着肉菜水果来找白校长，想讨个主意，可是当他面对白校长时，话又说不出口，只说想问问麦苗哪天回来。

白校长放下笔，摘下眼镜道：“没具体说，光说是玉泉营宣讲完了，请假回来。”

得宝说：“那行……我知道了。”

匆匆转身离去，灰溜溜地有些仓皇，白校长看着，不禁笑了。

六

相比得宝的小烦恼，他师傅才是真正遇上了大麻烦。

这天早上凌一农正在宿舍洗脸，黄展旗背个包，苦着脸出现在宿舍门口。

凌一农抬头看见了黄展旗，赶忙问："你回来了？钱带回来没？"

黄展旗说："结算的菇钱，我全带回来了……"

凌一农松了口气："那太好了，走，去村里发钱。"

他刚才看黄展旗的表情，还以为人家赖账，没收到钱呢。

黄展旗面呈难色支吾道："老师，不够……"

凌一农一愣道："什么不够？"

黄展旗说："到菇民手里的钱，不够两块。"

凌一农怔了怔问："那……那一斤多少钱啊？"

黄展旗说："现在菇的纯利润一块七毛三。"

凌一农睁大眼道："一块七毛三？"

黄展旗点头。

凌一农沉思道："那每一斤还少两毛七啊？"

他双眉不由得紧拧起来，一时无语。

黄展旗等了半晌，忍不住问："老师，这事该怎么办？"

凌一农仍然低头沉思。

黄展旗见状道："我想，咱实事求是给菇民们讲清楚，卖到这个价，已经不错了，比菇贩子给的高出一倍还多……"

凌一农猛抬头打断道："听着，差价那部分，我掏腰包补上，但是你得替我保密。"

黄展旗震惊道："这可不是个小数目。"

凌一农自嘲一笑道："我夸的海口，就得买单。这些天为了让菇民有信心，把菇种下去，我们工作队也扎点收菇，一直宣传的，就是这个价！说服菇民的，就是我们会信守承诺！菇民才放心把菇都交给我们，现在说卖不到两块，以后他们还怎么相信我们？"

黄展旗无语。

凌一农安慰道："哎呀……你高兴一点啦，一会儿我们到村里啊，我们要有一种丰收的喜悦，高兴一点。"

一听结算菇钱，整个金滩村都轰动了。凌一农又马上派人去通知其他村的菇民，然后大家欢天喜地地来到村部。

凌一农、黄展旗和另一工作人员坐在桌前，桌上放着一沓钱。

得宝、水花、五蹲、杨三、立仓、拴闷、秀儿等村民，坐在屋内等着领钱。

李大有抽着旱烟袋，蹲在一旁，羡慕地看着。

得福翻着花名册大声念道：“得宝！”

得宝走到桌前。

黄展旗数出一叠钱递给凌一农道：“马得宝，一千六百一！”

凌一农亲自将钱交给得宝道：“你小子，好好努力！”

得宝笑嘻嘻接过钱道：“谢谢师父！”

得福又叫：“李杨三！”

杨三喜滋滋走到桌前。

黄展旗将一叠钱递给凌一农道：“李杨三，两千二百四！”

凌一农将钱塞给杨三。

杨三接过钱，忍不住数起来。

李大有看着，心痒得难受，也难受得紧，霍地站起身冲杨三喊：“别数了！工作队还能少你一分？贪得很！”

众人听着大笑。

得福大声喊着：“李水花！”

水花兴奋地领钱。

得福叫：“安万升！”

秀儿起身，高兴地领钱。

黄展旗把一沓沓钱递给凌一农，再看着凌一农把一沓沓钱发给菇民，拿到钱的菇民开心得合不拢嘴。

忙到黄昏，总算把几个村的菇农的账结清，钱也分完了。

领了钱的村民各个神采奕奕，却还是愣着不走，感激地看着凌教授。

黄展旗道：“老师，不是还要给师娘打电话？”

凌教授接话：“对对，先走了，得回办公室打长途。”

得福尊敬地说：“哦，您快去。”

凌教授和黄展旗跟村民们打了个招呼，然后离去。

所有的人都不知道，除了黄展旗，凌一农打这个电话竟然是要钱。

他又是哀求又是撒谎，在电话里说：“老伴儿，你再给我打三万，就三万……保证是最后一次了……哎呀，科研经费批起来就是麻烦，我先垫着……以前垫付的哪次没批下来？你就放心吧……哎呀老婆，有些事情很复杂，电话里给你说不清楚……我发誓……我发誓，这三万是最后一次……”

好不容易，他妻子才答应他把家里的存款先“借”给他应急。

可是他妻子却不知道，丈夫这个“急”是应不完的，凌一农虽然清楚，却身不由己，无法自拔。

因为蘑菇生长，蘑菇冷藏，蘑菇运出，蘑菇卖出，每完成一个过程，他都要支付每一斤蘑菇纯利润跟两元的差价，这一切，不仅仅是为了维持一个知识分子的承诺和脸面，还有这背后的事业和信仰。

因为凌一农认为，只有兑现承诺，建立诚信，让菇农们相信他，才能够不断地把蘑菇送到冷藏库，才能让菇贩无法剥削菇农，才能让菇农觉得种蘑菇有利可图，才能够保证种蘑菇规模，保证种蘑菇不至于半途而废，才能够让这些吊庄移民得到一项长期的、稳定的收入，才能够彻底改变他们的生活，这就是他朴素而直接的道理，为了这个目的，他宁愿自己做出牺牲，也要咬牙坚持。

他取出妻子的“借款”来到冷藏库，得宝和工作人员从冷储库把蘑菇装进大型冷藏车，然后大型冷藏车发动开走。它们将长途运输，把蘑菇送到遥远城市的超市和菜场。

蘑菇送走的同时，又有村民陆续来送蘑菇入库，像一条永不停息的流水线。倘若是以前，凌一农肯定是乐见其成，但是现在，似乎每一只蘑菇就变成压在他心上的一块石头。

送菇的村民脸上都喜气洋洋，与凌一农阴沉的脸形成对比。

黄展旗坐在桌前算账，凌一农走过去问：“怎么样？”

黄展旗忙碌一阵，抬起头道：“明天又要给菇民结算，还差一万八……”

凌一农看看四周无人，悄悄地把挎包中的钱掏出来递给黄展旗，小声说：“我老婆不是又给我打了三万吗，你往里添。”

黄展旗沉着脸道：“添？添？这样下去，能扛多久……”

凌一农打断道：“能扛多久先扛着，咱不是正在想办法。”

黄展旗无奈接过钱。

凌一农轻叹一声问：“机场空运那边，价没谈下来？”

黄展旗愤愤地说：“三块五一公斤，一分不降。”

凌一农不甘心地问：“没找找他们领导？”

黄展旗悻悻地说：“和货运经理亲自谈的，他上面的领导，咱也攀不上。”

凌一农点头道：“那也是。”

黄展旗犹豫一下道：“跑车的司机说了，下次运费得涨价。”

凌一农一愣道：“为什么？”

黄展旗说："汽油涨了，水涨船高……"

凌一农霍地站起身，想说什么，又没说出来。

黄展旗见状担忧道："老师……你……没事吧？"

凌一农又落座，喃喃道："汽油涨，运费涨，菇价怎么就不见涨……"

他呆了半晌，决定自己去跑趟机场。

叫来得宝用摩托车送他，两人刚刚骑出金滩村不久，就看见得福蹬着自行车迎面而来。

三人停车碰面，得福说："你们这是去哪儿？得宝，麦苗今大回来。"

得宝说："我知道，白老师说她早上在玉泉营演讲，下午才回来，我送师父去机场，赶得及。"

得福一愣问："机场？"

凌一农道："去找管货运的领导再谈谈，看能不能把空运的价格谈下来。我上次已经问过机场了，蘑菇可以空运的。就是价高，谈了几次都没谈下来……"

得福说："现在能卖两块，大家都已经很高兴了！"

凌一农呆了片刻，才心虚道："哦，听说汽油要涨价，运费会跟着涨的……"

得福察觉不对，仔细观察凌教授的脸色，就在这时，两辆冷藏车驶来，戛然停下。

三人见状一怔。

那伙收菇的商贩从两辆车上跳下，在星哥的带领下冲三人走来。

得宝一眼认出，忍不住笑了，嘲讽道："哟，原来是你们呀，好几天都没见收菇了……"

凌一农和得宝都从车上下来，得福也挨过来站在一起，他们可不怕。

这伙人不理得宝，上前冲凌一农喊："你这个专家，不好好推广技术，到处扎点收菇、扰乱市场，你这么干究竟为啥？"

得福得宝一愣。

凌一农不悦道："我不扎点收菇，难道让你们收？你们八毛钱收菇就是胡扯，就是坑菇民的钱……"

一名商贩打断道："嘿，你老家伙还嘴硬，我们八毛钱收菇是胡扯？你两块钱收菇就不胡扯？我们也往上海、北京发货，一趟各种费用下来，能赚一块七就算把你撑死了，你为啥要贴本收两块？"

得福得宝听着，疑惑地望着凌一农。

这可刺着了凌一农的痛处，可是他又不想让得宝、得福他们知道，慌忙争辩道："你少胡说，谁贴本收菇……"

星哥狠狠打断道："老家伙你给我听好了，我们今天来就是警告你，从明天开始，把你的收菇点都撤了，不要瞎搅和市场，断我们的财路。要敢不听，下次再见你，就不是用嘴说了，小心挨打！"

说罢，冲四人一挥手道："走！"

四人跟着星哥转身便走。

得福转头问凌一农道："贴本收菇……"

凌一农突然冲出去追那伙商贩，大声喊道："站住！"

星哥和其他四人站住，回身望着凌一农，不屑地说："咋了？没听懂？那我再跟你说一遍，啊……把你收菇点都撤了，听见没？滚！"

可是此时凌一农像突然换了一个人似的，怒狮般冲上去，跟星哥扭打在一起，得宝、得福也只好跟上，两拨人打在了一起。

结果自然是少不胜多，星哥的武术冠军也不是浪得虚名，五个商贩不多时就占了上风，把得福、得宝、凌一农三人打倒在地，扬长而去。

幸好他们也知道凌一农是县里请来的专家，不敢乱来，可是也够得福三人受的了。

等到对方两辆冷藏车开走得老远，三人才哼哼叽叽地从地上爬起，三人索性合乘一车，由负伤的得宝载着同样负伤的凌一农和得福进城看医生。

三人都浑身是土，狼狈不堪。

到了医院，得宝把教授和得福放在医院门口，立即就要发车离开——他还要赶着去见麦苗。

得福叫道："得宝，你先把头包扎一下。"

话音没落，得宝已经开车离开："来不及咧。"

得福只好扶着凌教授进去，凌教授吃痛地弯着腰。

大夫过来给凌教授初步检查，按压腹部，凌教授痛得倒吸气。

大夫皱眉道："哎哟，咱们这个地方是，有可能是肋骨骨折，得拍片子看，我出去安排一下。"

大夫出去了，诊疗室只剩得福和凌教授。

得福担心地看着凌教授。

凌教授给得福宽心道："别紧张，我年轻的时候也是打过架的，只不过几十年没打，拳头生锈了。"

得福再也按捺不住，认真问道："凌教授，你给我说实话，他们说的贴钱的事……"

凌教授看着得福，只好坦白道："我也只能跟你说实话吧，其实每茬菇价根本卖不到两块钱，差价是我补的。”

得福吃惊道：“你……你为啥不说？”

凌一农懊恼地说：“嗨，我原来估计太乐观了，想着肯定能卖到这个价……谁晓得各种费用会那么高……”

得福生气地说：“那你也该把实际情况告诉我！”

凌一农不好意思道：“我想着总有办法，菇价有可能涨，运费有可能降，最重要的，是不要辜负菇民的信任。”

得福凝视凌一农，一时无语。

凌一农叹了口气：“想想也真有意思，我怎么能干这事？瞒这么多人，怎么能瞒得住。现在不仅瞒不住，也扛不住了，没钱再补了……人遇到自己解决不了的事，最有用的办法，就是讲实话。”

得福望着凌一农尴尬而又内疚的样子，眼睛里渐渐地蓄满了泪水。

七

得宝着急赶去要见的麦苗差不多在他出村的时候就回来了。

她首先直奔村小学，远远地，就听见学校教室里传出学生朗诵课文的声音。

她忍不住加快了脚步，跑进学校，跑到教室外，跑到玻璃窗前。

然后，她就看见了父亲的背影，看见正在读课文的孩子们转头看她，看见父亲敲着桌子让孩子们集中精力，孩子们笑着指指窗外的麦苗。

然后，父亲抬头，看见了女儿。

父女相视而笑。

然后，白校长再次罕见地停课让学生自己朗读，出了教室，带着麦苗首先来到麦苗以前的宿舍。

一切都没啥变化，和麦苗走时一模一样。

然后来到白校长宿舍，白校长指着桌上洗好的水果冲女儿道：“这些都是得宝买的。”

麦苗一愣道：“他买的？”

白校长一笑道：“你不在，他经常过来看我，买菜买肉……”

麦苗试探问道：“他知道我回来？”

白校长说：“知道，所以才买了这么多吃的……今天他又去扎点收菇，大早还跑来一趟，看你回来了没有，估计过会儿就来了。”

麦苗迟疑一下，说：“爸，我今晚的飞机回福建，过会儿我就走了。”

白校长吃惊道：“这么紧张？你不在家里住两天？”

麦苗面呈难色道：“我这回回来是团委的任务，都是统一安排。只给了我两个小时的假，回来看看你，一会儿就要回玉泉营搭车去机场了。”

白校长怔怔答道：“这样啊……”

麦苗递了个水果给白校长，白校长只是拿着。

白校长突然回过神，起身道：“得宝可能回来了，我去村里看看。”

麦苗说：“爸，不用看了，我回来看看你就行。”

白校长着急道：“得宝心念念要见你。”

麦苗迟疑道：“那……我自己去吧。”

白校长点头：“好，好。”

麦苗离开学校，一个人来到金滩村。

她说她一个人去看得宝，同时，她也想顺便看看这个村子和村子里的人们，看看水花，秀儿……

但是她第一个看见的是李大有和他媳妇，他们正在新修整好的菇棚忙进忙出。

两人看到麦苗走来，翠玲吃惊道：“这不是麦苗吗？”

麦苗笑着招呼道：“翠玲婶，大有叔。”

李大有问：“你啥时回来的？”

麦苗说：“我回来出差，几天了，才回家，今晚就回福建了。”

翠玲急切问道：“在福建见我家水旺了没有？”

麦苗道：“见啦，我俩吃过几顿饭呢，他们鞋厂离我们厂子不远。”

李大有关心的是另一方面：“他混得咋样？”

麦苗高兴地说：“人家是撞模工，收入高着呢，一个月上千啦。”

李大有惊喜道：“这臭小子，他跟他妈说一个月他才挣几百块钱。这孩子，我跟你说，他就是想把这钱攒下来，将来娶媳妇。”

麦苗一愣后悔道：“啊？那我说漏嘴了。”

李大有连忙打断道：“没事没事，叔不会说你给我说的……你来是找得宝的吧？”

麦苗脸上露出羞涩的表情，答也不是，不答也不是。

李大有没有注意到麦苗微妙的表情，自顾自地说：“这娃可以，他一大早就骑摩托车出去了，一下这里，一下那里，跟窜天猴一样。叔给你喊一下。得宝，得宝，有人找你呢。”

没有人应声。

麦苗赶紧说："那我去看一下。"

几步来到得宝的院子，进去一看，两座菇棚，好奇地站住了。

宅院空无一人，麦苗径直走进菇棚，东张西望，只见菇棚内整洁明亮，菇床上的堆料表层，冒出星星一般的幼菇。

麦苗上前观望，目露爱意，看了很久，才依依不舍地出来，站在院子里等待。

李大有提着一袋煮鸡蛋走进道："得宝没回来？"

麦苗摇头。

李大有埋怨道："哎呀……这后生好着呢，就是爱跑得很。呲一下就没有了，呵呵……"

麦苗一笑道："我也是过来看看，他不在，我就走了。"

李大有把煮鸡蛋塞麦苗手里道："你今晚就坐飞机回福建，我也没啥拿的，这十个煮鸡蛋，托你带给水旺。"

麦苗一愣道："叔，福建能吃上鸡蛋。"

李大有一声叹息打断道："哎……这女子，那不一样嘛，在外头哪能吃到家乡的味道，你说呢？光是羊肉，它外头哪有咱这儿的好吃？啊？还有他在福建，他能吃上他妈给他做的羊肉臊子面？吃不上嘛。呵呵……人的胃呀，4 岁就定型了。"

麦苗听着，神情复杂。

李大有继续说："你把这鸡蛋给他，啊，你跟他说，他这浑小子，一拍屁股就走了，他一点儿都不想他大？他……他可以不想我，但是我这个老没出息我……我不可能不想他嘛。"

李大有说着伤感。麦苗见状，忙接过鸡蛋袋子。

李大有又说："你让他把这鸡蛋吃了，吃了这个蛋，就是吃了定心蛋。他这浑球不想我都不行，走了走了，你一路平安。"

"叔，你放心，我一定把鸡蛋给水旺。"麦苗说完无可奈何地提着鸡蛋回了村小学。

白校长一见麦苗无精打采地回来，心知不妙，赶紧问："见着没？"

麦苗摇头。

白校长着急道："不应该呀。"

看到麦苗手里的袋子，麦苗解释道："大有叔让我带给水旺的煮鸡蛋。"

白校长笑道："真会给我女儿找事，这提着沉甸甸的，多麻烦。"

麦苗认真地说："大有叔说了，这是定心蛋，水旺吃了就会想家，想他老大。"

白校长转身，从桌上提起几大袋东西，嘱咐麦苗道："麦苗，你别嫌麻烦。给。"

麦苗这下慌了，她没想到她父亲跟李大有差不多："哎哟……爸，这太多了，不好带，不提了。”

白校长哀求道：“提着吧，这都是你在家常吃的，吃了不会想家……”

麦苗看着小心翼翼提要求的父亲，禁不住红了眼眶。

她回来时轻轻松松地背个双肩背包，走时却大包小包像在搬家。

她刚走不久，得宝骑着摩托车疾速驶来，戛然停下，跃下车座，就朝宿舍门口跑，边跑边喘着粗气喊道：“老师……麦苗她……”

白校长看着得宝的狼狈样儿，关切问道：“你这是怎么了？麦苗回来了一趟，等不住你，走了。”

得宝竟不再说，猛然转身朝摩托车跑去。

白校长追着问道：“你知不知道去哪儿追啊，就闷头跑……”

得宝问：“我要去哪儿追？”

白校长：“她们在玉泉营车站集合，然后发车去机场。”

得宝跨上车就走。

一路风驰电掣，疾驰在戈壁滩上，冲进玉泉营车站时，宣讲团的中巴车正要出发。

麦苗一直站在车下，拖到最后。

丁世俊问了她两三次，最后说时间到了，麦苗才磨磨蹭蹭地准备上车，眼睛却还不甘心地看着远处。

就在她已经绝望，咬牙扭头刚要上车，听到有人从很远的地方在喊她的名字——

一回头，就看到得宝的摩托车远远开来，越来越近，直冲到她面前停下。

得宝满身是土，脸上是凝固的血痕。

小丁见状往前挪了一步，生怕形象吓人的得宝会伤到麦苗。

得宝盯着麦苗，又看了一眼护在旁边的小丁。

麦苗紧盯着得宝：“你咋了？”

得宝脸涨得通红：“我……”

话哽在胸口，半天才挤出没头没尾的一句话：“我是第一个建棚种菇的……”

分开两年，两个年轻人各自经历风雨，各自感受，各自成长，多了成熟与思想，也多了陌生与距离，自尊与担忧，不是在见面的一瞬间，就能够恢复他们从前那种两小无猜、亲密无间的情感的。

麦苗看着得宝的样子，心疼又生气：“你还是先去医院看看吧。”

司机鸣笛催促出发，麦苗转身上车，又对得宝留下一句：“等你头好了再说吧。”

车子起步，得宝跟着车跑。

原本坐在另一边的麦苗突然来到这边，从车窗探出头，得宝赶紧快步跟上。

麦苗大声说："你给我的信，救火的时候烧了，我没看着。"

得宝笑了。

这不是最好的回答，也不是他期待的见面，却似乎又是最满意的回答，很有意义的重逢。就算不是如释重负，心里还有些患得患失，但至少，她还是那个麦苗，还是西海固女子，这就够了。

车子越开越快，得宝来不及回答，看着中巴车载着麦苗离开。

八

得福无计可施，只得按照一贯的思维，有困难向上级反映，他带着一脸的淤青，直接找到市委杨书记反映情况。

杨书记甚至没有让他等，把其他工作都往后推了见的他。

听了得福的汇报后，她盯着得福问道："他一共垫进去多少钱？"

得福紧张地说："我算过了，四万九千七百六十四。"

杨书记荡开一句担忧道："人伤得重不重？"

得福说："肋骨裂了。"

杨书记长叹一声起身道："这钱不能让凌教授出。"

得福说："杨书记放心，我正在做这件事。"

杨书记踱步沉思片刻道："你刚才提到的走空运，这事可行吗？"

得福说："近路用不上空运，可路一远，就太适合蘑菇的运输了，当天发当天到，对蘑菇的保鲜有保障。可就是价谈不下来，所以我才来向杨书记求援……"

杨书记打断道："这事你和凌教授都不用管了，交给我吧。"

得福期待地点头。他相信这个敢打敢拼的领导。

杨书记当然没有让他失望。

得福一走，她就专门来见吴月娟。

吴月娟自然知道这位宁夏官场有名的女强人"无事不登三宝殿"，亲自起身给杨书记沏了一杯茶说："杨书记。我有好东西给你尝一尝。香不香？新一季的茉莉花，我刚从福建带过来的。来。"

杨书记也不寒暄也不废话，按照她一贯的风格直截了当地说："我表了态的，一定要想办法帮菇农解决空运的问题。"

吴月娟随口应道："是是是。"

杨书记沉声道："君子一言，驷马难追。"

吴月娟劝道："你先喝一口茶。"

杨书记继续一脸严肃表情地说："我这个话说出口了，起码也要两匹马来追嘛。"

吴月娟再也无法顾左右而言他了，故意苦笑道："杨书记，就凭你这句话，我现在就给你表个态。"

她的表态是行动。

吴月娟拿起电话，冲电话那头郑重道："哎……小黄，啊……我是吴月娟哪，吴大姐，你帮我找一下自治区的马秘书长好不好？啊……好好好，好……嗯……"

对凌一农、得福来说难以想象的困难，在两个女强人的联手下，迎刃而解。

然后，杨书记让得福带她去看凌一农。

他们推开病房房门进去的时候，头上缠着纱布的得宝正在给凌一农剥香蕉吃，凌一农正在吹牛："我不光种蘑菇是你师父，打架我也是你师父。"

得福叫道："凌教授，市委杨书记看你来了。"

得宝忙起身让座，凌一农略有些尴尬地说："你这不是带杨书记来看我笑话吗？被人打了一拳，然后骨头就散架了。"

杨书记笑："肋骨骨裂，你也厉害得很。"

得福上前高兴道："凌教授，给你报个喜讯，以后啊，咱这些蘑菇，都可以坐飞机啦！"

凌一农一愣道："不行的，价太高，一公斤三块五，菇民赚不了几个钱的……"

杨书记打断道："凌教授放心，已经跟民航部门商谈好了，一公斤便宜一半的钱。"

凌一农一惊道："这么多？"

得福接话道："这价，是杨书记和吴主任亲自跑下来的，和民航部门达成了共识，用客机的行李舱来做运输，把咱空运蘑菇的事，办成了扶贫助民的特例项目。以后就是只要有航线有航班，都是这个优惠价格。只要客机的货舱装得下，有多少运多少！"

凌一农高兴得要起身，却疼得"哎哟"了一声。

杨书记忙伸手轻按道："骨头散了就别动，好好休养，我还等着您早日康复，咱们共同研讨我们全市的蘑菇产业发展。"

凌一农忍着疼痛开心笑道："杨书记，这不用等我康复，病床上也能发展。"

众人听着都开心笑了……

这一次，是真正地打开了销售通道，凌教授承诺的两元钱一斤，完全能够保证。

一架客机沿跑道腾空而起，飞向远方……

又一架客机起飞，飞往另一个方向……

每一架客机，都载着闽宁村的双孢菇，都载着闽宁村的希望，飞向大江南北，祖国各地，让更多的人了解闽宁村，让更多的人吃上双孢菇。

闽宁村的蘑菇种植，进入快速、健康发展的道路，每个村的场院里，都竖起了一排排菇棚，忙碌的菇民们进进出出，送菇的车来来往往，金滩村村部门口挂上了“闽宁协作蘑菇产业示范村”的招牌。

此后的一天，得宝宰了羊，借用了村小学一间教室，用课桌拼成两个餐桌，准备摆一次盛大的宴席，欢送凌一农教授，还有福建来的所有技术员。

得福专门叮嘱了：“别和村里人说呀，要不然你师父发火，我可不给你挡着。”

得宝自然知道师父的脾气，连声称是。

然后厨师在宿舍区的炉灶前忙活完，炖羊肉和下酒菜摆上了桌，凌一农和所有的技术员都来了，围坐在餐桌前。

白校长帮忙上菜，得福、得宝给技术员倒酒。

凌一农冲得福不满道：“我说过了，不用送别，你怎么就不听？非搞这一套。”

得福一笑道：“凌教授，这怨不得我，这两桌饭，村里一分钱没出，是你徒弟非要张罗。我拦都拦不住，是不是？”

凌一农瞪了得宝一眼道：“你这臭小子，是不是挣了几个钱浑身上下不舒服啊？”

众人笑了。

教室门忽然被推开，李大有进来了。

李大有大声说：“这村里人刮了股风，说凌教授明天要走，去新疆。”

众人面面相觑。

凌一农笑了笑道：“是，我明天是要去新疆。”

李大有上前道：“还不想让我们大家知道……”

凌一农打断道：“是，我让他这么做的。”

李大有对得福兄弟：“哎呀……好我的娃呢，这事情你咋能这么处理呢？凌教授不让说，你俩就真不说？啊？这要是凌教授走了，那咱村的人都得被人家戳脊梁骨嘛。”

得福心虚地分辩说：“哪儿那么严重。”

李大有指着他和得宝：“你就算是村支书，你兄弟是他的徒弟，你俩也不能代表我们大家吧？”

凌一农见状，忙招呼李大有道：“大有哥，来来来，坐下，别生气，咱一起吃……”

李大有冲凌一农道：“不是我一个人来，外面还有人呢。”

凌一农连忙起身往外走：“都叫进来，都别生气，咱一起吃。”

一边回头招呼黄展旗：“小黄，快，多加几个椅子。”

可是他一走出教室门，就愣住了。

金滩村的全体村民都站在学校院内，院外还有人不断进来，每个人都眼含感激和不舍，手里捧着做好的饭菜和包好的特产。

得福、得宝看呆了。

黄展旗、许小妍和工作队队员也呆了。

凌一农最呆，他完全失去了思想和说话的能力，只是慢慢红了眼眶。

两年多的辛苦，恶劣的工作环境，难以想象的压力，憋屈和不被理解……，所有的一切，在这一刻完全化为乌有，化为深沉的情感，化为崇高的精神满足，化为无边无尽的幸福。

这就是人与人之间最伟大的爱，是党和政府与人民群众最紧密的联结，这，就是山海情。

第十四卷终

第十五卷

孩 子

20 世纪 90 年代，很多乡村学校的操场都十分简陋，黄土和碎石子混杂其中，加上简单的篮球架，刮风天全是尘土，下雨天则泥泞不堪。在寒冷的冬季，教室里烧的是煤炉子，不少学生手脚长冻疮，至于教学设施，更是几近于无。

如今，在中央和地方政府的努力下，西海固乡村学校已变了模样，不仅全部结束了火炉取暖、土操场上体育课的历史，还校校接通了宽带网、班班配备了数字化教学设备。

除了硬件设施，“软件”也得到了极大的提升。近年来，宁夏通过事业单位和特岗教师招聘、公费师范生培养等渠道年均补充教师近 3000 人。其中，“特岗计划”自 2006 年实施以来，就为乡村学校补充了教师 2.55 万人，实现了乡村教师的“大换血”。同时，宁夏还通过生活补贴到位、职称倾斜到位、荣誉激励到位、素质提升到位，确保乡村教师“下得去、留得住、教得好”。宁夏回族自治区教育厅数据显示，宁夏特岗教师 3 年服务期间留任率达 87.26%，高于全国平均水平。

一

日日新，又日新。

时间流逝，每个人都在向前，每个人的世界都在不断丰富，每一天，都是新的篇章，无论是得福、得宝，还是麦苗、水花、秀儿、白校长，还有光荣完成扶贫任务并离开金滩村的凌一农、黄展旗，甚至张树成、杨书记、吴月娟，还有李大有、五蹲、拴闷、杨三……

这天厂长把麦苗叫到办公室，杨明珍也在。

是表扬。

厂长首先问："小白啊，我听杨主任讲，你最近自己跑去上夜校，你还带着你工友一起去啊？"

麦苗承认说："嗯……是。"

杨明珍补充说："她教过的新一批宁夏女工啊，比其他流水线上的女工，学得都要快。我们一车间的这个产量和合格率，又回到了全厂第一。"

厂长感叹地说："这个海吉女子不简单哪，你这个干劲跟我们这些本地人，非常像。"

麦苗谦虚地说："您过奖了，爱拼才会赢。"

厂长说："哎……爱拼才会赢。非常好，非常好。杨主任在我这边提了好多次了，准备让你到车间里面去做一个组长，我觉得这个提议非常好。"

麦苗有些激动和高兴："谢谢杨主任。"

"麦苗是新一批女工里面最努力、最认真的那一个了，呃……"杨明珍用麦苗的家乡话说，"好得很。"

白麦苗笑："好得很。"

杨明珍又学了一遍："好得很。"

厂长也笑了："你也厉害，这话你都会讲了。那个白麦……"

对于这个给他留下深刻印象的女工，他还是不记得她的全名，因为她们那儿取名太有特点了。杨明珍补充说："苗。"

厂长表情严肃起来："白麦苗，第一次喊对，那你到这个车间里面来，你除了要负责车间里面这个管理的工作以外，新来的这些女工呢，你要带领她们，这个标准就要按照杨主任之前给你们提的标准，要一样的，能不能做到？"

麦苗也认真地回答："嗯……您放心，一定能。"

厂长笑了："非常好。"

的确是非常好。

当初，他是抱着全朋友之义，同时完成任务的心思接纳这批海吉女工的，结果却是令人惊喜。海吉女工吃苦耐劳，聪明肯学，在很短的时间内就适应了工厂生活，成为合格的工友，然后上升为骨干，比如像白麦苗这样的优秀员工，将来会在他的工厂中发挥越来越重要的作用，成为独当一面的人才。所以他非常开心，是真实的高兴。虽然他也清楚，这不是因为他独具慧眼，而是因为东西扶贫协作这一政策。

这是项好政策。

他甚至想，作为回报，他是不是应该多为遥远西北那个贫穷的县城的人们，多做点什么。

麦苗肯定无法了解老板的想法，但她感受到升职的喜悦的同时，也清楚自己的职责，她觉得只有更加努力，更加用心，才对得起这份工作，对得起让她拥有这份工作的人，对得起让她从山沟里走出来的人，虽然，她内心深处，对于那些山沟戈壁，从未曾割断过想念，从未消减过想念。

她更加投入地工作，负责地在流水线上忙碌、巡查，督促和带领所有的海吉女工把工作做得更好。

这一天，她走出工厂大门，得宝蹲在门口等着她。

短短的头发，头上有几处疤痕，脸上带着盈盈的笑容。

麦苗问："你咋来了？"

得宝答："你不是让我头好了来找你吗？"

麦苗问："头好了？"

得宝答："好了。"

他咧开嘴憨笑，麦苗也忍不住笑了。

她带他去看海。

——山雄壮坚强，海辽阔丰富，他们这些从山沟沟里走出来的年轻人到了这里以后，看海成为最值得、最有意义的事。这就是山海亘古的相依相连，这就是山海情。

两人漫步海边，仿佛是向前走，每一步，都是走向新的生活，新的天地；又仿佛是向后走，每一步，都是走回那些埋藏心中的记忆，走回那些已经走过却留下了印迹的旧时韶光。他们走着走着，那些仿佛已经很遥远的人和事，那些仿佛已经很疏远的感觉，慢慢地回到了他们心中，回到了他们之间。他们又像是很久以前一起奔跑在涌泉村山脊上的两个少年，带着美好的憧憬眺望远方。

无边的柔情像这海水一样荡漾，麦苗扭头看了一眼得宝，问道："头还疼吗？"

得宝说："早好了！流点血就好了。"

说完，突然像是悟到了什么真谛，雀跃地跟麦苗分享道："麦苗，你说我这个头，是不是定期就得放点儿血？真的，昨天一整夜睡不着，头嗡嗡响，早上淌了点鼻血，诶！一下子好了。"

麦苗板起脸问："意思是你以后要经常打架放放血？"

得宝立刻乖巧地说："再不打架了，说话算数！"

麦苗道："你说话从来不算数，当时去新疆，答应了带我去，还不是自己走了。"

得宝叫了起来："哎呀，咋又提那事儿，好女不翻旧账。"

麦苗气得停住，质问得宝道："好男呢？"

"好男……好男……好男吊得了庄，去过新疆，"得宝看麦苗没反应，继续说道，"种得成蘑菇，斗得过奸商！"

麦苗看着得宝，外表成熟了些，表情却还保留着欠兮兮的孩子气，心里充满了欢喜，脸上却还是生气的表情，拍得宝的脑袋："斗得过是吗？"

得宝说："啊！"

麦苗追问："斗不斗得过？"

得宝说："干啥嘛！"

麦苗说："就会耍嘴皮子，你斗啊你。"

得宝叫："不要闹。"

麦苗打他："让你乱跑。"

得宝逃跑，麦苗追逐。

海滩上回荡着笑声。

麦苗又带他逛了好些莆田的古迹建筑，最后，他们还是回到了海边，再次好好地看看大海。

这次，还叫上了水旺。

得宝说道："天真大，海真蓝啊。"

麦苗说："看得真远呀。"

得宝大声道："这再好，也没咱金滩村的庄稼地好。"

水旺说："你个傻子。你看这海，一眼都看不到头嘛，这咋不比你的庄稼地好？"

得宝驳他："海再大跟你有啥关系呢？"

水旺说："我下半年准备去海上，看一下这海有多宽。"

得宝问："咋了？准备赚大钱去？"

水旺无语："啧……"

麦苗感慨地说："哎……要是尕娃也在就好了。"

水旺说："就差尕娃了。"

得宝大声说："不管他在哪儿，他一个人也能过得好好的。"

既是在祝福，又像是在祈祷。

2001年，就在三个年轻人的祝福和祈祷中，到来了。

二

金滩村吊庄移民的生活越来越好，种植蘑菇成为村民们的重要收入之一，前去福建打工，也受到越来越多年轻人的喜欢和响应。这一天，海吉开往莆田的直通车刚刚启动，车上外出打工的年轻人们意气风发。

玉泉营开发区的门口还有些送行的家长没有离去，正目送着车离开。

一位劳务站的工作人员站在最前面，面向大家讲话道："咱们是第六批赴闽打工的队伍了，前面几批已经为咱们探实了路，只要肯努力，就能赚钱……"

大家振奋地看着领队。

突然间，所有人的目光转为惊愕，车子急刹！

领队身体后仰，紧紧抓住椅背才勉强站稳，他回头一看，大巴车前横着一辆自行车！

一个人像一座石碑，一座泰山石敢当一样挡在大巴车前。

白校长！

此刻的白校长不同于以往的平静谦和，衣衫满是灰尘，头发如同刺猬，一个眼镜片还有裂痕，看起来邋遢了些，沉重地喘着气，可是那股毫不畏惧、横荡一切的气势，无人敢撄其锋。

一片沉寂后，白校长长长吐了口气，把自行车停在马路正中间，然后走向大巴，拍车门，车门打开。

家长们远远地看见这一幕，心生疑惑，不由得都围了上来。

司机这时才从刚才的惊吓中反应过来，冲走上车的白校长大骂道："你疯了吗？嫌自己命长别拉别人垫背！"

白校长充耳不闻，环顾车里。

后排的座位上，慢慢站起来一个瘦弱的女孩，海春玲。

海春玲不敢置信地喃喃道："校长，你怎么来了……"

白校长朝春玲走去。海春玲没动。

不明所以的领队上前，质问道："你是谁呀？"

白校长缓过气息，答道："我是她的老师，她不够年龄，不能去打工。"

领队一愣道："名单都是各村报上来的，都是满足年龄要求的自愿报名，她叫什么啊？"

白校长答道："海春玲。"

领队赶紧翻查名单："海……海春玲……16 周岁啊！咱外出务工的年龄，红线就是年满 16 周岁。"

白校长气弱道："那是家长给改了的，她还不到 15 岁，我的学生，我清楚。"

领队不解，扭头看着海春玲，大声问道："你多大了？"

海春玲为难地低头，不语。

白校长继续跟领队说道："不满 16 周岁，那就是童工，你们能承担这个责任吗？"

一句话把领队问住了。

车下家长们聚集起来，向车里张望，询问发生了什么事。

领队烦闷道："行了，那就赶紧领着下车吧。"

海春玲还愣在座位上，哀怨地看着白校长。

白校长苦笑着招手道："春玲，走啊，跟老师下车。"

大巴车开走了，白校长和海春玲站在路边。

送行的家长看着车远去，都放心地离去。

看着白校长和海春玲，有的人摇摇头，有的人发出叹息。

海春玲手里只提着一个包袱，白校长要把包袱接过来，海春玲没松手。

白校长温柔地说："老师送你回去，你别害怕，我跟你爸说。"

海春玲还是没有松开包袱，委屈道："你送我回去，我才害怕呢。"

白校长内疚地低下头。

海春玲道："校长，你跟我大闹了大半个月——"

海春玲看着白校长的破眼镜片，百感交集。

海春玲继续哽咽着说道："我真的不想让你们再闹了，我自己回去。"

海春玲径自拎包离去。

白校长推着车，跟在海春玲几步之后。

三

此刻，海吉县教育局局长办公室里，正发生着一件跟白校长，跟金滩村小学密切相关的事。

年轻的支教老师郭闽航站在桌前，孙主任站在他旁边。郭闽航手里拿着一个文件夹，赵局长盯着他。

赵局长震惊道："你自己要求去玉泉营的移民小学？"

孙主任笑着点了点头，郭闽航也点头。

"对，我在报告里写了的。"郭闽航抬了抬手里的文件夹，"孙主任已经给我办完手续了。"

赵局长不解地说："你不留在县里教一中？厦大毕业的高才生去教村小……我还以为是他们弄错了，专门叫你来确认一下。"

郭闽航谦虚笑道："我是福建的，陈金山书记来我们学校办过讲座，一直提起玉泉营和闽宁村，尤其提过移民村的小学，说白校长是不可多得的好老师！"

赵局长感叹："原来是陈县长灌过耳音……但是你去村小，也太大材小用了。"

桌上的座机响了，赵局长示意郭闽航稍等，他接起电话。

赵局长听了几句电话那头的汇报，震惊道："拦车了？他自己拦的？……那人家管理局肯定有意见啊，问题是我能怎么办？他也不是跟我打过报告才去拦车的，我这隔着几百公里，难道能飞着去管他？"

赵局长对着电话叹气道："这个白校长！"

听到"白校长"，郭闽航抬起头，孙主任也微微皱眉。

赵局长对电话那头说道："行了，我知道了，不用我找他……放心吧，他肯定要来找我的。"

赵局长挂了电话，再次向郭闽航确认："你真的要去移民村小学？"

郭闽航坚定点头。

赵局长也点头，欣赏而鼓励地看着眼前这个年轻人。

孙主任递给郭闽航一些材料："玉泉营离得远，我们每次开会白校长都来不了，这都是些会议材料，你帮忙给带过去吧。"

材料的最上面是一张宣传单：梦的翅膀——自治区中小学花儿合唱大赛。

孙主任："这是自治区组织的活动，所有小学都得参加。"

赵局长："没错，你大城市来的，见识多，去了正好可以帮白校长组织排练。"

郭闽航接过材料，放进文件夹里，和孙主任一出门，他就忍不住向孙主任打听："孙主任，刚刚说白校长怎么了？"

孙主任无奈摇头道："斯文人被逼急咯。"

然后向郭闽航说了白校长拦车截人的事，郭闽航目光闪烁，不由得对这位白校长更加充满好奇。

搭乘几个小时长途车后，他到了玉泉营车站，然后再拉着他的行李箱徒步前往金滩村西戈壁小学，暮色四起的时候，他终于到达目的地。

郭闽航茫然张望着，看到了国旗飘扬，隐约听到了朗朗的读书声，露出笑容，循着读书声走去。

白校长坐在旗台下发愁。

郭闽航拖着行李来了，看到了学校门口挂着的牌子"西戈壁小学"，往里走，这才看到旗台下的白校长。

郭闽航礼貌问道："大叔，我想找一下白校长。"

白校长答道："我就是。"

郭闽航伸出手："白校长您好！我是郭闽航，从福建来的支教老师。"

白校长不理会郭闽航想握手的态度，反而一下板起了脸，直白问道："不是说了不往这儿派，都留在县里吗？"

郭闽航先愣住，然后大方解释道："我们这批来的全被留在了海吉县，但我是自己申请来的。陈金山书记做讲座的时候说，咱们小学缺老师……"

白校长不冷不热打断道："我缺的是有编制，正式分配，来了就不走的正规老师。"

郭闽航尴尬了。

沉默了几秒，白校长才叹气道："来都来了，进来吧，马上要放学了。"

他带着郭闽航走进一间教室，把所有的孩子都集中到这里，然后也不说话就出去了。

郭闽航以为这是让他自己介绍，也不客气，走上讲台。郭闽航在黑板上一笔一画写下自己的名字："郭闽航"。

写完回头，自我介绍道："我是从福建来的支教老师，我叫郭——"

孩子们齐声跟读："闽——航——"

郭闽航惊喜道："你们都认识这些字啊。"

一个小姑娘兴奋地说道："都认识，因为中间的那个闽，是闽宁村的闽。"

郭闽航恍然笑了。

这个时候，白校长背着手风琴进来。

——他倒不是故意冷落郭闽航，而是心里压着事，刚才是去拿手风琴去了。

白校长对学生们说："来，咱们把欢迎老师的歌儿唱一遍，唱完放学了。"

白校长落座，随意起头道："预备，唱。"

学生们齐声唱欢迎曲目——《春天在哪里》：

春天在哪里呀，春天在哪里，春天在那青翠的山林里，这里有红花呀，这里有绿草，还有那会唱歌的小黄鹂，嘀哩哩哩哩哩哩，嘀哩哩哩哩，嘀哩哩哩哩哩，嘀哩哩哩哩……

歌儿唱得毫不走心，到了副歌部分数不清有多少个哩，唱得很不齐。

白校长心不在焉地弹着琴，眼睛定定地看着一处，脑子里不知在想什么。

郭闽航也不在意，看着学生们放学离开后，请了学校另一位李老师带着熟悉校舍，两人从教学区走到宿舍区。

李老师介绍说："一共三间教室，两个年级共用一间，院里这三间是教职工宿舍，我和白校长都住在这儿。靠近教室的这间你住。"

李老师帮郭闽航把行李放进屋里，郭闽航打量环境。

李老师继续说："我们的条件哪比较艰苦，学校的经费哪也比较紧张，我们的白校长也在各方面争取资金了，就连个人的基本工资都填补给学生了。这样，咱们先到这边的办公室看一下子。"

他们走进办公室，李老师指着还空着的那张办公桌，对郭闽航道："郭老师，你用那张桌子吧。"

郭闽航走到桌前。

郭闽航注意到靠墙堆着四个大纸箱，纸箱上是电脑图示，他觉得不太可能，打开一个纸箱，里面真装着崭新的电脑！

郭闽航震惊地向李老师确认道："四台电脑？"

李老师解释道："白校长的女儿在莆田打工，这是他们电子厂资助的，玉泉营中小学都有，我们这儿分了四台……"

郭闽航："资助的怎么不用呢？"

李老师："没人会用啊。"

郭闽航继续拨拉其他纸箱。

李老师问道："郭老师，你饿了吗？饿了咱们先吃饭。"

郭闽航说："等白校长家访回来一起吃吧。"

李老师委婉道："白校长今天这个家访……估计一时半会儿回不来……"

四

李老师的猜测是正确的。

白校长这次家访的对象是海春玲家。

春玲大端着老大碗，"呼啦啦"，旁若无人地吃着洋芋馓饭，春玲妈和春玲坐在桌子另一边，不动碗筷。白校长坐在旁边，盯着春玲大。

春玲大被盯得实在吃不下去了，放下了碗，质问白校长："白校长！我有十几天没好好吃过一顿饭了，你到底为啥要揪着我们不放？"

白校长答道："春玲啊，理解力强，记忆力好，是读书的好材料，放弃太可惜了。就以她现在这个成绩，县里的好中学随便考，初中念完念高中，高中念完考个好大学，都是有可能的。"

春玲大气急败坏道："啥？你还想着初中、高中、大学，让我们女子再念十年书？我的天王老子，你算过账吗？出去打工，一个月挣一千块钱，一年就是一万二,十年就是十二万，她老大这辈子可能都没挣下这个数。"

白校长劝道："你算的是眼前，春玲要是能继续念书，以后能挣到的钱……"

春玲大打断道："我家这个情况，眼前的难题过不去，就没有以后了！你又不是不知道，她两个哥都等着盖房子娶媳妇……"

白校长坚持说："你这是重男轻女！应该让她哥哥先供春玲读书，春玲以后会有大出息的。"

春玲大道："白校长，你别说这些糊弄人的话，劳务站的同志讲了的，厂子里头多的是念过高中、大专的外地女娃，人家同志说了，咱们的女子过去，一点儿不输她们，这个话你听懂了吗？"

白校长被噎着。

春玲大继续道："我可是听懂了，说明女子娃，随便你念多少书，最后都是在厂子里头打工的！"

白校长无法反驳，坚决道："春玲没满 16 周岁，不符合条件，我绝不会让她去打工的。"

春玲大气得把筷子拍在桌上，霍地站起，怒道："我就不明白了，到底你是她大，还是我是她大？你凭啥说她没满 16 周岁？"

白校长也站起来，高声说道："我从你们移民到这就开始教春玲，一路教大的，我知道她几岁！"

春玲大一把揪住春玲的手臂，把女儿揪起来，瞪着她："你自己说！跟你们白校长说清楚！你几岁了？"

白校长也期待地看着春玲："你不要那么凶，春玲，你说，你今年几岁了？"

海春玲被夹在中间，泪水吧嗒落下。她把眼泪抹掉，倔强地看看父亲，又看看老师，哽咽说道："大，白老师，我又不是傻子，我难道不知道自己几岁了吗？"

春玲伤心地跑走。

家访失败，白校长眉头紧皱，颓唐地走在路上。

得宝骑摩托车而过，在白老师身边停下："老师，你咋在这？"

白校长看见得宝，挤出笑容道："我来做家访。"

得宝注意到白校长的眼镜上有裂痕，问："老师，你眼镜咋了？"

白校长不在意地说："哦，不小心摔了，还没来得及去重配。诶，你到这来干啥？"

得宝答道："我的工程队到处揽活干呢，这村有两户刚移民过来的，给他们盖了房子，今天来结算工钱。"

白校长问道："蘑菇彻底不种啦？"

"蘑菇是赚钱，但我还是想找个更能赚钱的营生，多攒点钱，以后……"得宝打住了话头，傻笑两声，"现在闽宁到处搞建设，干工程最赚钱。"

——"娶媳妇"这三个字在白校长面前，那是说不出口的。

白校长点头。

得宝换了话题说："过几天我去县城，捎你去配眼镜啊。"

白校长摇头说："不用了。"

得宝劝道："麦苗不是打电话说过几天要回来么，你不能戴着破眼镜见她吧。"

白校长略一思忖，说："那好吧。"

——女儿，是他永远的软肋。

得宝说："老师，你回学校？我送你。"

白校长点头，跨上摩托车。

白校长回到办公室，看郭闽航已经把自己的办公桌整理得井井有条，问："都安顿好了？"

郭闽航点头道："嗯，也已经跟李老师请教过咱们学校的大概情况了，六个年级，一共58个学生。"

白校长："59个！"

郭闽航不解道："不是说六年级的一个学生不上了吗？"

白校长呛道："谁跟你说不上了？小学都没上完，怎么就能不上了？"

白校长端起自己桌上的茶杯，窝火地喝茶。

郭闽航不知道白校长为啥冒火，试图转移话题，指着靠墙放着的电脑说："白校长，电脑我可以用用看，拉一根电话线还可以连上网络……"

白校长没搭理。

郭闽航又看着自己桌上的传单说："白校长，自治区要办合唱比赛，我来的时候教育局的孙主任让我交给您，说咱们学校也要参加。"

听到这儿，白校长再忍不住抱怨道："净搞这些没用的！派支教老师，办合唱比赛，关键的问题一个都不解决！修个操场，也批不下来经费。"

白校长郁闷地起身出门，离开。

五

尕娃回来了。

得宝送了白校长回家，得福已经在院里支着小饭桌，把做好的几个菜和捞面往饭桌上摆。

得宝还在诧异得福今天亲自下厨，得福已经抬头道："来客人了嘛。"

得宝撑好车问："谁来了？"

得福却不回答，只说："在你屋里，自个看去……"

得宝更加诧异："在我屋呢？谁嘛？啊？"

匆匆走进，一下就愣住了。

尕娃！

尕娃正在屋里四处转悠闲看。

尕娃回头，看见得宝，两人静静对看，缓缓走近。

得宝抱住尕娃的肩，红着眼圈，上上下下仔仔细细看了个遍哽咽道："你个狗东西……你要真死到外头，我这辈子都没法给你妈交代。"

两人紧紧相拥。

得宝说："不敢再胡跑了。啊？"

尕娃答："不跑了。"

尕娃眼眶也红了，得宝让尕娃坐在炕上，两人都沉浸在重逢的情绪里。

尕娃伤感地说："哥，那天，我在天山上挖贝母，遇见狼了。差点儿就让狼吃了，要不是雪大坡滑，我撕开狼嘴，连爬带滚地下山，我就变成狼屎了，留到新疆了。哥，你是不知道，回到咱涌泉村，进村的时候，我这俩腿都是软的，分不清自己是人还是鬼了。"

脑海中闪过那天回到涌泉村，回到家里，他妈妈呆呆地看着他，看着他，这个懵懂很久的女人开始流泪，然后他扑了过去，她抱住了他，母子哭成一团，旁边，马喊水也不住地抹泪……

仿佛早料到他们见面会怎么样，得福及时进来叫道："哎呀……好了，不要抒情了，边吃边说。"

得福把两人拉到桌边坐下，得宝问："喝点酒？"

尕娃点头："行，喝点。"

得福对得宝说："大捎信回来说，咱姑见了尕娃，身体好多了。然后呢，希望你带着尕娃一起干。咋样？"

得宝豪气地说："那是当然。"

尕娃说："哥，带着我干。"

得宝说："刚好工程队缺人，来，来。"

三兄弟举起酒杯，碰杯。

说干就干，第二天得宝就带着尕娃去买挖掘机。

销售人员热情地给他们介绍，并亲自坐到挖掘机驾驶室内，熟练地演示挖掘机的操控性能。

得宝和尕娃站在一旁，仔细地看着。

尕娃神情忐忑，冲得宝悄声道："哥，这一台多少钱？"

得宝答道："十七八万吧。"

尕娃瞪大眼道："太……太贵了……"

得宝笑道："一开始我也觉得太贵了，一直舍不得买，你回来，我就舍得了！想挣钱就不能怕贵，咱们要接大工程，没这家伙，你干得动吗？"

尕娃担忧道："可……可你有这么多钱吗？"

得宝撸了一下尕娃的头道："这是你操心的事吗？没这么多钱，我不会先贷款？上去试一下。"

尕娃惊吓地朝后退着道："哥，我这拿锄头的手，哪儿弄得动这家伙……"

销售员跳下驾驶室，冲得宝道："马老板，这个型号的性价比真的高，你都来看过这么多回了，不用我再多介绍。"

得宝道："让我的人上去操作试试？"

销售员说："随便试。"

得宝推尕娃上车。

得宝继续捉弄尕娃道："我今天专门带了最笨的人，他啥时候学会，我啥时候付款提货。"

尕娃紧张地操作，挖斗真的动了。

尕娃激动大叫："哥，你看，你看！"

得宝幸福地看着尕娃的笑脸。

六

郭闽航正式在西戈壁小学工作，首先，是观摩白校长的数学课。

白校长翻开了二年级的数学课本，对台下的学生们说道："这边没有课本的一年级的同学，都坐到二年级同学旁边，看他们的课本。"

郭闽航不解。

教室两边的同学自动分配坐到了一起，共享课本。

白校长说："好，今天我们讲应用题。"

白校长在黑板写下题目：

小明家有 20 只羊，被人撞死一只，然后又买了 4 只。还剩几只?

一个二年级的小孩举手。

白校长叫他："李冬冬，你上来写一下算式。"

李冬冬上前演算：20 只羊，被撞死一只，是 20 减 1 等于 19，再加 4，等于……

底下一个一年级小孩叫道："白老师，他说得不对，没有减 1，还是 20。"

白校长问："为什么还是 20？"

一年级小孩说："我村大有爷的羊上次被车撞死了，大有爷就让人赔了一只，所以应该还是 20。"

另一个孩子说，对，那只撞死的羊，大有爷都给吃了，所以一只也没少。

众学生哄笑。白校长也笑了。

郭闽航没笑，看着理解困难的一年级学生，有些担忧。

课间时分，白校长进办公室，郭闽航紧跟在白校长身后，急切询问：“白校长，为什么要让一年级的学生旁听二年级的课？他们现在的理解能力还跟不上。”

白校长不以为然地说：“有啥跟不上的，听着听着就跟上了。”

郭闽航争辩说：“你这是揠苗助长，课程的编写都是有逻辑的，是循序渐进的。”

白校长温和而坚定地说：“咱们这边的实际情况不是循序渐进的，不是有逻辑的，你不了解情况！”

郭闽航马上就理解了白校长这句话，因为跟着他上语文课，是六年级的学生，但是五年级的学生挤在旁边，分享语文课本。

郭闽航相当无语，但是一旦进入讲课，他的专业素养就开始发挥了，学生们聚精会神地看着郭闽航，显然被他的课深深吸引了。

郭闽航：“我们跟随小男孩凡卡，在圣诞前夜偷偷地给爷爷写信，在信里面他讲到自己在鞋铺当学徒的悲惨生活，在繁华的莫斯科，他的内心，却非常孤独和无助。所以最后他恳求爷爷，可以把他带回乡下生活。”

白老师也被郭闽航的课打动了，看郭闽航的眼神变了。

郭闽航继续讲课：“那好，老师现在要问大家，在课文最后，凡卡在信封上写‘乡下的爷爷收’，爷爷能不能收到这封信？”

台下有零星学生答道：“不能。”

郭闽航问：“为什么？”

学生答：“因为没有写具体地址。”

郭闽航说：“对，爷爷无法收到凡卡的信——”

学生们为凡卡感到惋惜。

停顿之后。

郭闽航继续说：“所以信封正确的填写方式，是不是很重要？”

众学生答：“是。”

郭闽航说：“所以接下来老师教大家信封的正确填写方式，好不好？”

众学生答：“好。”

白校长一听，立即起身道：“哎……郭老师，写信封这个很重要，我把别的年级的同学也叫来，大家一起听一下。听一下啊。你等一下。”

白校长出去叫学生。

郭闽航先在黑板上画信封样式，方框，横线……

片刻，其他年级的学生都乌泱泱进来，把教室挤得满满当当。

郭闽航对照黑板上的格式开始细细讲解。学生们在台下认真听着。

郭闽航说：“好了，以上呢就是信封的正确填写方式了。老师要布置一个语文作业，啊……今天回去，同学们每人写一封信，写一个信封明天交上来给老师，好不好？”

一个女孩提问：“老师，写给谁呀？”

郭闽航微笑着说：“给谁写？不限制。写给一个你们想给他写信的人，就可以。”

众学生整齐地答道：“好。”

白校长忍不住补充说：“哎……听好啊，所有同学听好啊，呃……这个，这个语文作业，每一个人都要完成啊。每一个年级的同学，都要完成啊。写一封信，写一个信封，啊？听清楚了？”

众学生再次整齐回答：“听清楚了。”

放学后，孩子们四散离开，在野地里撒欢奔跑。

白校长和郭闽航并肩走在去家访的路上。

白校长想到家访的情况，再次劝道：“小郭老师，其实你不用跟我一起去，路挺远的。”

郭闽航坚持说：“您不是说我不了解咱们这儿的情况嘛，我跟着家访，加快了解！”

他们来到小川家，门开着，他们直接进门，小川爷坐在屋里的灶前，一手撑着腰，一手正在用沙蒿烧着铁锅，扭头看见他们，憨厚地笑了。

屋里异常简陋，第一次看见这样家庭的郭闽航露出怪异的表情。

白校长问道：“他爷，小川呢？”

小川爷抬头答道：“带羊吃饭去了……”

郭闽航没忍住笑了。

小川爷笑问：“笑啥？这人一天三顿饭续命，羊也一样。”

白校长又问道：“做啥好吃的？我们今天这顿就在你这儿吃了。”

小川爷揭开锅盖，露出一锅蒸洋芋。

白校长抓了两个洋芋出来，递给郭闽航一个，另一个自己剥着吃。

小川爷招呼两人坐下，指着桌上：“就萝卜吃。”

郭闽航早就抱了要跟这里的学生、村民打成一片的心，接过洋芋，学着白校长那样也剥着吃，正吃着，小川赶着几只羊出现了。

白校长看见，一笑道：“小羊倌回来啦！”

小川冲白校长一笑：“白老师。”

白校长咬了一口洋芋，冲小川道：“这是支教来的郭老师。”

小川应了一声，将羊鞭挂在墙上。

白校长问："留的作业做完了吗？"

小川从包里拿出几个作业本，递向白校长。

每个作业本都平平展展，字迹也是工工整整的，与简陋的房间形成强烈对比。

白校长冲小川道："写得好，今天让郭老师给你讲课文。"

白校长对郭闽航说："你给小川上一课就知道了，他能学六年级的课程。"

郭闽航拿起小川的破旧课本，翻到扉页，看到"马得福"的名字。

白校长解释道："这是以前的学生用过的旧课本。"

他起身扶着小川爷出门，把小川留给郭闽航。

两人来到院子里缓慢挪步，白校长说："每天稍微走两步，别走多，千万别提重东西。"

小川爷说："小川不让我提，啥东西都自己背、自己扛，那么大一点点人，那么大一点点脊背，唉，我这就是拖累人。"

小川爷心疼孙子。

白校长安慰道："别急，现在农村合作医疗有路子，得福每一回去县里，都去卫生局给你跑这个事情呢，解决了医疗费，早点把病治好。"

小川爷说："早点治好，早点把我孙娃子放回去念书……"

白校长扶着小川爷在门口的椅子上坐下，两人听着屋里传来小川念课文的声音：

9岁的凡卡茹科夫，三个月前给送到鞋匠阿里亚希涅那儿做学徒。圣诞节前夜，他没躺下睡觉。他等老板、老板娘和几个伙计到教堂做礼拜去了，就从老板的立柜里拿出一小瓶墨水，一支笔尖生了锈的钢笔，摩平一张揉皱了的白纸，写起信来。"亲爱的爷爷康斯坦丁玛卡里奇"，他写道，"我在给您写信。祝您过一个快乐的圣诞节，我没爹没娘，只有您一个亲人了……

可是念到这里小川突然不念了。

屋里郭闽航问道："怎么了？"

小川抬起头，小声地说："老师，我爷在外面能听见，这个课文，他听着心里难受……"

郭闽航愣了一下："哦，好，那咱们不念了，老师直接给你讲怎么写信封。

小川说："老师，信封我也会写。"

郭闽航存疑道："你会写？"

小川跑走，拿回来一沓信，都是被邮局退回来的信，信封上用稚嫩的笔迹写着一个广州的地址。

郭闽航问："这都是你写给谁的？"

小川答道："写给我妈的。"

郭闽航再说不出话。

家访结束，白校长和郭闽航走在回家的路上。

郭闽航没了来时的精神头，低头不语。白校长关切问道："走累了？"

郭闽航摇头，问白校长道："白校长，你知道咱们走的时候，小川偷偷问我什么吗？"

白校长问："什么？"

郭闽航答道："他问我什么时候离开闽宁。"

白校长点了点头，表示理解。

郭闽航奇怪地问："为什么我才刚来，小川就问我什么时候走？"

白校长苦涩答道："哎……这个支教老师来啊，来了又走还不如不来。你看啊，来个一年半载的，跟娃娃们处出感情了，然后又走了，那学生心里得多伤心啊？啊……那之前有个广州来的支教老师，那小川可喜欢他了，总是缠着他问他广州这、广州那，后来这老师回去了，那小川魂儿都跟着去广州了，几个月都缓不过来。"

郭闽航又问道："小川他妈在广州？只有他和爷爷在家？"

白校长叹气解释："吊庄移民来的时候，是四口人，他、他大、他妈和他爷。来了以后，地也整了，水也浇上了，各方面都还不错，房子也准备盖了。就在这节骨眼，小川大得了急病，县医院看不好，就去了银川的大医院看，钱花了，人也没了。偏偏他爷放羊的时候遇上了沙尘暴，他爷为护羊，被飞来的石头砸了腰。本来抓紧治也能治好，可为省钱，他硬撑着不去治，拖的时间长了，就落下了大病根，腰上不得劲，出不上力，必须要有人照顾。小川妈为了还债、养家，早几年去广州打工了，后来再没消息了……"

郭闽航难受得站住了脚，脸上肌肉抽搐。

白校长拍拍郭闽航的肩膀，安慰道："你想了解的情况，就是这么个情况。小川这个孩子聪明啊，学东西一点就通，关键问题是他热爱学习，你看自学能力那么强，这样的娃娃不教不可惜了吗？所以呀，我就尽量每天来给他补课。"

郭闽航震惊道："天天来？"

白校长说："在咱们这，只要有机会，就要给学生多教点，你说我揠苗助长，那是因为你不知哪天哪个学生就不能来上学了。小川这样的，我还能天天来，但要是跑出去，我就没办法了，太远了……"

郭闽航惊呆了！

他本以为他理解了白校长批评他说的拔苗助长，现在才知道，这背后还有着这样深沉的隐痛。他呆了好半晌，才回过神来问："你是说六年级的海春玲？我听李老师说她要去福建打工。"

白校长说："啊……那海春玲的家长，给她虚报年龄，非要让她去福建打工，要不是我上大巴车把她拽回来，现在就走了。"

郭闽航听着一愣："虚报年龄？"

白校长解释："我们这一片，都是吊庄移民来的，情况复杂，你不了解，不是所有的家长都像城里的家长一样，希望自己的孩子能安安心心地在学校里头念书的。"

郭闽航好奇道："海春玲你追回来了，咋没见她来学校？"

白校长一叹道："家长有情绪，孩子也有情绪。"

郭闽航问："有情绪就不上学了？"

白校长伤感地说："他父亲说得没错，这些六年级的学生，一毕业我也就管不了了，可他们在学校一天，我就得让他们多学点东西。就算他们走出校门我管不了了，他们肚子里毕竟还多装了点知识，那是有用的，是老师唯一能给到他们的。"

他的声音和表情突然变得坚定："我不会让她去福建的。明天你代我的课，我再去趟开发办，必须要把海春玲留下。"

第十五卷终

第十六卷

花 儿

花儿又名少年，是流传于西北地区的多民族共创共享民歌，因歌词中将青年女子比喻为花儿而得名。2006 年 5 月 20 日，花儿经中国国务院批准列入“第一批国家级非物质文化遗产代表性项目名录”。

花儿音乐高亢、悠长、爽朗，民族风格和地方特色鲜明。不仅有绚丽多彩的音乐形象，而且有丰富的文学内容。反映生活、爱情、时政、劳动等内容，用比、兴、赋的艺术手法即兴演出。

一

白校长决心把海春玲留下读书，他跟海春玲的父母亲沟通过多次，想尽办法，都没奏效，可是他不知道，他的对手，还不仅仅是海父海母。

他接到通知，被叫到玉泉营经济开发区王区长的办公室，一见面，王区长也不废话也不委婉，直接严肃训话道："你说你，你知道你这次拦车造成了多不好的影响？东西部合作，那是国家政策，大力促成的事情，这两年赴闽打工，人均收入多高。这么好的事情，你跑到中间拦个啥？"

白校长争辩说："我没说不是好事，但是出去打工要年满 16 周岁。"

王区长怒气更盛："我知道年满 16 周岁？公安部门已经介入调查了，那管户籍的民警也亲口说了，这是啥地方？落后地区，农村人生个娃，一没有出生证明，二没有人急着办户口。你看哪家不是急着要户籍证明了，才跑来办的。所以，他们是根据需要报的年龄。谁查得清？谁管得了？"

白校长也生气道："管不了就不管了？那要你们这些政府部门主管领导有啥用？眼睁睁地看着该上学的娃娃辍学出去打工？那国家定这个九年义务教育有啥用？人口素质咋提高？"

王区长反倒被白校长的态度吓了一跳，赶紧道："别在这边叫唤。"

忙起身关上门，稳定了一下情绪才走回白校长面前放低了一些声音，态度也温和下来："我的好校长，这个事情，我没办法，你也没办法，咱们就是个区区移民学校的校长，你操下那么大的心，你咽得下去吗？啊？你也不想一下，谁把你跟你那个学校放在眼里？"

白校长大怒道："区区小学……就这么让人看不起吗？再小的学校，我也是校长，我的学生我就是要操心。"

王区长赔着笑劝道："哎……我跟你算个账啊，海春玲今年 15 岁，明年 16 岁，到年龄了吧？该报名报名，该走走。你把娃拦下一年，能学个啥？还是个小学文凭嘛。"

白校长被噎住。

王区长继续说："我再给你透个底，下一批报名，海春玲又报了。你拦吗？"

白校长说："我拦。"

王区长又问："好，你拦。拦下两个月，学完，下一批又报了，你还拦吗？"

白校长毫不退让："我还拦。"

王区长也有些生气了："你拦啥呢你拦？你就拦个海春玲，其他娃你不拦？你干脆在村口，你……你开一个检查站，你就拦车。咱远的不说，就说下一批，你们学校除了海春玲，又报了几个娃，下个月20号就出发。"

白校长瞪大了双眼！他不是屈服，而是震惊。他不再跟王区长纠缠——至于王区长叫他来训话这件事，他根本没有放在心上。他现在关心的是他还有多少孩子要被抢走。

他必须制止。

他赶回学校，郭闽航在给五六年级上课，孩子们的积极性已经很高了。

郭闽航问："昨天的作业，信和信封，大家都写了吗？谁愿意给我们读一读？"

一个孩子高高举手。

郭闽航点头。

孩子拿起作业本，开始读信：

亲爱的爸爸，我在给您写信，我已经很久没有见过您了，不知道您在西安过得好不好。妈妈说，今年过年的时候您就会回来，您说了会给我买一双新鞋和新书包，我已经长大了……

白校长就在这时一把把门推开，面有愠色地走进教室。

孩子们从来没见过这样的白校长，全都愣住了。正在读信的孩子也停下了，不知所措地看着白校长。

郭闽航不知道发生了什么："白校长，你有事……"

白校长不看郭闽航，面向学生点名道："马小波，马茹，李玉龙！"

被叫到名字的三个学生紧张起立，其中叫马茹的姑娘脸红到了脖子根。

白校长当众质问道："你们三个是不是报名了下一批去福建打工？"

三个孩子吓坏了，默认。

白校长震怒："为什么不跟我说？"

马茹已经快哭了。

李玉龙的个头最大，鼓起勇气代表回答："我大不让跟你说，害怕说了你会捣乱……"

白校长扭头冲出教室！

孩子们不是原因，孩子们的家长才是根源。

白校长再次骑上他的自行车直奔金滩村。

他在李玉龙家门口停住，把车靠在墙上，走进家门。

院里的桌边围着几个家长，其中还有海春玲她大。

众人看到白校长，有人低声嘀咕："咋回事，校长咋知道咧……"

白校长环顾几人道："正好，李玉龙家长，马小波家长，马茹家长，你们都在，我就一并说了，这三个孩子，没有一个满16周岁的，都不符合条件，都不能去打工！"

李玉龙父亲赶紧上前道："白校长，你先别生气啊。"

白校长哀痛道："你们不能这么害了孩子，小学还没毕业，为了挣一点钱，耽误的是后面的人生。"

李玉龙大说："校长，我家那栽拐，四年级念了三年，你说他念书能有啥出息？在家里就是上墙揭瓦，下河摸鱼，不如早点出去打工。"

白校长解释："念书，不仅仅是学知识。为啥打工年龄要限制在16岁，16岁才懂事，才能辩道理，才会跟人打交道……"

李玉龙大说："白校长，我给你说，我娃10岁，我就带着他下地干活，你看他现在长得人高马大的。早……"

海春玲大冲李玉龙大使眼色，李玉龙大没看见，海春玲大忍不住自己说："老李，你就说不到点子上，现在的问题是，娃都满16岁了。"

李玉龙大赶紧附和道："就是就是，满16岁了。"

白校长不知如何处理这种无赖说法。

马小波父亲不客气开口道："白校长，你把娃娃们从小教到大，识字算术，我们记你的恩情，但是现在有政策能出去打工，对娃们来说是个好出路。"

白校长只能机械重复道："反正满16岁才能出去打工……"

海春玲大赶紧说："满了，校长，都满16岁了！"

白校长盯着海春玲大，问道："你敢堵咒发誓吗？"

马茹大说："白校长，你那女子不是也在福建打工呢吗，你咋不把她叫回来让继续念书，让考大学、考研究生，当博士，是吧？"

海春玲大："就是！校长，你就是自己女子不在身边，老婆又走得早，你把我们的娃娃绑着给你做伴呢。"

这句话像一根钢针一样刺进白校长心里，他万万没有想到，他这样为学生着想，他把他的前半辈子，甚至他这一生都毫无怨言地献给了学生和这些人，可是他们竟是这样看他，身子一晃，险些站不稳，怒道："你这说的啥话？"

马茹大也不退让，直梗梗地说："实话嘛。"

白校长再也无法忍受和面对，他转身冲出门去，连自行车也没骑，直挺挺地往外走，脑海里一片空白。

尕娃和得宝开着轰隆隆的挖掘机正在工作，远远看到白校长走来，得宝招呼道："白老师！"

尕娃也高喊一声："白校长！"

白校长压根没有听到，失魂落魄地经过。

得宝和尕娃担忧对视，尕娃："咋回事嘛。"

两个曾经的学生脸上都是不解与担心，他们想了想，只有告诉得福，看看他有没有办法。

二

白校长回到学校，郭闽航立即从办公室出来，察觉白校长的脸色不对，关心地问："没事儿吧校长？"

白校长摇摇头。

郭闽航把一页作业交给白校长。

郭闽航："校长，这是马小波的作业，是写给你的一封信。"

这是上次郭闽航安排学生写的信，作业稿纸上先是信封格式，后面是信的正文。

这份作业，信封格式上的收信栏写着：宁夏回族自治区固原地区海吉县西戈壁小学白校长（收）。

白校长愣怔地接住作业，直接走进宿舍。

然后，他开始读这一封学生来信，也是他收到的第一封学生来信。

马小波在信中写道：

亲爱的白校长，我在给您写信，祝您每天都能快乐。白校长，对不起，我对您撒了谎，没有告诉您我要去福建打工的事情，我害怕您跟我爸吵架。听说您跟海春玲她爸吵架，眼镜都被她爸给砸碎了。

我爸劲大得很，上次跟我二姑舅打架，把我二姑舅大拇指都给掰断了。

我害怕你受伤，所以没敢说我要去打工了。我爸和我二姑舅打架，是因为借了钱没还上，被我二姑舅骂说是癞皮狗子。白校长，我今年 15 岁了，但是虚岁已经 16 岁了，可以出去打工了，我想出去打工，给家里挣些钱，别让家里再跟别人借钱了……

白校长心里百味杂陈，他现在已经不怨恨这些家长了，无论他们说什么，无论怎样伤害他，他都理解他们，理解这片土地，理解在这片土地上生活的人的苦难，可是，他还是想做最后的努力。

他再一次把三个报名打工的孩子叫到办公室，最后问他们自己的意愿。

隔壁的教室传来朗朗的读书声，白校长手里拿着马小波的那封信，看着李玉龙。

李玉龙仰着脖子不看白校长说："白校长，我书念不好，也不想念了。"

白校长又看向马茹。

马茹声音小到要听不见："我也想和麦苗姐一样出去挣钱……"

白校长彻底被打入冰潭。

接下来的几天，白校长失魂落魄，心无所寄，最后，他拿起铁锨去操场平地，想用这种粗暴的体力劳动来冲淡自己沮丧的心情。

郭闽航从窗户看见了，也是一脸伤感，却不知道怎么安慰这位他敬佩的校长。

他从面前的一叠教学资料中拿出了那张合唱比赛宣传单，他无声地折了传单，夹进了备课本里。

黄昏时分，得福骑着车来到学校，车头挂着两瓶白酒和一塑料袋羊杂。

他是听了得宝和尕娃的报告特地赶来的。

郭闽航上前迎接，得福问："你就是新来的支教老师吧？"

郭闽航说："对对。"

得福自我介绍："我是马得福，白校长的学生。"

郭闽航回忆这个熟悉的名字，恍然道："哦，我知道你的。你来找白老师？"

得福点头："对。"

郭闽航指了指亮着灯的窗户，低声道："在房间里呢，晚饭都没吃。"

得福跟郭闽航交换眼神，两人都心知肚明。

得福停好车，提上酒和羊杂，走到白校长宿舍外小心翼翼敲房门，叫："老师。"

白校长听了声音，在屋里问："得福？"

得福答道："是我。"

白校长说："进来吧。"

得福推门进去，把酒和羊杂在桌上摆好。

白校长此时正是满腹郁结，正图一醉，自然来者不拒，何况得福是他所有学生中他最喜欢也最让他骄傲的一个，当下跟得福你一杯我一杯喝起来，不多时，两人都喝得差不多了。

白校长心情似乎缓和一些，挤出虚弱的笑脸举杯道："幸亏你能陪我喝两杯。"

得福跟老师干杯，一口喝了，然后边倒酒边说道："得宝跟我说，说你情绪不好。"

白校长已显醉态，问道："得福，你跟老师说句实话，是不是我做错了？"

得福反问："做错啥了？你能做错啥？你永远都是为学生，为这个学校尽心尽力的。要不是你，我们都是文盲。哎呀……海春玲他们家我是了解的，她大还来找过我。"

白校长打断他，叹气道："海春玲，海春玲……海春玲就跟当年的水花一样，聪明、踏实，只要继续念书，一定能念出名堂。水花多好啊，我没有把她保住，还是由着她退了学，退学不是结束啊得福，退学才是个开始，后面的命运就全由不得自己了，嫁什么样的人，过什么样的日子……"

得福一听水花的名字，接不住话。

白校长继续道："那个海春玲大还说我了，他说，我是把这些学生绑着，留下来陪我了。"

得福用力说："你听他胡说八道的，他懂个啥？你就不要往心里头去嘛。"

白校长一脸苦涩："我听到心里去了，我想着，这个话是不是说对了，家长不想让孩子上学，学生自己也不见得想上学，只有我，觉得不上学是遗憾。可是，我是个老师啊，我就想教好学生啊，每教好一个学生，就能把遗憾补回来一点点，我不想要那么多遗憾嘛。"

他就是想不明白，当初他也是支持和鼓励村里的年轻人勇敢地走出去打工挣钱，看看世界，可是事情一旦开了头，怎么就这样不受控制了呢？人们的心一下就野了，贪婪了，连以前最基本的坚守都要放弃了吗？想挣钱，想改变生活，这是很好的想法，可是这样急功近利，不择手段就好吗？这才是拔苗助长，涸泽而渔啊。这是本末倒置啊！

得福给白老师倒上酒："来，白老师。你得这样想，我们那个时候，不上学，确实没出路。要么去种地，要么就去放羊，工地搬砖。但是现在不一样了，他们能去福建打工了，那你看条件又好，又能挣钱。将来就算是你想学习，想深造，也有机会。"

白老师盯着得福。

得福说："咋了？我说得不对吗？"

白校长生气了：“你跟他们是一伙的。这就是个糖衣炮弹，啥叫条件好了？这就是个陷阱，大大的陷阱！让你们心甘情愿地往里头跳。”

得福劝道：“白老师……”

校长激动：“我还没说完呢，哦……条件变好了，你们就觉得读书没有用了，是吧？”

得福否认：“不是这个意思。”

白校长更加生气：“你给我出去。”

得福分辩说：“白老师，我是说……”

白校长愤怒地打断他：“你不要叫我老师。”

得福叫道：“哎……白老师。”

白校长站起来，大声说：“你出去……你给我出去，拿好你的东西，滚出去。”

白校长推搡着得福到了院子里。

郭闽航听到动静出来。

白校长在屋里冲得福吼道：“你走，你好好宣传你的福建打工，你把口号喊响了，读书没用，赚钱最大。”

得福无奈。

郭闽航小声问：“没事吧？”

得福说：“喝多了。”

郭闽航说：“白校长他最近心情不太好。”

得福迟疑一下，说：“麻烦你照顾一下白老师。”

郭闽航点头应道：“放心，我在这儿。你没事吧？”

得福：“没事，没事。”

在这样的情况下，白校长肯定什么话都听不进，他只好先离开。

得福走了，郭闽航站在白校长宿舍外面听着动静，不久传来手风琴声，是白校长醉醺醺地弹着不成声调的曲子。

郭闽航脸上满是关心和担忧，也不敢进门去劝。

突然，琴声戛然而止，紧接着传来的是手风琴落地的声音。

郭闽航愣了一下，还是忍住了没有进门，默默地回到自己的房间。

三

第二天一大早，晨光洒进空荡荡的教室。

白校长在黑板上写着字，脸色憔悴。

两个六年级的学生最先来学校。

其中一个学生怯生生汇报道：“校长，马小波他们说今天开始就不来学校了……”

郭闽航走进教室，把水杯递给白校长。

白校长嘱咐郭闽航：“你来得刚好，今天你还替我代一下课，我要去趟教育局。”

县城距金滩村并不近，白校长坐长途车颠簸了好久才到。

他直接来到海吉县教育局局长办公室。

赵局长一看白校长，赶紧站起来，招呼他坐，然后沏茶，倒了一杯，放在白校长面前说：“赶紧喝口茶解解乏。”

白校长没动茶。

赵局长说：“咱闽宁马上就要建镇了，等吊庄移民区正式划归到地方政府，你就不用再几百公里来回跑了。”

白校长接口道：“嗯……到时候，你也就不用烦我这个老顽固了。”

赵局长笑：“你这是啥话？”

白校长问：“局长，你知道……我今天找你啥事情吗？”

赵局长说：“我当然知道呀，你那报告我都递上去了。”

白校长问：“那有啥好消息？”

赵局长说：“哎……要是有好消息，我肯定第一时间给你报信呢，就不会让你白跑这一趟。老白呀，你的心，我懂。但是这学生年龄的事情，它不归咱教育局管嘛，我也没办法。”

白校长质问：“那咱们尽力了吗？”

赵局长不高兴了：“看你说的，咋能不尽力？”

白校长站起身：“好，那我就不打扰了。”

见白校长这就要走，赵局长拉住他：“哎……你等一下，等一下，等一下。我还有话说。是这，咱那合唱比赛的事情，你回去还是要抓紧时间，好好准备一下，这是咱自治区教育厅今年的重点工作。你会唱会弹，必须带队参加，不敢含糊。”

白校长硬邦邦地说：“我要回去教课，教学任务紧，没时间。”

赵局长叹气说：“哎呀……老白，理解一下，这个事影响到各个学校综合考核，也影响着每年的教育拨款。”

白校长打断赵局长：“为啥总是搞这些形式主义的东西呢？我那个操场，打了多少回报告？经费咋就批不下来呢？”

赵局长说：“老白同志，我的白校长，你就再等一下，等闽宁建镇，你就可以直接跟当地政府申请经费，他们那儿条件比咱这儿好得多。”

白校长激动了：“就为了等这个行政关系的变动，你们就眼睁睁地看着操场坑坑洼洼的不管吗？”

赵局长不知道该如何解释这个事，支吾道：“哎呀……你这个人，咋这么难缠呢？咱县里的财政状况，你不是不知道，就你那儿有难处，别人那都没难处？”

“好了，你别生气。我也想着你呢，这是上级给县中学发的，我专门给你留了一个。拿回去，做个教具。咱那合唱比赛的事情，你就回去抓紧，咱就这么说定了。”赵局长叹了口气，把柜子上的一个大大的地球仪塞给白校长，“拿着！”

白校长抱着地球仪走出局长办公室，在教育局的走廊上，路过宣传栏时，看见里面贴着的“梦的翅膀——自治区中小学花儿合唱大赛”宣传单。

白校长站在宣传栏前，目不转睛地盯着那四个大字：梦的翅膀。

似乎有什么东西触动了他，在返程的长途车上，他手里抱着那个地球仪，若有所思。

这个时候，郭闽航正在学校组织学生们上音乐课。

郭闽航问：“大家是不是很久没有上音乐课了？”

众学生答：“是。”

郭闽航问：“想不想上音乐课？”

众学生答：“想。”

郭闽航说：“好，桌上这些课本都先收进去啊。”

众学生欢天喜地地立刻动手：“好，好。”

郭闽航说：“咱们今天放松一下，我听说咱们这儿的花儿都非常好听，谁想上来唱一唱呀？”

学生纷纷举手：“我……我……我。”

郭闽航点名：“金花。”

金花站起来说：“老师，我想唱割韭菜。”

郭闽航笑：“割韭菜，好。”

金花走到台前，大声唱起来：五月十三娃娃舅舅来啦，娘打发女娃子割韭菜呀。……

金花唱完，郭闽航又点了一位同学：“马庆，来。”

马庆说：“老师，我想唱绿韭菜。”

郭闽航点头：“绿韭菜，好，来。”

马庆也走到台前大声唱：院子里长的是绿韭菜呀，不要割呀，你叫它绿绿地长着，嗨呦……不要割呀，你叫它绿绿地长着。六盘山上的山丹花呀，香味长呀，长长久久地飘洒……

白校长拿着地球仪一走进校门，就听见教室里传来孩子的歌声。

教室里，所有的孩子都在。

安晓燕站在台前，正在唱着花儿《走咧》：

走咧走咧，走远咧，越走越远咧。眼泪的花儿飘满咧，哎嗨呦……眼泪的花儿把心淹咧。走咧走咧，走远咧，越走越远咧，褡裢的锅盔就轻下咧，哎嗨呦……眼泪的花儿把心淹下了。走咧走咧，越走越远了，哎嗨呦……眼泪的花儿把心淹下了……

郭闽航被安晓燕真挚动人的歌声深深打动，眼里亮晶晶的……

白校长拿着地球仪站在旗杆下，久久伫立，然后，他走进教室，对正要和他打招呼的郭闽航做了一个“嘘”的手势，静静站在教室门口听晓燕唱歌。

安晓燕一曲唱完，同学们热烈鼓掌。

白校长走上讲台。

郭闽航说：“白校长，您看，我一家家做家访，把孩子们都叫回来了，能多上一天就是一天，我们正在上音乐课，孩子们的花儿唱得可好听了。是吧？”

台下的学生齐声应是，六年级的学生全员到齐，海春玲也在。那些要外出务工的孩子们看见白校长，一个个都内疚得低下了头。

白校长看着孩子们，露出疲惫又欣慰的笑容。

白校长说：“好。同学们都回来了，就好了。回来了好。好。正好，我们要去参加县里头举办的合唱比赛，好不好啊？”

众学生说：“好。”

白校长问：“喜欢不喜欢？”

众学生说：“喜欢。”

郭闽航有些惊讶地看着这一切，又是感动又是欣慰。

四

白校长把地球仪放在电脑纸箱上。

郭闽航跟在身后不解地询问道：“校长，为什么突然又要去参加比赛？”

白校长轻描淡写地说："教育局要求每个学校都要参加。"

郭闽航说："咱能不能不参加，现在给孩子们上课最重要。我排好了课程，课程能在他们出去打工前教完的……"

白校长揶揄道："小郭老师，你这是揠苗助长啊。"

郭闽航不好意思地笑了笑。

白校长问："那个合唱比赛的宣传单子呢？"

郭闽航反应过来："啊……单子，哎……宣传单我记得我放在……放在我的教案里了。"

郭闽航手忙脚乱地翻书，白校长来帮他。

两人在备课本里找到宣传单，上面写着参赛要求。

郭闽航说："你看这个，参赛队人数 25 ~ 30 人，你看要统一着装。"

白校长念着："服装由各参赛队伍自行准备。"

环顾办公室，白校长若有所思。

实际上，他在这个时候，已经做出了决定，甚至，他在刚才听到安晓燕唱歌的时候，他在回来的长途车上，他就已经做出了这个可谓是惊天动地的决定。

他和郭闽航准备先确定参加这次合唱比赛的学生。

郭闽航把所有的孩子都召集到五六年级教室，然后大声说："同学们，今天把大家召集在这里，是因为有一个事情要说，都有谁想参加合唱比赛？"

学生们齐刷刷举手！

白校长注意到海春玲没有举手，赶紧补充强调说："合唱比赛在下个月20号之前。"

话音落下，海春玲开心地举起了手。

见人数众多，郭闽航道："还要说一个事情啊，因为这次合唱比赛，它有人数的要求，25 ~ 30 个，所以呢，老师们要筛选一下。"

听到要筛选，孩子们手举得更高了。看着一双双积极热切的眼睛，白校长激动地高声宣布道："我们不筛选了，每一个同学都参加，一个都不少。"

学生们高兴地鼓掌欢呼。

然后是准备给这次参加合唱比赛的所有学生，实际上也就是整个西戈壁小学的所有学生统一做服装，给每人做一套校服。

这个消息立刻让孩子们欣喜若狂，奔走相告。

到了给孩子们测量尺寸那天，所有的孩子都像去参加一个盛大的节日，疯狂地往学校赶来。

放羊的小川背着书包，心急火燎地往外走，把外套给爷爷披上，连声说："爷，洋芋在锅里热好了，羊我已经饮过了，柴已经劈好了，我去上学了……”

小川爷应道：“赶紧去。”

小川激动地跑出院子。

水花帮着女儿收拾书包，安晓燕催促道：“妈，快一点儿，要迟到啦。”

水花无奈地说：“你先走着啊，妈这就来。”

安晓燕一声“好嘞”，箭一般地冲出家门直奔学校。

没有一个学生迟到，所有的人都提前来到学校。

孩子们从低到高，按照身高排着队。

水花来帮忙了，逐个测量孩子们的肩宽、袖长、衣长、裤长……然后把同一个号码的孩子归到一处，数出人头。

郭闽航和白校长站在旁边看着。

郭闽航的表情里有担忧，他凑近了些，低声询问道：“白校长，要订这么多套校服，这教育局会批这个经费吗？”

白校长表情笃定地说：“经费充足。”

郭闽航看着胸有成竹的白校长，不明所以。

得福骑着车停在学校门口，却犹豫着没有进门。

白校长转头看到得福，高喊一声：“得福！”

主动走出校门说：“都来了怎么不进来？连老师都不喊了？”

得福不好意思道：“白老师。”

白校长略带歉意地说：“哎。你……别怪老师。”

得福连忙说：“哎呀……哪能怪你嘛。白老师，一会儿我去县里给小川他爷交资料，这一回资料就应该全了，就等卫生局的人，去小川家里核实情况，应该就能放款了。”

白校长拍拍得福的肩：“好，你费心了。”

得福说：“我还在到处跑，看看哪儿还有存档，能够证明孩子年纪。你再等等。”

白校长叹了口气说：“你不要跑这个事情了，我心里头啊，已经放下了。”

得福懵懵懂懂地点了点头。

没过几天，赶制的校服送到，那天学校举行了隆重的升旗仪式。

升旗台下，所有学生穿着统一的新校服向国旗敬礼。

得宝、尕娃等也在一旁行注目礼，操场整修准备开工——谁也不知道白校长从哪里弄来了钱，也不敢问。

白校长也一反以前的斯文温和，变得有些武断霸道。

他有条不紊地安排着一切，修操场交给得宝，唱歌比赛交给郭闽航。

操场在得宝的用心施工下马上就变得平整了，郭闽航一心组织学生准备合唱比赛，每天孩子们穿着新衣服，开心地选歌排练，唱着花儿。

西戈壁小学一派欣欣向荣的景象——至少，在表面看来是这样。

五

麦苗回来了。

带着使命，带着期待，带着兴奋与骄傲。

起因是麦苗工作的那个电子厂的厂长，鉴于海吉女工出人意料的优秀表现，决定进一步加大对海吉县的扶贫力度。他派杨明珍先来看看，实地调研一下，看看有什么是他们能够做的，因为麦苗的缘故，她首先要来看麦苗父亲所在的西戈壁小学。

海吉县教育局很快收到这个消息，派出办公室主任孙主任亲自负责接待，具体联系，陪同前往西戈壁小学。

孙主任坐了副驾，麦苗和杨明珍坐在后座，麦苗向杨明珍介绍着情况："这就是我们住的地方，这以前都是这种土坯房，然后现在都垒成砖了。"

杨明珍问："这都是后期做的？"

麦苗说："对，后面有钱了弄的。"

孙主任扭头问道："麦苗，是不是很久没回来了？"

麦苗答道："嗯，上次还是回来宣讲，孙主任，谢谢您来接我们。"

孙主任说："赵局长一听你要带电子厂的领导回来考察，高兴得很，说你心系家乡，早早就通知我去接上你们，让我陪同考察。"

麦苗不好意思地笑了，扭头看着车窗外的熟悉村巷，心里热潮汹涌。

车子停在村小门口，三人下车。

尕娃正领着人卸修操场的建筑材料，他认出了麦苗。

经过正在施工的学校操场，孙主任客气地让电子厂领导先行，说："这会儿娃们正上课呢。"

麦苗按捺不住激动的心情，快步走向教室。教室里传出白校长的讲课声。

麦苗调皮地喊了一声："报告！"

白校长说："请进。"

麦苗笑盈盈看着父亲。

白校长也笑了："你呀，调皮。"

一看教室外的情况，白校长只得停止讲课走出来，麦苗做了介绍后，白校长陪着去办公室坐下。

这次主角是杨明珍，麦苗在一旁带笑听着，郭闽航给大家倒水。

杨明珍说：“我们厂这两年响应福建省政府的号召，积极参与东西部协作的这个帮扶项目，啊……白麦苗已经把咱们学校的具体情况啊，都介绍过了。之前呢，也只是基础性地帮扶过一次，这次我们想加大力度。所以我们老板呢，就让麦苗带着我打前站、做调研，实地考察一下，看看我们还能做些什么。路上麦苗已经跟我讲过了，咱们现在这个教舍是基本够用了。可能物资啊，教具上还有些缺乏。还提到了校服，我看孩子们都已经穿上校服了呀。”

麦苗也问：“对呀，啥时候换的校服？我都不知道。”

白校长说：“我前两天才订的嘛，刚穿上没几天。这不是县里头要举办一个花儿的合唱比赛嘛，就为那个而准备的。”

麦苗惊奇地问：“要参加合唱比赛？”

孙主任向杨明珍介绍说：“白校长爱好音乐，这手风琴拉得好得很。”

白校长谦虚地说：“没有，没有。”

孙主任说：“我跟他刚工作的时候分到一块，他是文艺骨干。”

杨明珍说：“文艺骨干呀？真好，真好，这个音乐最能陶冶情操了，这孩子们呀，要是能在这个音乐的陪伴之下成长，那是个很幸福的事情。”

孙主任捧嘴说：“就是。”

杨明珍问：“白校长，您再给具体介绍一下，看看学校还缺点什么呀？或者我们还能做点什么？”

白校长笑，说：“都挺好的。”

杨明珍打量着办公室说：“我看……我们再给添置些乐器吧？”

孙主任继续捧嘴说：“乐器好，乐器好。”

杨明珍打开工作笔记说：“我记录一下。”

孙主任补充道：“我们这里学生娃，根本就没有机会接触这些东西，对吧？”

杨明珍记下：“乐器，乐器。”

突然想起问：“哦……那个，对了，白校长，这个我们厂之前捐了四台电脑，这个使用情况怎么样啊？这个上手啊、应用啊，都已经学会了吗？我了解一下具体情况，回去跟厂里做一个反馈。”

一听电脑，郭闽航下意识看了一眼墙角，只剩下一个地球仪。

白校长沉默了。

其他人不明状况。

麦苗见情况有异，问："爸，电脑呢？会用了吗？爸……"

白校长苦涩地笑了笑，不好意思地开口说："呃……电脑，卖了。"

房间里的空气似乎一下子就凝固了，所有人都呆了，不知道该说什么。

麦苗首先反应过来，生气质问："我问你，你把电脑卖了，就是为了去参加合唱比赛？"

白校长没有说话，默认了。

麦苗气急："你咋啥事都干得出来呀？你想过没有？孙主任把情况报上去，会是啥后果？你想过没有啊？好，你可以不考虑你自己会受啥处分，但是你想过我吗？我大老远地带着领导来视察，我就是想着能给学校帮一些忙。你呢？你都干了啥呀你？"

她的眼里闪烁着泪花。

白校长心痛地开口道："麦苗，爸对不起你。"

麦苗痛心疾首："你从来都不计后果，你从来都那么自私！我本来都不想提了，我再不想提了，你但凡对这个家能多想一些，我妈也不会……"

麦苗流着泪，转身出去。

孙主任赶紧跟杨明珍道歉，然后让司机先送杨明珍回县里酒店，他要先处理一下这起突发事件。

是的，他心里已经给这件事定了性。

他接受陪同福建来的客商实地调研这个工作，本来是很高兴也很简单的一项工作，按他的想法，随便走走，看看西戈壁小学的简陋情况，客商捐物捐钱，皆大欢喜，可是突然冒出白校长把客商以前捐助的电脑卖了，他的心情只怕比麦苗好不了多少。

他必须要解决这件事，至少要有一个说法，要给客商一个解释，一个处理意见，不然客商肯定不会满意，回去后，赵局长也不会放过他。

他稳定了一下自己的心情，走进白校长的宿舍。

白校长冷眼扫他："给局长打完电话了？"

孙主任看到桌上的乐谱："这就是你……准备参加比赛的歌？"

他准备迂回一下，先不直接谈论这事。

白校长说："啊……规定是唱花儿嘛，还没最后定呢。"

孙主任再看到摔坏的琴问："哎……这琴？"

白校长说："啊……没事，摔了一下。"

孙主任深深地叹了口气，把话拉回主题说："你……你是咋想的？电脑是闽商捐赠的物资，你就这样给卖了？这不仅到时候教育局要追究责任，啊……这还影响到县里边和闽商的关系，知不知道？我跟你说啊，我现在唯一能帮你的就是，回去找个电脑厂商，再把新电脑买回来，我再回去给你说说情，看看能不能通融一下，不给处分。”

白校长也不争辩，只是请求说：“这些事情先不着急吧，等我参加了合唱比赛，再说吧。”

孙主任不解地问：“老白，我，我参加工作的时候，咱俩没少在一个炕上滚过，你不是这样一个人。你……温文尔雅，循规蹈矩的，现在咋变成这个样子了？”

白校长笑道：“我没有变，我还是想为学生多做点事情嘛，那……响应教育局的号召，我带着学生参加比赛嘛。”

孙主任疑惑地问：“你就真的为了参加合唱比赛？”

白校长坦然地说：“是啊。啊……还有那个操场，你们又不给批经费，我总不能看着学生吃土吧？”

孙主任激动打断道：“哎呀……行了行了，老白，你听我一句劝，不要再钻牛角尖了，行不行？我知道你为了啥，你觉得憋屈，是不是？你心里边觉得憋屈，你也不能拿自己前途开玩笑。”

白校长叹口气：“我们与其关心自己的前途，还不如多关心关心学生呢。”

孙主任默然：“老白，我以为凭咱俩的关系，这点感情，我能把你劝下。你听我一句劝，行不行？不要再干傻事了，这事情就还来得及挽回，只要咱态度好，主动承认错误，尽量不要把事情闹大。”

白校长打断他：“老孙，这个合唱比赛，我们去定了，操场我也修定了。到时候该咋处理咋处理，我都认了。”

孙主任不甘道：“你真的想好了？”

白校长用力地说：“嗯。”

孙主任无奈，叹息一声，转身出门。

六

麦苗唯一的去处，在金滩村，只能是水花那里。

至少，在这种情况，这样的心情下。

她从学校冲出来，直接到了水花家，扑到水花怀里就哭，水花安慰了好久，麦苗情绪才慢慢稳定下来。水花问她吃饭没有，说着就要给她做面。

麦苗吃着水花给做的面问：“姐，晓燕和她爸呢？”

水花说："晓燕跟你爸去参加那个合唱比赛，既上课又排练的，呵呵……比我还忙呢，上下学都不回来吃饭。你永富哥腿不灵便，就爱待在店里头，我就把饭给他俩送到店里头吃去。"

麦苗感叹说："姐，你家里日子也是越过越好了。"

水花问："你咋样？"

麦苗说："我挺好的。"

水花说："一年一年的不回来，你爸也怪可怜的，要不是那些学生……"

麦苗低头吃面不语，眼中泪水又涌了上来。

水花安慰道："苗儿。"

麦苗哽咽着说："姐，我就是憋得慌，你说我爸都多大岁数了，那为啥做事还是和原来一样不计后果呀？"

水花无语，她不知道该如何回答。或者，她多少有些理解白校长的行为，但是，面对白校长的女儿，有些话她又该如何说呢？

这个时候，得宝过来看今天操场施工的情况，然后来看白校长，进门就问："老师，麦苗回来了？"

白校长情绪不高地应了一声，得宝又问："她在哪儿呢？"

白校长说："不知道。"

得宝看白老师情绪不好，迟疑一下，走过来到炕上坐下，关心地问："老师怎么了？"

白校长不想此刻面对任何人，想尽快支走得宝，想了一下说："哦……麦苗，麦苗……去那个……哦……大概是去你水花姐那儿了。"

得宝看看他，迟疑一下，又问："你没事吧，老师？"

他倒是想马上就去找麦苗，可白校长明显有事，他不能走。

白校长摇头一笑，叹了口气，决定跟他这个学生、女儿喜欢的人说说心里的话。他缓缓地说："有事。我把她们厂捐的电脑卖了，她生气了。她不理解我。她委屈，我明白。我之前呢，我就没照顾好她和她妈妈。但是，如果这次我再放弃，那不又伤了学生们的心吗？我们明天要出门去比赛了，今天最后还要彩排，我实在是顾不过来麦苗了。哎……得宝，你帮帮我，你去关照关照麦苗，你就跟她说，她爸是个老浑蛋，但是这个老浑蛋，一点儿也不自私。他是个老师啊，老师为学生，不是应该的吗？你就跟她说，别跟这个老浑蛋生气，别跟他计较了……"

…… ……

得宝离开的时候，觉得身上沉甸甸的，他带上了白校长的寄望，但他却不知道如何化解麦苗和白校长之间的矛盾，甚至不知道如何照顾麦苗。

他到水花家的时候，麦苗已经吃完最后一口面，她放下碗，满足地说："饱了，还是水花姐做的面好吃。"

她现在的心情好多了。

水花边收拾边对麦苗语重心长地说："哎……姐的话，你要记在心里头啊。你爸不管干啥，他绝对不是因为自私。他是一心一意为他那些学生着想。我知道，你是因为你妈的事。但在我们这些学生眼里头，你爸这个人呢，说实话，是最好的老师。"

麦苗点点头，也不知道她心里是不是真的这样认为。

水花继续说："回想从前，姐这半辈子最好的时间，就是给你爸当学生，在学校读书的那几年。这些年，你爸又在教晓燕，我从晓燕一天一天的成长里面，就像看到曾经的我自己。你不知道啊，那晓燕因为参加合唱比赛，哎哟……那高兴的样儿呢。"

麦苗问："是吗？"

水花学着晓燕的样子兴奋说："妈，我要唱歌了。你听，那可……"

一扭头发现得宝站在院中找麦苗。

得宝叫道："麦苗。"

水花对麦苗说："去，去，快去。"

麦苗起身出屋，搭上得宝的摩托车，飞驰一般来到两人曾骑自行车来过的地方。

麦苗先下车，走去开阔处。

得宝撑好车子，走近麦苗。

麦苗问："你见我爸了？"

得宝答："啊。"

麦苗问："他都跟你说了？"

得宝说："你不该那样说你爸。"

麦苗问："你知不知道，他把电脑给卖了？"

得宝答："知道。"

麦苗奇怪了："你知道？"

得宝反问："电脑咋了？不能卖？"

麦苗反应过来，生气了："是……是你帮他卖的？"

得宝毫不退让地说："那天我俩拉到县上的网吧卖的，还给白老师配了个眼镜，这两天忙得，还没时间去取呢。"

麦苗气得踢得宝："哎呀……哎呀……哎呀……你知道那是啥电脑啊？你就

卖呀？”

得宝吃痛：“啥电脑嘛？”

麦苗恨恨地说：“我早该想到，我爸一个人干不出来那么混账的事。”

得宝说：“白老师说那些电脑没用了，放了好长时间了。”

麦苗大声说：“那是帮扶项目，给学校的电脑，是捐赠物资。不能卖呀。你知道卖了那些后果有多严重吗？”

得宝总算是意识到了问题的严重性，怯怯地问：“那咋办？老师会受处分吗？”

麦苗叹口气：“不知道。我走的时候，孙主任还在给县教育局打电话。我们厂领导也下不来台，先回宾馆了，估计都不知道咋跟厂里说。”

得宝懊恼地说：“也怪我，我当时咋就没想着问一下，这修操场的钱是哪儿来的。”

麦苗瞪了他一眼，沉思着喃喃自语：“你就是个傻瓜，能怪你啥？我实在是想不明白，我爸是咋回事嘛，他不可能不知道捐赠物资不能卖呀，又不是第一回收捐赠物资了，以前希望工程也捐过，规矩他都清楚得很。他是不是不想干了？”

麦苗只是发泄情绪，得宝却认真起来，叫了起来：“老师可能真的是不想干了。”

麦苗紧张起来：“你说啥？”

得宝说：“不是我说的，是我哥说的。那天他找完白老师，回来说他把老师的心伤了，老师的心凉透了。现在老师都不强求，未满年龄的学生留下来念书。所以他想去参加合唱比赛，是不是想留个纪念？”

麦苗沉默。

得宝思忖一下说：“麦苗，你听我说，不要再对你爸那么凶了。你也不要拦着他参加合唱比赛了，这个事情，咱一起想办法解决。行吗？”

麦苗突然起身：“走，回吧。”

得宝问：“回哪儿？”

麦苗说：“找得福哥。”

七

得宝猜得不错，白校长被家长们伤透了心，虽然表面上他没有表露出来。

所以才有他后面一系列的“大胆”行动。

至于麦苗现在对他的怨恨，他虽然在意，也不想让它影响他现在正在做的工作：合唱比赛。

他和郭闽航继续组织同学们排练，他站在学生队伍前面，认真投入地当指挥打着拍子，孩子们认真地唱着，脸上洋溢着幸福的笑容。

在这种氛围中，白校长觉得自己所做的一切，所承受的一切，都有了价值，仿佛他整个人都得到了升华。

但是得宝和麦苗还在为他担心着。

他们来找得福。得福正在玉泉营派出所办事，他们就在外面等，看见得福出来，他们迎了上去。

得福高兴地招呼道："麦苗，啥时候回来的？"

麦苗说："下午刚回，去村部找你，那儿的人说你来这了。"

得福说："帮学生娃找出生证明，不过还是没进展。"

麦苗问："你这是为了我爸。"

得福反问："你见过白校长了？"

麦苗点头。

得福缓缓地说："白老师这几天为了娃娃们打工辍学的事情，东奔西走，挨家挨户去劝说，但现在没有人能听得进去嘛，有的还跟他动手呢。我们谁劝都没有用，他就是要把娃娃们都拉回学校里来念书。"

麦苗说："我知道。"

得福表情沉痛地说："麦苗，你也不要怪他，都是我那天晚上说的话把他给伤了。我是想安慰他，我跟他说时代不一样了，不是非得读书才有出路。我当然知道读书重要了，要不是他教我念书，我能有今天吗？我就是不想让他这么较劲，这各家各户的情况都不一样，不是硬拦就能拦下来的。"

麦苗说："是。"

得福叹了口气："这几天我跑了一圈，我得到一个消息，说是建镇以后，会重新普查户口，那就是说，这个事情还是有转机的，你回去跟你爸说一下，让他再等一下。"

麦苗听得福说这些天发生的事，开始理解了父亲的举动："哦，好，得福哥，让你费心了，这件事也不怪你，我爸他就是这么倔的一个人。谢谢你这么帮他。"

得福说："好了，回吧。"

得宝对麦苗说："咱去把校长的眼镜取一下。"

麦苗说："好。"

两人去取了眼镜，得宝送麦苗回家。

麦苗一进屋，看到桌上摆着丰盛的饭菜，白校长坐在桌边，正在等她。

见麦苗进门，白校长忙说："饿了吧？来，吃饭了。"

麦苗把眼镜盒放在桌上："给你取回来了。"

白校长打开镜盒，换上眼镜试着。

麦苗边洗手边从镜子里看着父亲的样子，嘴角挂上了笑。

麦苗落座，轻快地说道："哎呀饿了。"

白校长知道女儿不生气了，脸上也露出笑容说："饿了快吃。"

麦苗大口吃着饭。

白校长小心翼翼问道："这次回来，能在家多待几天吗？"

麦苗头也不抬，干脆回答："能啊，起码看完合唱比赛吧！"

白校长的筷子停在半空，怔了半晌才说："好，好。"

麦苗故作轻松："听说手风琴摔坏了，你准备咋办？"

白校长摇头说："啊……呃……摔了一下，没事。"

麦苗说："我给你重买一个吧。"

白校长举手示意说："不用了，唱花儿嘛，不用伴奏。"

麦苗看着菜，又看看父亲，说："真好，都是我爱吃的。"

白校长也放松下来，笑着给麦苗夹菜："那就多吃点。"

麦苗说："也不知道我遗传了谁，我妈爱唱歌，你也爱唱歌，我怎么就五音不全。"

白校长笑："小时候你妈教过你好多歌呢。"

麦苗说："是啊，那时候太小，都不记得了，我唯一能记住的就是她教我《春天在哪里》。"

白校长说："对，就是这个。那……你小时候，教你普通话，你不愿意说，总是唱成这个……冲天在哪里呀，冲天在哪里。"

麦苗不解地问："有啥……有啥不一样？就是冲天，冲天在哪里。"

白校长笑："是春天，不是冲天。"

麦苗难为情地争辩说："哎……我听着都一样，我给你说，我现在普通话说得可好了。你听啊，嗯……冲天在哪里，是吧？"

白校长叫道："呵呵……错了错了，又错了。"

麦苗问："咋又错了？"

白校长说："不是冲天在哪里，是春。"

麦苗说："冲。你看，一样的嘛？"

白校长纠正道："ch-u-n 春，冲天的冲。咋了？"

麦苗笑："你再说一遍。"

白校长说："ch-u-n 春，冲天的冲。"

麦苗立刻笑道："就是一样的呀。"

白校长："我被你带跑了，呵呵……"

麦苗："吃饭，吃饭。"

父女俩说笑着，气氛温馨。

到了合唱比赛的那天。

海吉县县剧团后台，白校长带着学生在排队候场，其他的队伍一看个个都是精心准备而来，孩子们从没见过这阵势，一个个又好奇又胆怯，有几个孩子不由地拉起了手。

舞台上，一支合唱队排着整齐划一的队形，穿着漂亮的演出服，唱出优美动听的歌，这一切把西戈壁小学的学生们看呆了，有几个孩子窃窃私语，队伍中透露出紧张和不安的情绪。

得宝和麦苗坐在台下，紧张地期待着。

前一个小学的表演结束，报幕员上台。

白校长走到孩子们的面前。

白校长："同学们把眼睛闭上，想象我们就在戈壁滩上，在操场上，在教室里，我们是唱歌给自己听。"

报幕员用优美的普通话报幕道："下一支参赛队伍是西戈壁小学代表队。"

白校长带领学生上场。

一出场，就把台下震惊了，因为他们的人数远远超过限定的参赛人数，观众和评委都立刻议论纷纷——

"这是咋回事啊？"

"这么多人啊！"

"这不符合规定吧？"

白校长有些紧张地在台口徘徊了一圈，郭闽航和他击掌为他鼓劲儿。

白校长走上台，向台下鞠躬示意，随后转身，充满感情地扫视他的每一个学生。

学生们也用充满感情的眼神回应。

白校长的手轻轻挥动。

晓燕起头："冲天在哪里呀，冲天在哪里……"

没有伴奏，没有雕琢，评委席有人起身，孙主任拉住："听听吧。"

孩子们开口齐唱：

春天在哪里呀，春天在哪里，春天在那青翠的山林里，这里有红花呀，这里有绿草，还有那会唱歌的小黄鹂。嘀哩哩哩哩哩哩，嘀哩哩哩哩。嘀哩哩哩哩哩哩，嘀哩哩哩哩……

60个人歌声洪亮，毫无雕琢。孩子们认真歌唱，不分声部，没有设计，就是一个不能分割的整体，高声齐唱，呼喊出心中的向往和憧憬。

在他们的歌声中，似乎能够看到那些西海固人的生活：

——他们从山沟里拉着架子顶着沙尘暴走在吊庄的路上；

——他们在戈壁滩建起一间间土屋，种出一亩亩绿色的庄稼；

——他们拉着水车浇灌土地，一根根电杆慢慢地通向村庄；

——麦苗等第一批海吉女子坐在大巴车上离开家乡，她们的眼里，出现了海；

——下一批赴闽打工的队伍中，有海春玲、马小波、马茹、李玉龙；

——白校长在教育局办公室，被赵局长严肃问话；

——得福还在四处奔走。

舞台上，孩子们合唱的声音越来越大，声嘶力竭，像是这首歌真的可以召唤花红柳绿的春天，召唤所有离开的亲人。

歌声中，那些画面越来越清晰。

——荒凉戈壁，宁静的村庄，小川的妈妈提着行李走进院子，张开手抱住小川："小川，我是妈妈。"小川喃喃地叫着"妈妈"。

——尕娃衣衫褴褛地回到村庄，抱着得宝痛哭："再也不走了，再也不……"

——水花深情而坚定地看着丈夫说："你是晓燕她大，我是你媳妇……"

——麦苗含泪跟白校长道别，然后上车，白校长站在村口，挥手相送再相送，开远的车突然停下，麦苗下车，拉着行李向父亲跑来："我辞职了。"白校长笑了。

歌曲进入收尾一段，孩子们用尽全力吐出最后一个音符，余音袅袅，全场静默，舞台上，白校长双手收住，静止，像一尊塑像立在那里，不可仰视。

麦苗和得宝站在台下，眼里蓄满了泪花，拼命鼓掌。

全场掌声雷动，观众评委皆为之动容。

白校长缓缓睁开双眼，看着眼睛亮晶晶的孩子们，攥紧的两只手分别伸出了大拇指，为孩子们点赞，孩子们在舞台上跳跃欢呼。

第十六卷终

第十七卷

班 子

通过实施一个个扬黄扶贫工程与项目，宁夏建成中小型水库 268 座，修筑淤地坝 1112 座，发展库井灌区近 100 万亩，建设旱作“三田”560 万亩，治理水土流失 1.4 万平方公里，不仅使城乡生活、农业灌溉和工业化、城镇化快速发展用水得到有效保障，也为水生态环境建设作出了重要贡献。宁夏西海固地区实现了“千年黄河上高原”的梦想，昔日荒滩戈壁，今天绿树成荫，瓜果飘香。

经过 20 多年的开发建设，“闽宁村”已变为闽宁镇，通过闽宁对口帮扶，再加上黄河水的润泽，如今，闽宁镇形成了特色养殖、特色种植、光伏产业、旅游产业、劳务产业五大主导产业。截至 2019 年年底，全镇农民人均可支配收入已达到 13970 元，如今的宁夏闽宁镇，从昔日“干沙滩”变成了“金沙滩”。2020 年 11 月 16 日宁夏回族自治区政府宣布固原市西吉县退出贫困县序列，随着宁夏最后一个贫困县的“摘帽”，西海固终于历史性告别绝对贫困。

一

时间进入 2004 年，整个吊庄移民工程进入新的发展阶段，首先是闽宁镇建镇，行政管辖权移交给了当地政府。

在金滩村村部里，已经升为副镇长的马得福正在给村民发放新的户口本，户籍地已经变更成了闽宁镇。

得福把两张结婚证递给水花，说这是民政局补办的，水花接过，抚摸着结婚证，露出微笑，凝视着上面那个大大的喜字。

得福看着开心的水花，也露出笑容。就在这一年，他也结婚了。妻子叫高青峡，高青峡是原青铜峡市委高书记，后来的市人大高主任的独生女儿，高青峡现在已有七八个月的身孕。

在西戈壁小学，白校长在打扫院子，麦苗喊他吃饭。她今天给她父亲做了米饭和炒菜，她说父亲以前在浙江老家是无米不食，现在她要父亲尝尝她的手艺。

白校长坐下吃饭的时候，麦苗又说有两份文件她替父亲收，一份是撤销白校长职务的文件，另一份是个紧急通知，是教育局和其他部门联合发的，全地区规定，凡在校学生，不管年龄是否达到 16 周岁，一律不得辍学打工。

白校长听到第一份文件时还是呆了一下。虽然他早就做好了退下来的准备，可是想到要跟自己一生中最重要的工作做一个割离，心里还是有些不舍。不过后面那个紧急通知让他欣慰地笑了，说这通知很及时。

麦苗将筷子递向父亲，给他夹菜，又说："还有件事，我们领导不同意我辞职留在这儿。"

白校长愣了一下，克制着失望强自镇静地说："不同意就算了。"

麦苗笑："他打算要在这儿建厂投资，让我做这个项目筹建的负责人。"

白校长听着才明白女儿是在逗他，笑了道："这个消息也很及时。"

麦苗佯装不满道："爸，你不是校长了，以后别再用校长的口气说话了，行不？"

白校长说："对对……郭老师应该比我更能胜任校长。"

麦苗感叹道：“真没想到啊，郭老师会留下来当正式老师。”

白校长埋头大口吃饭，吃得很香：“这有什么想不到的，你不是也留下来了？这说明啊，咱们这个地方好。”

父女俩温馨地吃着饭，相视微笑。

窗外，操场修好了，孩子们在新修的操场上玩耍。教室里，电脑重新买回来了，郭闽航新给学生们开了电脑课。

再往远处，金滩村里，很多村民的土屋已经被砖房取代，拖拉机、摩托车几乎每家每户都有，蘑菇还在种，土地也越打理越好，一派欣欣向荣的景象。

可是，在这种高速发展，日益繁荣的情景下，也埋藏着一些困难和危机。

实际上，从 2002 年开始，闽宁村撤村建镇，本来是好事，可在行政管辖权的交接上，各方相互扯皮，导致镇区管理混乱。到了 2004 年，盲目上马的各项工程亏空严重，农民工讨不到工钱，三级扬水也因工程款被挪用而停建，4000 多亩耕地得不到灌溉，闽宁镇的发展，陷入了前所未有的困境。

今天，闽宁镇政府二楼办公室正在举行镇政府工作会议。

镇党委书记马建川坐在会议桌前，神情严肃，桌上放着一份报纸。王镇长、副镇长马得福等镇机关干部神情各异地分坐在会议桌两边。

马建川指着报纸道：“亏了政府，苦了百姓，这文章你们都看了没有？好家伙，咱闽宁镇这回算出了大名了。老王，你是一镇之长，又是咱这儿老人了，那你说说，那两个记者是咋摸到咱镇上来的？都见过谁？都采访过谁？”

王镇长不服气地说：“这个问题为啥要问我呢？”

马建川追问：“那你说，我应该问谁？”

王镇长冷笑：“问那两个记者去嘛。”

马建川生气了：“你跟我在这儿带啥情绪呢？”

王镇长否认道：“没带情绪，我就说的事实。”

马建川怒道：“咱闽宁镇建镇前后的事情，也就是你最清楚，这两次搞庆典，搞面子工程，拖欠工程款，你就是其中参与者之一。”

王镇长也不含糊，反问：“你啥意思？我清楚啥？我参与啥了？难不成我把这事情捅出去的？”

马建川也反问：“我说这话了？”

王镇长说：“你刚说……你要是没说，那是我说的？”

马建川厉声道：“这是县委和县政府，勒令我了解一下事情的来龙去脉嘛，你跟我这儿吵啥呢？”

他见对方不屈服，只得抬出上级来压。

王镇长冷笑："我没吵，你说话的这个方式是有问题的嘛。"

马建川又问："我有啥问题？"

得福看见两位主官吵个不休，实在忍不住插话道："书记，镇长，这个事情我能说清楚。"

马建川趁势下台说："那你说。"

得福说："事情非常简单，就是农民工讨薪要不来钱，然后去镇上、市里去告状。记者一下子采访了几十个讨薪的农民工，掌握了很多情况，还来咱们镇采访过。在座的除了书记、镇长，都被问过话，也包括我。"

马建川和王镇长听罢，盯着得福，所有的镇干部也盯着得福。

马建川疑惑地问："得福，你是咋想的呢？谁让你接受的采访呢？这事情不管咋说，你都得先跟我通个气，是不是？"

得福说："记者来得突然，问得直接，我要找你汇报你又不在。再说了，啥情况，记者了解得清清楚楚的，人家找我就是确认一下是不是属实，我也不能骗记者嘛，我只能实事求是嘛。"

王镇长埋怨道："得福，你也真是，你对这个事情太不敏感了。你见着记者你躲一下，你说你说啥呢嘛？"

得福认真地说："躲不过去嘛，人家哪年哪月，哪个工程，欠多少钱，人家都知道。"

马建川叹气："哎呀……"

得福坦白地说："其实我觉得这个事情未必是个坏事，说不定还帮咱们解决了这个农民工讨薪的问题。"

就在这时，"哗啦"一声脆响，会议室临街的窗玻璃被砸碎了。

马建川吃惊道："咋？咋回事？咋回事？咋又来讨薪来？"

王镇长叫道："得福，你看一下哪一拨？"

得福起身走到窗前，打开窗子，探头正欲朝外看，几块石头又飞上来砸烂了玻璃，一块正巧砸在得福头上。

得福"哎哟"一声捂住了头。

也是这天一大早，讨薪的农民工正聚集在新兴工程公司门口吵吵嚷嚷，拍着铁门喊要找马总。马总就是马得宝。尕娃正在睡觉，披着衣服出去说马总去县里寻钱了，人还没回来。

农民工不依，说尕娃糊弄，问马总是不是又躲了，留个看门狗唬人，尕娃也不怕，生气地跟农民工吵，正吵得不可开交，一个农民工过来说其他的农民工拉着条幅，到镇政府要钱去了。尕娃听见，赶紧劝农民工说："你们看人家，瞄得多准，找该找的人讨债嘛。咱干的也是镇政府的工程，镇政府欠工程款不给，我们能咋办？你说你们砸公司有啥用嘛？你们就应该去镇政府。"

这些农民工也赶来跟先前的农民工汇合，群情激愤，镇政府的门卫拦着不让进，有人便朝里面扔石头，得福首当其冲，被砸得头破血流。

农民工见伤了人，一哄而散。镇政府这边也来不及找肇事者，只得先送得福去卫生院包扎。

幸好伤势不重，也没有脑震荡，得福包扎好后，还要赶着回县城——他现在住在岳父岳母家，妻子怀孕七八个月了，他得天天陪着。尤其这一天还是妻子的生日。

等到他买好蛋糕匆匆回到岳父岳母家，妻子一家人已经等了很久，高书记已经在客厅沙发上把报纸看了两遍，高青峡妈已经问了好几次得福咋还没回来，高青峡已经挺着七八个月的大肚子，费劲地往餐桌上摆酒具，等到高青峡妈再一次不满地埋怨说："这女婿当的，你过生日，他都不按点回家……"门铃声终于响起。

高青峡高兴地转身走向门口说："回来了，回来了。"

得福头上戴着网兜，手举生日蛋糕，笑嘻嘻地走进来。

三人看着得福不禁呆愣。

得福走到餐桌前，放下蛋糕道："爸，妈，镇里开会晚了点儿，对不住啊。"

高青峡关了房门追过来道："头咋啦你？"

得福一笑道："上午我们在开会的时候，一帮农民工过来要钱闹事，我不小心被他们扔的石头给砸了。"

高书记放下报纸皱眉道："闽宁镇咋乱成这样？真是没人管了？"

得福边脱着外套边接话道："主要是农民工欠薪的问题，这两天镇政府都被堵好几回了。"

高青峡妈担忧道："哎呀……这还得了呀，这当了个副镇长，头就让人给打了，这以后这工作还咋干呢嘛！"

得福冲岳母一笑道："妈，没事，是我不小心……"

高青峡接过得福的外套道："不行就调到市里头算了，还非在那儿干啊？等娃一出生，你不能让我一个人带娃吧？"

高书记打断女儿的话："行啦，你今天过生日，眼前也不是说这事的时候。咱吃饭吧。"

得福叫道："吃饭，吃饭。"

扶妻子坐到桌前吃饭。

他心里远不像表面那样平静无事，心里其实一直憋着一把火，憋了很久了，只是找不到解决的办法，却不得不每天应付那些理直气壮，他心里也非常同情欠薪的农民工。

二

在岳父岳母家吃了饭，得福和高青峡乘公交车回家。

高青峡看着得福的头，关切道："头还疼吗？"

得福摇头道："没事。"

高青峡问："爸跟你谈了？"

得福点头。

高青峡又问："咋说的？"

得福说："爸在征求我的意见呢。要是我想去市里，他就想办法帮我办。要是我还想留在基层干，他也支持。"

高青峡问："你咋说的？"

得福说："我说考虑考虑……"

高青峡打断道："还考虑啥？"

得福皱眉道："我也不是没有想过要离开，我心里头放不下，你说我拍屁股走了，我真对不住那些被我动员来吊庄移民的老乡。"

高青峡沉默不语。

得福摸着妻子的肚子，叹了口气，对着未出生的宝宝说："哎呀……你妈妈又生气了。"

高青峡赌气道："我不生气，我生啥气？"

得福说："你不生气，你脸吊那么长？"

得福又对宝宝说："你妈妈想让我去银川呢，你说咋办？"

高青峡嗔怪地瞪他："傻瓜样子。"

第二天，得福和高青峡清晨上班，刚出门就发现门口堵着几个村民。

几人见得福来了，互相使了眼色，走上前来。

其中一位年长的村民率先开腔："马镇长。"

得福问："咋？找我有事情？"

年长村民说："有事——"

眼睛瞥向身后一位农妇。

农妇壮起胆，上前道：“马镇长，你不应该收我宅基地。”

旁边一个女的帮腔：“马镇长，你咋干这事呢？人家他家刚盖的新房，你就收人家老宅子，不合适嘛。”

一位村民说：“就是的，我都能为她证明，人家刚盖的房，地也是人家的，你说收咋就收了？”

得福说：“这个不是我要收，我也是根据相关政策在办事。”

农妇打断道：“啥政策，你马家定下的缺德政策？”

高青峡一听对方出言粗鄙，上前辩论道：“这位婶子，你这样说话就不对了！”

得福忙低声劝妻子道：“好了，你赶紧上班，你不了解情况，我来解决。”

高青峡也低声道：“我咋不了解情况？你每天没白天没晚上就忙这些事情，我啥不了解？”

高青峡不顾得福劝阻，继续冲农妇道：“婶子，你有话咱好好说话，咱要讲道理的嘛，你不敢像刚才那样说话。你跟大家说一下，我家马得福为啥让你交出宅基地？”

农妇愤愤地说：“为啥？他用官压人呗！还能有啥！”

高青峡冷冷一笑：“你看，你这就不实事求是了。让你交出来的，是不是旧的宅基地你先说。”

农妇说：“啥新的旧的？我不明白你说的啥意思。”

高青峡问：“你在新的宅基地上盖新砖房了没有？”

农妇答：“盖了。”

得福说：“那不就是嘛，你在新的宅基地上盖了新砖房，那旧的宅基地就得交回来统一管理，镇政府还要分配给其他人呢，你不能一户人家占两个宅基地嘛。”

农妇说：“我两个儿子呀，我应该有两处房啊。”

高青峡说：“好我的婶子呀，政策不是这样子的。政策不是根据你有几个娃，分几个宅基地的。啊……那你家有四个娃，你家就要有四个宅基地？那你娃生娃，娃再生娃，娃再生，就这么生下去，那你不要说咱们这移民区，那整个中国都成你家的。”

帮腔的女的被高青峡的气势和道理说服了，点头说：“对，就是。”

农妇说：“我要求也不过分，我两个儿子两处宅基地。”

村民若有所思地说：“人家说的也有道理。”

农妇不满了：“有啥道理？你耳朵根子就软得很。”

帮腔的女的：“行了，我就说咱就不应该来找人家马镇长嘛。”

农妇生气了：“啥不应该？你不应该来？你来为啥来？你还不是为了要你交回

的宅基地吗？”

得福诚恳地说：“婶子，你看，我们道理也讲清楚了，人家都听懂了。你交出的宅基地，是不可能要回来的。你们没交的宅基地，也不可能攥在手里头。政策对每个人都是公平的，你们找我也没有用。”

高青峡说：“就是，你不能有啥事都来找马得福，他说了也不算，这都是按政策办事呢。你们回吧。”

众人纷纷点头：“行行行，好好好，算了算了，咱就听人马镇长的，咱回去再想办法。”

看着众人远去，得福笑着对妻子说：“讲起道理来能得很。”

高青峡笑：“我咋啦？我跟他们可没恩没怨的，我就是按政策办事的，咱本来就有理。”

两人一起往外走。

得福沉思着说：“我想着，要不你回娘家住一段时间吧。那儿安静，你也好休息。”

高青峡不屑地说：“你是担心我呢？还是担心你娃呢？你放心，我没放在心上。他们下回再敢来无理取闹，你不要说是我，你娃子用盆水把他泼走了。”

得福笑：“不敢，我可是干部呢。”

高青峡也笑：“你是干部我不是，我就是你媳妇，堵我门骂我男人，还不许我还嘴了？”

夫妻俩相视而笑。

三

得福心里同情那些欠薪的农民工，但欠薪的农民工肯定不会理解，甚至大部分把他和所有的镇政府干部看成一样，心里也有怨恨。其中也包括他的弟弟，马得宝。

得宝现在开上了小轿车，他载着麦苗回到公司，尕娃打开公司大门。

麦苗和得宝下车，得宝问：“他们今天没来堵门？”

尕娃说：“你刚走就来了，没堵着你，又跑去镇政府闹。”

得宝说：“他们这方向才找对了嘛，镇政府欠他们钱，他老堵咱公司门干啥吗？咱也是受害者，让他们去镇政府闹就对了。”

尕娃打断道：“不光闹了，还把福哥的头砸破咧。”

得宝大惊道：“谁砸的？”

尕娃摇头道："好些人砸呢，得福哥也弄不清是谁。"

麦苗关切道："要紧吗？"

尕娃说："缝了几针。"

得宝问："人呢？"

尕娃说："回市里他老丈人家了。"

麦苗说："咱得去看看。"

得宝转身欲上车，尕娃跟着道："我也去。"

得宝皱了一下眉，突然又停下。

麦苗不解道："咋啦？"

得宝一叹道："他受点疼也活该。"

二人一愣。

得宝摇着头说："他受点疼也活该，当初要不是他逼着我让咱公司垫资，接下镇上这烂工程，咱的钱也瞎不进去，也不会欠工人工钱。我损失了三十多万，他受点疼咋了？"

话这么说，但到底关心哥哥，转身来找得福，却见得福表情怪怪的在办公室发呆。得福看见得宝，二话不说，就拉着得宝上车，让得宝开车陪他转转。

开了一会儿，得宝忍不住问道："伤口还疼？"

得福摇头："你不问就不疼。"

得宝不解道："你让我把你往哪儿拉？"

得福一声轻叹，望着车窗外宽阔漂亮的街道，轻轻地说："绕着镇子随便转。"

得宝愕然："随便转？"

得福迟疑一下，还是说了出来："走之前，哥想好好看看闽宁镇。"

得宝吃惊道："走？你要去哪？"

得福努力让自己的表情淡淡的："你嫂子想让我调银川去呢。"

得宝霍地踩了刹车，把车停在路边道："你走了，镇上欠我的工程款咋办？"

得福说："欠的就是欠的，我在不在，总会有人管。"

得宝一脸不满道："我真后悔听你的话，要不是你，这拓宽街道的工程，我也不会傻到垫资去接。"

得福内疚道："我这儿还有点钱，我给你拿上五万，你周转一下。"

得宝愤愤地说："不用，我饿不死。"

得福问："镇上没活儿干，你拿啥养公司？"

得宝转过头不看他："我县里、市里还有些活儿，麦苗她老板建的那个酒庄，今年又要扩大葡萄园，他们的活儿我都包了，挣不了大钱，但养得了公司……"

得福正欲说话，却忽然愣住了。

只见马路边一家新装修的商铺门口，停着一辆农用三轮车。

水花和秀儿、安万升正从车上往商店里搬运货物。

得宝瞥见得福往商铺门口瞅，随口说道："水花姐在镇上开超市了。"

得福看见商铺横匾上有"水花综合超市"的字样，连忙问道："村里的商店呢？"

得宝说："转给秀儿姐了。"

得福不禁感叹道："你水花姐总算翻过身了。"

得宝建议道："去看看？"

得福迟疑一下，摇头道："不打扰了……走，我想去看看三级扬水站那半拉子工程。"

得宝说："看那干啥？"

得福说："那是我的心病。"

突然间一辆车开到得宝车前，挡住了去路。

二人一怔，举目望去，司机下车冲得福道："马镇长！我到处找你呢！"

得福将头伸出车窗道："咋咧？"

司机说："书记通知，县里潘书记来了，要你参加紧急会议……"

得福应道："好，我知道了。"

得福匆匆赶回镇政府，当他走进会议室的时候都没有意识到，他人生的一个重要时刻就在那一刻。他人生的很多改变，都没能按照他的预想就发生了，而他，别无选择，或者，那才是他的人生。

会议室内气氛紧张。

县委潘书记、组织部万部长、县委常委兼纪检委书记张树成、马书记、王镇长等人出席会议。

人人神情严肃，气氛压抑。

潘书记环视了一下，语气沉重地开口道："今天的会，开得突然，但势在必行。原因各位都清楚，记者把你们闽宁镇的问题捅到了各大媒体，惊动了自治区，也惊动了中央。这不光是闽宁镇的耻辱，也是咱们县的耻辱！"

众人听着，神情凝重。

潘书记继续说："为了尽快查清问题，扭转局面，恢复闽宁镇的正常工作和社会秩序，县委常委紧急召开会议，并形成决议，接受张树成同志的毛遂自荐，同意由他兼任闽宁镇党委书记一职，全权处理解决闽宁镇的问题，任期一年。鉴于原镇党委书记马建川同志，原镇长王发海同志，在处理闽宁镇的重大问题上和日常工作中，作风软弱，懈怠推诿，对二人作出停职处理。你们两人的具体问题，万部长下去会跟你们谈，此会不赘。县委同意让县委常委、纪检委书记张树成同志，破例下到镇上，兼职当书记，这也显示了县委县政府的决心，必须要在一年之内，把闽宁镇存在多年的大小问题、特殊问题，逐一解决。我现在宣布，张树成同志在兼职期间，拥有任免干部、处理干部的权力。另外，根据张树成同志的提议，暂时由副镇长马得福同志，临时负责镇长一职的工作。”

得福听罢一愣。

众人望向得福。

潘书记也看着得福，问：“马得福同志，你有没有异议？”

得福望向张树成，张树成也看着得福。

得福又看向潘书记道：“我……服从组织安排。”

潘书记点点头：“散会！”

四

一辆越野车停在路边。

张树成和得福站在工地上看着废弃的工地。

张树成盯着得福额头上的伤道：“你的头没事吧？知道是谁砸的不？”

得福说：“我没让查。”

张树成问：“为啥？”

得福说：“干了活，工钱给不了，一拖就是几年，我要是他们，拖家带口的要过日子，遇到这事，我也会动怒！”

张树成点头道：“嗯，以心比心，说得没错。”

得福一脸感慨道：“老领导，不瞒你说，今天这会要晚开几天，我可能就……”

张树成打断道：“就当逃兵了。”

得福诧异地问：“你咋知道？”

张树成说：“你老丈人，也是我的老领导，想调你去银川，给我打过电话，了解你和闽宁镇的情况。”

得福紧张地问：“你咋说？”

张树成笑了：“我给你老丈人说，得福是棵好苗子，就是要走，那也得是正儿八经被提拔了，堂堂正正地走，不能当逃兵。”

得福也笑了：“他咋说？”

张树成说："老领导说，听我的，我让你留，他就让你留。"

得福又笑了："我是真没想到，你还会毛遂自荐，来代理这个'烫手山芋'镇党委书记。"

张树成沉吟一下，说："哎……得福，你想一下，咱俩刚到这儿的时候，是个啥样子？今天又是个啥样子？这么好的势头，却因为管辖权的移交，领导班子的不稳定和几个昏头巴脑的领导重大决策的失误，把一盘好棋下得乱七八糟的，让人心痛啊。"

得福听着默默点头。

他明白张树成把他带到这里来，是闽宁镇两位主官的交心，也是对以后开展工作的一个沟通。

张树成说："我这回回来，给县里和上级领导立军令状了，一年的时间，要让咱闽宁镇的工作步入正轨。你最了解这里的情况，你说说你的想法。你说咱应该先从哪儿入手迅速地开展工作？"

得福沉吟着说："其实我一直在琢磨这个事情，我个人认为，要想改变闽宁镇现在的情况，扭转局面，第一个要做的不是查问题，追责任，处理人，最关键的是稳定民心。"

张树成鼓励地说："你说，先解决啥？"

得福说："解决农民工欠薪。"

张树成点头："想到一块去了。"

得福说："农民工欠薪的事情解决了，民心就稳定了一大半了。"

张树成又问："接下来呢？"

得福说："整班子。"

张树成不解地问："整班子？"

得福点头说："全镇各村村级班子，现在基本处于瘫痪状态。"

张树成吃惊："有这么严重？"

得福表情严肃，认真地说："表面上看不出来，我太了解情况了。"

张树成点头："还有呢？"

得福这下有点激动了："还有，就是你看这个三级扬水站，你在的时候，我们就申请要修，后来上级拨了 180 万来修这个，我负责的。修到中途，镇里强行挪用了 30 多万去修办公楼了。这个事情干到一半，没钱了。本来是 2002 年 9 月份要交工的，你看，一拖再拖，拖到现在还搁着。镇西两个村子，4000 多亩地浇不上水，村民们就在说，'哎……我们在西海固就是因为没水才受穷，来到这里还是没水受穷，你说这是个啥事嘛'，镇上没有一个干部能回答这个问题，我听了都害臊。"

张树成表情沉重起来："嗯。这也是个重头事。"

得福继续说："还有，我们按上级的要求，规划了这个生态移民整村搬迁的工程，地也划了，集资款也交了，这个镇上为了补庆典的面子工程的窟窿，竟然挪用了292万建移民村的集资款，这个事情隐患太大了吧？这要是不及时解决，将来会出大事的。"

张树成听着，一脸严峻道："看来这闽宁镇的问题，比我想象的还要严重。"

得福说："我也知道，这些事情没有一件好办，但是又不能不办。只有把这些事情办了，我们闽宁镇未来才能步入正轨嘛。"

张树成目光坚定道："好办难办，都得办，咱就先从农民工欠薪这事开始办！"

张树成雷厉风行，首先处理农民工欠薪这事。这天他正坐在刚布置好的办公室里看材料。楼道里传来嘈杂的脚步声，随后是办公室刘主任的声音。

一位工作人员叫刘主任，刘主任紧张地安排道："又来一拨？哪儿来的？赶紧去拦住。这新书记刚来，像个啥样子？快去，快去。"

张树成走出办公室问道："刘主任，咋回事？"

刘主任上前："张书记，实在不好意思，听说来了个新书记，这……上访的群众，都来找你告状来了。你放心，现在我去把他们都拦住。"

张树成说："不要拦，让他们都进来。"

刘主任不解地问："都进来？"

张树成说："对，咱领导干部和党的机关咋能害怕群众呢？一个都不要拦，都让进来。以后咱镇政府的大门，随时敞开。"

刘主任赶紧答应道："好。快快快，快去。快叫他们都进来啊。"

说完匆匆跟着工作人员下楼。

张树成在大厅里跟上访的群众见面。

听说是新来的书记，上访的群众争先恐后。

张树成冲众人喊道："各位老乡，你们的心情我能理解，但大家不要着急，你们这样一块喊，啥都听不见。咱一个一个来，把你们每个人的问题和你们的诉求都跟我说说，我记录清楚，我们会开专题会议进行研究，为你们解决问题。这样好不好？"

一名群众叫道："别说没用的，多久能解决？"

刘主任举起双手示意大家："安静，安静，安静，听书记说嘛。"

张树成大声说："我就是县里专门派来给大家解决问题的，我的办公室在二楼的最东边，门一直为大家敞开着。大家有什么问题，随时可以来找我。"

另一名群众说："张书记原来管过咱吊庄移民户，没少给咱跑腿出力，咱就信他吧。”

张树成说：“大家排队，一个一个到咱的办公室，我们记录下来你们的问题，好不好？”

张树成领着排在前头的村民往上访接待室走。

刘主任在后面安排村民们排队。

经过一整天的忙碌，所有上访群众都接待完毕，群众离去后，张树成和得福的工作才刚刚开始。

他们就在信访接待室现场办公。

办公桌上高高摞着上访人员的申诉记录，镇政府管辖权交接前后的各种文件、材料、账目和全镇低保户的花名册，以及全镇各种工程项目的招投标文件和账目材料。

张树成坐在灯下，一份份认真看着。

得福也拿着资料在看。

张树成放下文件抬头：“这些招投标文件和账目，我都看过了，基本上没啥问题，问题就出在镇政府的管辖权交接上。海吉县那边主管的事，在行政管辖权移交到闽宁镇这边后，这边的主管单位和相关单位就不认账了，他们还针对很多遗留问题，互相踢皮球。这种行为，非常不对，上级已经决定，对原党委书记和镇长做出撤职和降级的行政处分。这些都是今天的上访记录，基本上都是欠薪的事，你说钱去哪儿了？”

得福说：“钱没有少，但是开的项目太多了。预支太多，前任来了，大搞政绩，欠了一屁股债走了，后面接任的，又是大搞政绩不甘落后，这个雪球就越滚越大。现在这个政府成了啥呢？欠债的政府。”

张树成不解地问：“你说，就没有人把这事当一回事？”

得福为难地解释：“人人都知道，人人都矛盾嘛。你不开项目，这就业就是个问题，移民们没活干，人均生产总值就上不去，生产总值上不去，咱闽宁镇树立的典型就靠不住。咱可是全国扶持的重点，那谁敢担这个责任？”

张树成沉吟半晌：“这样，咱把这材料都整理一下，我明天就去自治区政府找领导和相关部门，就农民工欠薪的事情，做个专题汇报。你把咱这工程的欠薪，都核算清楚，我负责和上面磕钱的事。这回咱要把每一分钱都发到欠薪户的手里。”

五

镇政府要支付欠薪的消息立刻传开。

作为欠薪者之一，得宝此时正在新接的贺兰酒庄工地，被一帮愤怒的村民拦住。得宝正在跟带头的村民解释：“叔，人家酒庄老板买下来的地，要扩葡萄园，不然不可能找工队来干活的。”

带头的村民骂道：“酒庄老板？他怕是个人把酒喝多了，以为他买了地。”

“他说买了就是买了？”另一个村民道，又扭头问其他人，“咱们谁见着钱了？”

其他村民异口同声道：“没见！”

话音刚落，尕娃驾驶的推土机突然轰隆一声，险些失控启动。

村民们急了，大叫：“下来……下来……下来。”

得宝也赶紧对尕娃：“下来，熄火，熄火，熄火。”

一个村民大叫道：“你往前再挪一寸，我把皮给你扒了，信不信？”

尕娃惊恐地看着村民，举着双手下了推土机。

得宝劝道：“好了，好了，好了，叔，你先……你先不要激动，一会儿柯总过来给你解释，我就是干活的。”

一个村民问：“柯总是干啥的？”

就在这时，麦苗和酒庄柯总开着皮卡车赶来，麦苗手拿合同。

柯总过来问村民道：“你们干什么呢？”

带头的村民上前道：“干什么？话可问得好，我想干啥？你想干啥？这是我的地，谁给你的胆子在这儿动土？”

柯总冷冷道：“这是我买下的地，我和政府签了购地合同的，白纸黑字，有红章的啦。”

一个村民嘲讽道：“你可真是个无良的黑心老板，你不要以为你拿这两张破纸，盖个假戳，就能来糊弄这些老百姓。”

众村民一起助威嚷道：“就是。”

柯总也不畏惧：“行行行，你们看看，你们看看，政府的公章，要是敢造假，我是要坐牢的。”

带头的村民不屑地说：“行了，行了，你不要给我看这些，我都不认字，我只认地，这是我们的地。”

众村民继续叫嚷助威：“我们的地……我们的地……”

柯总扫视了一下众人说：“安静，安静。不认识字没关系，我念给你听，第一条，根据《中华人民共和国土地管理法》《中华人民共和国合同法》和其他法律法规……”

麦苗拽得宝到一边：“你过来一下。”

得宝问：“咋啦？”

麦苗说："我听说镇政府开始给欠薪农民工发钱呢。"

得宝诧异道："真的假的？不会吧？"

他想这样的大事，他哥怎么会不通知他。

麦苗说："镇政府门口排着队呢，都是领钱的，你去看一下吧。"

得宝不放心离开，麦苗说："没事，柯总在呢，不要紧，快去吧。"

得宝："好。"

柯总仍在继续给村民念合同，看麦苗走过来，对她道："这边没什么事，你给书记打个电话。"

麦苗说："好的。"

柯总继续给村民念着合同。

得宝匆匆赶回镇上，只见镇政府大厅摆了四张桌子，四张桌子前都排了长队，工作人员按名单给欠薪的农民工发放工钱，不少农民工数着一沓沓的钱，满脸喜色地离去。

得宝和尕娃匆匆走进，走到一张桌子前问道："哎，这都发钱了，咋不给我们通知？"

工作人员问道："你是哪家工程队的？"

尕娃挤过来道："新兴工程公司的。"

工作人员看了一下名单道："这次发放工程款和农民工工资，是分批发放，你们公司不在这一批。"

得宝不满道："为啥别的发了，把我们排在后面，这谁定的？"

工作人员说："马镇长定的。"

得宝一怔道："哪个马镇长？"

刘主任一直在一旁看着，这时插话道："别问咧，就是你哥。有意见，你问他去。"

得宝双眉一皱，大步上楼，尕娃急忙跟上。

他们来到得福的办公室，几个工程队老板挤在得福办公桌前，一脸感激地望着得福。

宁总颤声道："哎呀，镇长，这钱到得太及时了，这……真不知道该咋谢谢你了。"

另一个老板说："就是就是，感谢你把我排在最前头，给我结工程款。"

老板们纷纷嚷道："谢谢，谢谢，谢谢，谢谢镇长。"

得福坦诚地说："谢我干啥，这是镇政府欠你们的钱，拖了这么长时间没有给，应该跟你们道歉才对。”

老板们连连摇头：“不敢这么说。”

得福说：“这次工程款和农民工工资，为啥分开付给你们，就是怕钱付给你们了，又被挪用了，然后农民工的工资又拿不到手，希望你们理解一下。”

老板们连说：“理解，理解。”

宁总说：“咋能不理解呢，看你说的。”

得福对几位老板说：“行了，钱拿到了就回吧。”

老板们说：“好好好，赶紧走赶紧走，谢谢，谢谢，回去了。”

得宝一直站在门口看着，这时和往门口走的老板们打了招呼，还是站在门口拉着脸。

得福看到弟弟，说：“吊着脸给谁看呢？”

得宝气呼呼地进门坐下，得福把门关上，对弟弟说：“这事哥给你解释一下，这几年镇上欠的各方工程款和农民工工资，这是张书记来了，想办法让上面给解决了，但是这钱呢，得分批拨给镇里，所以镇里只能分批付给大家。这第一批发放的钱，哥没有安排你，原因特别简单，你是我弟弟。咱先紧着别人发了就踏实了，是不是？”

得宝气愤地说：“当时镇中心街道改造工程烂尾了，你为啥不紧着别人？死乞白赖地逼着我，让我垫资干没人干的工程。你当时咋说的？你说这是镇上的形象工程，落到你肩上，如果你完成不了就没办法交代，你让我一定支持你，等镇上有了钱，第一个发给我。”

得福承认：“嗯，对，有这事情。”

得宝再问：“这一等就等了两年，我没为难过你吧？有人上门逼我的债，堵我的门，砸我的窗户，我一口气吞了，我没跟你说过吧？因为你是我哥，我委屈归委屈，镇上没有钱，我也不能为难你。但是现在镇上有这个工程款了，开始发这个钱了，你这个哥为啥连招呼都不打一声，让你这个兄弟在后边继续当大头一样排着呢？”

得福目露内疚：“好好好，你冷静一点儿，这就是个先后问题，政府是不可能欠你钱的。”

得宝愤愤道：“你当时就说过这个话，你说政府还能欠你的钱不给？这一欠就是两年，我垫的那些钱本来是要给麦苗在银川买房的，我俩结婚用的。但现在呢？连房子的影子都没有，更不要提结婚的事情了！”

得福为难地说：“得宝，哥这不是刚刚代理镇上的职务吗？哥这么决定，那都是通盘考虑。哥求你了行不行，再理解我一下。”

得宝激动道：“我理解你，你为啥就不能理解理解我呢？”

得福赶紧劝道："你小声点。"

得宝更加大声："我小声啥呢？谁爱听谁听，家丑有啥不可外扬的？我为了你的政绩和未来，我接了不该接的活儿，垫了不该垫的资，我心想着我哥肯定考虑我，等镇上有了钱，肯定第一个发给我！但是后来我又错了，我哥宁可把不相干的人排在前边，他也不管他弟的死活！"

得宝说罢，黑着脸，拉开门，大步走出。

尕娃见状，也狠狠瞪了得福一眼，扭头匆匆离去。

得福呆望二人的背影，无奈地叹息……

得宝一路小跑出了镇政府，红了眼圈，尕娃远远跟在后面。

得宝跑到桑塔纳旁边，拉开车门上车，驾车驶去。

尕娃被落在车外，焦急地追赶道："哎……哎哎……哥！"

小轿车疾驰而去。

尕娃追了几步，无奈站住，委屈地喃喃道："哥俩吵翻咧，你委屈我干啥……"

得福站在办公室窗前，一直看着弟弟，看着他驾车离开，看着尕娃叫嚷，神情严肃。

张树成匆匆走进问道："听见你这儿吵吵嚷嚷的，咋咧？"

得福摇摇头："没事……"

张树成说："我还以为又有人找你要钱，闹事呢。没事就好，走，咱出发。"

得福一愣道："去哪？"

张树成说："今天不是轮到金滩村村班子开座谈会嘛，你咋忘咧？"

得福一拍额头道："嗨，这一上午忙的……走！"

六

这是张树成跟得福商量好的第二项重要工作：整班子。

两人来到金滩村，张树成、得福、秘书和几个干部，水花、五蹚、会计和安万升等围坐在桌前。

得福显得心事重重。

张树成看着几人道："都是老熟人。"

几人冲张树成笑。

拴闷点头道："张主任……"

五蹚打断道："还叫张主任呢？没眼色得很！叫张书记！"

拴闷嘿嘿笑了道："老称呼顺口。"

张树成也笑了道："得福，熟人归熟人，你还是得介绍一下村班子。"

得福强努笑脸介绍着："村主任马拴闷，团支部书记安万升，治安主任李五蹲，妇女主任李水花，会计杨柏青，村支书李杨三……"

张树成看着几人打断道："李杨三人呢？"

得福望向拴闷。

拴闷解释道："是这样，得宝不是弄了个工队嘛，挣了些钱。这杨三也是有些眼红，他也弄了个工队。也……也没有揽到啥大工程，就是给咱这移民盖个房，挣个油盐钱。忙得两头追日头，我有时候都寻不着人……"

正说着，杨三骑着车子冲进院子远远地叫道："来了来了！"

丢下车跑进门连声道歉："迟到了！迟到了！对不起……"

得福皱眉道："不是昨天都通知到你本人了……"

杨三解释说："哎呀，再不要提了，我本来早早就来了，那个房东嫌墙皮子上得薄，非要加厚呢。我瓦工跟他较劲了不给干，我想的是，咱不就为了挣点小钱嘛，咱不能跟人家较劲嘛，所以……我就亲自上去干去了。书记，对不起，我来迟了，你把我批评两句。"

张树成看着他，严肃地说："我不批评你，你作为一个党员，作为一个干部，你自己做个自我批评。"

杨三尴尬起来，说："不是，书记，你是不知道，我们村的工作实在是太难做了。其实吧，我早想辞职了。那要不，我写个辞职申请算了。"

张树成心里更加生气，提高了声音问："你是想把你的村支书辞了，还是连党员一块辞了？"

杨三正经道："那不行，入党是我自愿的！再说了，宣誓的时候我也是诚心诚意的嘛。虽说这支书不好做，但是我党员不能丢嘛！"

张树成问："为啥不能丢？"

杨三坚持说："反正不能丢。你，你这党员丢了，这几年我在组织，不是啥啥都没了？"

张树成神情严肃道："杨三同志他没有欺骗组织，他说的都是心里话。坐。这也是我最近几天参加了各个村子的班子座谈会，听到最多的声音。村班子的领导，政治觉悟低到这个程度，有个人的责任，但主要责任不在个人，主要是上级党委的不作为，没有正确地引导、关心和管理造成的。我今天在这里表个态，不管以前的镇党委是咋工作的，那都是过去的事了。从今天开始，在我兼任党委书记期间，所有的支书、干部，把你们的职责、职能都搞清楚，搞明白，把你们的入党誓言再背一背，重新树立起你们的信仰，担起你们的责任，保持对党的忠诚，把你们的工作做实做好。至于个别同志，想干不想干，今天不在这儿讨论。三个月以后，有触犯条例的或者触犯法律法规的，组织上会根据情况，一一做出严肃的处理。总之一句话，闽宁镇所有的这种怠政、懒政、人心涣散的局面必须终止！这几年，镇上出现了很多问题，不但农民工欠薪，光干活没给钱，各级村班子的干部们的职务津贴也欠了好几年了。不过请大家放心，镇党委和镇政府也在抓紧整改，以后这种事情不会再发生了。马镇长，散会以后，你通知一下财务，把这些年欠村干部的职务津贴都给大家发一下。”

得福应道：“好。”

张树成继续说：“咱们金滩村以前在得福当村支书期间，各个方面的工作咱都是走到前头的。我希望今天这个会议后，咱金滩村还能像以前一样，给带个头，再次挑起大梁！今天这个会就开到这儿。记住，三个月以后，我一个一个检查，散会。”

张树成起身离开，得福继续做剩下的工作。

首先，就是兑现承诺，不拖欠村委会的津贴，杨三、五蹲、拴闷、水花、安万升全都排队签字领钱。

杨三领了钱，签了字，冲一旁的得福道：“得福，哥刚才是吐噜嘴了要辞职……这……这不会给我处分吧？”

得福一笑道：“张书记不是给你说了，三个月后看结果。”

杨三乞求道：“这事你可得给哥把着点，甭让哥栽大咧……”

五蹲边领钱边讥讽地打断道：“你怕啥嘛，你有工队挣钱呢……”

杨三愁眉苦脸道：“叔，你再不要说我了，你明知道我做不了那事情嘛，你还笑话我。我明天就把我的工队解散了，好好干咱村里的事情。只要让咱得福、让张书记看得起，我就好好工作！”

得福接话道：“杨三哥，你先把整改方案做出来，我帮你看，需要修改的，咱一起商量。”

杨三感激道：“好好，我今晚就弄……”

处理好了金滩村的事，得福走出门，水花在门口等着他。

得福招呼她：“看见你在镇上开超市了，生意咋样？”

水花说：“投资大嘛，回报率也高。干了这些天了，比村里商店，赚头的确是多太多啦！”

得福说：“那好得很嘛。你就是能干，你看村里的事情，你一样也没有落。”

水花说：“我家的日子确实是好了，做人要知足嘛，要懂得感恩。你看晓燕，马上就要考初中了。我打听着，想再给永富装个假肢呢。”

正说着，五蹲在屋里叫水花开会，水花应了一声，说：“哦，来啦，那我开会去了。”

得福说：“你去忙。”

水花临走又叫住得福：“哎，我听尕娃说得宝的事了。你这次啊，确实是难为得宝了，他这两天在家呢，去看看他，啊，我先走了。”

得福点点头：“嗯。”

水花转身匆匆离去。

得福望着水花的背影，明白水花等着他说话的目的，为得宝，也为他，为他们。

经过这么久的时间，他和她之间那种曾经互相牵挂的特殊情感或许淡了，但更加强烈、更加牢固的情感却将永远地存在于他们之间，伴随着他们一起向前。或者，这就是最好的了。

得福怔了一会儿，长舒一口气，转身走向村里。

他还有一件重要的事要做：得宝。

七

得宝正坐在土炕上的小饭桌旁，黑着脸喝闷酒。

尕娃坐在炕边，劝道：“宝哥，咱气归气，你也不能光喝酒不吃饭。”

得宝不理尕娃。

尕娃瞪着眼道：“不过他马得福今天干的这个事，确实是有点打人的脸。甭说是你，就是我，今天气得都想打人。我不骗你，你刚出马得福办公室的时候，我也没搭理他。他本来想跟我说话的，我扭屁股就走了。走的时候我还瞪了他一眼！”

得福走进，听见此话一愣。

尕娃没看见得福，得宝看见了得福，却故意激尕娃道：“如果我跟他断绝兄弟关系，你认我还是认他？”

尕娃大声道：“认他？我那是没事干了！我当然是认你了。就他今天干的这事，甭说是我，就是我舅我舅母来了，要是知道了，收拾的肯定是他！”

得福猛开口道：“说得好！”

尕娃转身看见得福，打个趔趄冲得福道：“福哥？你……你咋不喘个气就进来……”

得福将手里的一个塑料袋递给尕娃道：“我买了些牛杂，去切了，给你宝哥下酒。”

尕娃慌忙放下碗，接过塑料袋逃一般离去。

得福走到得宝面前："还生哥的气呢？"

得宝霍地站起身，就要朝外走。得福一把拉住。

得宝冷冷道："我不和没有人情味的人说话。"

得福说："我不是来给你赔不是了吗？"

得宝问："你咋赔？"

得福说："你说咋赔就咋赔。"

得宝说："我就要工程款。"

得福说："没问题，下一批款一来，第一个就给你发。"

得宝说："我现在就要。"

得福说："你这不是置气呢嘛，哥跟你保证，下一批款来了，哥要是不给你，你就是我哥，行不行？"

得宝问："你叫我咋信你吗？"

得福说："你说。"

得宝瞥了眼酒瓶，转身抓起道："把这灌了。"

得福说："你又不是不知道，我不能喝酒。"

得宝说："我明跟你说，我这是想惩罚你呢！"

得福拿起酒瓶："我要是喝了酒，你能不生气，你能理解我，原谅我，我甘愿受罚！"

握着酒瓶开始灌酒，尕娃进来看到欲拦，被得宝制止。尕娃无奈，呆呆望着得福喝酒。

得福继续喝着，得宝一把夺了酒瓶道："行了，有这态度，咱坐下来说。"

得福把尕娃打发回家，兄弟二人对面而坐。

得福说："哎呀，烧心！得宝，来，哥敬你一个。"

二人碰杯。

得福拿起酒瓶看着："这是个啥酒，我喝了咋没感觉呢？平日我三杯就醉了。"

得宝说："就不该让你喝。为了惩罚你，把酒都浪费了。"

得福说："好，以后我就喝它，喝不醉！"

得宝不屑地说："就你那点月工资，不腐败，能喝得起这酒？"

得福叹道："喝不起。那个时候，你去了新疆找尕娃。咱大急得要命，整天担惊受怕的。有一天晚上，心烦得想喝酒，我就出去买了瓶酒回来。就在大的炕上，我们俩喝了一晚上。后来大喝大了，喝大了就哭了，他问我：'得福，你知道为啥全家人对你有偏爱，要让你有出息，宁愿让我们得宝辍学，都要供你读书？'我说，'不知道'。他说，'因为咱们家，那个时候太穷了，供不起两个娃娃读书，只能供一个’。咱妈也伤透了脑筋，后来就决定抓阄定命。抓着你了，我就辍学务农。抓着我了，你就只能上完小学，就不能再上了。”

得宝听着，脸上表情复杂，喝了口酒。

得福说：“我听了以后心里特别难受。我觉得对你太不公平了，你各方面条件都挺好的。为啥你不能上学？为啥你要受穷？我就怨咱大，我说你心太硬了，这种事情你咋能抓阄？他说不是我心硬，是咱们这个穷地方有个讲究，好的火药要放到炮眼子里，这个炮才能飞上天。这个穷人家呀，钱要花在一个人身上，这个人要是出息了，那带着全家人都好了。要是把钱给咱匀着花，没有一个出息的，还是一窝窝穷啊！要是这个人出息了，那会带着一家人都好。大说：‘你看，你现在拿了公家的饭碗了，这就是最好的证明。’但是呢，大为啥哭？大说是苦了你了。大然后再三跟我嘱咐，‘得福，你听好了，要是咱得宝回来了，你一辈子都要对他好。你把我们全家人欠他的，你都要给他还上！你要是做不到，你对不起你大，对不起你妈，对不起我们全家人给你押的宝，花的钱’。”

得福说着哭了：“我还是没做到嘛，我没有给过你任何好处。我为了我的政绩，我让你接了你不该接的项目，你还把婚房的钱都砸进去了。现在工程款回来了，我把你排到最后，你现在都没拿到钱！哎呀，我这个哥当得……我真想抽我自己！”

得福说着，给了自己一巴掌，哭道：“得宝啊，今天不管咋，哥要跟你说一声，哥对不起你。真的，哥对不起你，哥对不起你，哥对不起你，哥对不起你……”

哭着说着，一头栽在饭桌上醉了过去。

得宝泪水涌出喃喃道：“还说自己没事呢，再好的酒你也顶不住。”

第二天一早，得福霍地坐起身，揉了揉惺忪的睡眼，茫然地环视着屋子。

阳光从窗子射进屋内，得宝已经不在了。

得福起身，在炕楞上发现得宝的留言，留言条上写道：

> 哥：饭在锅里，我先走了。

得福仔细地看着留言条，情不自禁地笑了……

八

虽然得宝不再生得福的气，那天晚上的醉酒，却在得福心里留下了抹不去的刻痕。

这天得福拿图纸走进食堂，朝着正拿托盘端着面从窗口走过来的张树成走去，招呼道："张书记。"

张树成应了一声："找我啊，等我一下。"

走到一张桌前，几个村民模样的人围坐在一起，张树成给大家分面，招呼大家吃。然后张树成才擦着手走到得福跟前说："这不是又来了几个上访的群众嘛，都过饭点了还没吃饭。"

得福说："你也别总自己掏腰包，这不合适。"

张树成笑："几碗面，也没多少钱。行了，说事吧。"

得福把图纸展开给张树成看："刚去办公室没找到你，说你在这。移民村的规划图出来了，你看看。"

张树成看着图纸问道："你准备啥时候开工？"

得福说："挪用款已经追回来了，我想下个月开。"

张树成同意道："越快越好。"

得福说："好。我还有个事情想跟你商量一下。"

张树成说："你说。"

得福说："我想让我弟弟得宝也来投标这个项目。"

张树成问："以权谋私？"

得福说："不是的。"

张树成叮嘱："你现在是代理镇长，瓜田李下，你知道不？少干这事。"

得福说："书记，就算没有我这个代理镇长的哥哥，人家也是正儿八经的工程公司，有资质，有口碑，人家也有投标的权利嘛。再说了，那个时候咱困难的时候，人家是垫资给咱干的，现在钱都没回来呢，婚房也买不起。我这个当哥的，也不想看着他那么痛苦，就想给他一个投标的机会，中不中标也不是我说了算嘛。你说呢？"

这是得福对弟弟得宝的补偿。他认为自己行得端坐得正，只要得宝按照正规的程序参与投标，无论中与不中，自己也算了结一个心愿。

谁知还真是得宝中标了。

这下得福心中也忐忑起来，想了很久，总觉得心里不踏实，约了得宝见面，他要好好跟弟弟谈谈。

他亲自来到新兴工程公司，站在路边等待，不多时，得宝驾车驶来停下，下车问道："哥，啥事？"

得福反问："你去哪儿了？"

得宝说：“去买婚房。”

得福问：“买了？”

得宝点头。

得福又问：“多大的？”

得宝说：“我要买 200 平以上的，兑现给白老师的承诺。麦苗不愿意，觉得压力太大。我拗不过，就一把清了，买了个 120 的。”

得福满意道：“够住了，你个瓜娃，你赚了个好媳妇，以后要好好和麦苗过日子，别辜负人家。”

得宝说：“嗯，我知道。”

得福沉吟一下，说到见面的主题：“我找你没别的事，你也知道，移民村工程你中标了，明天预付款一到就能开工了。开工之前，我给你提几点要求。”

得宝表情也严肃起来：“你说。”

得福说：“第一，按时交工，不能拖延。”

得宝点头。

得福继续说：“第二，严格把控质量关，不能偷工减料，不能暗自降低标准，把用的材料以次充好。”

得宝又点头。

得福又说：“这盖房子是个百年大计，这住房的，是咱移民过来的老乡。你一定要再三嘱咐工人，质量上一定不能出问题！”

得宝不耐烦了说：“哥，你……”

得福沉声说：“要对得起咱移民过来的老乡！你不要嫌我啰唆！我跟你说这些，就是不想因为这个事情是你干的再出啥问题，你明白吗？”

得宝郑重道：“明白。”

得福说：“那就好好干。”

得宝点头：“嗯。”

得福看着弟弟，笑着：“婚房买了踏实了？”

得宝也笑：“嗯。”

解决了农民工欠薪的问题，整顿了各个村委会班子后，张树成和得福开始解决另外一件大事，那就是一直困扰整个闽宁镇的浇灌问题，也就是闽宁镇三级扬水站的复工问题。

负责三级扬水站工程的是宁总，前面因为工程款挪用和拖欠，宁总承担不起，屡次讨要工程款无果后停了工，这次镇政府结清了欠的工程款项，宁总表示愿意复工。

工作都在按部就班地向前推进，得宝那里也没有什么问题，兄弟俩的情感复好如初，得宝又跟麦苗准备结婚，高青峡那里也是一切正常待产，可是就在这些顺利和平静之下，一场暴风雨正在袭来。

得福这天和宁总来到工地上实地调查。

宁总拿着图纸道："镇长，三级扬水工程，只要你们不拖欠款，工期的事情你放心，我们只会提前，不会超期的。"

得福说："好，那咱们一言为定。我一会儿回去就去起合同，正好也让你们早日复工。"

宁总高兴地说："哎呀，太好了。"

宁总展开图纸给得福看，两辆车停在他们身后，张树成走下车来，后面一辆车上也下来两个一脸严肃的男子。

得福招呼道："张书记，我正和宁总商量复工的事呢，正好跟你汇报一下。"

张树成没有理他，指着从后面一辆车上下来的两人道："我给你介绍一下，这二位是县纪检委的同志，有些事他们想跟你具体了解一下。"

第十七卷终

第十八卷

迁 村

二十多年间，习近平同志 4 次到宁夏考察，5 次出席闽宁对口扶贫协作联席会议，3 次在联席会议上讲话，亲自调研、科学谋划、全力推动，倾注了大量智慧和心血，创造了东西部对口扶贫协作的“闽宁模式”。

“组织东部地区支援西部地区，而且大规模长时间开展这项工作，在世界上只有我们党和国家能够做得到，这就是我们的政治优势和制度优势。”

一

得福被两名县纪委的干部带上车，直接回到镇政府，就在镇政府的一间办公室里进行问询。

干部甲问：“马得福同志，我们是县纪委的工作人员。今天根据工作要求，来找你了解一些情况，希望你如实向组织反映。如果你隐瞒编造虚假信息，你将要负法律和纪律责任。以上事项告知，你清楚了没有？”

得福答：“清楚了。”

干部乙问：“移民新村工程项目，在招投标过程中，你有没有徇私舞弊、以权谋私？”

得福镇定地回答：“我有招投标过程的原始资料。”

干部甲追问：“有还是没有？”

得福正面回答：“没有。”

干部乙问：“项目招投标，从几月几日开始到几月几日结束？”

得福清楚地回答：“从9月21日到28日，一共是一个多星期。”

干部乙问：“当时投标的有几家公司？”

得福答：“按规定不少于三家。但是我们为了公平公正，我一共动员了五家公司投标。”

干部乙问：“这五家公司，有没有刻意策划、虚假围标的不正当竞争行为？”

得福答：“没有。”

干部乙问：“你有没有故意将标底透露给其他投标公司？”

得福答：“没有。”

干部乙问：“你和新兴工程公司法人、总经理马得宝是啥关系？”

得福答：“他是我弟弟。”

干部甲追问：“亲弟？”

得福坦然地直视对方：“对。”

他坐在椅子上，两个纪检干部隔桌而坐，他们对视着，仿佛都想从对方的目光里看进去。他们都知道，这才是这次问询的核心与原因：中标的新兴工程公司老板马得宝是闽宁镇镇长马得福的亲弟弟。

接下来又问了一些相关的问题，两名纪委干部收拾问话记录，让得福签了字，然后乘车离去。

得福转身就来找张树成——这个他的老领导，现在闽宁镇跟他搭班子的班长，愤愤地说："这个事情我可以拍着胸脯给你保证，整个竞标的过程绝对是公平公正的，没有一点儿违规的行为和黑幕！"

张树成安抚道："这个事情的前前后后，我都清楚。咱现在正在这整改的关键时期，出这事不应该嘛。也怪我没有拦你，在这敏感时期，咱就不应该让咱的亲戚朋友参与到这工程上来。你当时也跟我说过，得宝在你最困难的时候帮过你，你想弥补一下他的损失。兄弟手足之情，我也不好拦。可只有咱知道，得宝是合法合规中的标，外人不这么看呀，人家这次抓住了你的把柄了。还说我对你放任不管，暗箱操作，让你弟中的标。"

得福不服道："得宝虽然是我弟弟，但人家是堂堂正正投标中标的！他们在这儿胡说八道，捏造事实，我不服！"

张树成苦笑："你不服有啥用？我也知道他们是胡说八道，可组织上有组织上的原则，举报必立案，立案必调查！"

得福大声说："查，来查，来查我！我不怕，我接受组织调查！"

张树成看着他，表情严肃起来，说："我今天下午就给潘书记打了电话，把你的事也清清楚楚地讲给潘书记了。他也认为，你不是能干出那事的人。可咱现在就在这整改的关键时期，得谨慎决策，得确保整改的方向。县委还是同意了市里的提议，在调查期间，让你暂停镇长的职务。"

得福呆住了，好半晌才委屈地说："啥？要给我停职？这么多事情不是刚刚才摊开吗？那你看三级扬水站这不刚刚才……"

张树成说："镇上的事情你不要管，有我呢，跑不了。重要的是，你得理解一下组织上对你的决定。"

得福犹豫半晌，争取道："张书记，你看你能不能再跟组织上说一下，调查我，没问题。我能不能一边接受调查一边把这个三级扬水站的事情弄完？你也知道，好几年了，这扬水站一直是我的心病嘛。"

张树成坦白地说："你这事，我和潘书记说过了。潘书记的意思是，扬水站也是个工程，你接着干过于敏感。"

得福无奈叹气。

得福被问询并且停职的事立刻成为闽宁镇的头条新闻，得宝在工地听说后，二话不说直奔得福的办公室。

得福正埋头写材料，看见得宝敲门走进，勉强一笑道："你咋来了？"

得宝将门关上，走到办公桌前道："我听镇上人都在瞎嚷嚷呢，说你被停职了。有这事吗？为啥？"

得福点点头："跟你没关系，该忙啥忙啥去……"

得宝打断道："是我中了标，干了移民新村的工程，没中标的就瞎嚷嚷，诬告你，对不对？"

得福说："身正不怕影子斜，你堂堂正正地投标中的标，你就踏踏实实干你的活儿……"

得宝转身欲走道："我猜都能猜到是谁黑的你，我找他们去……"

得福叫住得宝："不要捣乱了好不好！组织上不是在查着呢嘛。"

得宝叫道："哥，你当上这个镇长不容易，你不能让这个事情拖了后腿，工程我不干了，我退出！"

得福斥责他："你退啥退？我们又没有冷病还怕吃冰棍？你既然把这个事情接下来了，你就给我干好，行不行？我这里没事。"

得宝不服道："咱不能让这号人欺负了嘛，哥！"

得福用力地劝道："得宝，你回去，你不要生事情了。本来我也没有犯错误，工程上的事我也是严格按照要求办的，你们都放心。还有，组织上也没有处理我嘛，也没有给我撤职。现在是调查期间，按规定我要回避一下。事情查清楚了，我还是该干啥干啥。"

得宝问："真的？"

得福答："真的。"

得宝说："哥，我今天才是真的了解你了。"

得福问："了解我啥了？"

得宝说："了解你在镇上干点事有多难了。"

得福一笑："难也不是一天两天了，自打我参加工作到现在，没有一天不难的。"

得宝说："这话我信。一开始我还老埋怨你，觉得你不就有点权，能办点事，为啥不能给你兄弟行个方便，今天是全明白了，这事真的不行。"

得福欣慰地说："你终于明白了。"

得宝说："明白了。我也不埋怨你了，今天我也给你个保证，移民新村的工程，我把它干成标杆工程！我要让那些胡说八道的家伙，永远都张不开嘴！"

得福笑道："这话哥爱听，你给我说到做到！"

得宝郑重点头。

二

三级扬水站现在换了张树成亲自督查，他几乎把空余时间都花在了扬水站工地上。

这天他又到工地上来看，虽然是一片忙碌，工人们都在紧张干活，但是张树成敏锐地发现了问题，皱眉道："宁总，你上的人手不够啊，工程进度太慢。"

宁总道："书记，你放心，人不够咱上人，设备不够上设备，在我这儿不会给你掉链子的！你慢慢慢……慢点，走走走！哎，就这块这个工期，再有十天，这大样子就出来了，你放心啊！"

张树成还要追问，刘主任匆匆走来报告道："张书记，支渠那边停工了。"

张树成一愣道："咋回事？"

刘主任说："咱过去看一下吧。"

张树成和刘主任匆匆赶去一看，支渠工地上凌乱地扔着工具，现场没一个人干活，看见张树成他们过来，村民们都黑着脸围了上来。

一领头的冲张树成道："我们被欠薪欠害怕了，施工队的张总叫人干活时，我们就给他先讲好了，一个标段的支渠修好，他就付我们一个标段的工钱，张总也答应了。可我们都干完两个标段了，还一分钱没拿到，找张总人也找不着。这活我们当然不能再干了，除非把我们的工钱发了。"

有人喊道："不发工钱，就是有人干，我们也得拦着！"

张树成听罢，问道："这段支渠谁负责？"

刘主任答道："当时分给县水利局了，施工队也是他们找的。"

张树成厉声道："你马上通知水利局的陈主任（原城关扬水站站长），让他到这来见我！"

刘主任应声离去。

张树成安慰大家道："来来来，大家不要着急，等把那陈主任叫来了，就给大家解决。我把这事情给咱调查清楚好不好？"

领头的冲张树成道："有人说，这施工队的张总是陈主任表侄，这事你找他帮忙肯定不行啊。"

张树成听着，眉头紧锁，他自己就是纪委出身，联想到刚刚被停职的马得福，心里像被压了块石头，又像塞了一把火。

陈主任很快就赶了过来，一下车，远远地冲张树成伸出手：“张书记，你咋在这儿呢？”

张树成没有伸手，问：“陈主任，知道我为啥叫你来吗？”

陈主任看了眼小刘道：“路上刘主任都跟我说了。”

张树成又问：“这事你看咋解决？”

陈主任支吾道：“这个……工程款确实已经给施工队了……”

张树成打断道：“你给了施工队了，他们还在这儿闹啥呢？现在负责人也找不见。”

陈主任摊手道：“这个，是他们之间的纠纷，对吧？我主要负责找工队来干活，至于纠纷问题，就不归我管了。”

张树成直接问：“施工队的张总是不是你的侄子？”

陈主任脸色一下尴尬起来，清清嗓子说：“那个，你看，这儿风特别大，有啥事情咱到车里说，行不？”

张树成生气地说：“就在这儿说，有啥不能在这儿说的？我就问你是不是？”

陈主任表情难堪地说：“是，确实有这层关系。不过工程款这个事情，我都是按照规章制度去办的。这样吧，我现在就打电话，叫会计把账目拿过来，咱一笔钱一笔钱看，行吗？”

张树成打断：“我现在不想听你说这些。紧要的，你赶紧给你侄子打电话，把钱给人家结了。”

工人们叫道：“就是！给钱，给钱，给钱……”

张树成沉声道：“让工程赶紧复工，耽误不起工期知道不？”

陈主任为难地说：“我这个侄儿，我也管不了嘛。他能把钱卷跑了，八成又是去赌去了！”

张树成责问：“你侄子是个这德行，你还能把工程交给他？”

陈主任支吾着：“不是，张书记，那我也没办法嘛。就他那个爸，把我一天到晚缠得，我脱不开身嘛。”

张树成不想再跟他纠缠，沉声道：“我现在跟你宣布，你侄子的施工队终止合同！你给了他多少钱全部要回来，你要连这一点都做不到，就等组织上调查处理你吧！”

陈主任忙道：“张书记，你不要着急。这样，我……我明天，明天我一定把这个事情办了行吗？”

张树成厉声说：“现在，现在就去办！”

陈主任惊慌地点头应道：“行，现在，我马上去办，你不要着急啊，不要着急。”

说罢匆匆走到路边，坐着小车离去。

村民们见状，纷纷冲张书记笑，领头的赞道："太好了，张书记，有你在我们就放心了，我们也不等了，我们现在马上就开工！"

大声招呼村民们："来来来，开工开工，快快快，开工！"

张树成回到镇上，晚上还在办公室看材料。得福将泡好的两碗泡面端过来，放到办公桌上道："给。"

张树成放下材料道："我就知道最近你闲得慌，跑哪儿去了？"

得福说："我回金滩村待了几天，把那几亩地整了一下，我大明天要过来呢，他也要种枸杞。"

张树成打量着他调侃道："你这是要解甲归田了？不要享清闲，有你干的事呢。我推荐你去整村搬迁工作。"

得福有些赌气地说："我都被停职了，我不去。"

张树成耐心地解释说："自治区扶贫办整村搬迁工作开展都好几个月了，进展得一直不顺利，第一批搬迁名单里就有涌泉村，市里和县里都很着急，所以我推荐了你。"

得福摇头说："这个事太难了，办不了。"

张树成有些生气了："我还不知道难？可眼下对你来说，越难越好。得宝投标工程的事，不明真相的人多，你要是一直停职，负面议论就多了。县里就是想用你，也得考虑考虑。这事潘书记都点了头了，调查你的那些人还不想让你去呢。人家说你这是带病挪窝，重新重任。要不是潘书记和我帮你顶着，你想去还去不了呢。按照咱闽宁镇的规划，咱的人口应该增加到 6 万以上，让更多的西海固的贫困户都搬到咱这儿，享受国家的扶贫红利，这肯定是个很难办的事情，所以才让你去呢。"

得福只好点头说："好，我去。"

张树成满意地说："对嘛，这才是我认得的马得福嘛。"

得福沉吟一下说："但是我有个要求。"

张树成大方地说："啥？你说。"

得福说："咱三级扬水站正式建成的那一天，你一定要叫我回来，让我亲眼看着它开闸放水！"

张树成没想到得福提了这么一个条件，心里感动，脸上却不表露，点头说："好，没问题！"

三

接受了新的任务，新的工作后，得福回到家准备向妻子解释一下，安抚住，不然她不会答应他在这个时候离家。

他首先陪妻子去医院做了孕检，各项指标都正常，夫妻俩都放了心。回到家里，趁着妻子心情好，得福说了张书记让他去负责整村搬迁的事，高青峡当时答应了，可是第二天吃饭时，突然说："我不想让你去迁村了，干得都是出力不讨好的活。"

得福赶紧说："昨天晚上，爸不是说了嘛，男人要以事业为重。"

高青峡叹气："唉，爸现在都成你的挡箭牌了。"

得福讨好道："唉，我的好媳妇，让你受委屈了，我过去忙完我就回来陪你，好不好？"

高青峡看着他说："我跟你说过我为啥叫青峡吧，我妈要生我的时候，我爸正忙着建青铜峡水电站呢，没时间看看我就算了，还给我起个名字叫青峡，青铜峡的青峡，说啥这名字有意义，我看这名字起得太随意了。"

得福继续讨好说："就是的，我媳妇长得这么好看，再咋也是个彩霞的霞嘛。"

高青峡威胁说："我生娃的时候你要是不回来，你娃就叫迁村。"

得福这才明白妻子为什么突然说名字的掌故，笑道："你说叫啥就叫啥。也对，整村搬迁，马迁村。"

两人哈哈大笑。

得福说："只要你面子上过得去，将来咱们就到处喊迁村迁村。"

高青峡嗔道："讨厌得很你！"

得福大包大揽地许愿说："你放心，我忙完回来，将来洗尿布、做饭、做家务、喂奶，我都包了！"

高青峡追问道："你说的啊。"

得福一口应承："我说的。"

高青峡大笑："喂奶，奶你喂啊。"

得福也笑："奶，奶我是喂不了的，除了喂奶，我都包了。"

高青峡说："我明天就回爸妈那住，让我爸看看他找的好女婿，也不管他女子的死活，我真是倒了霉了。"

得福不语，心怀愧疚。

高青峡叮嘱道："咱说好了，工作完了赶紧回来。"

得福用力点头："放心，到时候我带着全村人来看你。"

高青峡这才说："东西都给你收拾好了。"

她故意逗丈夫，只是想发泄一下心里的不满而已。

带着妻子的期盼，带着张树成的期望，得福接受了整村搬迁这个显而易见相当困难的工作，再次回到涌泉村。

当车开到距离村口还有一段距离时，坐在副驾驶座上的得福冲司机道："张师傅，在这儿停车吧，我走进去。"

张师傅停住车，得福推开车门欲下车，张师傅问："马主任，咋停这儿？"

得福一笑道："我大给定的规矩，坐小车回家，车不准进村。"

张师傅不解道："为啥？"

得福又一笑道："说人不能太张扬，村里人看着不顺眼。"

张师傅愕然道："怪了，都盼着光宗耀祖呢。"

得福下了车，说："让村里人过上好日子，就是光宗耀祖了。"

张师傅也下车，打开后备厢，取出大包小包的行李，其中有礼品盒，先放到地上道："这么多东西，不好拿！"

得福说："不要紧，我拿得动。你赶紧回吧，路还远着呢。"

张师傅无奈一叹，上了车，驾车驶去。

得福看车走远，这才回过身，捡了根木棍挑着大包小包往村里走。

没走多久，就看见他父亲马喊水站在村口，得福兴奋地高声叫道："大！你咋在这？"

马喊水帮忙拿包道："来看你娃是不是记着我定的规矩。"

得福佯装生气道："你定的这规矩，连开车的张师傅都笑你呢……"

马喊水一脸认真打断道："笑啥？要不是我这高标准，严要求，你能稳稳当当，顺顺利利进步？你听着，这规矩得坚持到底，哪怕你当了省长。省长以上我就不管了……"

得福扑哧笑道："还省长以上？一个代理镇长就给我累日塌了……这回回来的工作，还得你帮我！"

马喊水走着打断道："这事我帮不了。"

得福一愣，追上父亲皱眉道："我还没说，你就帮不了？知道啥事吗？"

马喊水头也不回道："当然知道。"

得福又一愣道："啥事？"

马喊水站住道："整村搬迁。"

得福吃惊道："谁给你说的？"

马喊水又走着道："还用谁说，你大有叔那高音喇叭，他昨晚一回村，全村都传遍了。"

得福皱眉道："那你咋想的？"

马喊水向前走道："先回！"

一进马喊水家院子，得福就看见他母亲和尕娃妈在院子里筛黄芪，赶紧招呼。得福妈看见儿子喜眯眯道："儿子？你咋回来了？"

得福说："组织让……"

马喊水猛咳了一声提醒，得福忙改口道："组织上知道你娃想你了，让我回来看一下。"

马喊水这才放心地将手里大包小包的礼物送进屋。

得福妈高兴道："回来得好，回来得好。想吃啥？妈给你做去。"

得福说："老样子，下碗面，再来个油泼蒜。"

得福走到尕娃妈跟前叫道："姑！"

尕娃妈停下筛子，盯着得福道："得福。"

得福稍愣一下，冲母亲兴奋道："我姑能认人咧？"

得福妈叹道："辰时卯时的，没有准数。"

马喊水嘴上说难，说帮不了儿子的忙，心里可是上紧得很，跟很多年前得福刚刚参加工作，回来吊庄移民一样。马喊水安顿好得福，一个人悄悄出了门，按照他心里的判断，一一上门跟那些顽固分子沟通，最后，来到了涌泉村最爱搞事的李大有家。

他们两个知根知底，倒用不着藏着掖着。马喊水还没说一句话一个字，李大有就猜到了他的来意，也不理他，坐在小饭桌上吃着自己的饭，偶尔冷着眼瞥他一下。

马喊水也不在意，施施然坐下，水旺妈倒是热情，请他吃龙眼，又端来刚煮好的玉米，说是刚摘的，新鲜得很。然后水旺妈出门，让他们两个说事。

马喊水知道怎么治这个刺头，悠然地又伸手从桌上摸出一颗龙眼，剥开，桌上已经全是龙眼的皮和核。

李大有终于忍不住了，瞪着眼道："哎哎，少吃两个行不行？这可是我儿从福建寄回来的，贵着呢！"

马喊水继续吃道："能有多贵？"

李大有叫道："龙眼，龙的眼睛，你说贵不贵！"

马喊水笑嘻嘻地说："不让吃，你就早给一句话嘛！"

马喊水又要拿一颗，被李大有整袋拿走："行了行了，这东西吃多了上火。"

马喊水道："等你句话也等得我上火！"

李大有终于坦诚道："你那贼心我还不清楚，来我这之前，你跑了几家？都见谁了？有几个同意的？"

马喊水不答反问："你先说你！"

李大有盯视马喊水片刻道："哎呀，你家祖坟上是冒青烟了呀，得福这娃，确实是个材料。依我看，这娃最后，最少得升到副科。你要珍惜。"

马喊水打断道："你是娃他叔，你也替娃珍惜一下，支持娃的工作，点个头。"

李大有这次倒不像平时那样阴阳怪气，反而正经地说："喊水，以咱俩这关系，别的事情我早点头了，我头都磕烂了。唯独这个事情，我点不了头。这事情我要是点头了，那我就是害我大侄子呢！"

马喊水问："咋就害你大侄子了？"

李大有认真计算道："整村搬迁，我觉得这个事情就办不成！你看啊，咱村七十以上的，老婆老汉有十几个，八十多的有三四个吧。我那本家李老太爷，人家今年都九十多了，那都是黄土埋到脖根。你说人家这些老婆老汉，人家不走，咱这些当儿孙的能把人家扔下，啥都不管咱走了，这不合适吧？我觉得咱得福啊，不该接这个烫手的山芋，这啥都没吃着，还把手烫掉一层皮，不划算嘛！这些人净把咱娃往火坑里头推！"

马喊水知他说得有理，但他现在铁了心要帮儿子完成这个任务，也不示弱，只问："啥饭叫你一吃就盐重了。别人家你不管，你就是代表你自己表个态，啊。"

李大有说："我表啥态？我明天就回闽宁了，我地里还有一摊活儿等着我干呢，只要全村人表态同意，我肯定不能说反对意见。再说了，我是吊庄移民的受益者，我肯定不能说那不好吧。"

马喊水说："嗯，行了，就要你这句话呢，走了。"

李大有赶紧叫道："哎，我刚才可啥都没说，没表态啊。"

马喊水又走回来，掏出一包烟扔给李大有："得福孝敬你的。"

李大有有些难为情了："呀，你给我，你给我挖了个坑！"

马喊水回到家里，屋里亮着灯，得福环视着屋子正想心事。

炕围子一圈贴满了得福从小到大的奖状、过时的明星海报和几张贺年卡。

得福妈问道："娃啊，青峡都要生了，你不在身边，也不让我过去照顾，她家人咋想呢？"

得福脑袋凑近妈妈的腿，撒娇道："妈，你看我头顶有白头发，你给我拔了。"

得福妈怜爱地拨拉儿子的头发，然后拍了儿子脑门一下道："妈问你话呢，你胡缠啥？”

得福劝道：“妈，你就别操心了。”

得福妈知道儿子心里现在想着什么，感叹说：“唉，你把青峡一个人撇下跑回来，就是为了咱村迁村的事吧？妈可听你大有叔说了，这事情弄得成吗？祖祖辈辈，老先人都在这儿，家家户户根都在这儿！你说，哪个愿意搬呢？”

得福说：“那也得搬呀。”

马喊水也不进屋，在院里喊：“得福，跟你妈说啥呢？”

得福皱眉道：“没说啥。”

马喊水叫道：“你出来一下。”

得福来到院中，马喊水说：“嗯，马镇长，我向你汇报一下工作。”

得福吃惊道：“大，你这是干啥？”

马喊水笑道：“你是我儿，也是我的上级嘛。有人的时候不能叫，没人的时候叫一下咋了？”

得福笑：“好，我听到了，汇报吧。”

马喊水说：“哎呀，大知道了，你到这个程度不容易，成不成我都得支持你，先把捻子点上炮放了。这村里啊，我摸了一下情况，没有几个人同意的。这个会啊，我开你听。不管出现啥情况，你都不要开腔。就算是他们骂咱马家的先人，你都不要开腔，记住了，就给你说这。”

马喊水说罢，转身往屋里走。

得福凝视父亲的背影，心中五味杂陈。

四

第二天一早，挂在电线杆上的喇叭传出马喊水的声音：“喂，喂，睡醒的听着，还迷糊着的赶紧起来，吃了早饭都到村委会来，开会，开会，到村委会开会。”

马喊水对着话筒喊罢，放上了录音带，听起了戏：

祖籍陕西韩城县，杏花村中有家园，姐弟姻缘生了变，堂上滴血蒙屈冤……

喇叭唱了一会儿，村民们陆续来到村部。

马喊水在村部外面的院子中间摆了张条桌，马喊水和得福坐在桌旁，村民们围坐在院子里，李运胜、水花大身在其中。

马喊水环视了众人一眼，冲李运胜道："老支书，大有哥人呢？咋不来开会嘛？！"

李运胜说："一大早就回闽宁镇啦！"

马喊水佯装不满道："嗨，这人真是，哪儿好往那跑，回来还没伺候你一天半后晌，就急火火地跑回闽宁镇享福去咧。"

众人一头雾水听着。

得福望着父亲，目露钦佩。

马喊水继续道："大家伙儿都听着，今天开会，我主持。县里派了个同志来，你们都认得，我就不介绍咧。工作主要由村上负责干，县上来的也就是监督监督，促进促进。今天这会的内容，其实大家都知道了，就是让咱村搬到闽宁去，跟大有哥他们那些吊庄户一样，去过好日子。"

村民们默然不语地听着。

马喊水看了眼众人又说道："其实大有哥昨晚找过我了，说他可以代表在那边的吊庄户先表个态，只要村里人同意整村搬迁，他们没啥说的……"

一个村民皱眉打断道："喊水哥，他给我可不是这么说的……"

马喊水不理他，继续说道："他为啥能表态？就是因为他们在那边日子过好咧，也就说明国家这个移民政策是个能发展的路子……"

得福补充道："不光是能发展的路子，我跟大家说一个实际的，闽宁镇已经可以说基本上建设完了，有移民新村，有街道市场，有学校，有医院，商店，银行，我可以说啊，这个基础设施是基本上样样齐全了！"

先前说话那个村民说："那好得很嘛，那你把愿意吊庄的人你给搬过去，反正我不去，对了吗？"

村民们纷纷附和说："对的，不去不去不去……我反正不去！"

得福说："老叔，移民吊庄的政策已经取消了。现在，自治区给我们一个求之不得的新政策，让咱们西海固地区的人，但凡是这个不适宜生存和发展的穷地方的人，可以整村搬迁到闽宁镇。"

另一个村民问："得福，啥叫不适宜啊？我想问问你，你生在哪里？你大生在哪里？你爷又生在哪里？"

得福急道："哎呀，这跟生在哪儿没关系嘛。"

又一个村民说："得福啊，我们都知道，你这次回来呢，是想把咱村全部搬走。那我就想问一下，你家坟里那先人骂你了没有？"

村民们大笑。

马喊水站起来："你看你这说的话你，娃还把你叫叔呢，哪像个当叔的说的话？咱今天只议事，不要把那先人拿出来糟蹋！"

先前那个村民说："也不怪娃他叔说，你这娃把闽宁说得好的，那房子白住呢，一分钱不花，哄鬼呢？啊？"

马喊水说："就是好嘛。"

得福老实地说："也不是不用花钱啊，但是每个人只需要交两千块钱的筹置款……"

村民们一下炸了锅。

村民们纷纷道："说了半天，你还得让大家交钱是吧？交钱我们就不去！"

又一个村民说："喊水，得福，既然是要花钱，那把我从这山沟移到戈壁滩，那算移了个啥名堂？干脆这样，把俺都搬到福建去，我听说那地方富裕，天天能吃海鲜，冬天就跟春天一样，舒服得很！"

村民们大笑。

马喊水说："你看把你想得美的，那政府欠你的了？还把你迁到福建去！那干脆把你迁到北京去算了，那儿还好呢，那首都呢！"

先前那村民说："那我又不欠政府的，那为啥撵我走呢？"

得福又急了："哎呀，不是撵，是搬迁嘛。咱这地方呀，太穷，太苦了，政府是为我们考虑嘛。"

一个村民说："穷不让他们受，苦不让他们吃，你管的闲事多得很！我今天跟你说清楚啊，你这个事不要胡乱来，你不要忘了，你的根也在这里呢！你今天混成干部，也是你们老马家的先人在给你烧高香呢！"

得福耐心道："乡亲们，我真的想带你们去闽宁镇看一下，你们去了也就知道，为啥政府让我们搬迁到那里去。"

另一个村民问："人都走了，这村子咋弄？房子咋弄？土地咋弄？"

村民们附和道："对着呢嘛！"

得福说："叔，你看你，你去了就有地种，你去了就有新房子住。政府还有规划呢，说将来自来水也有呢，天然气也通上呢。"

先前那村民说："哎呀，别再吹了，我女子就嫁到西安了，我去过。那水跟气一流一出，就得花钱。"

得福说："那你去挣钱呢嘛。"

一个村民突然问："哎哎，我问下，啥叫整村搬迁？"

马喊水生气道："这开会呢，你又在这儿打盹呢，傻东西。"

"你在你妈肚子十个月没睡够吗你？我给你说，啥叫整村搬迁，就是把你家的那男的女的老的少的，大的小的公的母的，雌的雄的全部搬迁，鸡牛羊驴都得搬。从今往后，你和这个村就没关系了。”先前的村民哄笑道，“对了，还有你屋那四眼狗，也得一块搬走。”

问话的村民说：“那我搬走了，那房谁住啊？那个地谁种啊？”

得福说：“你看你新房子住上了，还惦记这土房干啥？我跟你说，国家有考虑，为了恢复咱的生态，将来这耕地得种草种树，房子推了种草种树……”

村民们立刻叫了起来：“那不行，那不行！啥？你还要把我房子扒了？你先人没积德你扒我房！”

现场乱成一团。

得福气道：“你咋说话呢？”

马喊水叫道：“胡说啥呢？啊？刚都说了嘛，只议事，不糟蹋先人，耳朵叫驴毛塞了你！”

一个村民骂道：“你耳朵叫驴毛塞了，你父子俩耳朵都叫驴毛塞了！”

得福叫道：“行了行了行了，坐下，坐下，坐下！”

村民们不甘心：“连这房子都扒了……”

马喊水大声道：“喊叫啥？坐，坐坐坐，坐下，都坐！光在这喊叫，能说出个名堂来？老支书，你是啥意思？说两句，给定个调子。”

大家慢慢安静下来，都拿眼看着李运胜。

李运胜沉吟着缓缓道：“哦，闽宁那边我是去过，也待过几年，苦是苦了点，但是有前景。要不我儿大有也不能扎在那儿。这就是证明嘛。”

马喊水高兴了：“对嘛对嘛。”

李运胜脸色不变，继续说：“哎呀，可这个事啊，我一直没想明白。你说原来吊庄，它就还继续吊庄呗，就算是多给咱村几个指标，我也没啥意见。那为啥让男女老少都往那儿搬？还得把村给平了呢？”

得福解释说：“这是为了恢复咱山沟的生态。”

马喊水赶紧打断得福：“去去去。”

李运胜不闻不问地继续说：“我还是没听明白，我听不明白我就不能表这个态，组织上咋定的……我不反对。可这又不是发救济款，不是评先进、评劳模，这是要挖村里的根呢！这事太大，村里比我年长的人还有，我没资格表这个态！”

村民们议论纷纷。

马喊水赶紧看着村里年纪最大的李老太爷高声又问：“李老爷子，你都听见了？老爷子，那你啥意思呢？”

李老太爷有些耳聋，问：“哎呀，你是问我呢？自古以来议事啊，能争能吵，那还有的商量。”

马喊水不解：“啊。”

李老太爷干脆地说：“我是不同意呢，走人了。”

说罢，拄着拐杖离去。

众人见状，一窝蜂散了。

会场上就留下马家父子，尴尬地四目相对……

五

第一次迁村大会完全失败，父子俩都相当沮丧，回到家端着碗吃面都食之无味，得福妈在一旁叨叨：“娃呀，这事就弄不成……”

马喊水不悦地猛咳了一声，得福妈慌忙闭嘴。

马喊水将碗递给老伴道：“去，再下碗面！”

得福妈端碗离去。

马喊水这才冲儿子埋怨道：“专门给你交代过了，别开腔别开腔，咋就沉不住气？这下一把火把锅都烧焦了，再想重煮米就难了。”

得福抬起头道：“我得把实际情况跟人家说清楚嘛。”

马喊水教导说：“啥实际情况嘛，慢慢说嘛，急啥呢？干啥呢？”

突然转头冲院门口喊道：“干啥呢？啥事进来说！”

得福看向院门，几个年轻点儿的村民，猫着腰走进，冲马家父子笑。

马喊水站起身道：“啥事？”

牵头的胖脸道：“没找你……”

马喊水一愣：“那你们？”

胖脸冲得福道：“找得福……”

胖脸身后的同伴用胳膊撞了一下胖脸。

胖脸忙改口道：“是找马镇长，找马镇长问个话。”

马喊水冲儿子道：“找你咧。”

得福迎上道：“啥事？”

胖脸说：“我听他们说，要是不能整村搬，想搬的也就不能搬了是不是？”

得福惊喜道：“你几个想搬？”

几人连忙摇头，胖脸嗫嚅着说：“没有……没有……就随便问一下。”

得福说：“这是政府定的政策，现在是宣传鼓动阶段，两个月后，肯定都得搬。”

几人听罢，又悄言没声匆匆离去。

得福目露疑窦正欲追出，马喊水叫住道：“别追了。”

得福回头望着父亲：“这是想搬的啊？”

马喊水不屑地说：“搬啥呢，你没看见都是马姓的人吗？那李家的人一个都没见。”

得福恍然大悟，也更加沮丧。涌泉村除了极少数像白校长这样的外来户，基本就是马家李家两姓，想不到在这迁村的关键时刻，宗族也在其中发生着作用。得福想了一会儿，悄悄地来找涌泉村以前的老支书李运胜。

他想以李运胜在李姓中的影响力，只要说服他，这事基本就成了。

他来到李运胜家，边给李运胜勒护腰边说道：“按县上的安排，咱村要在两个月内完成夏收，交齐筹置款，齐齐整整迁村，一个都不能掉队。”

李运胜抽着旱烟，只听不语。

得福又道：“爷，村里也不是铁板一块，有好几户都偷着来找我，想搬，又怕全村不搬，害得他们也搬不成。”

李运胜开口道：“没有我们李姓的人吧？”

得福一愣。

李运胜坦白说：“再说一遍，这事找我没用。我不是不想为政府出力，是这力我没法出。李家的根就在这村里，你要把李家的根斩断，谁能答应？”

这个问题就不是能够用经济、前景这些来比较的了，得福无奈地离开。

第二天，两父子重整旗鼓，马喊水再次在喇叭里召集开会，可是喊了好多遍，都没有人响应。得福挨家挨户叫开会，大家也都不理，不肯去开会。

马喊水气得对着话筒喊：“……早上就通知了，到现在还不来开会，咋回事？都还是不是涌泉村村民……”

得福走进去，关了扩音机道：“大，别喊了，没用的，肯定是都听李老太爷的话，不打商量。”

马喊水看着儿子道：“再喊，嗓子也该喊破了，走，先回去吃饭。”

得福说：“你先回，我打个电话跟生态移民办汇报一下情况。”

马喊水关心地问：“那领导得批评了吧？”

得福安慰道：“不至于，来的时候都知道有难处嘛。”

马喊水还是不放心，得福劝他：“我只是汇报一下情况。走嘛。”

马喊水“嗯”了一声，出门。

得福拨通了电话：“喂，哎刘主任，我是马得福啊，我给你汇报一下涌泉村的情况啊。现在呀，大部分的村民还是没办法接受，但是我们一定会继续做思想工作……是是是，这些村民都在消极回避呢。这个反对的方式还是挺有创意的。”

他汇报的时候语气平淡中略带轻松，但是他的心情却是无比的沉重，这一次，比上次吊庄移民还要困难十倍百倍，他根本不知道该如何说服这些乡土观念极强的乡亲，尤其是在这里扎根上百年的李家老人们，他们如何能够舍弃这一方贫瘠的土地，舍弃那甜美的涌泉水，舍弃这里的日夜风沙，这是他们的“根”啊！

就在得福和马喊水几乎绝望的时候，转机意外地出现了。

第十八卷终

第十九卷

生 根

让农民离开祖祖辈辈生活的旧家园去认可一个新家园，这是一件非常不容易的事情。中国人的那种“根”意识可以说已经成为中国人的集体意识，形成了非常浓厚的文化守成的氛围。封闭、保守很多时候也就意味落后与贫穷，从时间的维度上已经无法撬动这样的壁垒，只有从空间维度上做出调整和改变，这也就是我们看到的搬迁移民的方式。正是这种方式，使我们几千年来中国社会的超稳定结构被打破，所以，扶贫不仅改变了农民的物质生活，最主要的是改变了农民的精神生活和思维方式，让农民最终意识到一个道理：“人在哪里，根就在哪里。”而这种转变也恰好表明我们党和政府的扶贫工作是一项泽被当下和后世的伟大事业。

——许峰（博士，宁夏社会科学院副研究员）

一

连召集开会都没有村民响应，这算是马喊水在涌泉村村支书任上从未有过的“事件”，父子俩沮丧地回家时，马喊水脸色特别阴沉。

得福、得宝的三妹得花穿着高中校服端着饭盘从厨房走出，看见二人高兴地喊道：“大！大哥！”

得福努力挤出笑脸道：“得花回来了？”

得花将饭盘放小饭桌上道：“我进村就听见大在喇叭里喊，整村搬迁这么好的事，村里人为啥不愿意？”

得福看父亲一眼，没有吭声，得福妈抓把筷子，吊个脸走过来不快道：“吃饭。”

一家人落座，得福问：“我姑呢？”

得福妈发着筷子道：“等不住你们这办大事的爷俩，先吃了。”

几人闷头吃饭。

得福妈不知道父子俩心里有事，忍不住气呼呼地说道：“干不了的事就别干，这大喇叭吼一早上，何苦呢……”

马喊水霍地发火道：“什么何苦呢？这县上布置的工作，你当是玩过家家闹着呢！”

得福妈也火了道：“啥工作不能干？偏让娃回来挑这头？”

马喊水说：“你这人咋这么麻烦，工作的事胡缠啥！”

得福妈放下筷子：“你歪啥你？”

得福劝道：“好了，妈，吃饭吃饭。”

得福妈不依不饶：“哎，我做的饭你有本事不要吃！”

马喊水霍地站起身道：“你这烂话都听饱咧，还有啥心情吃……”

得福妈也气坏了，反驳道：“我也没心情吃！村里人骂骂咧咧，指指戳戳，你能受得住？”

得福听着父母争吵，想到自己的遭遇，忍不住说道：“咱村里人咋这么难说话呢，难怪有人说他们是刁民呢。”

赌气地端碗大口吃饭。

马喊水忽然开口厉声道：“把碗放下。”

得福一愣，抬头看着父亲。

马喊水质问道：“你刚说谁是刁民？”

得福心虚地辩解说：“我就随口一说。本来就是嘛，一回咱村啥事都难办！”

马喊水一把夺过儿子手中的碗摔在地上！

一家人都吓了一跳。

得福愣住，抬头看着父亲。

马喊水生气道：“我给你把话说了，以后再从你嘴里蹦出‘刁民’这两个字，你就从我家给我滚出去！”

马喊水说罢，转身大步走进里屋，“哐”的一声将门关上。

得福脸色也不好，扔了碗筷。

得花看了眼地上的破碗，又看了一眼得福，略一思忖，猛放下碗，大步朝院门外走去。

得福妈冲女儿喊道：“哎，你干啥去呢？”

得花不搭理，头也不回走出门。

得福无奈坐了回去，神情严肃。

得花直奔村部，打开话筒，也不多想，直接激昂地大声说道：“村里的人都听着！国家让我们搬到闽宁镇，是为了让我们摆脱贫困，过好日子！你们都几十岁的人了，咋不知好歹呢？你们光顾着先人，那我们这些后人呢？”

“……教室塌了，白校长走了，村里连个学校都没了，这些年村里上学的学生咋上的，你们想过没有？小学跑十几里，初中跑几十里，高中才能住校，哪家的娃不是跟我一样受这罪……”

得花铿锵有力的声音通过电杆上的大喇叭传到全村每个角落，传到每个人耳中。李运胜在家中凝神听着，更多的村民们走出家门，望向大喇叭，神情诧异地听着。

得花的声音响彻村庄的上空：“……天生在这穷地方，咱就要认命一辈子在这地方吗？你们老一辈人愿意，我们下一辈不愿意……”

得福和母亲也听到了，脸色骤变。

马喊水急匆匆走出屋，披着衣服朝外跑，得福连忙跟着追了出去。

得福妈苦愁着脸嘴里喃喃道：“哎呀，这死女子，死女子，真是人小不怕事大！”

得花继续说道：“老先人没把我们生到一个好地方，有机会改变，为啥不能考虑？为啥不能搬出去……”

马家父子沿村巷一路小跑，神色匆忙。两边的村民悄然看着，神情各异。

得花的声音还在回荡：“……搬出去，我们这一代人就走出大山了，再往城里走就容易多了……这么简单的道理，你们老辈人咋就不懂……你们非得让你们的子子孙孙像你们一样受苦受穷才甘心，是不是……”

马喊水冲进村部，冲进广播室，一把夺了话筒。

得花不甘心地嚷道：“你让我说……让我说完……我不想憋在肚子里……”

马喊水把女儿往外推，对得福道：“弄回去！”

得福拉着得花便走。

马喊水急忙打开扩音机：“啊，都不要听了啊，刚才是女子在那儿胡说呢，都不听了啊，放个秦腔。”

得福突然又从门口探进头喊：“大，你来看！”

马喊水慌忙来到门口，朝外一看，脸色骤变。

李老太爷站在门口，堵住了去路！

十几个老人围站在李老太爷身后。

得福和得花看着，神情复杂。

马喊水走出，护在儿女面前连声道歉：“娃不懂事得很，胡……胡说呢，你是娃太爷呢，各位长辈呢，那都甭往心里去，叫我回去好好收拾。”

李老太爷开口道：“童言无欺，娃说得没错。”

马喊水以为李老太爷说的是反话，更加惶恐：“不是童言了，这都马上考大学了，还这么不懂事呢。得花，出来，快！给你太爷，还有这些爷，都赔个不是来，你快点！”

李老太爷板着脸说：“得了得了得了，你听我的，喊水。”

马喊水懊恼地摇头：“看这娃子。”

李老太爷严肃认真地说：“娃说的就是对着呢。得花娃呀，在那大喇叭里头说得好，让我这脑瓜子一下开了窍了。你看我这后头这十几个老家伙，这一辈辈啊，就在咱涌泉村熬着呢，从出生，长大，结婚，生娃，当爸，当爷……这都混得当成太爷了，黄土都埋到脖根了，也都没有啥要求了，就一心想死在自己的炕上。得花娃说得好，那个年轻人啊，应该搬出去，看看外面的新鲜世道。喊水，这开会那天呢，我这点没有想通，所以呢，领着这伙人跟你父子俩对着干了，我错了。”

马家父子连忙道：“没有，没有。不敢，不敢。”

李老太爷感慨地叫道：“得福啊。”

得福应道：“哎！”

李老太爷说："太爷今儿给你说，这个事情，就这样敲定了。"

得福一脸感激感动："谢谢，谢谢太爷啊，谢谢。"

李老太爷顿了一下又说："好，我这还有个小要求。"

得福说："嗯，太爷，你说。"

李老太爷说："嗯，是这，就俺这十几个老汉啊，就算留到咱村里头，村子也能留下嘛。"

得福怔住："不是，太爷，这件事……"

马喊水敲了得福一下，不让他再说。

李老太爷说："这事就这样定了啊。下来之后，该散的就散了啊，该干啥干啥，忙活去。下来事情就是你爷俩管了，走，散，回回回。"

李老太爷说罢，拐杖一挥，带着十几个老人离去了。

得福和马喊水神情复杂地看着老人们离去，相对无语。

二

迁村似乎就这样定了。虽然不很完美，但至少主要目的达到了。

可是得福心里还不满足。

他接受的任务是整村搬迁，可是这样留十几个老人在这里算怎么回事？

他决定继续努力，再做做李老太爷的工作。

他和父亲回到家里，得花趴在炕上安静地复习，得福妈盘腿坐在炕上纳鞋底。

马喊水看着得花，忍不住数落道："小女子，胆大的，拿着话筒就敢讲话！知道那话筒的斤两吗？"

得花不服道："我跟他们讲理，又不是胡说，他们要有理，站出来跟我辩嘛！有理走遍天下，无理寸步难行……"

马喊水打断道："有理没理，还跟这儿跟我犟啊你！"

李运胜掀帘走进道："哎，好口才。你们马家将来又要出大领导了。"

得花面露得意。

马喊水叫苦道："哎呀，出啥大领导呢，有个这娃把人愁死了，不知道像了谁了！"

李运胜说："不管像谁，娃今天讲得好啊！哎，比你爷俩开十次会效果都好。"

马喊水叹道："李老太爷发话，正说着呢嘛，由他领着十几个老前辈留着不走，那村里其他人谁敢搬哪？这结成死疙瘩了。"

他和得福已经商量过了，还是要说动李老太爷搬才行。

李运胜认真地说：“再死的疙瘩也得解开。今天得花一番话，是把我给敲醒了。老以为自己一把年纪，早成棺材瓤子了，死活都不想搬。可想想这孙子，想想重孙子，就让他在这大山里窝一辈子，谁心里能狠得下去？人活一世，草木一秋，哪个不为后人着想啊？哎，说正事，我到村里溜了一圈，大部分人为娃都动心了，可就是张不开这个口。”

说罢，李运胜起身出门，父子二人忙起身相送。

马喊水带着得福来到村后的马家坟地，父子俩看着马家祖坟几十个坟头问：“知道大那天为啥摔你的饭碗吗？”

得福说：“嫌我说村里人是刁民……”

马喊水瞪了一眼道：“还说？！”

得福忙闭了嘴。

马喊水看着祖坟道：“这些坟头里，有你爷你奶，有你太爷你太太，有你太爷的爷，你太爷爷爷的爷……”

得福听着扑哧笑了。

马喊水却严肃道：“别笑，这里头有历史呢。”

得福好奇道：“啥历史？”

马喊水转身，望着山坡下的村子道：“咱这涌泉村，有 200 多年了。那时候只有一个姓，就是李姓。咱马家先人 100 多年前，是在陕西一带逃荒要饭呢。那时候天底下也不太平呢，到处是你杀我我杀你。咱马家先人东躲西藏，就想寻一个能落脚活命的地方。进了哪个村子，哪个村子往外撵咱，钻到哪个寨子，哪个寨子也往外赶咱。咱马家先人没办法，只有一路往这深山里头钻，最后就来到这涌泉村了。我听我太爷给我说过，涌泉村李姓家人仁义得很，不但没有撵咱走，还在这后山帮咱挖窑，开荒，种庄稼。那阵子这村里头有个规矩，夏收以后，要摆这百家宴。咱马家先人刚来，认为自己是外人，都不敢去吃。这李家人硬拉着马家先人，一块吃了这百家宴。从那一天开始，马家先人也把规矩立下了。以后逢年过节，咱马家拜的是两个祖宗，一个是骨血亲宗的马家，一个是恩重如山的李家，这规矩一直延续到‘文化大革命’才断了，所以你这一辈人都不知道。如果没有当初李家的仁义，也就没有咱马家的今天。这涌泉村啊，对咱马家来说，是个落脚的地方。可对人家李家来说，是血脉的源头啊，咋可能轻易就撇下了？你看这村里人，他不管咋骂咱，都不会说那过头绝情的话。”

得福问：“为啥？”

马喊水答：“因为都当咱是一家人。”

得福不语，若有所思。

马喊水又说：“后头的事，不管你咋干，我今天给你说这，你给我记下！”

得福认真应下。

回到村里，得福提着两手礼品来到李老太爷家院子。

李老太爷的孙媳妇迎来，孙媳妇只比得福年长几岁，大着肚子，亲热问候得福道：“得福，来了。”

得福问：“太爷在吗？”

孙媳妇压低音量道：“在房里呢。得福，你又是来劝迁村的？也只能你劝，我们都不敢多嘴。”

得福问：“婶，你说实话，你们想搬呢不？”

孙媳妇答道：“肯定啊。”

孙媳妇下意识地抚摸着隆起的肚子道：“娃以后上学是个大问题，我那老大为了上学，天天来回几十里路，脚上走得都是水泡。到了这个小的，再不能这么受罪了。”

两人向屋里一看，发现老太爷正隔窗看着，忙打住话头。

孙媳妇说：“先进屋。”

得福进屋，把两包礼品放在炕桌上，对李老太爷道：“老太爷，我爸让我来看看你。为了今天得花的事，向你老人家赔个不是。”

李老太爷坐在炕上，手里拿着一个老物件：“哎呀，还赔啥不是呢嘛。我不是已经说过了，得花说得没错，都是俺这些老棺材瓤子错了。”

得福说：“哎呀，不是……”

李老太爷说：“给你添麻烦，耽误你的工作了。”

得福忙道：“哎呀，你说啥呢嘛。”

李老太爷说：“太爷这不是也拉下老脸，去给你道歉了吗？这事不提了。咱是这样，各退一步，你忙你的事吧。”

孙媳妇面露愁容，得福耐心劝道：“太爷，我大给我讲了，说我们马家的老先人啊，是你们李家的先人收留下的，你们李家对我们是恩重如山。”

李老太爷有所触动，却还是坚持说：“哎，那都是老先人们的事了，现在能记住的，嘿，知道的也不多了。既然你知道这事了，那就给俺这姓李的这十几口子行个方便，啊？”

得福又劝：“太爷，这迁村的决议已经定下来了，无论如何都得迁。”

站在旁边的孙媳妇弱弱帮腔道：“爷，你这是为难得福呢。”

李老太爷眼眶红了：“得福啊，不是太爷故意为难你。可你敢想一想吗？这人一搬走，房子撇下了，庄稼撇下了，先人的坟头也撇下了，那是个啥样子的光景？你们都敢想想……那是啥样子的光景吗？”

三

李老太爷的话击中了得福，拷问着他的心，离了李老太爷的家，天黑透了，得福独自走路回家。夜里寂静阴森，四周围的屋舍、庄稼全都影影绰绰的，像在无声凝视、谴责。得福的头皮发麻，他闷头飞奔，耳边都是呜咽的风声。

当晚，得福就发烧了，高烧不退，冒冷汗，说胡话。

得福妈和尕娃妈陪在炕头，轮流洗毛巾，给得福擦汗。

第二天早晨，和煦的阳光从窗外洒进来，一碗热气腾腾的汤面放在炕桌上。

得福终于睁开眼睛，头轻了，他觉得自己是闻着香味醒来的，缓缓地欠起身。

得花进来，一看得福醒了，欢喜地叫道：“哥，总算醒了，烧了一夜。都中午了！”

得福问：“大呢？”

得花说：“下地了。我说都要搬了，还管地干啥，他不听，还莫名其妙骂了我几句！我看，他是最不愿意搬迁的。”

得福没说话，看到炕桌上的汤面，端起碗吃起来，一边吃一边夸奖妹妹：“行啊，得花，会煮面了。”

得花说：“我哪有这个手艺，是水花姐刚来给你下的面。”

得福问：“水花来了？”

得花说：“昨晚上回来的。”

得福又问：“还在咱们家吗？”

得花说：“下完面就走了，说去老学校看一眼。”

得福坐不住了，对得花说：“把衣服给我。”

放下面，拖着沉重的身体穿上外衣下炕，然后直奔学校。

曾经的校舍已经荒废，水花四处转着，在废墟里寻找着往日的记忆，她看到得福走近，慢慢地笑了，感慨道：“多想念上学的时候，简简单单的，一晃这么多年过去了。”

得福问：“你咋回来了？”

水花说：“我大因为整村搬迁的事，让大有叔捎话给我，叫我回来。”

得福叹着气问："唉，让你回来拦我吧？"

水花笑："恰好错了。我大到我那边去过几回，喜欢去着呢，愿意搬。"

得福不解地说："我问过你大，你大说不搬。"

水花解释道："哎，他那个人，他是怕本家人不搬嘛，他也搬不了，不敢出这个头。"

得福恍然，又问："你知道马家和李家的故事吗？"

水花说："我知道啊。"

得福诧异了："你知道？那你咋从来没跟我说过呢？"

水花说："从来都是你讲故事我听着，哪轮得上我讲故事给你听？呵呵。哎，你记不记得你刚刚参加工作，回村劝大有叔他们去吊庄。当初谁愿意去呢？可现在呢，你敢把他们往回赶一下？不打死你才怪！"

得福笑了。

水花说："连晓燕她大都说，要是当初我不逼他去，要窝在老家继续受穷，就他那个残疾人，早就撑不下来了。"

水花真心道："得福，你要是觉得整村搬迁是好事，你就一定要坚持下去。当初，我们李家先人把你们马家先人收留到这儿，现在你们马家后人带着我们李家去更好的地方，这也算是报答了。"

听完水花的话，得福豁然开朗，高兴而感激地说："你来得太是时候了，你要再晚来一天，我可能真的就放弃了。"

四

得福再次鼓足勇气和信心，来到李老太爷的家，站在李老太爷家的院里，一边拍门一边跟太爷沟通："太爷，你把门打开嘛，我有一个想法要跟你说，你听一下嘛。啊？太爷，太爷……"

老太爷的孙媳妇儿给得福端来一杯水。

孙媳妇说："得福，先喝点水。你太爷这两天不吃不睡，估计也是想办法呢，你想出来一个劝他的办法，他估计有几个不听你劝的办法。"

得福喝了一大口水，把水杯递回，又敲门道："太爷，你把门打开嘛，你不开门你也不知道我要说啥嘛。"

太爷还是一声不吭。

得福走到窗户旁往里看，看到老太爷躺在炕上，一动不动，得福定睛一看，旁边有个绿色的塑料瓶——是个农药瓶！

得福大惊，跑去撞门："太爷！太爷！！"

得福赶紧把老太爷背上，一边往村外跑一边叫人。

不多时全村轰动，众人背着李老太爷往外走，有人发动车子，有人在拖拉机上铺被子。众人把李老太爷抬上拖拉机，得福跟着跳上车，马喊水端着肥皂水来了，让得福给灌上，拖拉机发动，众人忙乱着把李老太爷往医院送。

拖拉机走了几步，突然停下了。

李老太爷突然"嗷呜"一声，吐出一大口农药！

马喊水赶紧跑过去，叫："爷。"

李老太爷嘟囔着："哎呀，我……我不搬。"

马喊水安抚："不搬，不搬，爷，咱到医院。"

李老太爷说："我不去医院，回家！"

得福喊着："不行，不行，走走走，去医院。"

李老太爷坚决："不去，回家！回，回……"

马喊水见状："回回回。"

得福担心问父亲："行么？"

马喊水看李老太爷很坚决，叹道："没事了，没事了，肯定没事了。"

李老太爷重新躺回到炕上，有孙媳妇照顾，有李家的人看着，马喊水和得福只好暂时回到家里，可是他们的心还悬在李老太爷那里。

心有余悸的马家父子坐在院里，桌上的面早已经坨了，两人都一口没吃。

马喊水在长久的沉默之后开口道："得福，大都明白，那迁村是必须要干的事。那你也听大一句，这事你不能干。你换个别人来干，你调个个儿，你去迁其他的村子。你是涌泉村的人，你不能亲手把自己的村子拆了，再把老人都逼死嘛。"

得福说不出话，抱住了头。

这天晚上，得福再次摸黑走到涌泉处，村里唯一的水源，清亮的泉水反射着月光。得福坐在地上，捧了一把冰凉的泉水，扑在脸上……

他下定了决心。

第二天。

新的一天。

村口的大喇叭传出人声——是得福。

得福对着话筒平静而深情地说："乡亲们，我是马得福。1972 年，我出生在涌泉村。我从小就纳闷，我说一个村子的人，为啥有的姓李有的姓马？为啥我是姓马，我不是姓李？前两天我大跟我讲了，我大说，往前数几代，这涌泉村啊，都是李姓。我们马家的老先人，是流亡到这儿，被李家的老先人给收留下的。哎，这一收留呢，就是几代人。到了我马得福这一代，我根本不觉得我是外乡人，我就是涌泉村人！在我心里，涌泉村就是我的根，但是现在这根扎得再深，也都吸不上水了！乡亲们，我们搬出去，不是为了断根，我们是要把根移到更肥沃的地方！是为了搭上易地扶贫这一班车，是为了得到教育的机会、医疗的机会，得到就业的机会！那天，我要送李老太爷去医院，哎呀，我坐在这拖拉机上啊，我这心里特别难受！我想起我爷了，还有我太爷，当年是一家人轮换着抬，翻山越岭地往县医院送！”

得福哽咽着：“这送到了，人也不行了。因为我们离医院太远了，我们离学校太远了，我们离外面太远了！我们要么走不出去，要么就回不来嘛！乡亲们，现在闽宁镇啊，有学校，有医院，有田地，有工地，又漂亮，又实用。虽然现在还不是咱的家，但是住的时间长了，那就是家了嘛，也能生根！人嘛，毕竟不是树，人有两头根，一头在老先人手里，一头就在我们后人手里。我们后人到哪儿了，哪儿也就能再扎根！”

全村的人都在听着。

这一次，比得花说得更让他们触动，每个人心里，都翻腾着，煎熬着，思量着，抉择着。

然后，每个人都在心里做出了决定。

五

当涌泉村这边还在为何去何从艰难思考，艰难选择时，闽宁村这边已经是一片繁荣丰收的景象。

五蹲家的院子里，地上晒满枸杞，艳红一片。

院中放着一张小桌，五蹲、拴闷、立仓、马鸿、万升等人围在小桌旁发愁，李大有从地上抓起一把枸杞。

五蹲说：“哎，涌泉村还等着咱回去搬迁呢，咱枸杞现在到底咋弄，这价卖不卖？上回都说不熏。人家收枸杞的，看咱这品相以后啊，把咱价钱压得都不挣钱了！今天大家都说清楚，看这枸杞要不要熏硫黄？”

马鸿说：“叫我说咱还是熏，你看隔壁几个村，人家大部分人都熏了。”

拴闷说：“你说他那熏过的我都见过，那颜色看着确实比咱这好。”

马鸿说："就是。"

拴闷说："红艳红艳的。我就说咱一块种的枸杞，人家的价比咱卖得高得多，原来那都是熏下的。"

五蹲迟疑着说："不过，大家都知道，这硫黄呀，是有毒的。"

立仓说："哎，熏一茬能沾上多少，吃了能行吗这个东西？"

众人犹豫不决。

拴闷对大有说："哥，你光坐这儿嗑瓜子，你给个意见先！熏还是不熏？"

一向喜欢胡搞的李大有这次意外地说："哎呀，我觉得这个事情，咱不能干。咱不能……没良心！"

五蹲说："这人心隔肚皮，谁能看见咱良心嘛？可咱的枸杞子，别人一眼能看出来。"

李大有："啐，不熏，咱坚决不熏！良心是啥呀？良心就是人心。那是一杆秤，咱的枸杞可以不红，但是咱金滩村的人心不能黑，那亏心的钱咱不能挣！我说，咱不熏，咱坚决不熏！"

安万升赞同说："我也同意不熏。大有叔说得对，而且我记得凌教授当时教咱种蘑菇的时候也说过，只要你的东西质量足够好，就不害怕卖不上好价钱。"

李大有说："这事情咱就这么定了。咱金滩村枸杞坚决不熏硫黄！我相信肯定能有人吃出咱这原汁原味的、纯正的枸杞！"

大家纷纷点头。

一辆出租车经过门口，门口突然传来秀儿的嚷嚷声："大有叔！大有叔！"

众人扭头，见秀儿跑进来。

秀儿对李大有笑道："水旺回来咧，你赶紧回家。"

李大有震惊，拔腿就往家跑。

李大有的家里，也晒满了枸杞。

出租车在门口停下，水旺和阿真下来，从车后备厢里拿出各种福建特产和烟酒。

李大有和水旺妈迎上来，水旺亲热道："大！妈！我回来了。"

水旺妈忙不迭应着声地看儿子。

李大有望着阿真道："水旺，这是？"

阿真笑眯眯走过来看着二老。

水旺忙介绍道："阿真，我媳妇。"

水旺妈愣怔一下，盯着阿真看。

水旺又冲阿真道："这是咱爸，这是咱妈。"

阿真乖巧地叫道："爸。妈。"

水旺妈一时慌了手脚。

李大有冲水旺妈道："傻愣这干啥？赶紧，给娃做饭去！"

水旺妈这才醒过神："对，水旺，赶紧招呼女子回去坐。妈给你做饭去。"

李大有招呼着水旺和阿真进屋。

阿真环视了一圈，惊讶地用浓浓的福建普通话慨叹道："哇，枸杞这么多，真的好看。"

水旺说："是啊，以后咱家的药店就不用再进别人的枸杞了。"

李大有望着水旺和阿真的背影，欣慰地笑，一脸得意。

不多时，水旺妈就做好了饭菜，摆上了小饭桌，李大有、水旺妈、水旺和阿真围坐在小饭桌前吃着饭。

阿真香喷喷地吃着。

水旺边吃边说道："人家阿真她大，人家有四个女子，但是没有儿子。她家过去是开药房的，人家是百年老字号。现在开药店，光在福建省就开了四家！她家那钱呀，多得都花不完，她大在她老家光盖房就盖了四栋。"

李大有问："盖那么多，谁住呢？"

水旺妈也吃惊地附和道："就是，盖那么多楼，他屋又没儿，女子都出嫁了，谁住呢？"

水旺有些得意地说："妈，这你就不知道了。人家阿真她大是个有政策的，只要是跟他女子结婚，结一个送一个药店，结一个送一个药店。她大姐二姐都结婚了，人家不光送药店，人家还每一个人送一栋楼住。"

水旺妈更加吃惊："哟，那住老丈人家，那不是让人笑话了吗？"

水旺满不在乎地说："这有啥的？只要两个人在一块过着幸福，现在住哪儿还不是一样的嘛。"

李大有沉思着，放下手里的吃的，站起来招呼水旺："来，你来一下。"

水旺跟李大有进了里屋。

水旺问："咋了？大。"

李大有问："你不会将来结了婚，一下就住到福建那边去，不回来了吧？"

水旺笑道："大，妈，我这回回来，就是要商量这事。"

李大有直接打断道："这事情没商量！"

水旺不解地说："不是，这事又咋了？我就是真到她大那儿去了，我又不是不管你二老！"

李大有吼道："你给我把嘴闭上！"

水旺也火了："你这是咋了？你能不能为你儿子的幸福生活考虑一下？"

李大有骂道："养儿防老，养儿防老，我把你这小子养大了，你屁股一扭就跑了，你啥都不管了，啊？我跟你妈，你爷，谁管？"

水旺说："我跟阿真都商量过了嘛，只要结了婚，就把你们都接过去了嘛！"

李大有激动道："我不去！这事情没有商量！我跟你说，这一门亲事，成不了！"

水旺争辩道："我俩把证都领了！你总不能让我俩没办婚礼，就去扯离婚证吧？"

李大有一时无言，把水旺、阿真带回来的礼物都扔出门，吼着："拿走！我不要，不要给我丢这人！"

六

水旺没有想到一回家就被赶出家，没奈何，难堪地带着阿真来找得宝他们，几个好友找了家饭馆重新安排饭菜，算是给水旺接风。

阿真在门外打着电话，得宝、水旺、麦苗、尕娃坐在桌前，水旺着急地说："你们赶紧给我想想办法，这咋弄吗这事情？"

麦苗说："人家几千里远跟你回来了，你不管咋弄，你都不能伤了人家的心。"

得宝问："你俩真领证了？"

水旺坦白说："唉，我就是骗我大，我就想这次回来把户口本一拿，回去把证一领。"

得宝建议说："你先兵分两路，你先回去，做你大跟你妈的工作。"

水旺问："那阿真……"

得宝说："阿真现在肯定去不了你家嘛，去了不是火上浇油吗？"

水旺担心地问："那阿真现在去哪儿？我……我总不能让她回福建吧？"

得宝说："你先让阿真……阿真跟麦苗住一块。"

麦苗点头："嗯，可以。"

得宝总结说："到时候再看后续发展，咱再想办法。"

众人举杯："你不要烦了，烦没有用嘛，来来来。"

几人碰杯，水旺还是满脸忧色："咋能不烦嘛，这事弄的。"

阿真倒不像水旺那样忧心忡忡，对闽宁村的一切都充满着好奇。

麦苗和阿真开着皮卡车来到葡萄园里，下车后，阿真望着葡萄园感慨道："这是我见过最大的葡萄园！"

麦苗向阿真自豪地介绍："本来今年还要再扩建呢，政府都没想到我们能发展得这么快，之前直接把农民的地卖给了酒庄，以为不会开发的，结果前段时间动工了，还差点儿被农民围殴……"

阿真吃惊："啊！那怎么办？"

麦苗解释道："已经协商解决啦。到了明年，葡萄园会比现在大一倍。"

阿真笑着问："听水旺说，你在莆田的工厂都干到中层了，为什么要回来呀？那边肯定比这里的生活好呀。"

"因为得宝在这里呀。"麦苗爽朗答道，"当年我们老板，响应政府号召，投资创办了这个酒庄，他是个有情怀的企业家，想帮助闽宁镇解决更多移民的就业问题。老板考察项目的时候，知道我是这里人，就抽调我来负责调研筹备。"

麦苗继续道："其实项目考察完，老板就想让我回福建工作……"

她停顿几秒，感慨道："我和得宝从小一起长大，心里一直有彼此。那些年，不是他出去打工，就是我出去打工，兜兜转转的，两个人也一直兜不散。感情这东西，注定是你的人，你想逃也逃不掉。"

阿真沉思着点点头。

麦苗说："明白了这一点，我就在项目考察落地后，向老板申请留下，负责酒庄建设，头两年很辛苦，但是你看，这才四年，酒庄已经发展成这个样子了，我庆幸我自己当时的选择，工作感情两不误。"

阿真羡慕道："你们真好。"

麦苗一笑道："你和水旺呢，是怎么认识的？"

阿真道："我家本来是福州的，然后我爸妈就到处开药店，从一家开到了四家，我们四姐妹每人管一家。本来水旺是来我们家当搬运工的。然后时间一久，我们就熟了，就发现他这人很能吃苦，而且很热情，很厚道，关键是还很乐观。他到哪里，笑声就带到哪里。我爸妈，还有我全家人，都非常非常喜欢他。"

阿真接着说："其实我和水旺都商量好了，等我们一结婚，就把他爸妈接到福建去。"

麦苗说："其实水旺他爸，是太传统了。你和水旺想把老人接过去，觉得莆田的生活更好。可是对他们来说，这儿才是家呀。只有在家里待着，心里才踏实嘛。"

阿真听在耳里，似有所悟。

这边水旺回到家，水旺妈边晒枸杞边对儿子悄声道："娃呀，你回来这都第三天了，人家女子不生你气？"

水旺说："她脾气好，没事。"

水旺妈说："听妈的，人家是有钱人的娃，咱不高攀……"

水旺打断道："妈，你听我说，我不是不管老子的儿，我和阿真是真心想在一起才领的证，跟有钱没钱没关系……"

李大有听着，猛咳了一声。

水旺止住了话，犹豫片刻，又走到父亲跟前说道："大，我给你说，那地方你是没有去过，人家那地方有海，还能吃海鲜。关键是冬天不冷，我到时候把你还有我妈、我爷，接过去过冬，你也就不咳嗽了。"

李大有感叹着也坦白说："娃，那寄人篱下的那日子咱过不了。你说在咱家，我跟你妈、你爷，我想咋喘气就咋喘气，斜一丈顺八尺，我随便！谁也管不着，对不对？娃啊，你要是真有本事，你就把你那阿真弄到咱金滩村来过日子，大给你把这房子翻新了，盖二楼！那才是男子汉嘛！你甭不爱听，我跟你说，咱整村搬迁的事情都定下了，都要搬了，你说，咱这地方多好，咱整村的人都搬来，你还往外跑？"

水旺低头不语，他觉得他大的话也有道理，自己以前的想法似乎有些一厢情愿了。

但是比他更快下决心的是阿真。

这天阿真拉着麦苗出去逛街，看了一会儿说："麦苗，我想让你帮我个忙。"

麦苗问："我能帮你啥？"

阿真仔细打量着街道两旁空置的商铺道："我头一天来这里的时候，就发现这里有一些空置的店铺。"

麦苗不解地看着阿真。

阿真说："我就想在这里开药店，好不好？"

麦苗吃惊地站住道："你要在这开药店？"

阿真点头。

麦苗问："你家里人愿意？"

阿真笑眯眯道："他们愿不愿意不重要，我愿意才重要！"

麦苗盯视阿真。

阿真笑眯眯道："哎，你不要这样看着我。我也不是不懂处理事情的女孩子，我这几天都跟我爸打电话，我说我想把药店开到这里来。然后他一开始也不同意，但是哪经得住我软磨硬泡。我就跟我爸说，这里盛产枸杞，还有很多其他的名贵的中药材，把我们家的药店开到这里来的话，可以拓展我们的生意嘛。还可以把枸杞，还有其他名贵的中药材再发回去赚钱。这样的话，我和水旺就可以跟他们家处理好关系了。他不痛苦，我也轻松，这不是一举两得的好事情吗？所以我爸他就同意了。”

麦苗由衷赞叹：“阿真，你让我刮目相看，我们闽宁镇欢迎你！”

七

调换了闽宁镇镇政府班子后，整个闽宁镇的工作走上正轨，发展快速，日新月异。得福因为接受调查被暂时安排去负责整村搬迁工作，张树成一个人全面抓总，推动各项工作有条不紊地向前推进，尤其是得福和他都放在心上，看成第一任务的三级扬水站工程。

张树成还是按照惯例前来巡视，工地上，工人们热火朝天地干着活。

宁总笑呵呵道：“书记，你看见了吗？我多上了一倍的人，你都拼了！我还能认㞞吗？”

张树成称赞道：“好好好，这下我就放心了。咱为赶工期，都得加把劲。”

宁总高兴地应道：“好好好！”

张树成说：“就这样，你先忙着，我到那边去看看支渠的情况。”

宁总叫住张树成：“哎哎，书记！”

张树成问：“还有啥让我解决的？”

宁总关心道：“我没啥事了，你看你连续好几天白天晚上都往工地上跑，你要注意身体！”

张树成不在意地说：“没事就好，你这边压力小了，支渠那边压力大着呢，今天晚上砌渠大会战，我得过去看一下。”

宁总说：“我拿车送你一下。”

张树成谢绝道：“我沿着渠道往前走，用不上车！”

张树成转身就急急忙忙地走了。

宁总望着，目露感动，在身后喊：“书记，你慢些啊！”

支渠工地上拉着电灯，挑灯夜战，工程队长和工人们在忙碌地干活。

张树成走来喊：“于队长，进度咋样？”

于队长起身道：“没问题，这儿进展顺利，保证赶天亮之前撵上前面那标段。”

张树成笑：“好！慢点，慢点……”

不远处的工人喊道：“哎，我这儿人手不够嘛，给我这儿派个人。”

于队长回道：“镇上干部都三班倒了，哪还有人嘛！”

工人抱怨道："工程赶得这么紧的，人手不够，咋能赶速度嘛。"

张树成径直走过去说："我来帮你。"

工人赶紧说："张书记，你还是算了吧。"

张树成爽快道："我也是当过兵，出过力的人，这算个啥嘛，来！一二，起！"

两人搬起建筑材料走着。

工人又劝道："书记，你指挥指挥就行了。"

张树成说："工期最重要，耽误了工期，那可了不得！来，一二，放！"

于队长鼓劲儿道："张书记都加入了，咱们得争个第一！"

工人们纷纷附和道："好！好！"

张树成忙叫道："咱都注意安全啊，注意安全！"

说着张树成又和工人搬起了另一块材料。

漆黑的夜，长龙般的电灯，砌渠人忙碌的身影，汇成一曲改天换地的战斗图景，一直到半夜，张树成才跟工人们一起收工。

在回去的车上，张树成一上车，司机就关心地说："张书记，您先睡会儿吧，路程怎么着也得四十分钟。"

张树成没回应，他已经在后座沉沉入睡。

八

得福那天广播里那番话起了决定性作用，李老太爷不再坚持，同意跟着大家一起搬迁到闽宁村。

李老太爷这里一同意，整个涌泉村都没有异议了，现在大家考虑的是如何搬迁的事。

这天李老太爷在院子里活动身体，李运胜进来，感叹道："哎哟，老爷子，你身体硬朗了？"

李老太爷说："能不硬朗吗？我还要到那闽宁镇去好好过几天日子呢。"

李运胜笑："想明白了？"

李老太爷说："早就想明白了。哎呀，鬼门关上走了一遭，阎王爷不收，那咱就好好活着。哈哈，你看啊，咱这些人呀，见了那些娃娃们都是爷，是吧？可见那些先人呢，都是娃娃。那得福娃说得好啊，这人都是两头根，跟着先人呢，能扎下根；跟着后人呢，一样可以扎下根嘛！"

李运胜连连点头："没错，没错，没错。"

李老太爷像想起了什么似的："哎，还有个事。哎呀，我去看了一下，打听清楚了。有些人家这个筹置款凑着，凑合能有。有些人家呢，确实凑不出来。"

李运胜说："得福给信用社早就说好了，每户给办一个小额贷款，小额贷款！统一缴，统一搬，等大家有钱了，再统一还！"

李老太爷感叹道："哎呀，你看得福这娃，多有本事的！哎呀，要咱这些老东西操啥心呢嘛。"

李运胜点头："是的，是的！"

李运胜顿了顿，又道："他爷。我这儿还有个事，想上言您呢。"

李老太爷："上啥言呢？直说。"

李运胜说："你看，咱村这百家宴多年都不搞了，我想在搬村的前夜，咱这老规矩再把它恢复了吧？"

李老太爷一怔即道："哎，好啊！你看这人一搬呀，心里都不安定。办个宴席，这人的心里头都舒坦了！"

李运胜说："我就是这么想的。"

李老太爷笑说道："你个老东西！"

李运胜哈哈笑着。

一听要搞百家宴，整个涌泉村都炸开了，村民们纷纷忙碌起来，兴高采烈地准备着丰盛的百家宴。

得宝、水旺和尕娃三人忙着挂灯，三人外貌和穿着都成熟了些，但举止还有些孩子气。

得宝揶揄水旺道："你骑个摩托回来，是诚心帮忙搬家？"

尕娃问："摩托车能拉个啥嘛。"

水旺得意说道："我告诉你能拉啥，能拉风呀！"

另外两人踹水旺，水旺嬉笑着躲开。

尕娃妈快步走到桌前道："尕娃、得宝、水旺。"

尕娃妈担忧问道："娃，咱都搬走了，你大回来，上哪儿找咱们呀？以前村里头还有人呢，这全村都搬了，他回来找谁呀？"

尕娃认真想了想："看能怎么给我大留个话……"

得宝说："姑，要不我在村口给留个字，我屋还有写标语留下的油漆，你看得行？"

尕娃妈笑了："能成！"

得宝说："能成？那我现在就去。"

三人叫上麦苗一起快速离去。

玉米地里，男人们齐心协力掰玉米棒子。

一个村民揶揄李老拴：“你着急搬家了？你看你们家这玉米就不熟嘛。”

李老拴说：“不熟也掰，赶紧的，干完了好吃宴席。”

村民说：“也不知道给咱吃啥呢。”

李老拴：“老太爷做的主，吃饺子和臊子面。”

马鸿问：“为啥？”

李老拴解释说：“团圆的饺子，离家的面。咱村啊，多少年没这么齐过了，该吃饺子。但是呢，明天就要离开村了，该吃面。”

地头的喇叭里突然响起马喊水的声音：“喂，喂，大家都注意听着啊，涌泉村村支部大喇叭，再吵人一回。今天的内容，一不催着开会，二不交代事情。只播送一条，那就是天气预报。气象台的预测，明天是个好天，出太阳，没风雨，适宜远行。天气预报播报完了，最后，是重要提示。这是涌泉村最后一次开喇叭。下一次，就到闽宁镇了！父老乡亲们，再见！”

马喊水关了喇叭，独自在村部，关上窗户，望着关了的扩音机，环顾即将离开的办公室，再也忍不住掩面哭泣。

在外面忙碌的女人们心中感慨。水旺妈流下了眼泪。

得福妈说：“咋还哭了，应该高兴呢！我们是搬新家了。”

得花说：“婶，该高兴嘛！”

水旺妈说：“我知道我知道，主要是在这儿住了半辈子，这突然说要走，舍不得嘛！”

得宝、麦苗、水旺、尕娃四个已经长大了的伙伴，骑车穿过夕阳下的村庄，水旺放慢速度，得宝骑得飞快，摩托车和自行车几乎并行。

男人们在最后一块未收完的玉米地里忙活。

四个孩子骑车经过玉米地，跟大人们打招呼。

他们来到村口，黄泥土墙上“涌泉村”三个大字已有些斑驳，年少时四人曾在这里碰头出逃。

尕娃用刷子在土墙上给父亲留言：

爸，搬到闽宁镇了。尕娃。

得宝一看还有大半桶油漆，说：“咱们再写点儿啥……”

水旺问：“写啥，到此一游？”

尕娃说："咱们可不是到此一游，咱们是在这儿度过一生。"

麦苗认真地说："你最多在这儿度过了四分之一生。"

得宝说："咱的爷都是度过一生。"

麦苗往远处看去，招呼道："得福哥。"

得福过来，拿过油漆桶蹲在黄土墙前，他描画着"涌泉村"三个大字，刷子沾上漆，一笔一笔，把三个字描画得特别鲜亮。

九

那天晚上，夜幕初降，灯光照亮，村民齐聚，百家宴开，老老少少的村民的脸上都洋溢着激动、幸福的笑容。

他们互相敬酒祝福，展望明天，带着满脸的希望走向新生活。

第二天一早，所有村民组成的搬迁车队出发。

他们离开涌泉村的时候，看见晨光中村口那堵黄泥土墙上"涌泉村"三个大字被描得鲜艳如新，后面新写了一句：水最甜的地方。

浩浩荡荡的队伍行进在戈壁滩的公路上，得福坐在最前面的货车上领航。突然，一辆越野车迎面驶来，停在了得福的车前。

男子从越野车上下来问："镇长在不？"

得福说："在呢，在呢。咋了？"

众人议论纷纷："咋回事吗？"

李大有看见得福匆匆往车队后方跑。

李大有问："得福，出啥事了，啊？"

得福快速答道："张书记出事了，我去跟我大说一声，我得先过去。"

李大有问："哪个张书记呀？"

得福答："吊庄办的张主任，出车祸了。"

李大有问："呀，严重不？"

得福答："不知道。"

李大有说："那你赶紧去！"

得福叫道："你们带好车队。"

五蹲问李大有："哎，哥，他说的那张书记，得是张树成书记吗？"

李大有愣怔着感慨："那人是个好人。"

五蹲祈祷说："唉，但愿人没事呀。"

得福上了越野车，车急速驶离，得福面色沉重。

越野车没有把得福拉去医院，而是直接拉到了张树成家的家属院。

院子里停着各种车辆，三轮车，自行车都有。

院里，楼底下，楼道里，满满的都是自发前来的群众。

得福走进张树成家，客厅里设了简单的灵堂，张树成的遗孀和儿子在一旁，神情悲哀。

潘书记已在客厅，得福走进，潘书记沉痛地对得福道："从车祸现场送到医院花了 37 分钟，人没等住。啥话都没留下就走了。"

得福低头强忍泪水，和张树成遗孀握手后，走向张树成的遗照，面对遗照深深鞠了三个躬。

离开的时候，潘书记叫得福跟他坐在一起，他有话说。

得福神色凝重。

潘书记对得福道："你的事情都已经查清楚了，那些举报材料都是凭空捏造的，没有一条能落实。所谓以权谋私，也完全是子虚乌有。组织上很信任你，你也要对组织有信心，不要让这些事情影响你的工作。张书记生前一直向组织上推荐你，这次整村搬迁，你的表现大家也都看到了。像你这样优秀的干部，县委一定会支持你的工作。"

得福只是点头。

潘书记拍拍得福："好好干，得福，还有好多工作，别辜负了张书记对你的期望。"

得福点头，泪水涌出："好。"

得福接过张树成的重担，继续推进闽宁镇的全面工作，三级扬水站工程按期完成。

开工那天，举行了隆重而简朴的仪式，彩旗飘飘，锣鼓喧天。

潘书记对着麦克风庄严宣布道："我宣布，闽宁镇三级扬水站工程竣工！"

霎时，礼炮齐鸣，掌声四起。

得福等人站在人群中，凝重的神情中带着欣慰，使劲鼓掌……

闸门开启，水流泄出。

新修的支渠，渠水缓缓涌动，长长地流向看不见的远方。

水在渠里欢畅地跌宕，冲撞，翻跟头，水浪扬起来，落下去，化作细碎的泡沫。

得福和高青峡的孩子出生了，两人幸福地看着小娃娃。

水花超市内，晓燕趴在超市柜台上写作业，水花扶安永富走进，晓燕抬头，看到父亲放下了拐杖，他已经安上了假肢，就站在门口。永富看着晓燕，冲晓燕笑。晓燕走出柜台，投入父亲怀里，父女俩相拥，水花站在门外，看着这一幕，幸福地流下了眼泪。

新装修的药店门口挂着“闽宁大药房”的牌匾，药店隆重开业，鞭炮放完，得福、得宝、尕娃、麦苗、水旺、阿真、李大有等人热烈鼓掌。

闽宁!

充满希望的土地!

第十九卷终

第二十卷

尾声

“……因地播种，细心栽培，然后等待丰收，葡萄在戈壁滩上落地生根了，东西协作的帮扶模式，也在这片土地上，试炼成功了。在一年又一年的葡萄收成中，在一批又一批的援宁人接力中，我们迈进了欣欣向荣的2016年，葡萄藤上结出了酿酒的果实，戈壁滩上结出了攻坚扶贫的闽宁模式，凝聚着山海两地人的智慧，见证了携手奋斗的往昔，也为美好的未来护航。”红酒推荐会现场，播音员字正腔圆的解说回荡在大厅。

万亩葡萄园的镜头，采摘葡萄的镜头叠化出现在LED大屏上。

闽宁镇红酒一条街的多功能厅正播放着闽宁镇葡萄酒推介宣传片。

得福等数十位嘉宾和葡萄酒企业负责人，正全神贯注地看着大屏幕。

舞台上方挂着“荟聚葡萄酒之都·共圆紫色梦想”字样的横幅。

得福的手机震响，他掏出手机，来电显示是“老婆”，得福挂断。

宣传片戛然播完。

主持人上台道：“通过刚刚的短片，我们可以看到闽宁及闽宁葡萄酒产业这些年来的发展。当然，这些发展也离不开在座的各位领导和嘉宾的大力支持。”

得福的手机再次震响，这次来电显示是“安晓燕”。

主持人继续道：“那接下来呢，我们将有请本次推介会的主办方代表，宁安县县委领导马得福先生致辞。”

掌声响起。得福再次挂断手机。

他走上台，微笑着站在话筒前开口道：“尊敬的各位来宾，大家好。首先我代表县委县政府，向各位来宾的到来，表示欢迎！”

台下响起掌声。

得福侃侃而谈：“刚才的宣传片，大家已经把我们葡萄酒产业的发展过程看得很全面了。但是呢，我还是忍不住要多说两句，夸一夸我们的葡萄酒。我们县的闽宁镇，地处贺兰山东麓，北纬38.5度，这里拥有世界上酿酒葡萄生长所需要的全部优质条件。我们的纬度好，日照时间长，降雨量少；我们的昼夜温差大，沙土里含的矿物质非常丰富，通透性也好。懂酒的都知道，美酒佳酿，七分靠种，三分才靠酿，所以说我们闽宁镇的葡萄酒，那是有得天独厚的优势！我们这几年也拿下了国内外各种大奖，美酒现在在海内外飘香。昔日的干沙滩，已经变成了今日的金沙滩了！

他站在台上，风度翩翩。

这个时候，跟他密切相关的很多人都已经炸开了锅。

高青峡一边开车一边焦急地打电话。

得宝从会议室冲出来接听电话，然后拨打。

麦苗正在签署文件，安排工作，然后接到电话，脸色大变。

水旺从医院匆匆走出，一边走一边打电话，声音大得像骂人。

尕娃正在修车，接到电话连车也不管了，匆忙打车离去。

最后，是在多功能厅陪着嘉宾们的得福。他举起红酒杯，冲众位嘉宾道："来，让我们一起举杯，共同品尝我们闽宁的优质葡萄酒，共谋合作，干杯。"

众嘉宾纷纷端起桌上的红酒杯，干杯，饮酒。

电话再次震响，得福这次终于接起来，脸色骤变。

然后，几个焦急的家长在红酒一条街的一间休息室碰了面，原因是，他们的孩子都不见了！

就在他们胡乱猜测，心急如焚的时候，阿真的电话打进来，说孩子们回老家了。他们还看到了娃们留下的字条，他们决定立马赶回老家去找孩子，所有的父母从各个地方迅速赶到闽宁镇高速路口汇合：得福、青峡、得宝、麦苗、水旺、阿真、尕娃。

得宝气喘吁吁地说："哥，确认了，娃们都回涌泉村了。我给你说，哥，这四个肯定是商量好了一块去的，给你说。"

尕娃说："我说这两天这么乖，憋着坏呢！"

麦苗说："我们算了一下，能赶上。"

得福一笑："这几个娃娃还挺有组织、有纪律的嘛。"

高青峡嗔怪道："咋还开玩笑，你赶紧想办法，都啥时候了。"

得宝说："哥，咱就不要耽误了，赶紧去追行不行嘛！"

麦苗也说："强强昨天还有点儿发烧呢。"

水旺说："就是呢，福生光去过福建奶奶家，就没有去过其他地方嘛，再甭说咱那荒山野岭的，你说娃……"

尕娃说："我们家小尕这半天上哪儿找吃喝去？他妈回来跟我要人，我咋说。还有，我可听说了，咱老村那边都搬完了！人是没有了，但是有狼啊。"

一听有狼几人都急了。

阿真说："啥？"

高青峡问："真的假的？"

尕娃答："真的！"

得宝说："不行不行，这太危险了，那我先走了，走走走……"

麦苗也说："有狼就不行了嘛这……"

得福叫道："回来！咋这么沉不住气嘛，你以前天不怕地不怕的，屁大一点儿就往山外头闯。现在轮到你们的娃娃了，咋一个个都㞞了嘛！"

高青峡不服道："你这话说的，这都是自己亲娃嘛，这能不心疼嘛！"

得福说："那也得商量好嘛，分工好嘛。谁去追？顺着哪条路追？要不要报警，对不对？"

几个家长才稍微冷静下来，纷纷说对。

得福突然问道："得花回来几天了，你们谁见过？"

几人纷纷摇头。

得福说："那娃一回国就忙她的博士后的项目，还要让我陪她回海吉去做调查呢。"

他想到了什么，抓起手机拨给得花。

果然四个孩子是给得花"拐"走了。

马得花正开着车，接到得福的电话，把车停到路边承认说："他们跟我在一块儿呢。"

得福震惊道："啥？你们在一块呢，你为啥不告诉我们嘛！娃娃们咋样？"

阿真叫道："哎呀，这些娃真是的。"

得宝抢过电话吼道："喂，你们这帮小兔崽子，翅膀硬了是不是？看我回来咋收拾你们！"

马得花叫道："别吵别吵，我把免提打开了，娃娃们都在，你跟他们说吧。"

得宝也打开了免提，家长们挨个对着电话那头——

得宝说："你们这帮兔崽子，看我回来咋收拾你们！"

高青峡说："贝贝，你这女子，翅膀是硬了你，你下午还有舞蹈课呢，舞蹈课你不是最爱上的吗？你这跑了我咋跟老师说呀？"

麦苗说："强强，你干啥关机呀？"

阿真说："哎呀，福生，不是说了嘛，走到哪里，要先跟妈妈说一声嘛。"

几个孩子只听不语，面上透着一丝倔强。

尕娃说："哎哎，小尕，你瞎跑啥嘛，你妈妈急坏了！"

水旺说："我都不知道你几个在那儿胡跑啥呢嘛！大人都担心成啥了你知道不知道？"

得花忍不住打断道："行了，就因为你们这样，我才带孩子们出来的。说完了吗？说完了听孩子们说吧。"

得花对着孩子们："说。"

贝贝先开口："爸妈，我不想一到周末除了补课，就是兴趣班。"

强强说："就是，我们补课都补烦了！你们就知道工作，从来都不理我们！"

福生说："对，我们就想出去玩。"

小尕说："姑姑和我说了，涌泉村可好玩了！有泉水，还有珍珠鸡，都是你们小时候玩的，我也想去玩玩看！"

强强说："对，我们想去你们小时候的地方看看。"

福生说："对，我们看看。"

贝贝说："爸妈，去年暑假我就说我要回老家，你们也答应我了，可等到今年暑假放完了，都快开学了，你们还是以事情太多为理由拒绝了我，姑姑说她也要回海吉，我们就正好跟她一起回去了。"

福生说："就是。爸，你为啥只带我回福建老家，就是不带我回海吉老家呢？"

马得花大声说："听见了没？为什么我不跟你们打招呼，因为我要告诉你们了，他们也就走不成了。你们忙你们的吧，明天见！"

得花挂了电话，发动汽车，高声叫道："孩子们，出发！"

孩子们一起欢呼道："走，走，走……"

几个大人呆在原地，神情复杂。

得福说："放心了吧。"

得宝看了一圈，忍不住道："要我说，就怪嫂子你，非要提议给各个娃娃们报各种培训班，搞得娃们都没时间玩了。"

青峡无奈道："这咋还能怪上我了？这不是你哥说的嘛，咱们的娃不能从小输在起跑线上。"

得宝说："啥输啊赢啊的，娃们有玩的时间才有童年。"

麦苗打断得宝道："哎呀行了，咋跟嫂子说话呢。你现在关心娃娃了，你一天天的忙得没时间陪儿子，要不是嫂子帮你管着孩子，你顾得过来嘛。"

尕娃插话说："麦苗，要我说，咱都忙，这事要怪就得怪水旺，你说弄个啥老照片，没事给娃看啥，小尕从小就跟着他们屁股后头玩，肯定是福生拉着小尕去老村的。”

水旺说：“你看你这货，跟我有啥关系嘛！那照片咋了嘛！那娃们在一块肯定谁大听谁的嘛。嫂子，我觉得，估计就是贝贝。”

高青峡否认说：“不可能是贝贝。贝贝虽然大，贝贝没有那么大的主意。你要真说带头谁有主意，那肯定是强强嘛，这娃从小主意就大得跟啥一样。”

得宝说：“不会是强强，强强发烧了，难受着呢。”

麦苗附和说：“就是，就是。”

阿真分析说：“哎呀，要鼓动肯定是得花，也不知道得花跟小孩子都说什么了。”

得福看他们互相埋怨，忍不住打断道：“好了好了好了，不要吵了，要吵回家吵去。现在娃娃们跟得花在一块，也就能放心了。这得花也是的，走也不说一声，让我们这顿折腾！”

麦苗说：“就是。”

得宝回过神来说：“娃们跟得花在一块，咱就不要操心了。我酒庄那边正在预验收呢，咱先回。”

水旺立刻附和说：“就是，我也一堆事呢。”

得宝连说：“走走走。”

说着众人就都要走。

得福突然叫住大家：“哎，自打咱从山里头出来，谁再回去过？忙，都忙，忙着劳务公司，忙着物流公司，忙着干工程，开医院。当然了，也包括我，我们还不如娃娃们呢，他们还帮咱们惦记着老家现在是个啥样子。去年贝贝跟我说想回老家看一下是个啥样子的时候，我还想着回去一趟呢，忙得给忘了。”

水旺迟疑一下说：“福生也老问我，说是他爸老家啥样子，我也没带他去过。”

得福说：“既然娃娃们开了头，要不我们就回去一趟？带娃娃们看一下咱们的村子，咋样？”

高青峡提醒道：“明天你还有个会呢。”

得福不在意地说：“我一会儿打个电话，推迟一天。”

得宝应和：“行，我跟你回。”

尕娃说：“算我一个。”

麦苗说：“走嘛。”

水旺说：“走，都走。”

大伙儿纷纷上车，几辆车开上去往涌泉村的高速路。

在路上，几个家庭几对父母都心潮澎湃，感慨万千。

高青峡开着车，得福痴痴地看着窗外，高青峡忍不住问："看啥呢？"

得福答道："看山。"

高青峡不解说："哎哟，没见过山。"

得福说："山和山不一样嘛。"

高青峡问："有啥不一样的？"

得福认真地说："你要是见过这山原来的样子，你就知道有啥不一样了。"

得宝看着若有所思的麦苗问："想啥呢？"

麦苗答道："想当年啊。你记不记得小时候，咱沿着这个山头往外跑，跑了一天，也就跑了 30 里路。"

得宝想起了："哎呀，你提起这事，我想起来当时被咱哥抓回来，我受的罪了。咱爸拿着放羊的鞭子，蘸透了水抽我，哎呀，那真疼！"

麦苗说："活该，谁让你出那臭主意呢！"

得宝说："当时还不是想着，能出去吃口好饭嘛。要知道现在，谁还受当时那种罪？"

麦苗说："现在想想真是好笑，那是修铁路运铁轨的施工车，咱坐在上头，还想着就跑出去了，还争着是去西安呢，还是去兰州呢。哎，我问你，当年你爸是拿鞭子抽你，一会儿见着你儿子了，你打算拿啥抽？"

得宝说："你说。"

麦苗问："我说？"

得宝点头："嗯。"

麦苗拧了得宝胳膊一把："你敢动我儿子一下，你试试。"

得宝痛得叫了起来："哎哟，开车，开车，开车。"

他们终于回到了涌泉村。

他们也跟孩子们汇合了。

他们看着孩子们和得花奔跑在山间的身影，仿佛就是当年得宝、麦苗、水旺、尕娃和水花奋不顾身冲下山，冲向铁路的画面。

几位爸爸妈妈和他们的孩子们，站在高处，望着远近的山头山坡，一片翠绿，阳光正好洒在绿色的植被上，五光十色，耀眼夺目。

得福看着那些健康可爱的孩子们，在心里对他们说：你们应该和我一样，想象不到这里竟然就是当年娃娃们一心想要逃离的穷山沟，"苦瘠甲天下"的西海固。生态兴则文明兴，20 多年的时间，我们不仅在戈壁滩上开创了一个新家园，也收获了青山绿水的西海固。山川换颜，水土重生，塞上处处是江南的愿望，正在实现。

望着眼前的绿水青山，高青峡感慨："真美。"

得福感叹："水最甜的地方。"

得花一次又一次呼喊着："水最甜的地方！水最甜的地方！"

阳光映照下的一张张脸上皆是笑容和希望。

——完——